Weitere Titel des Autors, als E-book erhältlich

Komm ein bisschen mit nach Italien

Emmentaler Käse und viel Liebe

...und ewig lockt das Emmental

Das Zelten ist des Papis Lust

Erben ist kein Kinderspiel

Schicksalnacht im Habichtswald (auch als Printausgabe)

Dreimal blühten die Rosen

Schenk mir deine Liebe

Frank Michael Jork

Kurt Krügers Erben

Eine Geschichte aus dem alten Berlin

Roman

Impressum

ISBN-Print: 9781093976427

ASIN-eBook: B07QPQTD7P

Independently published

Frank Michael Jork

Schönhauser Straße 10b

12157 Berlin

1

Die Turmuhr der Emmauskirche am östlichen Rand der Berliner Luisenstadt schlug die sechste Abendstunde und der Feierabend wurde eingeläutet. Aber die geschäftigen Bürger rund um den Lausitzer Platz nahmen die Glocken gar nicht mehr wahr. Ihr vertrauter Klang reihte sich in die stetige Geräuschkulisse der Großstadt ein wie das Hämmern, Klopfen und Sägen der Handwerker in den Hinterhöfen, das Klipp-Klapp der Pferdehufe auf dem Kopfsteinpflaster und das Rattern der Kutschen, die von den Pferden durch die Straßen gezogen wurden.

Reges Treiben herrschte allenthalben, nicht nur in den Läden und den Handwerksbetrieben, den mittelgroßen wie den ganz kleinen, sondern auch auf der Mittelpromenade der Skalitzer Straße. Dort hielt das nahende 20. Jahrhundert seinen Einzug in Gestalt der elektrischen Hochbahn, die der selige Werner von Siemens noch erdacht und geplant hatte und die nun gebaut wurde. Ein Stahlviadukt, das in nicht allzu ferner Zukunft helfen sollte den städtischen Nahverkehr der Reichshauptstadt Berlin neu zu ordnen. Dieses Projekt rief sowohl Begeisterung wie Ablehnung bei den Anwohnern hervor. Aber so wie sechzig Jahre früher der Bau der ersten Eisenbahn zunächst viele Gegner gehabt hatte, so würden sich auch diejenigen, die das Projekt voller Skepsis sahen, sicherlich später an die Hochbahn nicht nur gewöhnen, sondern sie auch schätzen.

Für den Eisenbahnverkehr Richtung Spreewald und Schlesien und darüber hinaus gab es bereits seit mehr als dreißig Jahren ganz in der Nähe den Görlitzer Bahnhof. Von hier reisten die wohlhabenden Berliner zur Sommerfrische in den Spreewald, ins Riesengebirge oder nach Breslau und hier kamen diejenigen an, die in ihrer schlesischen oder märkischen Heimat aufgebrochen waren, um in Berlin ihr Glück zu machen.

In dem Viertel zwischen Lausitzer Platz, Görlitzer Bahnhof und dem Schlesischen Tore, welches seit dem Abbruch der Zoll- und Akzisemauer nur noch in den Erinnerungen der älteren Bewohner der Luisenstadt vorhanden war, lag auch die Kaserne des ›III. Garderegiments zu Fuß‹ in der Wrangelstraße. Das kaiserliche Militär gehörte folglich zum Stadtbild dazu und so mischten sich unter die Mieter des Viertels neben den Kleinbürgern, Handwerkern und Arbeitern auch kleine Leutnants und andere rangniedere Offiziere, die in den Hinterhäusern billige Wohnungen fanden mit einer Küche, einem winzigen Korridor und einem Zimmer, wobei man sich den Abort mit den anderen Mietparteien des Stockwerks zu teilen hatte, mal auf dem Podest, mal auf halber Treppe.

In den Vorderhäusern hingegen wohnte man dagegen bequemer und komfortabler und so einige der stuckverzierten Fassaden wiesen manchmal auch Balkone auf, deren Umrandungen je nach Geschmack des Hausherrn gemauert waren oder mit schmiedeeisernen Gittern schmückendes Beiwerk bildeten.

Stand man jedoch vor dem Hause Falckensteinstraße 28, konnte man zwar reichlich Stuck bewundern, aber keinen Balkon. Dafür konnte man durch ein schweres, zweiflügeliges Haustor auf den Hof, auf dem sich zur linken Hand eine große Remise befand, in der nicht nur die Droschkenkutsche von Friedrich Hübner vor Wind und Wetter geschützt war. Auch das treue Zugpferd Lotte fand dort seine Unterkunft und seinen Futterplatz.

Gegenüber der Remise befand sich ein Anbau an das Vorderhaus, das mit seinem separaten Eingang und den drei Zimmern und einer Küche wie ein kleines Häuschen war und somit großzügiger als eine der Hinterhauswohnungen war, zumal es den ungeheuren Luxus eines Badezimmers besaß. Dort war Friedrich Hübner mit seiner kleinen Familie eingezogen, gleich nachdem der ehemalige Lehrer Kurt Krüger das Haus vor einigen Jahren hatte erbauen lassen von dem Geld, dass ihm ein unerwarteter und zudem hoher Gewinn bei der preußischen Klassenlotterie eingebracht hatte.

In dem engen Hof mangelte es zwar an Sonne, denn das fünfstöckige, schmucklose Hinterhaus hielt die Sonnenstrahlen davon ab, länger als eine Stunde am Vormittag auf das Pflaster zu fallen. Aber das störte den Droschkenkutscher wenig, war er doch den lieben langen Tag auf den Straßen Berlins unterwegs und schien die Sonne, dann wärmte sie ihn genügend auf.

Nur seine Frau Bertha beklagte sich nicht selten über die doch oft sehr düstere Wohnung.

»Mitten am Tach musste ick wieda det teure Jaslicht anzünden, weil ick wat zu flicken und zu nähen hatte!«, lamentierte sie häufig lautstark, auch heute wieder an diesem schönen Frühlingsabend im April des Jahres 1898.

Aber ihr Fritz ließ sie reden und winkte nur ab. »Ick kann ja mal Herrn Krüjer fragen, ob er bei uns ooch Elektrisch lejen lässt wie im Vorderhaus.«

»Herrjott, bloß nich'. Det is mir unheimlich!«, rief Bertha beinahe ängstlich. Technische Neuerungen mochte sie gar nicht.

Friedrich schüttelte den Kopf. Er war müde. Der Tag war lang gewesen, kreuz und quer hatte er seine Droschke durch das Häusermeer Berlins gelenkt. Zum Schluss hatte er noch einen Fahrgast vom Spittelmarkt zum Görlitzer Bahnhof gehabt, über den er sich so sehr geärgert hatte, dass er die Gelegenheit genutzt hatte, für heute Feierabend zu machen, war er doch beinahe zu Hause. Fast zwölf Stunden hatte er heute wieder auf dem Bock gesessen. Dabei hatte er seinen Droschkenkutscherzylinder, den er jetzt sorgfältig abbürstete, die ganze Zeit auf dem Kopf gehabt. Er hängte ihn an den Haken an der Innenseite der Schlafzimmertür.

»Muttern, denn setze dir doch raus uff'n Hoff, denn kannste jenuch sehen! Hab ick dir doch oft jenuch zu jeraten«, lautete Friedrichs Vorschlag zum wiederholtem Male.

»Det jeht vielleicht im Sommer und denn ooch nur, wenn et nich' regnet«, war auch an diesem Abend die übliche Antwort und dann folgte nur noch ein unverständiges Kopfschütteln. Dabei nahm sie ihm wortlos den Frack und die Pelerine ab, um sie auf einen Bügel zu hängen.

»Aber janz nebenbei jesacht, du weeßt ja ooch jenau, wie denn die Portjeesche, die olle Radduschen schief kiekt, wenn ick mir vor de Türe postier'n würde, um unsere Kledage zu flicken, deine Socken zu stoppen oder vielleicht noch meene Schlüpper«, rief sie aus dem Schlafzimmer, während Friedrich Hübner seine Schuhe auszog und mit den Füßen in die bereitgestellten Pantoffeln schlüpfte.

O ja, der Droschkenkutscher wusste Bescheid. Frau Amalie Raddusch führte als Portierfrau ein strenges Regiment und ahndete jeden Verstoß gegen die Hausordnung rigoros mit einer Meldung an den Hauswirt, der im Vorderhaus in der Bel Etage, also dem ersten Stock wohnte. Amaliens Angetrauter hieß Otto und war ein entfernter Verwandter von Kurt Krüger. Daher hatte er damals auch darauf spekuliert, dass er als Hausmeisterwohnung den Anbau beziehen könnte. Doch Kurt Krüger hatte sich seinerzeit anders entschieden. Eine Weile hatte es Otto noch gewurmt, aber bald war er darüber hinweg gekommen, dass er mit seiner Amalie, Kinder waren ihnen versagt geblieben, in die rechte Erdgeschosswohnung im Hinterhaus Quartier nehmen sollte.

Dafür bekamen sie neben dem Lohn für die geleisteten Dienste die Wohnung noch obendrein zum halben üblichen Mietzins. Da zeigte sich der Hausbesitzer nicht kleinlich. Überhaupt fühlten sich die anderen Mieter in Kurt Krügers Haus im Allgemeinen wohl und gut aufgehoben.

Aber Amalie Raddusch, geborene Fegelein aus Köpenick, blieb von Neid getrieben auf den Droschkenkutscher Friedrich Hübner und die Seinen.

Die wiederum hatten ebenfalls für eine besonders günstige Monatsmiete die Wohnung im Anbau bekommen unter der Bedingung, dass Kurt Krüger bei Bedarf die Dienste seines Mieters als Kutscher kostenlos in Anspruch nehmen konnte. Dabei machte Friedrich Hübner ein gutes Geschäft, denn der Hausbesitzer war eben nicht mehr der Jüngste und unternahm nur noch selten Fahrten durch die Stadt.

Mit diesem Geben und Nehmen waren beide Seiten zufrieden und wenn Bertha zu sehr über die dunkle Wohnung schimpfte, rief er ihr diesen Umstand ins Gedächtnis, so auch jetzt.

»Schließlich zahlen wa ooch bloß die Hälfte von dem, wat die Wohnung normaler Weise kosten tut. Det jilt für unsere Nachbarn nich', abjeseh'n vom Hausmeester.«

»Hast ja Recht, Fritz! Wat wa anne Miete einspar'n tun, kann ick wunderbar für'n Haushalt jebrauchen.«

»Siehste, Berthaken, det hab ick doch imma jesacht. Det musste doch zujeben, det et nich ville Droschkenkutscher in Berlin jeben tut, die sich ooch mal mitten inne Woche Buletten oder sojar mal een schönet Stücke Hammelfleisch mit jrüne Bohnen leisten können.«

»Da sachste'n wahret Wort. Wat aber ooch noch een Sejen is, det unsere Hanna nich' inne Fabrik schuften jehen muss wie andere Meechens, oder irjendwo im Haushalt bei irjend so eene injebildete Herrschaft.«

Friedrich runzelte die Stirn. »Aber bei'n Hauswirt, da lässte se hinjeh'n!«

Sofort erhob sich Protest. »Det steht ja nu' uff'n janz anderet Blatt.«

Sie bekam als Antwort nur einen zweifelnden Blick. So ganz war ihr Mann davon nicht überzeugt. Bertha strich sich verlegen über die Schürze. »Det eene Mal inne Woche... det tut ihr nich' weh. Schließlich hat se doch die Hauswirtschaftsschule besucht und seitdem se een Mal die Woche beim Krüjer im Haushalt 'n bißken Ordnung schafft, kann ick sojar noch manche Mark in den Sparstrumpf tun für ihre Aussteuer.«

Friedrich Hübner winkte ab. »Det hat doch noch jute Weile. Warum haste det denn so eilich mit die jungen Pferde? Det Meechen is doch jrade erst achtzehn Lenze alt. Hat se vielleicht schon een' jungen Mann in Aussicht? Oder hast du etwa schon deine Fühler ausjestreckt? Vielleicht nach 'nem schnieken Leutnant aus de Wrangelkaserne?«

»Ach, du hast ja wohl 'nen kleenen Dachschaden!«, reagierte Bertha ärgerlich. »wat soll se denn mit son'n Windhund vons Militär. Ick habe zwar jenau beobachtet, wie die Kerle Hanna nachkieken, wenn se so 'nem Uniformierten uff de Straße bejegnet, aber ick passe schon uff.«

»Und wie isset mit Hanna? Kiekt se denn zurück?«

»Nee, dazu isse zu anständich.«

»Jut, wenn det nich' so is! Bis det Meechen wirklich unser Haus verlässt, fließt sicher noch ville Wasser die Spree runter.«

»Ja, du willst ja bloß nich', det se so schnell det Nest verlässt, weil se unser eenzjet Kind is', det uns jebleiben is', nachdem die beeden Jungs damals wat anne Lunge jekricht ham und…« Bertha unterbrach sich und schluckte den Kloß im Hals herunter, der sich beim Gedanken an ihre Söhne gebildet hatte. Zehn Jahre war es nun schon her, dass sie durch eine Lungenentzündung ihr junges Leben hatten lassen müssen. Damals hatten sie noch in einer feuchten Kellerwohnung am Wedding hausen müssen, bevor Friedrich eines Tages ihren jetzigen Hauswirt als Fahrgast gehabt hatte, wodurch sich alles so gut entwickelt hatte, dass sie jetzt hier in der Luisenstadt leben konnten. Im Gegensatz zu den Arbeiterquartieren im Norden und Nordosten gab es hier dann doch etwas mehr Luft und Sonne. Die Jahre waren vergangen, aber der Schmerz saß natürlich immer noch tief.

Sie strich mit der flachen Hand durch die Luft, als ob sie die aufkommende Traurigkeit wegwischen wollte. Dann straffte sie ihren Rücken und kehrte zum Thema zurück.

»Heute isse noch achtzehn, aber eh' de dir versiehst, isse schon dreiundzwanzich oder vierundzwanzich und denn bleibt se uns noch sitzen, wird 'ne olle Jungfer.«

»Bertha, du sollst nich' imma den Deibel anne Wand mal'n! Unsere Hanna und keen' Mann abkriejen? So, wie det Meechen jebaut is?« Friedrich Hübner schüttelte den Kopf. »Aba bei die Jelejenheit jefracht... wo isse denn eijentlich?«

Bertha schnalzte mit der Zunge. »Na, weeßte doch! Heut is doch Donnerstach, da isse oben bei Herrn Krüjer inne Wohnung.«

»Also so richtich jefallen will mir det nich.« Fritz Hübner kratzte sich nachdenklich den Bart.

»Na, warum denn nich'? Du weeßt jenau, wie jern er unsere Kleene hat…«

»Jenau det meene ick ja! So'n oller Kerl von fast fünfundsechzich Jahre…«

Bertha lachte, denn wieder einmal offenbarte sich ihr Fritz als übermäßig besorgter Vater. Deshalb ging sie nicht auf den Einwand ein. » …und wie scheene er ihr belernt hat, nich so zu berlinern wie du und icke«, setzte sie den Satz fort. »Dafür bin ick ihm ooch sehr dankbar. Außerdem hat se noch ville andere Sachen jelernt, die du und ick ihr nich' hätten beibringen können. Denk doch nur mal dran, wie ville von seine schlauen Bücher der Herr Krüjer dem Meechen zum Lesen jejeben hat. Det wird dem Kind noch sehr behilflich sein im Leben. Denn merkt nich' gleich jeder, aus wat für Verhältnisse se kommt.«

Friedrichs Miene im wettergegerbten Gesicht verdunkelte sich und sein hagerer Körper straffte sich. »Wat heeßt denn hier Verhältnisse? Willste etwa behaupten, unsere Hanna müsste sich ihrer Eltern wejen schenier'n?«, blitzte er seine Frau mit seinen graublauen Augen an.

»Bleib mal schön ruhich, Fritze! Du weeßt jenau, wie ick det meene.« Sie warf ihm einen besänftigenden Blick zu, wischte sich ihre Hände an der karierten Küchenschürze ab und schob ihren Mann an den Küchentisch. »Nu setzte dir friedlich hin und ick bring uns det Abendbrot. Heute jibtet nich‘ einfach nur Stullen. Ick hab nämlich noch ne jute Kartoffelsuppe uff'n Herd. Da schnippele ick uns ooch noch ne schöne Bockwurst rin, die ick vom Schlächter Naumann besorcht habe und denn könn' wa essen. Hanna wird ja ooch jeden Momang runterkommen.«

»Nu drängle mal nich! Ick werd mir doch wohl vorher noch Jesicht und Hände waschen dürfen nach‘m langen Tach uff'n Kutschbock.« Er sah Bertha an und seine Augen funkelten, diesmal aber freundlich. »Muss doch allet seine Ordnung ha'm, wa? …von wejen die Verhältnisse.«

2

»Liebes Fräulein Hübner, nun haben Sie sich aber genug um meinen Haushalt gekümmert.« Kurt Krüger, der ehemalige Lehrer und jetzige Hausbesitzer sagte es streng und gleichzeitig schwang ein sorgenvoller Unterton in seiner Stimme mit.

»Aber Herr Krüger, ich wollte doch heute noch das Bücherregal abstauben.« Das hübsche Mädchen mit den blondgelockten Haaren, die sie hinten zu einem Pferdeschwanz zusammengebunden hatte, damit sie ihr während der Hausarbeit nicht immerzu ins Gesicht fielen, wollte den Einwand des alten Herrn, den sie in ihr junges Herz geschlossen hatte, nicht gelten lassen. Dann sah sie auf die Fenster des elegant eingerichteten kleinen Salons, die zur Straße hinaus gingen und seufzte.

»Die Scheiben müssten auch schon wieder geputzt werden. Durch den Dampf und Ruß drüben vom Görlitzer Bahnhof werden sie so schnell wieder schmutzig. Aber das schaffe ich heute auf keinen Fall mehr. Es ist ja fast dunkel.«

»Sehen Sie, das ist ein Zeichen, dass Sie für heute genug getan haben, Fräulein Johanna.«

Das junge Mädchen wurde rot. Auch wenn sie schon fast erwachsen war, empfand sie es als seltsam, mit Fräulein angesprochen zu werden, vor allem von Herrn Krüger. »Fräulein Johanna… wie das klingt… so fremd! Früher haben Sie immer nur Hanna gesagt, wie alle anderen auch.«

»Das stimmt, aber früher haben Sie auch immer Onkel Krüger zu mir gesagt und Du«, gab der alte Herr zu bedenken und nickte ihr freundlich zu.

»Da war ich doch noch ein Kind, Herr…« Sie unterbrach sich, als sie sein beinahe flehendes Gesicht sah. »Das schickt sich doch nicht… Onkel Krüger!« Sie hatte seine stumme Bitte verstanden.

Beide schwiegen einen Augenblick, aber als Johanna bemerkte, wie ein zufriedenes Lächeln über sein schmales Gesicht, das ein ergrauter Schnurrbart zierte, huschte, wich die Befangenheit von ihr, die sich gerade eben ihrer bemächtigt hatte. Als dann noch der große Regulator aus edlem Mahagoniholz zu schlagen begann, löste sich die Spannung vollends.

»O Gott, schon sieben Uhr?« Johanna band sich die Schürze ab und wollte sich eilig verabschieden. »Der Vater ist schon nach Haus gekommen, ich habe die Lotte vor einer Viertelstunde wiehern gehört. Es wird gleich Abendbrot geben. Da muss ich gehen, Onkel Krüger!«

»Warte bitte noch, Kind!« Kurt Krüger wies auf den bequemen Sessel am Fenster. »Bitte setz' dich, ich habe noch etwas mit dir zu besprechen«, sagte er mit ernster Stimme.

Johanna sah ihn fragend an, erhielt aber keine Antwort. Erst als sie Platz genommen hatte, begann der alte Herr, sein Anliegen vorzutragen.

»Ich weiß nicht, ob du dich daran erinnern kannst, liebes Kind, dass ich einen Neffen habe. Er ist der Sohn meiner verstorbenen Schwester Felicitas.«

Johanna atmete tief durch. Ihr junges Herz begann heftig zu klopfen. Sie hatte erst vor kurzer Zeit zum ersten Mal den Klatsch vernommen, der um Onkel Kurts Schwester im Umlauf war; und sie war alt genug, um zu wissen, was er zu bedeuten hatte. Natürlich war es Amalie Raddusch gewesen, die immer wieder gern erzählte, dass Felicitas Krüger vor mehr als zwanzig Jahren Schande über die Familie gebracht hatte. Sie erzählte es stets mit einer so großen Empörung in der Stimme, als sei sie höchstpersönlich davon betroffen gewesen. Dabei war ihr Otto doch nur ein Cousin dritten Grades oder gar weniger, so genau konnte das niemand wirklich sagen. Das hielt sie nicht davon ab, verächtlich von Felicitas' Sohn nur als dem Kind der Sünde zu reden, wobei auch hinter vorgehaltener Hand das Wort ›Bastard‹ über ihre Lippen kam.

»Es ist schon lange her«, sagte Johanna vorsichtig. »Vor sieben oder acht Jahren muss es gewesen sein. Wir waren damals gerade erst in dein Haus gekommen. Ich war ja noch ein Kind und ging sogar noch zur Schule und er war bereits ein Oberschüler und kam auf ein paar Tage in den Ferien zu Besuch. Das war das einzige Mal, dass ich ihn sah. Er lebte nicht in Berlin, nicht wahr?«

»Ganz richtig! Unser Vater bestand damals noch vor seiner Geburt, dass Felicitas zu Mutters Verwandten nach Breslau geht, weil...« Der Hausbesitzer zögerte. »Nun, das gehört nicht hierher.«

Aber Johanna war nun ohne Scheu.

»Du musst keine Angst haben, frei zu reden. Ich weiß Bescheid! Frau Raddusch erzählt es jedem brühwarm, ob er es wissen will oder nicht, dass dein Neffe ein illegitimes Kind ist.«

»Hanna, liebe Hanna!« Kurt Krüger schien entsetzt. »Es schickt sich nicht für ein junges und unschuldiges Mädchen, von solchen Dingen so frei zu sprechen.«

»Das gehört auch zum Leben, Onkel Krüger«, erwiderte sie altklug. »Vielleicht reden die jungen Damen aus vornehmem Hause nicht so offen, aber ich bin bloß die Tochter eines Berliner Droschkenkutschers aus der östlichen Luisenstadt.« Sie sah im offen ins Gesicht. »An den Klapperstorch glaube ich schon seit einigen Jahren nicht mehr, musst du wissen.« Nun blickte sie doch nach unten und strich verlegen mit der Hand über die Schürze, die sie über ihrem Rock trug.

»Trotzdem, Hanna... das will mir nicht gefallen... Aber wie dem auch sei, mein Neffe Felix wird in Kürze hier eintreffen und bei mir wohnen. Er hat nach dem Abitur seinen Militärdienst geleistet und will nun an der Universität studieren. Selbstverständlich werde ich ihn in dieser Zeit auch finanziell unterstützen, da ja nun seine Mutter nicht mehr lebt.«

»Das ist aber lieb von dir, Onkel Krüger.«

»Nun, er ist meiner Schwester Sohn und auch wenn ich wenig von ihm weiß, will ich ihm helfen, damit er einen anständigen Beruf ergreifen kann.«

»Was wird er denn studieren?«

»Er will Lehrer werden, so wie ich es war.«

»Das ist ein schöner Beruf, Onkel Krüger. Schade, dass ich nicht auf eine höhere Schule gehen konnte, aber das Geld...«

»Ja, davon hängt viel ab in der Welt. Ich weiß ja, dass du die Grundlage dazu gehabt hättest. Aber ich denke doch, dass du bei mir noch viel lernen konntest, mein Kind. Und für ein junges Mädchen, das außerdem noch so hübsch ist wie du, ist es ja ohnehin nur eine Frage der Zeit, bis es einen anständigen Mann findet, der es heiratet und der sie versorgt und sie ihn. Da braucht sie keinen Beruf, dann ist sie Ehefrau und Mutter.«

Johanna wurde rot. Sie hatte zwar schon ab und zu auf der Straße oder in der Markthalle junge Männer gesehen, bei deren Anblick sie ein seltsames Gefühl überkam, aber ans Heiraten hatte sie noch nie gedacht. Auch die Eltern hatten bisher nie davon gesprochen.

Schnell lenkte sie das Gespräch ab. »Wann kommt denn dein Neffe?«

»Am nächsten Montag. Bis dahin wird mir Herr Raddusch helfen, mein altes Studierzimmer so umzuräumen, dass man noch ein Bett hineinstellen kann. Und mit deinem Vater fahre ich zum Nachmittagszug aus Breslau zum Görlitzer Bahnhof, damit wir Felix abholen können. Das kannst du ihm ja schon bestellen, dass ich ihn dann brauche. Aber bitte erzähle sonst niemandem davon, und auch deine Eltern bitte ich darum.« Mit dieser Bitte wurde Johanna fortgeschickt.

3

Kurt Krüger wußte zwar, dass sich die Anwesenheit seines Neffen bald herumsprechen würde, schließlich würde er ja bei ihm ein und aus gehen. Aber bis zu seiner Ankunft wollte er trotzdem kein Aufsehen darum machen. Für ihn war nur wichtig, dass er seinem Neffen zu einem guten Start ins Leben verhelfen wollte, nachdem die Familie, vor allem sein Großvater, sich ihm gegenüber so abweisend gezeigt hatte.

Der kleine Felix und seine Mutter hatten bei den schlesischen Verwandten mehr schlecht als recht gelebt. Eigentlich waren sie dort immer nur geduldet gewesen und die beiden hatten es jeden Tag gespürt.

Kurt hatte zwar nach seinem Lotteriegewinn seiner kleinen, fast zwanzig Jahre jüngeren Schwester und dem Jungen mit Geld helfen wollen. Aber aus Verbitterung, einst aus dem engsten Familienkreis ausgestoßen worden zu sein, hatte sie seine Hilfe aus falschem Stolz abgelehnt. Unter großen Entbehrungen hatte sie es trotzdem selbst geschafft, ihren Sohn aufs Gymnasium zu schicken. Dafür hatte sie aufopferungsvoll die Demütigungen der Verwandtschaft auf sich genommen, weil sie dadurch die Miete für eine eigene Wohnung sparen konnte. Dieser Umstand hatte schließlich auch dazu geführt, dass Felicitas im dreiundvierzigsten Lebensjahr nach einer schweren Grippe nicht mehr die Kraft zur Genesung gehabt hatte. Felix hatte mit dem bestandenen Abitur seine Schulzeit beendet, er war zum Manne gereift und hatte gerade seinen Militärdienst abgeleistet, als ihn die Nachricht vom frühen Tod der Mutter erreichte.

Felix war weniger stolz, als sie es gewesen war und hatte mit Zurückhaltung, aber auch mit Freude auf das Angebot seines Onkels reagiert, auf dessen Kosten in Berlin auf die Universität zu gehen. Nachdem er seine Mutter mit allen

Ehren unter die Erde gebracht hatte, hielt ihn nichts mehr in Breslau.

Kurt Krüger war jedoch noch aus anderen Gründen auf den Gedanken gekommen, seinen Neffen bei sich aufzunehmen. Seine geliebte Frau Wilhelmine war schon vor zwölf Monaten nach dreißig Jahren glücklicher Ehe in die Ewigkeit abberufen worden. Daher dachte er, dass es ein guter Einfall sein könnte, sich den jungen Mann ins Haus zu holen, der ihm durch seine Intelligenz auch ein angenehmer Gesellschafter sein konnte. Sein eigener Sohn hatte nach einem heftigen Streit mit den Eltern schon vor Jahren nicht nur die Eltern, sondern auch seine Heimatstadt Berlin verlassen. Seitdem hatte er nie wieder von sich hören lassen. Kein einziges Lebenszeichen hatte es in den zehn Jahren seit damals gegeben. Vielmehr gab es zwischendurch sogar Gerüchte, er wäre verunglückt und läge nun tot in fremder Erde. So standen also die Verhältnisse in diesem Frühling des Jahres 1898.

Kurt Krüger hatte jedoch bei seinem Wunsch, dass die Ankunft seines Neffen nicht schon im voraus zum Gesprächsstoff der Nachbarschaft wurde, die Neugier seiner Portierfrau Amalie Raddusch, die schließlich entfernt auch zur Familie gehörte, unterschätzt. Sie hielt Augen und Ohren stets offen und schnüffelte überall herum. So hatte sie doch irgendwie das Wissen erlangt, dass dieser Schandfleck der Familie ins Haus kommen würde. Schon am nächsten Morgen erzählte sie es jedem, dem sie begegnete und der Kurt Krüger kannte, dass dieser den Sohn seiner moralisch verkommenen Schwester… Die meisten wussten wenig davon und so schilderte sie bereitwillig, unter dem Siegel höchster Verschwiegenheit natürlich, in glühenden Farben den Skandal, der sich ereignet hatte, kurz nachdem sie selbst mit ihrem Otto vor den Traualtar getreten war. Dabei verdrehte sie die Augen und unterstrich ihre Worte mit eindeutigen

Gesten, mit denen sie ihre große Verachtung ausdrücken wollte.

In diesem Augenblick am Freitagvormittag stand sie gerade im Laden der Gemüsehandlung Schläfke zwei Häuser weiter.

»Ick will ja nüscht jesacht ham, Frau Schläfke, aba ick finde det nich richtich, det in unser jutet anständijet Haus so een Subjekt einzieh'n soll. Sowat nenne ick jradezu kriminell. Jawoll, unterbrechen Se mir nich, Frau Schläfke! Kriminell is det und jehört jemeldet, am besten bei die Sittenpolizei...«

Die Gemüsefrau schüttelte zweifelnd den Kopf. »Glooben Se nich, det wär zu starker Tobak, Frau Raddusch?«

»Nie nich! Zumindest müsste man dem Paster Behrens mal een Besuch abstatten.«

»Dem vonne Emmauskirche?«

»Jenau dem Selbichten. Die Frau war nich verheirat' und nu' will sich ihr unehelicher Sohn bei uns breet machen? Det is jejen Sitte und Anstand, jawoll!« Amalie Raddusch verschränkte die Arme über dem empört zitternden Busen und nickte dabei bekräftigend. »Bei sein' Onkel will er sich wohl einnisten und später wohlmöchlich beerben. Will sich int jemachte Nest setzen. So seh ick det!«

Frau Schläfke wiegte den Kopf nun hin und her. »Na, erwiesen is det noch lange nich'. Abwarten, sag' ick Ihnen, abwarten! Erzählen Se det mal nich überall 'rum, Frau Raddusch. Sonst zeicht Ihnen der Mensch noch bei Jerichte an, wejen übler Nachrede.« Was sie sonst noch dachte, sprach sie nicht aus. Als das Wort ›beerben‹ fiel, hatte die Gemüsefrau jedoch eine ziemlich genaue Vorstellung davon, was Frau Raddusch so in Wallung brachte. Aber das behielt sie für sich.

»Aba nich' doch, Frau Schläfke, wo werd' ick denn? Ick hab ja nur mal so laut jedacht und nur hier bei Ihnen, weil ick weeß, det Se schweijen können. Und nu verlier' ick ooch keen eenzijet Wort mehr über die Sache. Wat kosten denn die Kartoffeln heute und die Teltower?«

Während Frau Schläfke nun endlich ihre Kundin bediente und sich vernünftiger Weise schwor, wirklich nichts von dem, was ihr Amalie Raddusch erzählt hatte, weiterzutragen, machte aber die Nachricht schon die Runde, denn bevor die Portierfrau aus dem Hause 28 in der Falckensteinstraße ihren Bedarf an Kartoffeln und Teltower Rübchen im Gemüseladen von Frau Schläfke deckte, war sie vorher schon im Milchladen gegenüber bei Frau Dunkel gewesen, wo sie ebenfalls ihrem Unmut Luft gemacht hatte über den zukünftigen neuen Hausgenossen, in dem sie eine Gefahr für einen eventuellen Erbschaftsanteil sah. Nicht zuletzt um sich bei dem entfernten Verwandten beliebt zu machen und sogar auch ein bißchen unentbehrlich, hatte sie beflissen nach Wilhelmine Krügers Ableben versucht, dem Witwer im Haushalt eine Stütze zu sein. Ein Dienstmädchen hatten die Krügers nie gehabt, auch nicht als der Lotteriegewinn den Bau des Hauses ermöglicht hatte. Wilhelmine hatte in der neuen großzügigen Wohnung weiterhin alles selbst gern erledigt, wie sie es von jeher gewohnt war. »Als Kurt noch ein armer Lehrer war, ging es gut ohne Dienstboten, also warum soll sich daran etwas ändern?«, hatte sie immer gesagt. Nun war Wilhelmine zwar nicht mehr da, aber der Schreck für Amalie Raddusch war nicht gering, als Johanna Hübner nun regelmäßig in die Hausbesitzerwohnung gerufen wurde, um Ordnung zu schaffen. Das nährte wiederum ihren Neid auf die Familie des Droschkenkutschers.

Jedenfalls und wie auch immer, Frau Schläfke hielt den Mund. Aber Frau Dunkel und das schon angegraute Fräulein Putzke, eine weitere Kundin, die gerade im Laden war, sorgten dafür, dass zur Mittagszeit auch die Kundinnen beim Schlächter Naumann, der Bäckerei Puhlmann und die Witwe Luzie Schwielow, die mit ihrem Sohn zusammen den Kohlenkeller am Ende der Straße besaß, im Bilde waren.

Auch Herr Kullicke, der den Zigarrenladen im Hause Falckensteinstraße 28 führte, erfuhr davon. Aber nicht direkt von Amalie Raddusch, das getraute sie sich dann doch nicht, denn der alte Kullicke und Kurt Krüger waren nämlich dick befreundet. Außerdem war der Zigarrenladen das einzige Geschäft, dass der Hausbesitzer am ehesten aufsuchen würde. Aber die Gerüchteküche war am Brodeln und so wußte auch Kullicke Bescheid.

Trotzdem war Amalie zufrieden, als sie merkte, dass ihre Nachricht sich schnell in der Falckensteinstraße, zumindest in dem Abschnitt zwischen der Görlitzer und der Wrangelstraße, verbreitet hatte. Damit hatte sie, wie sie glaubte, erreicht, dass dem jungen Mann ein wenig herzlicher Empfang bereitet werden würde. Sie kannte doch die Sensationslust und auch den Hang ihrer kleinbürgerlichen Umgebung, sich gerne moralisch über andere zu erheben.

War sie sonst immer nur zähneknirschend bereit, ihrem Otto ein paar Krüge Feierabendbier und ein paar Schnäpse zu gönnen, drängte sie ihn an diesem Abend sogar nahezu, quer über die Straße in die Kneipe zu gehen, um zu erfahren, ob auch dort über Kurt Krügers Neffen geredet wurde.

Otto Raddusch war nicht begeistert von den Aktivitäten seiner Frau. »Musste denn imma tratschen und klatschen, Malchen? Det will mir nich passen, dette den Felix inne Nachbarschaft in Verruf bringen willst. Gloob' mir mal, uff sowat liecht keen Seejen nich! Wenn der Kurt dahinterkommt, dette hetzen tust, denn könn' wa uns warm anziehen. Denk an meene Worte!«

»Otto, nu halt' keene Volksreden, jeh rüber inne Destille und horch dir mal um!«

»Warum jehste denn nich selba? Bist doch schon öfter mal mitjekommen, wenn ick mir ausnahmsweise 'ne Molle und nen Kümmel jejönnt habe. Ick werd' dir nich' uffhalten.«

»Ick soll alleene inne Kneipe jeh'n? Kommt nich inne Tüte!«, rief Amalie Raddusch, geborene Fegelein aus Köpenick mit hoheitsvoller Miene empört und schob ihren Mann aus der Wohnungstür. »Komm aber balde zurück, hörste?«

4

Ob man in der Kneipe gegenüber für oder gegen den jungen Mann war, der am Montag eintreffen würde oder ob man überhaupt dort über ihn sprach, sollte Amalie Raddusch an diesem Abend nicht mehr erfahren. Aus der einen Molle mit Korn waren erst zwei, dann drei und dann noch mehr geworden und kurz vor Mitternacht torkelte der Hauswart Otto Raddusch mehr schlecht als recht wieder quer über die Falckensteinstraße. Es brauchte eine ganze Weile, bis die unsichere Hand den Haustürschlüssel ins Schlüsselloch geführt hatte und das schwere Tor sich öffnete. Dann polterte er durch den Hausflur über den Hof in die Parterrewohnung im Hinterhaus. Zeternd empfing ihn dort seine Amalie, zog ihm schimpfend die Kleider aus und steckte ihn ins Bett, wo er umgehend ins Land der Träume glitt und schnarchend seinen Rausch ausschlief.

Noch bevor er am nächsten Morgen wach wurde, ging schon um sieben Uhr die Türglocke. Amalie, die bereits auf den Beinen war, ahnte nichts Gutes, wenn jemand so früh läutete. Noch dazu mit einer Heftigkeit, die vermuten ließ, dass die Person, die die Klingel so wild betätigte, es eilig hatte, eingelassen zu werden.

»Ick komm' ja schon, nur immer mit de Ruhe!« Sicherlich war es ja doch nur einer der Mieter, der Einlass und Gehör verlangte, weil eine Kleinigkeit repariert werden musste. Die Hauswartsfrau kannte doch die ständig unzufriedenen Hausbewohner, die ihr das Leben schwermachten.

Sie drückte die Klinke der Wohnungstür. »Nu bin ick aber jespannt, wer in aller Herrjottsfrühe...« Sie stockte. Vor ihr stand wutentbrannt der sonst so geduldige und gutmütige Hausbesitzer.

»Frau Raddusch, was denken Sie eigentlich, was Sie sich erlauben können?«, fragte er ohne förmliche Begrüßung.

Amalie hatte kein gutes Gefühl, weil Kurt Krüger sie so unpersönlich mit ›Sie‹ und ihrem Nachnamen angeredet hatte. Sie wußte so auf Anhieb keine rechtfertigende Antwort zu geben, denn sie ahnte schon, worum es ging. Trotzdem spielte sie erst einmal die Unwissende.

»Wat denn, wat denn?«, fragte sie fast scheinheilig freundlich. »Ick wünsche erstmal 'nen scheenen Juten Morjen, Herr Krüjer! Woll'n Se nich' erstmal Platz nehmen?« Sie wies mit der rechten Hand durch die halboffene Tür in das kleine Zimmer, in dem sich ein Tisch, zwei Stühle und ein schon leicht abgescheuertes Sofa und ein kleines Vertiko befanden.

»Tun Sie doch nicht so, Frau Raddusch! Sie wissen genau, dass ich von Ihrem Tratsch rede, den Sie über meinen Neffen verbreiten, noch bevor er einen Fuß in mein Haus gesetzt hat. Der Himmel weiß, woher Sie die Neuigkeit erfahren haben, dass er in den nächsten Jahren bei mir wohnen wird während seines Studiums. Aber mir ist nicht entgangen, dass Ihre Neugier immer einen Weg findet, gestillt zu werden. Ich kann Ihnen nur raten, den Bogen nicht völlig zu überspannen. Sie sind neidisch auf den Droschkenkutscher Hübner und seine Familie, das ist mir wohlbekannt und auch sonst zeichnen Sie sich nicht gerade durch christliche Nächstenliebe aus, auch wenn Sie jeden Sonntag in die Kirche gehen. Aber nun wollen Sie auch noch ein Mitglied meiner Familie, die, wie ich nicht vergessen habe, auch entfernt die Ihre ist, in Verruf bringen durch Ihr Geschwätz. Das lasse ich nicht zu und wenn mir noch ein einziges Mal zu Ohren kommt, dass Sie wieder Ihr Schandmaul nicht halten konnten, dann fliegen Sie und Ihr Otto aus dem Haus, egal, ob Sie zur Familie gehören oder nicht. Merken Sie sich das!« Die letzten Sätze hatte Kurt Krüger gebrüllt.

Noch ehe Amalie Raddusch Luft holen konnte, hatte sich Kurt Krüger umgedreht und war mit hochrotem Kopf aus der Hausmeisterwohnung gestürmt, die Tür hinter sich heftig zuschlagend, so dass der Knall das ganze Hinterhaus bis hinauf in den fünften Stock erfüllte.

»Wat is denn hier los?«, fragte der noch schlaftrunkene Otto Raddusch, den die laute Stimme des Hauswirts aus seinem Schlummer und schließlich die zugeschlagene Tür aus seinem warmen Bett geholt hatte. »Ham wa etwa Kriech oder jeht die Welt unter?« Er wankte ins Zimmer und staunte nicht schlecht, als er seine sonst so resolute und wortgewaltige Amalie stumm und mit starrem Blick auf dem Sofa sitzen sah.

»Herr Krüjer war hier«, sagte sie schließlich nach einer kleinen Weile des Schweigens.

»Na, det hab ick mitjekricht, brauchst mir also nüscht weiter zu erzählen! Der hat ja losjebrüllt mit een Orjan, dette ihn noch ant andere Ende vonne Luisenstadt hättst hören könn'. Aba wat ha' ick dir noch jestern Aaamd jesacht? Du sollst det Tratschen und Hetzen lassen, det bringt nüscht wie Ärjer in. Reenewechs Ärjer!«

»Ick werd det bestimmt ooch nie wieda machen«, versprach Amalie mit weinerlicher Stimme. Der wütende Hauswirt hatte sie ernsthaft eingeschüchtert.

»Det will ick ooch hoffen! Ick habe nämlich keene Lust, mir mit meene fuffzich Lenze noch uff Arbeetssuche zu machen und obendrein ooch noch ne neue Wohnung zu finden. Ick habe nämlich jenau jehört, wat Kurt zu dir jesacht hat. Und wat der sacht, det macht der ooch, det weeßte jenau. Also reiß dir am Riemen und sieh zu, det mit ihm wieder allet inne Richte kommt. Dazu jehört ooch, dette mal een bißchen freundlicher zu den Mietern bist. Du hast dir ja zu nem richt'jen Hausdrachen entwickelt. Da musste dir ooch jewaltich ändern, verstehste?«

»Ja, Otto, det will ick machen. Det verspreche ick dir hoch und heilig«, sagte Amalie Raddusch und sah ihren Otto dabei bittend an.

»Ick nehm dir beim Wort. Ick hab dir sowieso ville zu sehr freie Hand jelassen, det wird sich in Zukunft ändern. Der Herr im Haus bin nämlich icke, haste mir verstanden?«

Amalie nickte, aber Otto fragte sich bereits jetzt schon, wie lange sie zahm bleiben würde. Er kannte sie schließlich seit vierundzwanzig Jahren, im nächsten Jahr würden sie ihre Silberhochzeit feiern können.

Beim Frühstück blieben beide sehr einsilbig, aber auch nachdenklich. Amalie dachte ernsthaft darüber nach, ob es richtig war, über Kurt Krügers Neffen so vorschnell den Stab zu brechen, kannte sie ihn doch gar nicht und im Grunde genommen konnte es ihr doch auch gleichgültig sein, ob er nun im Hause wohnen würde oder nicht. Andererseits sah sie ihre Hoffnung schwinden, dass ihr Otto und damit auch sie zum Kreis der Erben gehören würden, wenn dereinst Kurt Krüger das Zeitliche segnen würde. Der Neffe stellte für sie eine nicht zu unterschätzende Konkurrenz für sie dar. Als ob es nicht schlimm genug gewesen war, dass Hübners Johanna schon als kleines Mädchen Kurt Krügers Herz gewonnen hatte. Das alles hatte den Ausschlag für ihr Verhalten gegeben.

Otto hingegen grübelte über den Charakter seiner Frau nach. Als er sie damals, nur wenige Jahre nach dem Krieg gegen die Franzosen und der Reichsgründung kennengelernt hatte, war sie eigentlich ein ganz liebreizendes Mädchen aus dem Städtchen Köpenick gewesen, das in der großen Stadt Berlin auf Stellungssuche gewesen war. Aber wenn er sie heute so betrachtete… Sie war zwar schlank geblieben wie damals, aber die Zeit hatte Spuren in ihrem Gesicht hinterlassen.

»Wenn wa mit frühstücken fertich sind, denn kiekste mal hier im Hinterhaus nach, ob allet in Ordnung is und fegst die Treppen und am besten wischte ooch noch nass uff. Denn ist der Uffjang für diese Woche erledicht. Ick werd det Trottoir fejen, der Krüjer soll dir mal lieber heute nich mehr zu Jesichte bekommen. Vielleicht kiekt er ja aus Fenster.«

Als Otto Raddusch ein paar Minuten später mit einem großen Besen bewaffnet, durch das Tor trat, war die Straße bereits voller Leben. Die Hausfrauen erledigten ihre Einkäufe für das Wochenende, selbst beim Friseur Dewitz gegenüber herrschte schon reger Betrieb. Die Herren ließen sich wohl zum Sonntag ihre Bärte stutzen, sofern sie einen trugen. Ein paar der kleineren Kinder, die noch nicht zur Schule gingen, spielten auf der anderen Straßenseite, ein Pferdefuhrwerk mit Baumaterial rumpelte schwerfällig über das Pflaster in Richtung der neuen Oberbaumbrücke am nördlichen Ende der Falckensteinstraße. In der Gegenrichtung schwankte eine Brauereikutsche heran, die Fässer in der Kneipe abladen wollte. Natürlich wachte auch bereits das Auges des Gesetzes in der nicht zu übersehenden Gestalt von Wachtmeister Fritsche darüber, dass Ruhe und Ordnung herrschte, damit die Untertanen getrost ihrem Alltag nachgehen konnten. Majestätisch schritt er als Vertreter der Obrigkeit durch sein Revier und seine Krone war die Pickelhaube.

Über allem lag die Geräuschkulisse des nahen Görlitzer Bahnhofs, von dem das Stampfen und Pfeifen der Lokomotiven abfahrender und das Kreischen der Bremsen ankommender Züge lag.

Freundlich winkte Herr Schmidtke, der Briefträger, der gerade die erste Post austrug, herüber und in seiner Ladentür stand Gottlieb Kullicke und paffte an einer Zigarre.

»Na, Herr Kullicke, stehen Se Reklame für Ihre Glimmstengel?«, fragte Otto Raddusch, während er fleißig den Gehweg vor dem Haus fegte.

Der Zigarrenhändler nahm einen Zug und nickte. »Warum ooch nich? Schaden kann et ja nüscht. Aber wat machen Sie denn heute hier, sonst fecht doch immer Ihre Frau det Trottoir um diese Zeit?«

»Ach, die feecht und wischt heute mal die Treppen im Hinterhaus. Sie fühlt sich heute nich so jut und will nich so ville Leute um sich haben.«

»Ach so!« Kullicke grinste. Er dachte sich seinen Teil, denn der Hauswirt hatte ihm schon einen Besuch abgestattet und dabei in seiner Erregung dem alten Freund preisgegeben, dass er bei seiner Verwandtschaft im Hinterhaus auf den Tisch gehauen hatte.

»Besser isset wohl!«, meinte Kullicke und der Portier nickte betrübt den Kopf.

»Ick habe meiner Ollen ja ooch bei die Jelejenheit den Kopp zurechte jestutzt. Bin jespannt, wie lange se vernünftich bleibt.«

»Det war richtich!« Der Zigarrenhändler nickte zur Bekräftigung. »Wissen Se, man hat ja für vielet Vaständnis, aber wat sich Ihre Amalie da für'n Ding jeleistet hat... also nee, da hat se nich' recht jetan...«

»So seh ick det ja ooch!«, rief Otto. »Dabei kann ich det manchmal nich' bejreifen, wat se dazu treibt, solche Sachen zu machen. Sie is in den letzten Jahren so richtich verbiestert jeworden. Ich könnt ma ja nur denken, det et daran liecht, det se keene Kinder hat kriejen können. Det soll ja für ne Frau 'n harter Schlach sind, sacht man doch.«

Kullicke zog noch einmal an seiner Zigarre und nickte. »Det möcht' möchlich sein.« Dann wandte er sich um und ging wieder in seinen Laden, denn nun nahte Herr Schmidtke , der an jedem Werktag bei seiner Morgenrunde das Geschäft betrat, ob er nun Post für Kullicke hatte oder nicht, denn auch der Briefträger zählte zur Kundschaft des Zigarrenhändlers. Otto Raddusch beendete nun ungestört sein Werk und verschwand danach auch gleich im Haus.

5

Der Sonnabend ging vorüber und am Sonntagmorgen ging Otto Raddusch in die Wohnung des Hausbesitzers, wo er nach dessen Anweisungen die Möbel im Arbeitszimmer umstellte. Ein Bett hatte sich noch auf dem Dachboden gefunden, im dem der junge Mann aus Breslau zukünftig sein Studentenhaupt zur Ruhe legen konnte. Schreibtisch und Bücherregal waren bereits vorhanden und auch für die Kleider gab es noch einen kleinen Schrank, der aus dem Schlafzimmer des Hausherrn stammte. Kurt Krüger sah sich in dem Raum um. Das Fenster ging zwar zum Hof, aber da es im Vorderhaus von Anfang an elektrisches Licht gegeben hatte, würde das Studieren und Arbeiten auch bei spärlichem Tageslicht kein Problem werden.

»Das wäre geschafft mit deiner Hilfe, Otto. Vielen Dank, dass du deinen Sonntagvormittag dafür geopfert hast. Aber es war mir wichtig, dass sich mein Neffe gleich von Anfang an hier wohlfühlt und ein eigenes Studierzimmer hat, in dem er auch schlafen kann.«

»Nüscht zu danken, Kurt! Ick freu mir, wenn ick dir helfen konnte. Schließlich hatte ick ja ooch een bißken wat jut zu machen wejen Malchens Jetratsche.« Otto lächelte verlegen.

»Sprechen wir nicht mehr darüber. Aber in Zukunft kommt das nicht mehr vor, haben wir uns da verstanden?« Kurt Krüger reichte seinem Verwandten versöhnlich die Hand, der sie ergriff und bemerkte sofort das Geldstück. Er wollte etwas sagen, aber der Hauswirt winkte ab.

»Nur ein kleines Handgeld für die Hilfe. Wie ich deine Amalie kenne, hält sie dich sicherlich kurz. Das haben sie Frauen so an sich.«

Die beiden Männer sahen sich an und der ältere Kurt zwinkerte dem jüngeren Otto zu.

»Meine Wilhelmine war da nicht anders, als ich noch ein kleiner Lehrer mit magerem Gehalt war. Also gönn' dir mal ein paar Glas Bier auf mein Wohl.«

»Det mach ick stante pede!« Otto ließ seine Zunge über die Lippen gleiten und schmeckte in Gedanken schon das Bier. »Amalie is' ja inne Kirche und denn macht se Mittachessen. Bis dahin bleibt mir noch jenügend Zeit für'n kleenet Hellet.«

Er setzte sich seine Mütze auf und tippte mit dem rechten Zeigefinger an deren Rand. »Ick empfehle mir, Kurt! Oder willste vielleicht mitkommen?«

Aber Kurt Krüger lehnte ab. »Es genügt schon, dass ich heute nicht in den Gottesdienst gegangen bin. Da verkneife ich mir den Kneipenbesuch lieber.«

»Ja, det is' denn woll besser. Man weeß ja, wie die Leute sind. Det wirft een schlechtet Licht uff dir.«

Einen Moment herrschte Schweigen, dann fasste der ältere Herr einen Entschluß. »Mein lieber Otto, ich will dir mal etwas sagen. Ich glaube, so eine Gelegenheit sollten wir uns nicht entgehen lassen, uns mal ein wenig miteinander auszusprechen. Schließlich sind wir ja miteinander verwandt und wir beide hatten doch noch nie ernsthafte Probleme miteinander – oder was meinst du? Die Leute zerreißen sich doch so oder so das Maul, jedenfalls die, die mir ohnehin nicht wohlgesonnen sind.«

Otto bekam große Augen und glaubte, seinen Ohren nicht zu trauen. »Willste damit andeuten, dette nu' doch mitkommst? Mensch, Kurt! Det find' ick jetzt aber echt jut von dir.« Er lächelte etwas schief, nahm seine Mütze wieder ab und drehte sie verlegen in den Händen. »Aba recht haste. Du und icke, wir beede ham uns eigentlich noch nie inne Wolle jehabt. Dette mir leiden kannst, weeß ick ja, seit de mir als Hausmeesta hier in dein Mietshaus hast einjestellt. Die Bezahlung is anständich und ooch sonst kann ick mir nich beschwer'n. Is ja noch allet ziemlich neu im Haus, da jibt's ja ooch kaum wat zu richten.«

»Dann lass uns keine Zeit verlieren, damit du nicht zu spät zum Mittagessen kommst. Sonst gibt es wieder Ärger mit deiner Amalie.«

»Die soll ruhich warten. Ick habe ihr jestern früh deutlich jesacht, det se sich nach mir zu richten hat, denn der Herr im Haus wär icke... also natürlich nich hier im janzen Haus, da bist du ja der Prinzipal... bei ihr wär ick der Herr, so wie et schon inne Bibel steht.«

»Na, du kannst ihr ja einen schönen Gruß von mir bestellen und wenn sie sich darüber beschwert, dass du zu spät zum Essen kommst, dann sage ihr, dass ich dich aufgehalten hätte.«

Otto grinste. »Det is jut, denn dir kann se sowieso nicht leiden...« Er unterbrach sich. »Det heeßt, sie kann et schon, aber sie kann et nur noch immer so zeijen.«

Der Hausbesitzer klopfte ihm beruhigend auf die Schulter. »Ich weiß schon, wie du es meinst. Nun lass uns gehen, damit deine Frau trotzdem nicht zu lange auf dich warten muss mit dem Essen.«

Aber Amalie Raddusch blieb ganz friedlich, als Otto eine Stunde später in die Parterrewohnung im Hinterhaus eintrat. Er war erstaunt, hatte er doch zumindest ein paar klagende Worte erwartet.

»Tut mir leid, Malchen, det ich erst jetzt... aber der Kurt und ich… er wollte mir unbedingt noch…«, stotterte er unsicher.

»Is schon jut, Otto. Wasch dir die Hände und setz dir an'n Tisch. Essen is' gleich fertich«, sagte Amalie, aber man merkte, dass sie mit ihren Gedanken woanders war.

Stumm saßen sich die beiden Eheleute während des Essens gegenüber am Küchentisch. Otto ließ sich die Buletten mit Kartoffeln und Teltower Rübchen schmecken, aber Amalie stocherte nachdenklich im Essen herum.

Nach einer Weile begann sie dann zu erzählen, dass sie heute nach dem Gottesdienst vor der Emmauskirche von einem fremden Mann angesprochen worden war.

»Det war keen Mann, det war sojar een feiner Herr, würde ick denken.«

»Woran willste denn det erkannt ham?«

»Er trug nen feinen Anzuch und 'n weißet Hemde, ne Krawatte und nen Hut und er hat ooch nich een bißken berlinert.«

»Det is allet? Wer weeß, wenn eener so schnieke tut, denn isser bestimmt allet and're als 'n feiner Herr.«

»Er hat mir außerdem Madam jenannt«, fügte Amalie zu und errötete leicht bei der Erinnerung.

»Ach du jrüne Neune! Det hat dir wohl mächtig Eindruck jemacht, wat? Und wat hat der feine Herr denn nu' von dir jewollt?«

Amalie hob den Kopf. »Also, det isset ja, wat mir so jrübeln lässt, Otto. Er hat mir jradewegs ausjefracht, wo ick wohne und ob ick eenen Kurt Krüjer kennen würde und wat ick über ihn wüsste.«

»... und da haste wieder mal nich' den Rand halten könn', wat?«

Amalie protestierte. »Jetzt tuste mir unrecht, Otto! Ick hab mir zurückjehalten und nur so ville jesacht, wie det sich unter kulte... kulturfierte Leute jehört.«

»Wat für Leute? Amalie, musste denn immer Bejriffe von dir jeben, die keen vernünftijer Mensch vasteh'n tut?«

»Du weeßt jenau, wat ick meene! Det kommt von Kultur, aba davon haste ja keene Ahnung, ooch wenn de aus ne Familie kommst, in der et durchaus jebildete Leute jibt wie den Kurt.«

»Hat sich denn dein feiner Herr ooch vorjestellt, wie sich det jehört? Wer weeß, warum der det allet von dir wissen wollte. Vielleicht war et ja eener vonne Polizei in Zivil.«

»Nee, det sah nich' danach aus. Der hätte sich ja ausjewiesen. Aba wat besonders komisch is, det er mir trotzdem irjendwie bekannt vorkam. Aba ick weeß nich', wo ick ihn hinstecken soll.« Amalie warf ihre Stirn in Falten und versuchte in ihrem Gedächtnis zu dem Gesicht des Fremden einen Namen zu finden. Aber es wollte ihr nicht gelingen.

»So, biste fertich mit Essen?« Sie erhob sich und begann den Tisch abzuräumen.

Otto wollte gerade die Küche verlassen, als ihn Amalie mit einer Frage zurückhielt.

»Sach mal, wie alt war denn der Paul, als er von Hause wech is?«

Otto stutzte und drehte sich um. »Paul? Du meenst Paul Krüjer?«

»Jenau den meinte ick. Ick kann mir zwar nich mehr so richtich an Paul erinnern, aber ick hatte vorhin die janze Zeit det Jefühl, der Herr vorhin hätte so wat im Blick jehabt, wat ick von früher her kenne. Schon, wie der mir immer anjekiekt hat.«

»Du und deine Jefühle! Paul is irjendwo inne Fremde bejraben, der kann dir nich vor de Kirche anjekiekt ham. So, und nu jeh ick nach nebenan und werd mir für ne halbe Stunde von innen besehen«, beendete Otto das Gespräch und legte sich wie angekündigt zum Mittagsschlaf auf das Sofa im Wohnzimmer nieder.

Auch Familie Hübner hatte gemeinsam den Gottesdienst in der Emmauskirche besucht. Aber nur Bertha und Johanna waren zu Fuß in die Falckensteinstraße zurückgekehrt, während Friedrich die Zeit bis zum Mittagessen nutzen wollte, um vielleicht noch ein paar Fuhren mitzunehmen und hatte sich deswegen an den Görlitzer Bahnhof gestellt, wo es auch sonntags eigentlich immer ankommende Reisende mit Gepäck gab, die eine Droschke haben wollten.

Bertha schloss die Tür zum Anbau auf und stöhnte ein wenig, denn der Weg war ihr heute schwergefallen.

»Wird Zeit, det in unsere Ecke nu endlich ooch ne Kirche jebaut wird«, meinte sie inbrünstig. »Hinzu jeht's ja zum Lausitzer Platz, weil Vater uns inne Droschke fährt. Aber zurück… . Det zieht sich.«

»Ist fast ein Kilometer...«, gab Johanna zur Antwort.

»Woher weeßte denn det?«

»Ach, das hat Onkel Krüger mir neulich mal erzählt, als ich bei ihm aufgeräumt habe. Von ihm weiß ich auch, dass am Ende der Wrangelstraße eine Kirche gebaut werden soll. Dann gehören wir zur Tabor-Gemeinde«, erklärte Johanna in fast schulmeisterlichem Tonfall.

»Kind, ick staune... wat du nich' allet in dein kleenet Köppchen hast! Ja, bei Herrn Krüjer kannste wat lernen«, sagte Bertha mit zufriedenem Gesicht und sah ihre Tochter liebevoll an. »Det kann dir nochmal sehr helfen im Leben. Da bekommste ooch nen anständijen Mann. Du sollst et mal besser ham als wie ick.«

»Aber Mama, willst du denn sagen, dass du es nicht gut hast mit Papa. Er ist doch auch anständig, arbeitet hart, damit er für uns sorgen kann, trinkt nicht, schlägt dich nicht und mich auch nicht...«

»Nee, det nich. Aber trotzdem...«

»Glaub mir, Mama. Als ich noch zur Schule ging und manchmal eine Freundin zu Hause besuchte, da habe ich ganz andere Verhältnisse gesehen. Du erinnerst dich vielleicht noch an die kleine Martha Kalinke aus der Oppelner Straße? Die hast du doch immer gut leiden können.« Johanna sah ihre Mutter ernst an.

»Ja, doch. Jetzt fällt's mir wieder in. Die war ein ruhijet Meechen, hat kaum 'nen Pieps jesacht, wenn de se mal mitjebracht hast.« Bertha schürzte ihre Lippen und nickte. »Det war doch die Jeschichte, wo der alte Kalinke seine Frau totjeprüjelt hat im Suff.« Bertha schüttelte sich.

»Ja, das meine ich. Der Vater kam ins Zuchthaus und Martha, die sonst keine Verwandten hatte, musste ins Waisenhaus.« Johanna bekam ein trauriges Gesicht bei der Erinnerung an ihre Schulfreundin und schwieg nachdenklich. Was hatte sie doch für ein Glück, dass sie zwar in einfachen, aber doch auch anständigen Verhältnissen aufgewachsen war.

Ihre Mutter holte sie aus ihren Gedanken. »Kind, wir woll'n uns're juten Sonntagskleider ausziehen und denn rin in die Kittel. Wenn Vater nachher kommt, wird er Kohldampf schieben und det woll'n wa doch nich', det er uns vahungert, wa?«

Johanna lächelte. In den letzten Jahren hatte sie bei Onkel Krüger gelernt, dialektfreies und gehobenes Deutsch zu sprechen und so bemerkte sie doch manchmal deutlich, wie sehr sich ihre Ausdrucksweise von der ihrer Eltern und der meisten Nachbarn unterschied. Aber sie liebte beide von ganzem Herzen und sah darüber hinweg. Nur amüsierte es sie manchmal sehr, wie sehr Mama und Papa stolz auf sie waren, weil sie so gut wie gar nicht mehr berlinerte.

Nachdem die beiden sich umgezogen hatten, Johanna trug nun ein einfaches Kleid und hatte sich eine Schürze umgebunden und Bertha trug nun ihren Küchenkittel, machten sie sich an die Zubereitung des Sonntagessens.

»Hanna, hol doch mal die Kartoffeln aus de Speisekammer!«

»Ja, Mama! Soll ich sie auch gleich schälen?«

»Mach det. Du weeßt ja wie ville wa brauchen für uns Dreie. Ick kümmere mir inne Zwischenzeit um die Könichsberjer Klopse. Ick hab ooch noch ne jrüne Jurke inne Kammer und saure Sahne. Wenn de mit 's Kartoffelschälen fertich bist, machste noch Jurkensalat, hörste?«

Johanna nickte und freute sich schon auf das Essen. Außerdem wußte sie, dass die Königsberger Klopse ihrem Vater ein Hochgenuss sein würden.

In der Tat setzte sich der Familienvorstand mit großem Appetit an den Mittagstisch.

»Bertha, ick muss dir loben!«, rief Friedrich voller Begeisterung, nachdem er den ersten Bissen gekostet hatte. »Mit det Essen haste wieda mal bewiesen, wat für ne jute Köchin de bist. Bei dir schmeckt's imma noch am Besten.«

»Wat jibt's denn da zu kichern, Hanna?«, fragte die hochgelobte Hausfrau ihre Tochter.

»Papa redet ja so, als ob er auch noch woanders essen würde«, antwortete Johanna amüsiert. »Aber wer weiß, vielleicht hast du ja eine heimliche Freundin, Papa!«

Friedrich Hübner glaubte, seinen Ohren nicht zu trauen und auch Bertha, die gerade dabei war, die anderen Teller zu füllen und mit der Schüssel mit den Kartoffeln neben Johanna stand, verstand keinen Spaß. Die Schüssel auf den Tisch zu knallen und ihrer Tochter eine Backpfeife auszuteilen, waren eins.

»Auuuuuu!« rief Johanna überrascht aus und sah ihre Eltern erstaunt an. Schläge gehörten eigentlich nicht zu den Erziehungsmethoden, die sie bisher kennengelernt hatte, auch wenn die in vielen Familien zum Alltag gehörten.

»Det musste jetzt sind, weil de zu deinen Vater frech jewesen bist.«

»Aber Mama, das war doch nur ein Scherz!«

»Frech war det und wenn de noch een Ton sachst, jibt's noch'n Nachschlach.«

»Nu lass ma' det Kind, Bertha!« Friedrich ergriff die Hand seiner Tochter und zwinkerte ihr zum Trost zu.

»Fritze, du bist wieda mal zu jutmütich. Aba ick seh' schon, ihr beede seid wieda een Herz und eene Seele.« Ärgerlich setzte sich Bertha an den Tisch und füllte sich nun selbst noch Kartoffeln und Klopse auf. Doch als sie ihren Mann und ihre Tochter so in Eintracht sich gegenüber sitzen sah, musste sie doch lachen. »Väter und Töchter... det is' ne Verbindung, jejen die kommt keene Frau an.«

»Recht haste, Muttern!«, antwortete Friedrich amüsiert. »Aber wenn de schon mit deine Weisheiten kommst, denn hab ick ooch noch eene for dir.«

»Na, denn schieß' mal los. Ick bin jespannt wie'n oller Rejenschirm.«

Eijentlich weeßte det ja selba, aber ick verratet dir. Hanna und ick könn' uns noch so liebhaben, aber wenn wa dir nich' hätten, Muttern... denn wär det Leben nur halb so schön.« Liebevoll sah er seine beiden Frauen an.

»Das hast du schön gesagt, Papa! Genau so ist es.«

»Schön, schön! Und nun woll'n wa endlich essen!«, befahl Bertha in mildem Ton und wischte sich eine winzige Träne aus ihrem rechten Auge.

»Det is' aba keen Jrund, dette jetzt anfängst zu heulen. Sonst wirste sowat von mir nie wieder hör'n!« Friedrich erhob den Zeigefinger, aber sein Drohen war nur im Scherz gesprochen.

»Du bist und bleibst 'n oller Dussel!«

»Aber Mama, jetzt bist du aber frech zu Papa«, sagte Johanna übermütig.

»Lass mal, Kind! Deine Mutter darf sich det erlauben«, antwortete ihr Vater großmütig. »So, nun wird jejessen!«

Und damit war der Familienfrieden endgültig wieder hergestellt.

Als alle Teller leer waren, räumte Bertha den Tisch ab. »Hanna, jeh doch noch mal inne Speisekammer! Da muss noch een Glas mit injeweckte Weichseln steh'n.«

Johanna erhob sich, aber der Vater hielt sie zurück.

»Nee, lass mal, die heben wa uns für'n ander'n Sonntach uff. Für heute hab ick mir stattdessen wat anderet ausjedacht. Familie Hübner jeht nämlich konditern.«

»Aber Friedrich! Wat is' denn nu' los? Ick dachte, du fährst am Nachmittag noch mal mit de Droschke los, wie de det sonst ooch immer machst? Du sachst doch imma, am Sonntach nachmittag lohnt sich det Jeschäft, wenn die kleenen Leutnants bei ihre Meechens renommieren oder wenn die Leute statt mit die Pferdebahn mal elejant durch de Jejend jekutscht werden woll'n.«

»Für jewöhnlich mach ick det ja ooch, aba heute will ick euch mal wat bieten. Ick hatte nämlich vorhin 'ne besonders jute Fuhre vom Alexanderplatz zum Anhalter Bahnhof. Der Fahrjast war spendabel, weil ick ihn noch rechtzeitich anne Bahn jebracht habe und hat mir zehn Mark zusätzlich jejeben. Davon woll'n wa heute mal alle wat von haben.«

»Ach, Papa! Das ist doch wirklich nicht nötig. Wir haben dich doch auch so lieb. Nicht wahr, Mama?« Johanna stellte sich neben ihren Vater, der einen ganzen Kopf größer war als sie und sah zu ihrer Mutter, die verwundert ihren Mann ansah.

»Det haste jut jesacht, Kind! Ick hoffe nur, dette mal jenau so een' juten Mann bekommst, rechtschaffen und großherzich...«

»Nu übertreib' mal nich, Bertha und fang nich wieda damit an, dette unser Meechen unter de Haube kriejen willst! Dazu isse noch ville zu jung. Det hab ick dir schon neulich jesacht.«

»Man kann nie wissen. Denk doch dran, det nu een junger Mensch in't Haus kommt. Der wird doch bestimmt seine Oogen nich' mehr von Hanna lassen, so hübsch wie se is'.«

»Wen meinste denn?«, fragte Friedrich und winkte ab, denn er konnte sich natürlich denken, wen seine Frau als Heiratskandidat ins Auge gefasst hatte.

Auch Johanna sah ihre Mutter fragend an. »Mama?«

»Ach, nun tut doch beede nich' so, als ob ihr det nich' wüsstet! Den Neffen vom Krüjer natürlich, den... den..?«

»Felix!«, rief Johanna und bemerkte, wie ihr bei der Nennung des Namens warm ums Herz wurde. Onkel Krüger hatte ihr gestern eine Fotografie gezeigt, die ihn während seiner Militärzeit in Uniform zeigte. Das junge, offene Gesicht hatte ihr gefallen. Seit sie ihn das erste und einzige Mal getroffen hatte, war er reifer geworden und auch kräftiger in der Statur. Das hatte bestimmt sein Dienst in der Armee des Kaisers bewirkt und wie bei vielen jungen Mädchen übte so eine Uniform einen gewissen Reiz auch auf sie aus. Er war bestimmt sehr sympathisch, der junge Mann aus Breslau.

»Johanna!« Der Vater holte sie aus ihren schwärmerischen Gedanken. »Damit wa uns richtich vasteh'n... ick will nich', dette dir von den Neffen von Herrn Krüjer hofieren lässt. Der is' aus een besseren Stall. So eener wie der, zu dem passen wir nich' so richtich, haste mir jehört?«

»Aber, Papa...«

Bertha schaltete sich ein. »Wat heeßt hier, zu dem passt uns're Hanna nich'? Schließlich hat se bei dem Onkel jelernt, wie man sich jewählt ausdrückt und dumm isse ooch nich'. Komm mal her, meene Kleene. Lass dir nüscht von dein' Vater einreden. Für een zukünft'jen Lehrer biste immer noch jut jenuch.«

»Aber Mama, ich denke doch gar nicht daran, den Felix... ich meine, den Neffen von Onkel Krüger zu heiraten. Ich will überhaupt noch keinen Ehemann.«

»Jawoll, recht haste!«, sprach Friedrich mit Nachdruck. »Und nu' hört endlich uff, macht euch lieber fein und denn jeht et los!«

»Na jut, Fritze. Du sollst deinen Willen haben, ooch wenn ick mir unverhofft heute noch eenmal in mein Korsett zwingen muss«, sagte Bertha und lachte. »Hanna, wir ziehen uns wieder um, dein Vater will det so und denn machen wa det ooch so.«

»Aber der Abwasch...!«, protestierte die Tochter.

»Der looft euch nich' weg«, sagte Friedrich. »Jetzt beeilt euch, ick werde mir ooch meenen Sonntachsanzug anlejen und denn jeht's los! Ick habe Kaffeedurscht und im Café Josty am Potsdamer Platz habe ick für vier Uhr nen Tisch uff de Terrasse bestellt.«

»Hanna, dein Vater is' jrößenwahnsinnich jeworden!« Bertha zwinkerte ihrer Tochter zu.

»Aber nich' doch!« Friedrich protestierte heftig. »Ick will doch bloß, det ihr ooch mal aus unsere stille Luisenstadt rauskommt und merkt, wat für ne elejante Weltstadt eure Heimatstadt Berlin is'.«

»Also, denn mal immer raus mit de Zicke an de Frühlingsluft!«

6

Als am Montagnachmittag die Turmuhr der Emmauskirche die dritte Stunde schlug, bog die Droschke von Friedrich Hübner in die Wendenstraße ein, die auf den Spreewaldplatz führte und der lag genau vor dem Görlitzer Bahnhof. Das Wetter war schön, der Frühling zeigte sich von seiner besten Seite und auf Geheiß von Herrn Krüger hatte Friedrich das Verdeck heruntergeklappt.

Den regen Verkehr auf dem Bahnhofsvorplatz störte die treue Lotte nicht im geringsten, das war sie als Berliner Droschkenpferd gewohnt. Nur diese neumodischen Pferdebahnen, die gar keine Pferde mehr brauchten, um vorwärts zu kommen, machten sie nervös. Sie waren schnell und es knisterte manchmal so seltsam am oberen Ende der Stange, wo die Bahn aus dem Fahrdraht den elektrischen Strom für ihren Motor in Empfang nahm. Es gab noch nicht viele davon, aber über kurz oder lang würden wohl alle Linien umgerüstet werden.

»Ick hab' ja nüscht jejen den Fortschritt und bin ja ooch mächtich jespannt uff die neue Hochbahn, die da inne Skalitzer Straße jebaut wird. Aber wenn Se mir fragen, Herr Krüjer, denn gloobe ick ja nich', det det jesund is, wenn so ville Elektrizität um uns herum is. Aber ick vastehe ja von solche Dinge nüscht.«

»Lieber Herr Hübner, die Zukunft wird uns noch viel mehr Tempo bringen, als wir alle jetzt vermuten können. Die Elektrizität wird die Antriebskraft des zwanzigsten Jahrhunderts werden und vergessen Sie nicht das Automobil...«

»Ach Herrjotte ne, hör'n se mir bloß uff mit diese ollen Stinkekarren. Det is doch ne Erfindung, die sich nich durchsetzen wird. Det knallt und zischt jewaltich, hab ick mir sagen lassen. Die machen mir dann meene Lotte scheu und dazu ooch noch die elektrische Bahn, die jetzt statt der juten alten Pferdebahn immer mehr verkehrt. Die verschandeln außerdem die janzen Straßen mit ihre Drähte. Schön sieht det jedenfalls nich' aus.«

»Denken Sie an meine Worte, die Zukunft wird es zeigen. Wie ich letzte Woche in der ›Vossischen‹ gelesen habe, wird es im September sogar eine Automobilausstellung geben, im Hotel Bristol.«

»Na, da wer'n sich die vornehmen Jäste bedanken, wenn se die Linden entlang flanieren wollen und denn rattert da so eine Benzinkutsche 'ran und is so laut, det man sein eijenet Wort nich' mehr versteht. So, Herr Krüjer! Wir sind am Jörlitzer anjelangt.«

»Danke, Herr Hübner! Es wird nicht lange dauern. Der Zug aus Breslau muss ja jeden Augenblick ankommen.«

Kurt Krüger stieg aus und verharrte einen Moment, in dem er seine Augen über das Bahnhofsgebäude schweifen ließ. Im Gegensatz zu Friedrich Hübner war er dem Fortschritt aufgeschlossen und war stolz und zufrieden, dass er die technischen Wunder des bevorstehenden zwanzigsten Jahrhunderts erleben durfte. War es nicht schon ein Wunder, dass man die nahezu dreihundert Kilometer zwischen Breslau und Berlin mittels der Dampfkraft in wenigen Stunden in bequemen Eisenbahnwagen zurücklegen konnte, so faszinierte ihn die Idee des elektrischen Antriebs für Fahrzeuge aller Art. Die Straßenbahn und bald auch die Hochbahn machten den Anfang, bald würde sicher auch die Stadt- und Ringbahn folgen und der Fernverkehr der Eisenbahn, dessen war er sich sicher.

Die Görlitzer Bahn war vor mehr als dreißig Jahren eröffnet worden, 1866 im deutsch-österreichischen Krieg. Der damals noch erfolgreiche Eisenbahnkönig von Berlin, Bethel Strousberg hatte den Bau der Strecke als Generalunternehmer durchgeführt und als Endpunkt am südöstlichen Rand der Stadt wurde das Bahnhofsgebäude im Neorenaissancestil erbaut.

Nach dem Bankrott Strousbergs übernahm 1882 die Preußische Staatsbahn die Strecke und natürlich auch die Bahnhöfe.

Kurt Krüger erinnerte sich noch gut an die damaligen Ereignisse, kehrte nun aber in die Gegenwart zurück und trat nun in das Bahnhofsgebäude ein und suchte nach einem Hinweis, auf welchem Bahnsteig er seinen Neffen Felix in wenigen Minuten in die Arme schließen konnte.

In diesem Augenblick setzte ein Zittern und Beben ein, das die Ankunft eines Zuges ankündigte und kurz darauf donnerte die modernste preußische Schnellzuglokomotive der Baureihe S3 mit mehreren Waggons hinter sich herziehend schnaufend, zischend und pfeifend in die Bahnhofshalle.

Kaum hatte der Zug gehalten, flogen die Wagentüren auf und unter den Reisenden entdeckte Kurt Krüger nach kurzer Suche seinen Neffen.

»Felix, hier!« Er winkte mit der erhobenen Hand.

Der junge Mann mit dem großen Koffer, dem der Ruf galt, zeigte ein strahlendes Lächeln. »Onkel Kurt!«

Die beiden Männer, der junge wie der alte, fielen sich in die Arme.

»Schön, dass du endlich da bist, mein Junge.«

»Ja, Onkel Kurt, ich freue mich auch. Du siehst mich hier mit meiner gesamten Habe.« Felix zeigte auf sein Gepäck. »Ich habe alle Brücken zu meiner Vergangenheit abgebrochen.«

»Das klingt sehr dramatisch.« Kurt Krüger lachte. »Aber lass uns nach Hause fahren. Wie war die Reise?«

Felix verzog das Gesicht. »Jeronje, ich bin fast nerrsch geworden. Zuerst bekam ich heute morgen am Bahnhof in Brassel nur eine Lorke zum Frühstück. Das hat mir schon die Laune verdorben, und dann kam in Gerltz auch noch so eine ahle Gake ins Abteil, die hat die ganze Zeit ohne Ende gelabert.«

Kurt Krüger schüttelte den Kopf. »So ganz hast du deine schlesische Vergangenheit doch nicht hinter dir gelassen, mein lieber Junge. Ich verstehe ja kaum, was du sagst.« Sein Gesicht drückte leichte Ratlosigkeit aus.

Felix wurde rot. »Entschuldige, Onkel Kurt, das macht die Aufregung. Du musst mich ja für einen Plotsch.... verzeih, für einen Dummkopf halten.«

»Nun, ich vermute mal aus deinen Worten, dass du ein paar Unannehmlichkeiten hattest.«

»Ach, so schlimm war es nun auch nicht. In Breslau gab's eben nur dünnen Kaffee im Bahnhofslokal und seit Görlitz hat mir so eine alte Gans die Ohren mit ihrem Gerede traktiert.«

Die beiden Männer waren inzwischen aus dem Bahnhofsgebäude getreten und der junge blieb unvermittelt stehen und ließ seinen Blick über den Spreewaldplatz schweifen. Die vielen Fuhrwerke und Droschken, die Pferdebahnen und Pferdeomnibusse, ab und zu auch schon eine elektrische Straßenbahn und die vielen Menschen, die scheinbar ziellos durcheinander wuselten, machten einen großen Eindruck auf den Neuankömmling aus.

»Das ist also euer Berlin!«, rief Felix aus. »Grandios!«

»Aber Junge, Breslau ist doch auch eine große Stadt.«

»Sicher, aber es geht doch alles etwas behäbiger und ruhiger zu. Die Berliner sind viel hektischer, wie mir scheint.«

»Nun, du wirst dich schon noch daran gewöhnen. Jetzt fahren wir nach Hause, es ist ja nicht weit.«

»Ich erinnere mich.«

»Komm, da drüben links steht der Friedrich Hübner mit seiner Droschke, in ein paar Minuten sind wir in der Falckensteinstraße. - So, da sind wir, Herr Hübner, das ist mein Neffe Felix.«

Friedrich Hübner stieg vom Kutschbock und nahm den Zylinder zur Begrüßung ab. »Juten Tach, Herr Krüjer Junior. Denn mal willkommen in unser schönet Berlin.« Er öffnete den Schlag, dann nahm er dem jungen Mann den Koffer ab und stellte ihn neben seinem Sitz.

Dann schwang er sich selbst hinauf und ab ging die kurze Fahrt.

In der Skalitzer Straße am Lausitzer Platz zeigte Kurt Krüger auf die Baustelle.

»Hier entsteht eine elektrische Hochbahn, die von der Warschauer Brücke entlang der früheren südlichen Stadttore bis zum Potsdamer Platz fahren soll. Die vorläufige Endstation wird sogar unter dem Pflaster gebaut.«

»Eine unterirdische Eisenbahn? Ja, das zwanzigste Jahrhundert klopft an.« Felix war begeistert. »Siehst du, Onkel Kurt... so etwas gibt es nicht in Breslau.«

»Es ist auch geplant, einen Abzweig über die Bülowstraße nach dem Westen und weiter bis nach Charlottenburg zu bauen.«

»Grandios!«, sagte Felix wie schon vorhin. »Ich bin jetzt schon erschlagen von den Wundern, die Berlin bietet. Wenn wir bei dir angekommen sind, muss ich mich erst einmal ausruhen.«

»Das kannst du, Felix! Lege dich nur ruhig ins Bett zu einem kleinen Schläfchen. So, da sind wir ja gleich.«

Die Droschke hatte die Görlitzer Straße passiert und bog nun in die Falckensteinstraße ein.

Friedrich Hübner auf seinem Kutschbock wunderte sich ein wenig. Er bemerkte, dass heute dem Anschein nach besonders viele Leute, hauptsächlich Frauen, an den offenen Fenstern hinauslehnten und auch auf dem Trottoir standen kleine Grüppchen zusammen und tuschelten. Nur ein Dienstmädchen schob einen Kinderwagen vor sich her und auch der Schornsteinfeger nahm keine Notiz von der Droschke.

Als Kurt Krüger ausstieg, sah auch er, dass ihre Ankunft bei der Nachbarschaft großes Interesse erregte. Die Hausfrauen sprachen leise miteinander und auch die Ladenbesitzer waren auf die Straße getreten, um nichts zu verpassen.

Er hielt es aber für angebracht, gar nicht auf diese Volksansammlung zu reagieren. Außerdem nahte bereits Wachtmeister Fritsche, um mit seiner Autorität dafür zu sorgen, dass sich kein Volksauflauf bildete. Allerdings war es natürlich auch dem Wachtmeister kein Geheimnis, warum die Leute so neugierig zu Friedrich Hübners Droschke und seinen Fahrgästen hinüber schauten. Schließlich war dies sein Revier und als treuer Gesetzeshüter wußte er über alles Bescheid, was hier vor sich ging.

Als wieder Normalität eingetreten war, trat er auf die Ankommenden zu. Er salutierte kurz und deutete eine Verbeugung an, denn der Hausbesitzer Krüger war ein angesehener Bürger, dem man Höflichkeit zu zollen hatte, auch wenn natürlich letztendlich ein Wachtmeister in der Bedeutung über den ehrsamen Bürger kam. Daran ließ Wachtmeister Fritsche auch keinen Zweifel aufkommen.

»Wünsche einen juten Tach, Herr Krüjer! Det ist jewiss der Herr Neffe, der nu' bei Ihnen wohnen wird, wie ick jehört habe!«

Felix zeigte sich erstaunt. »Sie sind gut informiert, Herr Wachtmeister...«

»Fritsche is' der werte Name. Ja, junger Mann, der preuß'schen Polizei...ähem...«, er richtete sich kerzengerade auf... »entgeht nichts.«

»Das ist sehr beruhigend!«

»Denn also willkommen in Berlin und morjen nich' verjessen, sich anzumelden. Muss ja schließlich allet seine Ordnung haben, nich' wahr? Also, nischt für unjut...« Wachtmeister Fritsche tippte sich noch einmal kurz an die Pickelhaube und setzte seine Runde fort in dem Gefühl, wieder einmal seine Autorität ausreichend bewiesen zu haben.

Kurt Krüger und sein Neffe sahen sich an und konnten sich nur schwer das Lachen verkneifen.

»Ja, unser Wachtmeister Fritsche ist hier der Vertreter des Staates«, sagte Kurt so ernst wie möglich. »Nicht dass wir uns missverstehen, mein Junge... er ist ein guter Polizist, aber nur manchmal übertreibt er es mit dem Pflichtbewusstsein ... Na, nun lass uns aber hineingehen, damit du dich von der Reise ausruhen kannst.«

Als sie vor dem Haus standen, griff Kurt Krüger in seine Rocktasche und holte ein kleines Schlüsselbund heraus.

»So, Felix! Willkommen in deinem neuen Heim. Hier sind die Schlüssel, das ist jetzt dein Bund. Der kleine ist für die Wohnungstür, der große für das Haustor. Der Raddusch, unser Hauswart schließt jeden Abend um acht den Hauseingang ab. Aber du wirst ja auch mal sicher später nach Hause kommen, mein Junge.«

Felix schenkte seinem Onkel einen dankbaren Blick und ergriff erst die Schlüssel und dann die Hand des älteren Mannes, die er kräftig drückte.

7

Währenddessen stand Bertha Hübner in der Küche und spülte das Geschirr. Gern hätte sie sich nach dem Mittagessen eine Stunde hingelegt, aber die Arbeit einer Hausfrau endete nie. Doch immerhin hatte sie Johanna als Hilfe.

»Hanna, komm mal her, nimm dir'n Jeschirrtuch und trockne ab!«, rief sie, ohne ihre Arbeit zu unterbrechen. »Denn jeht et schneller mit 'n Abwasch und ick kann noch den Saum an dein neuet Sommerkleid nähen.«

Sie bekam aber keine Antwort, daher wendete sie sich um. »Hanna, wo biste denn?«

In diesem Augenblick kam Johanna aus ihrem Zimmer.

»Wat denn, wat denn? Du hast dir umjezogen, und denn noch dein allerbestes Kleid haste an, wat de sonst nur anziehst, wenn de inne Kirche jehst.«

Johanna blieb stehen und wurde rot. »Weißt du, Mama... ich wollte... ich dachte...«

Bertha warf ihrer Tochter einen strengen Blick zu. »Wat stotterste denn herum? Ich dachte immer, Herr Krüjer hat dir belernt, sich anständich auszudrücken. Also, raus mit de Sprache. Wat haste vor, dette dir so fein jemacht hat an een' jewöhnlichen Montach?«

Johanna nahm ihren Mut zusammen und straffte ihren Rücken. »Heute kommt doch der Neffe von Onkel Krüger, da dachte ich daran, ihn freundlich zu begrüßen, wenn Papa vorgefahren kommt.«

»Du bist wohl völlich verrückt jeworden! Haste verjessen, wat dein Vater jestern jesacht hat? Du sollst Dir von den jungen Mann fernhalten, und det sacht nich' nur dein Vater, sondern ick inzwischen ooch. Du bist doch een anständjet Meechen und det soll ooch so bleiben.«

»Aber Mama, ich weiß gar nicht, was ihr habt, du und Papa. Ich bin doch nicht unanständig, weil ich den Felix begrüßen will. Wir haben uns doch schon als Kinder gekannt. Er war doch schon mal in den Ferien hier, als wir gerade hier eingezogen waren.«

»Det is' noch lange keen Jrund, Sitte und Anstand zu verjessen. Damals wart ihr Kinder, aber nu seid ihr erwachsen. Da jelten andere Maßstäbe.«

»Entschuldige, Mama! Aber das kann ich nicht verstehen. Gestern hattest du doch noch nichts dagegen.«

»Det is mir janz ejal, ob de det verstehst oder nich'. Ick will ooch nich', dette zu den Neffen von Herrn Krüger einfach so Felix sachst. Für dich isser jefällichst Herr Krüjer und nüscht anderet, falls de ihm überhaupt mal bejegnen solltest.«

»Bestimmt werde ich ihm begegnen, Mama. Ich bin ja schließlich jeden Donnerstag in der Wohnung, um im Haushalt zu helfen und auch an anderen Tagen hat mich Onkel Krüger schon eingeladen.«

Bertha zeigte nun ein betroffenes Gesicht. »Nee, also det muss ja nu ooch uffhör'n! Et is zwar schade um det Jeld, watte dadurch immer int Haus jebracht hast. Aber nu' is Schluß damit!« Bertha verschränkte die Arme vor der Brust und richtete sich zu ihrer vollen, imposanten Größe von einem Meter und dreiundfünfzig auf.

»Aber Mama, warum denn nur? Das verstehe ich nicht.«

»Hanna, det musste vasteh'n! Der alte Herr Krüjer, unser Hauswirt, der is' een feiner Herr. Aber der junge Herr Krüjer, der Neffe, der is' eben jung und een Studente und...«

»Was?« Johanna wurde unwirsch. »Meinst du etwa, dass er deswegen kein feiner Mensch sein könnte? Er ist es bestimmt, denn sonst würde Onkel Krüger nicht so viel für ihn tun.«

»Ooch der Herr Krüjer, der ja sonst allet weeß, kann sich irren«, beharrte Bertha auf ihrer schlechten Meinung.

»Aber Mama, ich bin doch wohl alt genug, um mir meine eigene Meinung bilden zu können. Auch was Männer angeht, im Allgemeinen und über den jungen Herrn Krüger.«

»Achjotte nee, Kind!« Bertha erhob die Hände zum Himmel, der sich zumindest über der Decke der Küche und damit über dem Dach des Anbaus befinden musste und schlug sie zusammen. »Eijene Meinung? Det sind ooch solche moderne Flausen, die hat dir der Herr Krüjer einjered't. Wat muss een junget Meechen eene eijene Meinung haben? Det is' ja nich' jut. Det heißt, haben kannste se schon, bloß darüber reden dürfste nich'.«

»Da sagst Du mir immer, dass du zufrieden bist, dass ich nach meiner Schulzeit noch so viel von Onkel Krüger gelernt habe und nun…?« Johanna begriff die Welt nicht mehr.

Bertha setzte sich auf einen der Küchenstühle und sah ihre Tochter mit gemischten Gefühlen an. Nach einer kurzen Pause und einem langen Seufzer nickte sie ihr schließlich zu. »Du hast ja Recht, Kind! Wenn de den jungen Mann nich' heute bejegnest, denn morjen oder irjendwann. Also von mir aus, jeh raus und kiek ihn dir an. Aber benimm dir anständich!«

Johanna war verwirrt und sagte es auch. »Du hast doch selbst gestern gesagt, dass ich für einen angehenden Lehrer gut genug wäre und heute hast du Bedenken. Warum denn nur?«

»Ach, Kind, det is schwierich, dir det zu erklären. Vielleicht isset ja ooch nur mein ängstlichet Mutterherze, det sich Jedanken jemacht hat. Also jeh' ihn dir bekieken.«

Johanna beugte sich vor und gab ihrer Mutter einen Kuss auf die Wange. »Danke, Mama! Ich bin eben nur so schrecklich neugierig, das musst du doch verstehen. Ich verspreche dir auch, gleich wieder zurück zu sein. Ich werde Felix … ich meine Onkel Krüger und seinen Neffen nur kurz begrüßen und dann bin ich wieder hier.«

Schon war Johanna aus der Küche durch die kleine Diele auf den Hof und in die Toreinfahrt gelaufen. Sie hatte sich gerade an das Fenster des linken Torflügels gestellt, als sie sah, wie die Droschke ihres Vaters mit den beiden Herren Krüger vorgefahren kam. Aufgeregt blickte sie durch die Scheibe und versuchte einen Blick auf Felix zu erhaschen. Aber zunächst konnte sie nur seine dunklen Haare erkennen, der Kopf und der Rest seines Körpers wurden von Onkel Krüger und von ihrem Papa verdeckt. Dann aber stand er neben seinem Onkel direkt vor dem Haus und ließ seinen Blick über die Fassade hinauf zum obersten Stockwerk schweifen. So sah er nicht Johannas Gesicht, das errötete, als sie nun den neuen Hausbewohner in voller Größe anschauen konnte.

Ein richtiger Mann war er geworden, der Felix. Stattlich, mit guter Figur, einen halben Kopf größer als sein Onkel und er hatte sich nicht der gegenwärtigen Mode vieler junger Männer unterworfen, sich als Manneszierde einen Schnurrbart oder gar einen Vollbart stehen zu lassen. Er war glattrasiert und das brachte sein markantes Kinn und das ausdrucksvolle Grübchen zur Geltung.

Johanna holte tief Luft und fühlte ein merkwürdiges, aber doch irgendwie angenehmes Kribbeln im Magen. Noch bevor sie sich darüber klar werden konnte, was dies wohl bedeutete, setzten sich die beiden Männer in Bewegung und Johanna, die ja eigentlich gekommen war, um Felix zu begrüßen,verlor plötzlich den Mut. Sie drückte sich an die Wand und hoffte, dass sie von dem Torflügel, der gleich geöffnet werden würde, verdeckt werden würde.

Aber Felix hatte das Gesicht im Fenster längst entdeckt, auch wenn er sich nichts hatte anmerken lassen.

Nun ging das Tor auf und Friedrich Hübner trug den Koffer des Neuankömmlings, dann trat Onkel Krüger ein, gefolgt von seinem Neffen. Sie waren ins Gespräch vertieft und achteten wohl gar nicht darauf, dass jemand hinter dem

Torflügel gestanden hatte. Aber als sie schon fast nach rechts im Treppenhaus verschwunden waren, wandte sich Felix noch einmal um.

»Onkel Kurt!«, rief er mit kräftiger Stimme. »Weißt du, wer diese junge Dame ist, die sich hier in der Einfahrt versteckt hält?« Dabei sah er sie mit seinen braunen Augen durchdringend an. Johanna bekam einen riesigen Schreck und fühlte sich wie eine ertappte Diebin.

Kurt Krüger kam zurück und sah in die gleiche Richtung wie sein Neffe. »Das ist doch unsere kleine Johanna Hübner, die Tochter unseres Droschkenkutschers, der hier auf dem Hof im Anbau seine Wohnung hat«, sagte er freundlich und ging ein paar Schritte auf das Mädchen zu.

»Ach, wirklich?« Felix setzte eine übertrieben überraschte Miene auf und ließ seine Verwunderung in der Stimme mitschwingen. »Ist das nicht das junge Mädchen, deren du dich angenommen hast, um ihre Bildung und in gewissem Maße auch ihre Erziehung zu vervollkommnen? Dann hast du aber keine gute Arbeit geleistet, mein lieber Onkel.«

»Wieso? Was veranlasst dich zu dieser Meinung?«

»Nun, eine junge feine Dame mit Erziehung und Anstand drückt sich doch nicht in Toreinfahrten herum und belauscht heimlich fremde Herren«, erklärte Felix mit großer Belustigung in der Stimme und er zwinkerte erst seinem Onkel und dann ihr zu, als er sah, wie verwirrt das junge Mädchen wirkte.

Johanna aber fing sich schnell und auch wenn sie beim Klang seiner Stimme wieder dieses angenehme Gefühl von vorhin hatte, ging sie zum Gegenangriff über.

»Wirklich feine Herren mit Erziehung und Anstand bringen junge Damen, die zu ihrer Begrüßung erscheinen, nicht so in Verlegenheit, mein Herr!«, sagte sie nun gefasst und versuchte, ihrem Gesicht einen gleichgültigen Ausdruck zu verleihen.

Aber sie konnte diese Fassade nicht lange aufrecht erhalten, denn noch bevor sie an Onkel Kurt und Felix möglichst damenhaft und vornehm vorbei geschritten war, lachte Felix so laut, dass man es bestimmt im ganzen Haus, ja in der ganzen Straße hören musste.

Johanna verlor die Fassung und fühlte sich nur noch wie ein kleines Kind. Ohne es zu bemerken, ging sie zu der Ausdrucksweise der einfachen Leute über, unter denen sie aufgewachsen war und die sie hauptsächlich auch noch immer umgaben.

»Det is ja so jemein, mir so auszulachen, wo ick det doch nur jut jemeint habe!« Johanna war den Tränen nahe. Doch dann atmete sie kurz tief durch und warf dem jungen Mann einen vernichtenden Blick zu und steigerte sich, immer lauter werdend und immer drastischer in der Wortwahl. »Aber wenn Se nich uffhör'n, unjefracht Ihr'n Senf abzujeben, denn könn' Se mir kenn' lernen.«

Felix lachte weiter und konnte seinen Spott nicht zurückhalten. »Onkel Kurt, ich glaube, deine Bemühungen um Fräulein Hübner waren vergebens.«

»Wenn Se denken, det mir Ihr vornehmet Jetue Eindruck macht, denn ham Se sich jewaltich jeirrt. Bilden Se sich uff Ihre Bildung nur nischt in. Aber wer anjibt, hat ja mehr vom Leben.«

»Das vornehme Fräulein ist also doch nur eine ganz gewöhnliche Berliner Hinterhofpflanze.«

Kaum hatte er das gesagt, bekam er – klatsch – von Johanna eine saftige Ohrfeige.

»Au, das hat weh jetan!«, sagte sie begleitend und verzog schmerzvoll das Gesicht.

Felix blieb ganz gelassen und ruhig, während er seinen Hut festhielt, damit er ihm nicht vom Kopf fällt.

»Nein!«, sagte er mit sanfter Stimme, auch wenn er natürlich etwas gespürt hatte.

»Aber mir!« Johanna verzog das Gesicht und rieb sich das schmerzende Handgelenk.

»Donnerwetter!« Felix drehte sich zu seinem Onkel um. »Ich sag's ja, einfach grandios, euer Berlin! Sogar die jungen Mädchen, die lassen sich nichts gefallen.«

Aber das hörte Johanna schon nicht mehr, weil sie so schnell wie möglich in den Hof gerannt war, gar nicht damenhaft und vornehm.

8

Am nächsten Tag war Johanna sorgsam darauf bedacht, Onkel Krüger aus dem Weg zu gehen. Zu sehr schämte sie sich. Was musste er nur von ihr gedacht haben, nachdem er sie so geduldig gelehrt hatte, nicht so zu berlinern. Sie fragte sich auch selbst, wie sie plötzlich so handgreiflich werden konnte wie eine… – ihr fiel die passende Bezeichnung nicht ein, aber eben wie so eine ordinäre Person, mit der sich kein anständiger Mensch abgeben sollte. Wie hatte Felix gesagt? Sie wäre eine gewöhnliche Hinterhofpflanze…? Aber so sehr sie sich einerseits auch ärgerte, dass sie sich so blamiert hatte, so war sie doch zufrieden, dass sie ihm die Ohrfeige versetzt hatte. Die hatte er verdient. Ein eingebildeter Fatzke war er geworden, hochnäsig und überhaupt... Zum Glück hatte der Vater nichts von der Szene mitbekommen und soweit sie es feststellen konnte, hatte Onkel Krüger ihm auch nichts erzählt.

Ihre Mutter wunderte sich zwar, dass sie nun gar nicht mehr von dem jungen Mann sprach, auf den Johanna doch so neugierig gewesen war, aber in der Betriebsamkeit des Alltags vergaß sie es, nachzufragen. Neben den üblichen Arbeiten wie kochen, Betten machen, aufräumen, gab es ja immer was zu nähen und zu flicken, die Fenster mussten geputzt werden und außerdem war wieder mal der allwöchentliche Waschtag herangekommen. Auf Reinlichkeit und Ordnung legte Bertha Hübner größten Wert. Da blieb bei der vielen Arbeit kaum Zeit für ein ausführliches Gespräch zwischen Mutter und Tochter.

Am Nachmittag ging Johanna dann nach vorn in das Geschäft von Herrn Kullicke. Ihre Mutter hatte ihr eine Mark in die Hand gedrückt, damit sie für den Vater eine kleine Kiste mit Zigarren kaufen konnte, von denen er sich nach dem Abendbrot immer eine gönnte.

»'nen wunderschönen juten Tach, Frollein Hanna. Wat darf's denn sein? Bestimmt doch wieder 'ne kleene Kiste mit den kubanischen für'n Herrn Papa. Hab ick recht?«

Johanna lächelte. So wurde sie nun schon seit langer Zeit von dem Zigarrenhändler begrüßt, wenn sie einmal in der Woche seinen Laden betrat.

»Jawohl, Herr Kullicke! Sie haben recht, wie immer. Meine Mutter hat mich geschickt... obwohl sie den Qualm ja gar nicht gern in der Wohnung hat. Das ruiniert die Gardinen, meint sie immer. Aber Papa soll sein Feierabendvergnügen haben, sagt sie eben auch.«

»Det is richtich so. Wer hart arbeetet wie Ihr Vater, Frollein Hanna, der soll ooch belohnt werden mit den kleenen Freuden des Lebens. Hab ick recht?«

»Papa nimmt ja auch Rücksicht. Im Frühling, so wie jetzt und im Sommer setzt er sich ja meistens auf einen Stuhl vor die Remise. Dann redet er immer noch ein bißchen mit Lotte, damit die sich im Stall nicht zu einsam fühlt.«

»Ja, Ihr Vater is een anständ'jer Mensch. Der is jut zu seine Frau und seine Tochter und ooch sein Pferd kommt nich zu kurz. So, zehn Glimmstängel für 'ne Mark.« Er reichte die schlichte Holzkiste über den Tresen.

Johanna legte das Geldstück auf den Tisch, nahm die Zigarren und freute sich, dass Herr Kullicke so freundlich von ihrem Papa dachte und es auch aussprach.

»So een Tier hat ja ooch Jefühle, jenau wie wir Menschen«, philosophierte Kullicke weiter und setzte ein bedeutendes Gesicht auf, wurde aber dann vom Gebimmel der Türklingel aus seinen tiefgründigen Gedanken gerissen. Ein neuer Kunde trat ein.

»Ich wünsche einen guten Tag, Herr Kullicke!« Johanna wandte sich zum Gehen, aber der Ladenbesitzer hatte noch ein Anliegen.

»Frollein Johanna, ick wäre Ihnen dankbar, wenn Se so nett sein möchten und für Herrn Krüger auch noch eine Kiste mitnehmen würden und zu ihm rufftragen könnten. Die hat er letzte Woche bestellt, 'ne janz spezielle Sorte aus Brasilien. Wat besonders Jutet. Da kostet alleene eene Zijarre ne janze Mark.«

Johanna erschrak, aber da hatte Herr Kullicke ihr schon die andere Zigarrenkiste schon in die Hand gedrückt und sich dann dem nächsten Kunden zugewandt und war bereits in ein reges Verkaufsgespräch über Tabakspfeifen vertieft. Sie wollte schon protestieren und hob die Hand, was aber missverstanden wurde.

Herr Kullicke sah kurz auf und winkte zurück. »Schönen Tach ooch, Frollein Johanna! So, mein Herr... hier hätte ick schon mal ne kleene Auswahl.«

Mit gesenktem Kopf ging Johanna aus dem Geschäft und überlegte fieberhaft, was sie nun tun sollte. Es blieb ihr aber sicher kaum etwas anderes übrig, als in den ersten Stock zum Hauswirt zu gehen, um die Zigarren abzuliefern.

Sie zögerte einen Moment, dann straffte sie den Rücken und schritt die Treppe hinauf. Onkel Krüger wird mir schon nicht den Kopf abreißen, dachte sie. Wenn nur hoffentlich sein schrecklicher Neffe nicht da war.

Sie holte noch einmal tief Luft, klingelte und lauschte dann angestrengt, ob sich in der Wohnung etwas rührte. Zuerst hörte sie gar nichts, dann ein paar Geräusch und schließlich ein paar unverständliche Worte. Aber sie erkannte zu ihrer Erleichterung die Stimme des alten Herrn.

Die Tür öffnete sich und Kurt Krüger blinzelte etwas verschlafen die Besucherin an.

»Ja, bitte?«

»Guten Tag, Onkel Krüger!«, sagte Johanna und lächelte unsicher.

»Ach, du bist es, Hanna! Du musst schon entschuldigen. Ich habe gerade ein kleines Nachmittagsschläfchen gemacht. Aber komm doch herein!« Er trat einen Schritt beiseite und machte eine einladende Geste mit seiner linken Hand.

Das junge Mädchen folgte zögernd der Aufforderung, blieb aber gleich im Korridor stehen und schaute sich um, als ob sie etwas suchte. Nein, Felix war wohl nicht zu Hause. Gott sei Dank! Sie atmete auf.

»Was führt dich zu mir, mein Mädchen?«, fragte Onkel Krüger, gütig wie fast immer.

»Ich wollte... ich soll... Herr Kullicke hat mich...«

»Aber, aber! Warum denn so aufgeregt? Du scheinst ja fast Angst zu haben. Dabei kann dir hier bei mir doch nichts geschehen.«

»Ach, Onkel Krüger, das weiß ich doch. Es ist nur... wegen der Geschichte gestern im Hausflur meine ich. Mein ganzes Benehmen und dann noch die Ohrfeige...« Das Mädchen war fast den Tränen nahe.

»Nicht weinen, hörst du? Das ist alles nicht so schlimm. Ich bin dir nicht böse deswegen und Felix hat die Sache auch mit Humor genommen. Soll ich ihn rufen?«

»Bitte nicht, Onkel Krüger!«, rief sie erschrocken aus. »Ich wollte dir auch nur von Herrn Kullicke die bestellten Zigarren bringen. Er hat sie mir mitgegeben, als ich für Papa...« Sie unterbrach sich, denn nun öffnete sich am anderen Ende des Korridors eine Tür und Felix kam heraus.

»Da habe ich doch richtig gehört, dass hier geredet wird«, sagte er und kam mit schnellen Schritten auf Johanna zu. »Ach, schau an... das Fräulein Hübner!« Er zwinkerte ihr mit dem linken Auge zu.

Aber bevor er oder sein Onkel etwas sagen konnten, hatte Johanna die Zigarrenkiste schon auf die kleine Kommode rechts an der Wand gelegt und entwich eilends durch die noch immer offene Wohnungstür ins Treppenhaus. Während sie die Stufen hinunter flog, hörte sie Felix so wie gestern lachen und begann, sich zu ärgern. Aber weniger über den jungen Mann, eher über sich selbst, dass sie schon wieder in seiner Gegenwart die Fassung verloren hatte. Dabei hatte er eigentlich gar nichts Böses zu ihr gesagt und sie hatte die Gelegenheit versäumt, sich auch bei ihm für den gestrigen Vorfall und die Ohrfeige zu entschuldigen. Aber das wollte sie nun auf einen anderen Zeitpunkt verschieben, denn im Augenblick fühlte sie sich nicht gewachsen, Felix gegenüberzutreten.

Doch sie sollte ihn schneller wiedersehen, als sie es selbst gedacht hatte. Kaum, dass sie in der elterlichen Wohnung angekommen war, ging die Türglocke. Sie wunderte sich etwas; ihre Mutter, die in der Waschküche war, konnte es nicht sein, denn die hatte ja einen Wohnungsschlüssel und brauchte nicht zu läuten.

Sie öffnete und da stand Felix auf der Türschwelle, mit einem sehr charmanten Lächeln und einer Zigarrenkiste in der Hand. Ohne lange Vorrede reichte er ihr den hölzernen Behälter.

»Sie haben leider die falschen Zigarren abgeliefert, Fräulein Hübner.«

»Wieso?«, fragte sie erstaunt und sah zuerst ihn, dann den Gegenstand, den er ihr gereicht hatte, an und schließlich die andere Zigarrenkiste, die sie selbst noch in ihrer Hand hielt.

Sie bemerkte nun, dass sie in der Aufregung wohl die einfachen Zigarren, die für ihren Vater bestimmt gewesen waren, bei Onkel Krüger auf die Kommode gelegt und die teuren aus Brasilien mitgenommen hatte.

»Ach, wie dumm von mir!«, rief sie aus und wurde rot. »Das habe ich nicht absichtlich gemacht. Nicht, dass Sie schon wieder einen schlechten Eindruck von mir bekommen.«

»Sie hatten es ja plötzlich so eilig, da haben Sie eben den kleinen Fehler gemacht.« Er zwinkerte ihr noch einmal zu, und dann sagte er noch etwas, was Johanna am wenigsten erwartet hatte.

»Ich muss mich überhaupt dafür entschuldigen, dass ich mich gestern nachmittag so unmöglich Ihnen gegenüber benommen habe. Sie hatten ganz recht, mir einen kleinen Denkzettel zu verpassen.«

Johanna glaubte, sich verhört zu haben. »Sie wollen sich bei mir entschuldigen?«, fragte sie schließlich und man sah ihr ihre Verlegenheit deutlich an. »Ich war es doch, die...«

Felix unterbrach sie. »Bitte, das spielt doch keine Rolle mehr! Ich habe sie schließlich gereizt, das war ungebührlich und Sie haben schlagfertig reagiert.«

»Schlagfertig, in der Tat!« Johanna lachte unsicher, denn wohl war ihr immer noch nicht. Felix bemerkte es zwar, doch er wollte das Mädchen nicht weiter einschüchtern. Aber er machte trotzdem einen Schritt nach vorn und stand nun in der Wohnung.

»Wie schön, dass Sie wieder fröhlich sind. Wollen wir also nicht den unglückseligen Vorfall vergessen?« Er schenkte ihr ein warmes Lächeln und reichte ihr die Hand, die sie ergriff. Im ersten Moment wollte sie die ihre gleich wieder zurückziehen, aber es fühlte sich gut an, seinen warmen, sanften und doch gleichzeitig festen Händedruck zu spüren. Erst als sie das Gefühl hatte, dass der Boden unter ihren Füßen schwanken würde und ihr plötzlich heiß wurde, ließ sie wieder los.

Nun schauten beide verlegen auf den Boden. Nach einem Schweigen, das beiden endlos vorkam, nahm Felix die unterbrochene Konversation wieder auf.

»Wollen wir, zum Zeichen unserer Versöhnung, zusammen in eine Konditorei gehen? Ich möchte Sie gern einladen, Fräulein Hübner.«

Johanna erschrak. Das ging ihr dann doch etwas zu schnell. Zunächst musste sie die unterschiedlichen Eindrücke, die sie von dem jungen Mann gewonnen hatte, verarbeiten und die Gefühle, die diese bei ihr hervorriefen, besser verstehen.

»Ach, bitte nein! Wir kennen uns doch gar nicht, Herr Krüger.«

Felix las Unsicherheit in ihren Augen und lächelte. »Es muss nicht gleich heute sein.«

Johanna atmete erleichtert auf und war dankbar für seine Worte. »Sagen Sie mir einfach, wann Sie dazu bereit sind, Fräulein Hüb...« Er unterbrach sich. »Das ist doch zu albern, findest du nicht auch, Johanna? Dass wir uns nicht kennen, stimmt doch eigentlich nicht. Du erinnerst dich doch sicherlich, wie ich einmal vor vielen Jahren Onkel Kurt besucht habe in den Ferien. Damals haben wir uns auch geduzt und uns beim Vornamen genannt. Das müsste doch auch jetzt möglich sein, oder nicht? Wir waren zwar noch Kinder...«

»Als ich noch ein Kind war«, verbesserte sie ihn. »Sie waren damals schon erwachsen.«

»Aber auch nur fast.«

Johanna schwieg.

»Bin ich dir denn so unsympathisch, dass du so zurückhaltend mir gegenüber bist? Wir haben uns seiner Zeit sehr gut leiden können. Daran erinnere ich mich gut.«

Noch immer gab Johanna keine Antwort. Sie fand, dass Felix ziemlich stürmisch war. Natürlich würde nichts dagegen sprechen, ihm nachzugeben. Sie sah nichts Unmoralisches darin, wenn alte Freunde vertraute Anreden verwendeten. Aber so leicht wollte sie es ihm nicht machen.

»Also gut, bleiben wir noch bei der formellen Anrede. Aber Sie müssen gestatten, dass ich Sie wenigstens bei Ihrem Vornamen anreden darf. Ja, Fräulein Johanna?« Felix sah sie bittend an. »Das ist doch nicht zu viel verlangt, oder? Darf ich?«

Johanna nickte. »Ja, das dürfen Sie... Herr Felix!«, sagte sie leise und sah ihn von unten schüchtern an.

Er atmete tief durch. »Das wäre also geschafft.«

»Bitte seien Sie mir nicht böse, Herr Felix, aber so schnell geht das bei mir nicht mit ...« Sie unterbrach sich.

»...einem Mann? Nun, ich verstehe schon und nehme es mal als Zeichen dafür, dass Sie mich mögen, denn wenn ich Ihnen gleichgültig wäre, würden sie anders reagieren.«

»Ach, ich bin ganz verwirrt. Sie haben bestimmt Recht. Aber jetzt gehen Sie bitte, Herr Felix!« Jetzt kam Leben in Johanna und sie schob ihn aus der kleinen Diele über die Türschwelle auf den Hof zurück. »Mama wird jeden Augenblick aus der Waschküche kommen. Überhaupt, wenn Sie jemand sieht…«

Er lächelte amüsiert. »Wäre es denn so schlimm, wenn Ihre Mama oder irgendjemand sieht, wie ich mich mit Ihnen unterhalte?«

»Nein, eigentlich nicht... oder vielleicht doch... ach, ich weiß nicht!«

»Keine Angst, ich verabschiede mich jetzt, Fräulein Johanna. Die Leute tratschen gern. Sie haben ganz Recht. Aber bitte überlegen Sie es sich mit meiner Einladung noch einmal, ja? Ich kenne mich in Berlin noch gar nicht aus, aber Sie kennen doch bestimmt ein Café, wo ein halbwegs netter junger Mann mit einer ausgesprochen reizenden jungen Dame in aller Anständigkeit Kaffee trinken kann. Was meinen Sie?«

»Ja, ja! Ich werde gern darüber nachdenken. Aber nun gehen Sie bitte!« Sie blickte ängstlich zum Hinterhaus, in dessen Keller sich die Waschküche befand. »Da kommt sie schon!«, sagte sie mit aufgeregter Stimme.

Felix eilte also davon, aber nicht ohne ihr vorher noch theatralisch einen Handkuss zu geben. Sie wollte schon böse werden, konnte es aber nicht und ohne, dass sie die Absicht gehabt hätte, winkte sie ihm plötzlich verstohlen nach.

»Wat is denn hier los? Wer war denn det?«, fragte Bertha Hübner misstrauisch und blickte dem ihr unbekannten jungen Mann nachdenklich hinterher. »Hanna, ick rede mit dir. Jibste mir mal jefällichst Antwort?«

Johanna sah ihre Mutter mit verklärtem Blick an. »Das war nur der Herr Felix...«

»Wat denn für'n Felix?«

»Der Neffe von Herrn Krüger.«

»War der etwa inne Wohnung mit dir alleene?«

»Aber nein, Mama...« Die Diele konnte man doch nicht wirklich zur Wohnung rechnen. »Er stand nur an der Wohnungstür.«

»Hanna, denk dran, wat ick dir erst jestern jesacht habe, wie dein Vater und ick darüber denken. Wat hatter denn von dir jewollt?«

In Berthas Stimme lag die deutliche Ungeduld einer Mutter, die sich Sorgen macht. »Meechen, nu lass dir doch nich alle Antworten aus de Neese ziehen!« Bertha wurde ungehalten und packte ihre Tochter an den Schultern.

»Er kam wegen der Verwechslung«, gab Johanna schließlich zur Antwort und seufzte schwärmerisch.

»Wejen wat für 'ne Verwechslung denn?« Aber Bertha bekam keine Antwort, Johanna war schon ohne weitere Erklärung in der Wohnung verschwunden.

»Nu brat mir mal eener 'n Storch, aber die Beene recht knusprich!«

9

Einmal in der Woche nahm Amalie Raddusch es auf sich, in die jenseits der Emmauskirche gelegenen Markthalle zu pilgern, die in der Eisenbahnstraße lag. Offiziell hatte sie die Bezeichnung römisch neun, aber die Anwohner kannten und benannten sie wegen ihrer Lage nur als Eisenbahnhalle.

Amalie kaufte immer nur wenig. Der wahre Grund für den Gang hierher war ihre Köpenicker Cousine, die hier die Erträge des kleinen Bauernhofes, den sie mit ihrem Mann bewirtschaftete, verhökerte. Der Mittwoch hatte sich so zum traditionellen Termin der beiden Frauen entwickelt, die hier den neuesten Familienklatsch und andere Nachrichten austauschten. Gleichzeitig war es immer eine Art Wettkampf der beiden, weil Helene zwar immer so tat, als sei es ihr egal, aber in Wirklichkeit beneidete sie ihre Kusine, dass diese den Sprung aus dem kleinen, engen Landstädtchen in die große Metropole geschafft hatte.

Geduldig hörte sich Amalie an, was Helene Witte , genannt Lenchen, aus Köpenick zu berichten hatte. Es beruhigte sie, dass dabei keine wirklichen Sensationen zur Sprache kamen. Es war der übliche Kleinstadttratsch. Dabei hatte Helene sicherlich wieder heftig übertrieben, wie es ihre Art war, um Amalie zu beeindrucken.

»Nu weeßte Bescheid!«, sagte Lenchen und setzte einen beifallheischenden Blick auf. »Jetzt bist du dran. Wat jibt et denn an Neuigkeiten aus de Falckensteinstraße?«, fragte sie mit huldvollem Blick, als ob die Neuigkeiten aus Köpenick nicht zu übertreffen wären.

Amalie hatte halb interessiert, halb gelangweilt zugehört, nun wollte sie auftrumpfen und war die ganze Zeit in Vorfreude darüber gewesen, was für ein Gesicht Lenchen wohl machen würde, wenn sie von dem skandalösen Vorfall Kenntnis erhielt, den sie, Amalie Raddusch, gestern beobachtet hatte. Eigentlich hatte sie sich geschworen, das Versprechen, das sie ihrem Otto gegeben hatte, einzuhalten. Nie wieder wollte sie tratschen. Aber der Hochmut, den Lenchen heute wieder einmal an den Tag legte, führte dazu, dass zu Amalie die Notwendigkeit herantrat und sagte: »Es hilft kein Sträuben, Amalie, du musst eine bessere Geschichte als Helene parat haben… und Otto wird es schon nicht erfahren.«

»Wenn ick dir det erzähle, Lenchen, denn fällste glatt um!«, sagte sie daher nun mit leicht triumphierender Stimme.

Helene lachte schrill. »Ach, det sachste doch fast jedet mal, Malchen und denn isset doch bloß kalter Kaffe!«, spottete die Bauersfrau. »Aber ick bin jespannt! … Nee, warte mal noch'n Oogenblick! Da kommt Kundschaft.« Sie wandte sich um.

»Na, junge Frau, wat sollet denn sind? Frische Eier hab ick, heute früh erst jelecht.«

»Von Ihre Hühner?«

»Na, dachten Se etwa von mir?« Helene drehte sich stumm zu Amalie und rollte mit den Augen, als ob sie sagen wollte: »Is det ne dumme Zieje!«

Die Skandalverkündung musste aufgeschoben werden. Die Kundin, die in Wirklichkeit gar nicht mehr so jung war, sondern eher mittleren Alters so Ende der Vierzig wie Amalie selbst, konnte sich nicht entscheiden, ob ihr die Eier gefielen und ob sie den verlangten Preis zahlen wollte.

Um sich die Wartezeit zu verkürzen, ließ Amalie ihre neugierigen Blicke über die Menge streifen, die gemächlich durch die Halle wogte. Vorbei an den zahlreichen Marktständen zogen sie, meistens Hausfrauen oder Dienstmädchen, die aus den angebotenen Waren die Zutaten für das Mittagessen auswählten oder einfach nur den Einkaufszettel abarbeiteten. Die meisten hielten am angewinkelten Arm einen geflochtenen Einkaufskorb und schoben sich gemächlich durch die Gänge. Die Luft war erfüllt mit dem Geplapper vieler Menschen, manchmal übertönt von den lautstarken Anpreisungen einzelner Händler, die das Interesse der Käufer auf die besten Spreewälder Gurken, Obst aus Werder oder auf andere märkische Leckereien lenken wollten. Sie alle hatten sich auf den Weg in die Metropole gemacht, weil sie genau wussten, dass hier bessere Preise zu verlangen waren.

Amalie wollte schon ihre Aufmerksamkeit ihrer Kusine widmen, die die unentschlossene Kundin schließlich doch noch zum Kauf der Eier hatte bewegen können. Da sah sie in der Menschenmenge ein Gesicht, das ihr erst vor kurzem begegnet war. Es war der geheimnisvolle Mann, der sie vor der Kirche am Sonntag angesprochen und ausgefragt hatte. Der Fremde hatte sie wohl nicht bemerkt, wie sie wie sie auf einem Hocker saß hinter den aufgeschichteten Waren, die Lenchen anbot. Aber sie hatte ihn gesehen und fragte sich wieder, woher sie den Mann kannte.

Plötzlich fühlte sie einen leichten Stoß an der Schulter.

»Wat is dir denn uff eenmal, Malchen? Du siehst ja so aus, als ob de een Jespenst jesehen hätt'st am hellerlichten Tach.«

»Hab ick ooch, Malchen...« Amalie zog Lenchen am Arm zu sich herunter und fragte leise: »Siehste da den jroßen Mann, der da so langsam durch de Halle jeht und sich andauernd umkiekt?«

»Ja! Aber wat soll mit dem sind? Der sucht vielleicht wat... oder irjendjemand?«

»Nu sach bloß, der kommt dir nich' verdächtig vor! Der is' mir unheimlich...«

»Ach, det is bloß Einbildung, aber det is ja schließlich ooch 'ne Bildung.« Lenchen lachte meckernd über ihren eigenen Witz.

»Nee, ick habe da so een unjemütlichet Jefühl.« Und schließlich erzählte Amalie ihrer Kusine von der Begegnung mit dem fremden Mann am letzten Sonntag.

»Nu will ick mal von dir wissen, wat de von die janze Sache hältst! Du kennst den Paul ja schließlich ooch.«

»Aber Malchen, den hab' ick doch nur zweemal im Leben jesehen. Ick weeß doch ja nich' mehr, wie dem Kurt sein Sohn aussehen tut, oder ausjesehen hat.« Lenchen schüttelte den Kopf.

»Aber ist det die Jeschichte, von der de mir erzählen wolltest?«

»Wat denn für 'ne Jeschichte?«

»Na wejen der ich umkippen würde, wie de jesacht hast...«

»Ach so...« Amalie Raddusch vergaß den Fremden und ließ nun wieder ihrem Klatschmaul freie Bahn. Ausführlich erzählte sie, mit einigen Ausschmückungen, die sie für notwendig hielt, um die gewünschte Aufmerksamkeit und Bewunderung bei Lenchen zu erringen, wie sie gestern nachmittag beobachtet hatte, dass der Neffe von Kurt Krüger in der Wohnung der Hübners allein mit Johanna gewesen sei.

»Sie ham mir nich' jesehen, so sehr war'n se damit beschäfticht, sich verliebt inne Oogen zu blinzeln.«

»Aber haste mir nich vor'chte Woche erst erzählt, det der junge Mann jeradewegs aus Breslau hermachen wird und det er am Freitach ankommen wird? Und jestern war doch erst Dienstach.« Lenchen zählte mit dem rechten Zeigefinger an der linken Hand die Tage.

»Freitach, Sonnaamd, Sonntach, Montach, Dienstach... det sind fünf Tage! Der junge Mann jeht ja ran wie Blücher!«

»Det kann ick dir flüstern! Die alte Hübnern, wat ihre Mutter is', war inne Waschküche, det weeß ick jenau. Also war det Meechen mit dem Felix janz alleene inne Wohnung.«

Lenchen sah ihre Kusine zweifelnd an. Sie kannte deren Hang zu Übertreibungen, konnte sich aber dem Reiz des Berichtes über die moralisch leicht anrüchigen Vorgänge nicht entziehen.

»Ick weeß nich', wie du darüber denkst, aber ick halte det für höchst unsittlich«, kommentierte sie schließlich Amaliens Worte. Die nickte zufrieden und beschloß, der Erzählung noch einen besonderen Effekt zu verleihen.

»Wat ick aber noch ja nich' erzählt habe... die beeden haben sich zum Abschied so lang und innich jeküsst, det mir schon alleene vom Zusehen die Schamröte int Jesichte geschossen kam.«

Einen Augenblick schwiegen beide Frauen. Dann ergriff Lenchen wieder das Wort. »Ick hab's ja immer jesacht... dieset Berlin is' een eenzjer Sündenpfuhl und ich versteh imma noch nich, wie du hier leben kannst, Amalie? Da lob ick mir unser jutet altet Köpenick. Klein und beschaulich, manchmal janz schön langweilich, aber ooch jediejen und anständich. Aber hier in Berlin...« Sie schlug die Hände über dem Kopf zusammen und schüttelte sich, halb empört, aber auch halb fasziniert. Was war das doch für ein aufregendes Leben in der Metropole.

Amalie Raddusch freute sich über die Reaktion ihrer Kusine und war zufrieden. Dann aber fiel ihr ein, dass ihr Tratsch Konsequenzen haben würde, wenn ihr Otto oder gar Kurt Krüger davon erfahren würden.

»Also eene Sache, die musste mir aber bei allet, wat dir heilich is' versprechen, Lenchen! Erzähl det keener Person, wat ich dir jrade berichtet habe, verstehste?«

»Nee, versteh ick nich', Malchen!«

Amalie rang die Hände. Sie konnte schließlich ihrer Kusine nicht gut sagen, dass sie so gut wie nichts gesehen hatte und die ganzen Einzelheiten von ihr erfunden worden waren und was für einen enormen Ärger sie bekommen könnte. Sie entschloss sich, einen Teil der Wahrheit preiszugeben, ohne dass ihre Geschichte an Wirkung verlieren würde.

»Ach, wenn zufällich eener aus unser Haus erfährt, dass ick dir erzählt habe, wat ick jesehen habe, denn is doch wieder der Deibel los. Eijentlich habe ich nämlich Otto inne Hand versprochen, nich mehr über die Zustände bei uns inne Nummer 28 zu reden. Det schadet seinen und ooch meinen juten Ruf inne Nachbarschaft, wenn die Leute hören, wat bei uns los is, meente er. Jedenfalls hat er mir jesacht, ick soll nüscht nach draußen tragen. Ick hab dir ja ooch jewissermaßen nur int Vertrauen jezogen, weil de meene liebste Kusine bist.«

Beinahe verlegen wischte sich Helene ihre Hände an ihrer Schürze ab und reichte Amalie die rechte Hand. »Ick verstehe und ick jib dir meene Hand druff... über meene Lippen kommt keen eenzichtet Wort.«

»Det hab ick ooch nich anders von dir erwartet, Lenchen! Dank dir scheene!«

»Na, klar doch! Ich weeß doch jenau, wie die Männer sind. Da is dein Otto nich ville anders als wie meen Arthur.«

Amalie Raddusch atmete auf. Da hatte sie ja noch rechtzeitig daran gedacht, sich abzusichern. Zufrieden zog sie mit einem Kilo Kartoffeln und einer Tüte Eier nach Hause.

Aber Helene Witte dachte schon eine halbe Stunde später nicht mehr an ihr Versprechen, als an ihren Stand die Witwe Lindenlaub kam, die ebenfalls Bewohnerin des Hauses Falckensteinstraße 28 war. Charlotte Lindenlaubs seliger Mann hatte im Staatsdienst gearbeitet, daher bezog sie eine kleine Pension, von der sie leben konnte, wenn auch bescheiden. Das gütige Herz des Hauswirts ermöglichte es ihr aber trotzdem, zu einer besonders günstigen Miete weiterhin die Wohnung mit den drei Zimmern im Vorderhaus zu bewohnen, wofür sie ihm sehr dankbar war. Die junge Charlotte Tiburtius hatte nämlich aus großbürgerlichen Verhältnissen den unter ihrem Stande stehenden Eisenbahner Albert Lindenlaub gegen die Widerstände ihrer Eltern als Gemahl erwählt und war deswegen enterbt worden. Sie hatte trotzdem immer versucht, ihrem Leben an der Seite des geliebten, wenn auch nicht wohlhabenden Mannes soviel Stil und Eleganz zu geben, wie es ihr mit Hilfe ihrer Bildung als Mädchen aus gutem Hause unter den bescheidenen Verhältnissen möglich war.

»Tach, Frau Lindenlaub! Det is aber schön, det Se mir ooch wieder mal beehren. Wat darf's denn sein?«, fragte Helene offen heraus.

Die Witwe zögerte einen Augenblick, denn sie überschlug im Geiste noch einmal den Inhalt ihrer Geldbörse, der nur noch ein paar Mark betrug, die bis zum nächsten Zahltag reichen mussten.

»Ich nehme ein Pfund Kartoffeln«, sagte sie, »...wenn sie nicht zu teuer sind.«

Helene besah sich die kleine schwarzgekleidete Frau, die schon lange die Sechzig überschritten hatte und zwinkerte ihr zu, als sie statt der verlangten Menge fast das Doppelte abwog, aber nur den Preis für ein halbes Kilo verlangte.

»Aber Frau Witte, das kann ich nicht annehmen!«, protestierte Frau Lindenlaub, aber Helene wischte das Aufbegehren mit einer Handbewegung fort.

»Lassen Se mal, für ne so jute Stammkundin wie Ihnen mach ick schon mal 'nen juten Preis.« Sie beugte sich vor. »Sie sind doch nich' die einzije Hausfrau, bei der det Jeld zum Monatsende knapp wird«, setzte sie leise hinzu und packte noch schnell ein Suppengrün in den Einkaufskorb der Witwe.

»Meine liebe Frau Witte, ich danke Ihnen sehr. Es wäre nicht richtig, Ihre Güte mit falschem Stolz zu belohnen. Aber ich bestehe darauf, dass Sie mir den vollen Preis berechnen. Dann gibt es in den nächsten Tagen eben nur Heringsstippe zu den Kartoffeln.«

»Also jut, Frau Lindenlaub! Ick will nich, det Se sich vor mir olle Bauersfrau schenieren tun. Dazu bewundere ich Ihnen zu sehr. Det sage ick immer zu meinen Arthur, wat für eene vornehme Dame Se sind und det ick stolz druff bin, det Se zu meene Kundschaft jehören.«

Frau Lindenlaub lächelte und wollte schon etwas sagen, da fuhr Helene in ihrer Rede fort.

»Desdewejen will ick Sie ooch mal wat erzählen. Ick habe det zwar jerade erst selber unter dem Siejel der Verschwiejenheit erfahren...«

»Dann sollten Sie aber wirklich nicht…«

»Nee, det is' schon in Ordnung, Frau Lindenlaub... Sie als vornehme Dame sollen det ruhich zu hören bekommen, wat da für Zustände in ihr feinet Mietshaus herrschen...«

Und ohne dass die Witwe es verhindern konnte, begann nun Helene ihrerseits von den Vorgängen zu erzählen, von denen ihr ihre Kusine berichtet hatte.

10

Die Witwe Lindenlaub hatte höflich zugehört, was ihr die Bauersfrau aus Köpenick erzählt hatte, vergaß es aber schnell wieder, denn Klatsch und Tratsch waren ihr zuwider. Erst viel später sollte es ihr wieder einfallen.

Aber zunächst einmal ging das Alltagsleben in der Falckensteinstraße weiter. Amalie Raddusch fegte jeden Tag das Trottoir vor dem Haus, wischte die Treppenaufgänge und sah auch sonst auf Reinlichkeit, während ihr Mann Otto sich um kleinere Reparaturen und andere Handwerkerarbeiten im Haus kümmerte.

Herr Kullicke öffnete jeden Morgen um sieben Uhr seinen Laden und auch sonst regte sich wie immer schon das Leben im Viertel nördlich de Görlitzer Bahnhofs. Die ersten Dienstmädchen und Hausfrauen bevölkerten die Straßen und die Kinder sah man mehr oder weniger begeistert zur Schule streben. Handwerker, Schornsteinfeger, Kutscher mit ihren Fuhrwerken, sie alle hatten sich schon wieder in den erwachenden Rhythmus der Metropole eingereiht.

Felix Krüger, der angehende Student für das Lehramt, hatte sich in den ersten Tagen nach seiner Ankunft erst einmal gründlich in seiner neuen Heimatstadt umgesehen. Stundenlang, von früh bis spät, wanderte er jeden Tag durch die Straßen. Zunächst blieb er in der unmittelbaren Umgebung. Er lernte dabei, dass sich der Südosten Berlins, seine neue Heimat, von Amts wegen aus zwei Teilen zusammensetzte, nämlich aus der Luisenstadt diesseits und jenseits des Kanals, wobei der Luisenstädtische gemeint war, der seit der Mitte des Jahrhunderts den Landwehrkanal mit der Spree verband.

Dann besorgte er sich einen Stadtplan und wagte sich weiter in das Stadtzentrum hinein. Von der Luisenstadt über die Spree in das alte Berlin rund um die mittelalterliche Nikolaikirche, vorbei am Schloss hinüber nach Alt-Cölln, durch die Brüderstraße, den schlanken Turm der Petrikirche vor Augen, über den Spittelmarkt, an dem wieder das Großstadtleben pulsierte. Die quirlige Leipziger Straße mit ihren eleganten Geschäften und Warenhäusern gefiel ihm sehr. Er wandte sich dann nach rechts dem Gendarmenmarkt zu, den der Baedeker als einen der zweifelsfrei schönsten Plätze Europas bezeichnete. Aber als er dann schließlich über die Friedrichstraße ›die Linden‹ erreicht hatte, brauchte er unbedingt eine Erfrischung. Er hatte nun an drei der vier Ecken der Kreuzung die Auswahl und entschied sich für das berühmte Café Kranzler, das ihm sein Onkel sehr empfohlen hatte, als er ihm am Morgen ein paar Geldscheine in seinen Anzug gesteckt hatte.

Nach der Ruhepause durchstreifte er weiter die Dorotheenstadt dem Brandenburger Tore zu, um dann auf der Mittelpromenade der Straße ›Unter den Linden‹ sich zurück in Richtung der Universität zu bewegen.

Als er das Denkmal für den großen Preußenkönig Friedrich passiert hatte, lag sie linker Hand. Er gönnte dem Opernhaus, dem Palais des seligen ersten Wilhelm und der hinter dem Opernplatz gelegenen Hedwigskathedrale nur einen flüchtigen Blick. Er wandte sich mit viel größerem Interesse der hehren Bildungsanstalt zu, in der er ab dem Herbst seine Studien aufnehmen wollte. Der Gedanke daran erfüllte ihn mit Stolz und er überlegte, ob er sich in den Wissenschaftstempel hinein wagen sollte.

Felix hielt einen Augenblick inne, dann entschied er aber, dass es Zeit war, nach Hause zurückzukehren. Nach dem langen Marsch war er müde geworden. Außerdem hatte sich der Himmel bezogen und das Frühlingsblau war einem bleiernen Grau gewichen. Vermutlich würde es bald regnen.

Er wechselte nun auf die andere Straßenseite und sah sich nach einer Droschke um. Da fiel ihm eine junge Dame ins Auge, die ihm sehr bekannt vorkam und die gerade den Aushang des Opernprogramms studierte. Er trat hinzu, da entdeckte auch sie ihn.

»Guten Tag, Fräulein Johanna!«, begrüßte er sie und zog formvollendet den Hut vor ihr. »Was tun Sie denn hier und dazu noch so fein?« Johanna trug in der Tat ihren besten Hut und ihr gutes Sonntagskleid, in dem er sie vor einigen Tagen zum ersten Mal nach seiner Ankunft gesehen hatte und an dem er sie erkannt hatte.

Sie lächelte verlegen und bemerkte, wie ihr Herz unvermittelt schneller schlug.

»Herr Felix!« Mehr brachte sie nicht heraus und senkte den Kopf.

»Sie sehen so aus wie jemand, den man dabei ertappt hat, wie er gerade etwas Verbotenes tut.« Felix betrachtete Johanna aufmerksam und als sie ihn endlich ansah, bemerkte sie seinen amüsierten Blick.

»Das ist nicht recht von Ihnen, dass Sie mich immer so necken!«, protestierte sie jetzt lautstark. »Trauen Sie mir denn zu, dass ich etwas Unrechtes tun würde?«

Er lachte. »Das kann man nie wissen. Ich hätte jedenfalls nicht erwartet, Sie heute auf meiner Expedition zu treffen.«

»Expedition?« Johanna sah ihn verwirrt an.

»Wissen Sie nicht, was eine Expedition ist?«

Nun erwachte ihr Widerspruchsgeist endgültig. »Natürlich weiß ich das. Ihr Onkel hat mir oft von den großen Entdeckern der Geschichte erzählt.«

»Sehen Sie, und ich bin heute als Entdecker der großen Stadt Berlin aufgebrochen«, erwiderte er lachend und sie stimmte schließlich mit ein. »Sehen Sie in mir doch einfach einen modernen Marco Polo.«

»Marco Polo? Wer ist das?«

»Das war ein italienischer Weltreisender vor vielen Jahrhunderten, der von Venedig aus nach China reiste und viele Jahre unterwegs war. Ich habe es jetzt zwar nur von der Luisenstadt bis hierher geschafft, aber das ist für mich mindestens genauso aufregend wie für Marco Polo.«

»So kann man das natürlich auch sehen«, gab Johanna zu.

»Aber nun verraten Sie mir bitte auch, was für ein Geschick Sie hierher geführt hat, damit wir uns heute wiedersehen, sozusagen in der Fremde, fern von zu Haus.«

Johanna zögerte noch einen Augenblick. Er schenkte ihr ein aufmunterndes Lächeln.

»Ich verspreche Ihnen, dass ich niemanden von Ihrem schrecklichen Geheimnis erzählen werde!«, sagte Felix übertrieben feierlich.

»Sie sind ein fürchterlicher Mensch! Aber ich will Ihnen trotzdem erzählen, warum ich hier bin. Aber bitte...« Johanna sah ihn mit einem flehenden Blick an. »Das muss wirklich unter uns bleiben. Meine Mutter weiß auch gar nicht, dass ich heute hier bin.«

»Ich verspreche es Ihnen. Aber nun erzählen Sie! Ich bin schon sehr gespannt. Das muss ja ein besonderes Geheimnis, wenn Sie nicht einmal Ihrer Mutter davon erzählt haben. Steckt etwa ein junger Mann dahinter?«

Johanna verzog ärgerlich das Gesicht. »Sie machen sich doch lustig über mich.«

»Aber nicht doch!« Felix hob abwehrend die Hände. »Bitte entschuldigen Sie und erzählen Sie...«

Sie atmete tief ein und dann sprach sie über ihren Wunsch, einmal eine Vorstellung in der Oper zu besuchen.

»Ihr Onkel spielt mir ab und zu Schallplatten auf dem Grammophon mit wunderschöner Opernmusik. Am liebsten würde ich deswegen gern mal ein Ballett ansehen oder eine schöne Oper. Deswegen wollte ich mich erkundigen, was gespielt wird und wie teuer ein Billett ist.«

»Waren Sie denn noch nie bei einer Aufführung?«

»Nein, leider noch nie«, Johanna sah Felix betrübt an. »Kein Ballett, keine Oper, nichts davon.«

»Aber warum denn nicht? Es gibt doch auch billige Plätze.«

»Ja, das mag sein, aber ich habe trotzdem nicht gewagt, meine Eltern zu fragen, ob ich einmal in die Oper gehen dürfte. Es gäbe auch niemanden, der mich begleiten würde. In unseren Kreisen interessiert sich niemand für diese Art von Vergnügen.«

»In unseren Kreisen! Wenn ich das schon höre!«, brauste Felix empört auf. »Kultur ist doch nicht der sogenannten besseren Gesellschaft vorbehalten.«

Zunächst wunderte sich Johanna, denn Felix stammte schließlich aus sogenanntem gutbürgerlichem Hause. Doch dann begriff sie, warum er so erregt war. Sicherlich hatte auch er in seiner Kindheit als armer, nur geduldeter Verwandter sehr unter den Umständen seiner Herkunft gelitten, wie sie von seinem Onkel gehört hatte.

Aber bevor sie das Thema weiter erörtern konnten, fegte plötzlich ein starker Wind über den Opernplatz und gleich darauf ergoss sich aus dem verdunkelten Himmel ein Wolkenbruch, der sie veranlasste, schnellstens irgendwo Schutz vor den Wassermassen zu suchen. Aber Johanna hatte nur ihr Sonnenschirmchen anzubieten, das nicht verhindern konnte, dass sie schnell durchnässt waren.

Aber gleich darauf entdeckte Felix zu ihrem Glück eine freie Droschke.

»Die kommt wie gerufen! Schnell!« Er packte Johanna und zog sie so heftig mit sich, dass sie vor Schreck aufschrie. Beinahe wäre sie gestürzt, aber Felix legte seinen Arm um ihre Taille und hielt sie fest, dann liefen sie gemeinsam auf den Fahrdamm zu. Im nächsten Augenblick waren sie auch schon im Inneren der Droschke, wo sie vor dem Regen geschützt waren.

Als sie beide wieder zu Atem gekommen waren, bemerkte Johanna, dass sein Arm sie immer noch hielt. Aber es erschreckte sie nicht. Im Gegenteil, es war ein sehr angenehmes Gefühl und wegen der Enge im Wagen waren ihre Köpfe auch dicht beieinander.

Felix spürte das dringende Bedürfnis, Johanna zu küssen. Aber dann besann er sich, denn er hatte in den wenigen Tagen ihrer erneuerten Bekanntschaft gemerkt, dass er sie damit nur in Verlegenheit gebracht hätte. In Breslau hatte er im Hause seiner Verwandten Dienstmädchen kennengelernt, die sich schnell auf eine Liebelei einließen. Manchmal sogar mit dem Herrn des Hauses, wobei das nicht immer freiwillig geschah, wie er wußte. Aber es gab natürlich auch solche, die es darauf angelegt hatten. Jedenfalls war Johanna nicht von dieser Art.

Er löste seinen Arm, räusperte sich und sagte dann mit möglichst fester Stimme dem Kutscher, wohin er sie fahren sollte.

Als die Droschke schließlich in der Falckensteinstraße hielt, war die Spannung, die zwischen beiden in der Luft gehangen hatte, verflogen. Die beiden jungen Leute hatten sich angeregt und heiter unterhalten, wobei Felix bemerkte, dass Johanna eine angenehme Gesprächspartnerin war, die vielleicht etwas naiv, aber bestimmt nicht dumm war. Sie hatte wohl viel bei seinem Onkel gelernt. Außerdem strahlte sie eine Warmherzigkeit aus, so dass man sich in ihrer Gegenwart einfach wohlfühlen musste. Dazu besaß sie viel Humor und so hatten sie in der letzten Viertelstunde viel gelacht.

Auch der heftige Regen hatte wieder aufgehört und die Sonne stand über dem Görlitzer Bahnhof und wärmte die Falckensteinstraße.

Bertha Hübner schlug die Hände über dem Kopf zusammen, als sie ihre Tochter in die Küche kommen sah.

»Kind, wat haste denn bloß jemacht? Biste etwa inne Spree jefallen?«

»Aber nein, Mama! Ich bin den heftigen Regen gekommen.«

Bertha ging ans Fenster. »Hattet denn jeregnet? Hier in det dunkle Loch von Wohnung hab' ick wieder mal nischt von jemerkt.« Sie zog die Küchengardine zur Seite. »Nee, der Hof is' ja janz trocken. Keen eenzichter Troppen uff'm Pflaster.«

Johanna erschrak. Daran hatte sie gar nicht gedacht, dass es hier gar nicht geregnet haben könnte. »Wahrscheinlich schon wieder getrocknet. Es ist ja heute sehr warm.«

»Wat redest denn da für'n Quatsch, Meechen? Willste deine alte Mutter veräppeln?« Bertha kam näher und betrachtete Johannas Gesicht. »Wo war denn det, wo et so dolle jeschüttet hat?«, fragte sie nun misstrauisch.

»Mama, schau mich doch bitte nicht so streng an!«

»Muss ick doch. Zu mir haste jesacht, du willst bloß mal runter zur Oberbaumbrücke und zum Schlesischen Tor und kieken, wie weit die mit ihre elektrische Hochbahn sind. Und nu' kommste völlig durchnässt zurück und dein bestet Sonntagskleid haste ooch noch an, wie ick jetzt erst merke. Warum haste dir denn mitten inner Woche so feinjemacht, als wennste uff'n vornehmen Ball jehen wolltest oder inne Oper.«

Johanna zuckte zusammen, nur leicht, aber die Mutter bemerkte es doch. Sie warf ihr einen fragenden Blick zu.

Schließlich antwortete Johanna. »In der Oper war ich nicht...«

»Sondern?«

»Ich habe davor gestanden.«

»Davor haste jestanden? Unter den Linden? Am hellichten Vormittach? Warum denn bloß, Kind?«

Bertha war verwundert, aber sie versuchte, ihre Tochter anzulächeln. Sie erhoffte, dass das Mädchen dadurch ermuntert wurde, ihr zu erklären, was sie so weit von zu Hause vor der Oper gesucht hatte.

»Ich weiß gar nicht, warum du so böse darüber bist. Ich wollte nur mal sehen, was dort gespielt wird und ….«

»…und wat noch? Los, Hanna! Nun rück' doch endlich mal raus mit de Wahrheit!«

»Ich wollte mich auch erkundigen, was ein Billett kostet. Natürlich nur auf einem der billigen Plätze.«

»Willste denn inne Vorstellung jehen? Wie kommste denn uff den Jedanken?« Bertha legte ihre Hände, denen man die tägliche Arbeit im Haushalt ansah, auf Johannas Schultern und blickte ihr in die Augen. Dabei musste sie ihren Kopf leicht anheben, weil ihre Tochter sie um eine halbe Kopflänge überragte.

»Kind, ick bin dir doch nicht böse«, sagte sie nun versöhnlich. Sie schwieg einen Moment. Dann hatte sie einen Einfall.

»Ick kann ja mal Vater fragen, ob er nich' mit uns mal wieder ins Ostend-Theater inner Jroßen Frankfurter Straße jeht... Da war'n wa doch letztet Jahr und da hattet dir doch janz jut jefallen.«

»Aber Mama, das ist doch nicht zu vergleichen«, unterbrach Johanna ihre Mutter. »So eine... eine...«, sie suchte nach einem passenden Ausdruck, der aber trotzdem die Gefühle ihrer Mutter nicht verletzen würde, die die seltenen Besuche dort sehr liebte. »So eine schlichte Vorstadtbühne«, sagte sie schließlich, »ist doch etwas ganz anderes als die königliche Oper, Mamachen.«

»Hanna, vergiss nich', wat ick dir erzählt habe, als de noch een kleenet Meechen warst...«

»Nein, Mama! Das vergesse ich nicht. Da warst du mit Papa dort und hast den großen Josef Kainz auf der Bühne gesehen.«

»Jenau so isset.«

»Das ist ja auch alles schön und gut, aber trotzdem ist es doch alles sehr... sehr volkstümlich.«

»Det is' doch nüscht Schlimmet! Wir sind nun mal aus'm Volk, deswejen passen wir da ooch hin. Bisher war dir det doch immer jut jenuch.«

»Das schon... aber ich würde doch auch einmal zu gern erleben, wie es ist, wenn die feinen Damen und Herren in ihrer festlichen Garderobe...«

»Det kann ick dir jenau sagen!«, unterbrach Bertha ihre Tochter. »Du würdest dir keenen eenzichten Aujenblick wohlfühlen mang die janzen vornehmen Herrschaften. Außerdem haste uns ja nie erzählt, dette so jerne solche Musik hörst, wo in den allerhöchsten Tönen jesungen wird, det man nich' mal een Wort von dem versteht, wat die singen. Manchmal wird sojar so jesungen, wie de Leute in Italien reden tun. Det weeß ick von Frau Lindenlaub. Woher willste denn überhaupt wissen, ob dir det jefallen tut?«

Ach ja, Mama, das wäre mein Traum, einmal eine Vorstellung in der Oper zu erleben. Onkel Krüger hat mir so oft erzählt, wie schön so eine Aufführung sein kann.«

»Aha, nu' versteh' ick so manchet. Wieder so eene von die Ideen für deine Bildung, die von unserm jeschätzten Hauswirt kommen. Ick habe ja nischt dajejen, dette nach deine Schulzeit bei ihm noch wat dazujelernt hast und dir ooch ville feiner ausdrücken kannst wie dein Vater und icke. Aber irjendwo muss ooch mal Schluss sind.« Berthas Gesicht zeigte nun Entschlossenheit. Hatte sie noch vor ein paar Tagen ihre Freude zum Ausdruck gebracht, dass Johanna bei dem Hauswirt und pensionierten Lehrer so viel lernte, dachte sie nun, dass er ihr vielleicht doch zu viele Flausen in den Kopf setzte.

»Ich habe schon mal Schallplatten gehört. Onkel Krüger hat doch ein Grammophon.

»Grammophon! Ooch so een neumodischer Kram. Wat man da hört is' een eenzichtet Krächzen... und det soll denn Jesang sein. Ick halte nischt davon, jenau so wenich wie von dem albernen Sprechkasten, dem Telefon. Wer weeß, ob man davon nich' krank wird, wenn man sich det Teil, aus dem die Jeräusche kommen, ans Ohr hält«, brummelte sie. »So, und nu jibt's Mittachessen.«

Johanna machte ein trauriges Gesicht, sagte aber nichts weiter, denn sie war ganz zufrieden, dass die Mutter keine weiteren Fragen stellte, denn dann hätte sie vielleicht noch erzählen müssen, dass sie Felix Krüger getroffen hatte und mit ihm wegen des Regens in der Droschke nach Hause gekommen war.

Am Nachmittag erfuhr es Bertha dann aber doch, als sie gerade im Begriff war, das Haus zu verlassen, um noch schnell gegenüber bei Puhlmann frische Schrippen für das Abendbrot zu besorgen, weil sich Friedrich das gewünscht hatte. Dazu sollte es Rührei mit Schinken geben.

»Guten Tag, meine liebe Frau Hübner!«, sagte mit einem dezenten Kopfnicken die Witwe Lindenlaub, die gerade das Haus betreten wollte, als Bertha den großen Torflügel öffnete.

»Juten Tach ooch, werte Frau Lindenlaub! Det is aber schön, det wir beede uns wieder mal treffen. Wir hatten ja lange nich' mehr det Verjnügen«. Bertha freute sich ehrlich, denn sie mochte die alte Dame sehr.

Die Witwe lächelte zurück. »Wie geht es Ihnen?«

»Allet bestens, Frau Lindenlaub! Ick danke für die freundliche Nachfrage. Wir sind alle jesund und munter.«

»Das hört man ja gern. Aber ich hoffe doch sehr, dass Fräulein Johanna keinen Schnupfen bekommt oder gar etwas Schlimmeres.«

Bertha, die schon hatte weitergehen wollen, weil sie ja noch Schrippen brauchte, horchte nun auf.

»Wie soll ick det verstehen, Frau Lindenlaub?«

»Ach, wissen Sie, als ich heute Mittag aus dem Fenster sah, kam gerade eine Droschke angefahren. Zuerst dachte ich, es wäre die Ihres Mannes, weil Fräulein Johanna ausstieg. Aber dann merkte ich doch, dass der Kutscher viel jünger war als Herr Hübner.«

»Meene Tochter ist inner Droschke vorjefahren jekommen?«

»Ja, und außerdem befand sie sich in Begleitung des jungen Mannes, der doch jetzt bei unserem Herrn Krüger Wohnung genommen hat. Das ist sein Neffe, nicht wahr?«

»Ja, det isser«, bestätigte Bertha nachdenklich.

»Jedenfalls war das Verdeck der Droschke geschlossen, aber als die beiden ausgestiegen waren, sah ich, dass die das Kleid ihrer Tochter und auch der Anzug des jungen Mann ziemlich durchnässt waren.«

Bertha hörte kaum noch zu, was Frau Lindenlaub ihr noch erzählte. Warum hatte Johanna ihr nicht erzählt, dass sie in einer Droschke und dazu noch Begleitung von Felix Krüger nach Haus gekommen war? Sie beschloß, der Sache noch heute auf den Grund zu gehen. Während sie noch darüber nachdachte, merkte sie, dass ihre Nachbarin sie fragend ansah.

»Wat war det doch gleich, wat Se noch wissen wollten, Frau Lindenlaub?«

»Ich hatte Sie gefragt, ob Sie denn wussten, dass Fräulein Johanna mit dem jungen Herrn Krüger in der Droschke unterwegs war.«

Bertha wollte sich in diesem Augenblick vor der alten Dame keine Blöße geben. »Ja, natürlich hab ick Bescheid jewusst. Meene Tochter hat keen Jeheimnisse vor ihre Mutter. Ist ja schließlich keen Verbrechen, mit 'ner Droschke zu fahr'n. Die beeden haben sich zufällich jetroffen. Unter den Linden vor der Oper. Und denn sind se eben zusammen nach Hause jefahr'n.«

Als sie das sagte, fühlte sich Bertha gleich viel ruhiger. Es war bestimmt so gewesen. Sie kannte doch ihre Tochter. Doch trotzdem wollte sie nachher Johanna befragen, warum sie eben doch ein Geheimnis daraus gemacht hatte, dass sie in Begleitung von Herrn Krügers Neffen nach Hause gekommen war.

Frau Lindenlaub lächelte nun wieder gütig. »Dann ist ja alles in Ordnung. Sie müssen entschuldigen, aber ich hatte mir schon ein wenig Gedanken gemacht.«

»Worüber denn?«

»Ach, eigentlich wollte ich es gar nicht erwähnen, aber da wir nun schon einmal darüber reden... als ich letztens in der Eisenbahnhalle war, um wie gewöhnlich bei der Kusine von Frau Raddusch einzukaufen, habe ich nämlich erfahren, übrigens ganz ungewollt, wie ich betonen möchte, dass der junge Mann in der letzten Woche gesehen wurde, wie er aus Ihrer Wohnung ...«

»Wer hat Ihnen det erzählt?«, fragte Bertha, die Frau Lindenlaub mit scharfer Stimme das Wort abschnitt.

»Die Frau Witte, bei der ich eingekauft habe und die hat es von ihrer Kusine, der Frau Raddusch erfahren.«

»Ach, nu jeht mir ja een janzer Kronleuchter uff! Die Radduschen, det alte Klatschmaul steckt dahinter.« Bertha blickte ihre Nachbarin böse an, die daraufhin sichtlich erschrak.

»Sie wer'n doch nich' denken, det meene Tochter und der junge Mann...« Der Satz blieb unvollendet und Frau Lindenlaub winkte auch sofort heftig ab, womit sie zum Ausdruck bringen wollte, dass sie dem Tratsch, den sie erfahren hatte, keinerlei Bedeutung zumaß.

»Regen Sie sich bitte nicht auf, liebe Frau Hübner. Wir wissen doch alle, dass Fräulein Johanna ein anständiges Mädchen ist und ich werde auch bestimmt nie wieder darüber reden.«

Bertha seufzte und beruhigte sich auch dann nicht, nachdem sie Frau Lindenlaub noch einmal ausdrücklich das Versprechen abgenommen hatte, wirklich niemandem zu erzählen, was sie in der Markthalle gehört hatte.

»Das sind aber auch wirklich ganz böse Klatschweiber. Ich wollte auch gar nichts hören, aber Sie wissen doch, wie das ist, wenn jemand wie Frau Witte erst einmal anfängt zu reden. Ich habe keinen Augenblick daran gezweifelt, dass die Geschichte erfunden ist.«

»Ja, det isse, Frau Lindenlaub, det isse! Det versichere ick Ihnen. Und die Radduschen wird ihr blauet Wunder erleben. Det lassen wir uns nämlich nich' mehr bieten. Det versichere ick Ihnen ooch noch.«

Und damit rauschte Bertha empört zurück ins Haus und verzichtete somit darauf, für den heutigen Abend ihrem Friedrich Herrn Puhlmanns Schrippen zum Abendbrot zu präsentieren.

In der nächsten halben Stunde saß Bertha Hübner in dem kleinen Wohnzimmer und überlegte hin und her, ob sie sich, so wie sie es zunächst in ihrem ersten Zorn vorgehabt hatte, lautstark bei der klatschmäuligen Hauswartsfrau beschweren sollte. Aber dann beschloß sie, zunächst noch einmal ihre Tochter zu fragen, was die dazu zu sagen hatte. Bertha konnte sich zwar wirklich nicht vorstellen, dass... aber man wußte ja nie.

»Johanna, komm doch mal rüber zu mir inne Wohnstube!«, rief sie in die Küche, in der das Mädchen gerade damit beschäftigt war, Wäsche zu bügeln.

Wenige Augenblicke später saßen sich Mutter und Tochter stumm gegenüber, Bertha auf dem Sofa unter der gedruckten Kopie eines märkischen Landschaftsgemäldes in einem goldfarbenen Rahmen und Johanna auf der anderen Seite des Tisches auf einem der gedrechselten Stühle, deren Sitzflächen mit dem gleichen robusten, rotbraunen Stoff bezogen waren wie das Sofa.

»Mama, du schaust mich ja so ernst an. Was hast du denn?«, beendete Johanna schließlich das Schweigen.

»Kind, du weeßt, det icke und ooch dein Vater dir immer vertraut haben. Du hast uns ooch nie belogen...«

Johanna erschrak sichtlich, was ihre Mutter sogleich bemerkte. Sie atmete tief durch. »Mutter, bevor du weiter redest, will ich dir lieber selbst sagen, dass ich vorhin etwas verschwiegen habe. Ich habe nicht gelogen, aber ich habe eben auch nicht alles erzählt.« Und dann berichtete Johanna, dass sie Felix Krüger wirklich rein zufällig getroffen habe und wie es dann den Wolkenbruch gegeben hatte und wie sie zusammen mit ihm in der Droschke nach Haus gefahren war.

»Ich weiß auch nicht, warum ich mich nicht getraut habe, es dir gleich zu erzählen.« Johanna lachte nervös und sah ihre Mutter mit um Verzeihung bittenden Blick an.

»Hanna, wat soll ick nu dazu sagen? Det hat mir schon jewundert und ooch mächtich jekränkt, det ick det erst von fremde Leute zu hören krieje, dette inner Droschke gekommen bist, dazu noch mit dem Neffen von Herrn Krüjer...«

»Was denn für fremde Leute?«

»Die alte Frau Lindenlaub hat euch ankommen sehen. Det war mir irjendwie unanjenehm, weil se doch so 'ne nette alte Dame is', die sich sonst nich' in anderer Leute Anjelejenheiten einmischt. Aber ick habe an ihrem Blick jesehen, det se sich wohl sehr jewundert hat. Wobei mir einfällt, det ick bei die Jelejenheit noch wat jehört habe von dir und dem jungen Mann.«

»Was hat denn Frau Lindenlaub noch zu erzählen gewusst?« Ratlos sah Johanna ihre Mutter an, die ein noch ernsteres Gesicht machte als zuvor.

»Hanna, ick frage dir jetzt direkt und erwarte eene klare Antwort! Wie jut kennste schon den Neffen von Herrn Krüjer?«

»Kennen? Wie meinst du das?«

»Warste schon mal mit ihm alleene?«

»Heute Mittag in der Droschke, das weißt du doch jetzt. Aber eigentlich war ja der Kutscher auch dabei.«

»Und sonst nie?«

»Aber Mama, wann sollte denn das gewesen sein?«

Bertha berichtete nun noch, was sich ein paar Tage vorher angeblich in der Hübnerschen Wohnung zugetragen haben soll.

»Also, davon ist kein Wort wahr, Mama!«, rief Johanna empört aus. »Felix… ich meine Herr Krüger, war nur an der Tür, aber nicht in der Wohnung. Das beschwöre ich!«

»Det war allet?«

Johanna sah den strengen Blick ihrer Mutter. Nach einem kurzen Augenblick des Schweigens gab sie schließlich eine Antwort.

»Für eine Minute war er in der Diele«, gab sie zaghaft zu. »Aber sein ganzer Besuch dauerte ja kaum länger. Du bist doch selbst in dem Moment gekommen, als er gerade gegangen war. Erinnerst du dich denn nicht mehr?Und falls du denkst oder es jemand behauptet haben soll, dass er mich geküsst hat, dann kann ich dich beruhigen. Das würde ich niemals zulassen...«, sagte sie und ertappte und erschrak sich bei bei dem Gedanken, dass sie es sich aber gut vorstellen konnte.

Bertha sah ihre Tochter eindringlich an und mit dem sicheren Blick einer sorgenden, aber auch liebevollen Mutter kam sie du dem Schluß, dass Johanna die Wahrheit gesagt hatte. Das hatte sie sich schließlich selbst sofort gesagt, dass alles wieder einmal nur böser Klatsch war, den Frau Raddusch da verbreitet hatte. Doch sie unterdrückte dann doch den ersten Impuls, die Hauswartsfrau zur Rede zu stellen.

Bertha Hübners Klugheit hatte wieder die Oberhand gewonnen und die sagte ihr, dass es nur noch mehr Aufsehen geben würde, wenn sie jetzt Beschwerde erheben würde. Sie schwieg also in dieser Angelegenheit, was aber nicht hieß, dass sie die Geschichte vergessen und in ihrer Wachsamkeit nachlassen würde.

»Jut, meine Kleene. Denn hab ick nischt mehr dazu zu sagen. Und wir wollen ooch Vatern jejenüber keen Wort von der Sache erzählen. Sonst reecht er sich wieder bloß uff und det bekommt seinem Magen nich'.«

»Ja, Mama!«, stimmte Johanna zu.

»Aber ick hoffe, du verjisst nich', wat ick dir jesacht habe. Ooch wenn der junge Mann janz bestimmt nett und ansehnlich is'... zu ville Umjang sollteste nich' mit ihm haben. Det führt nur zu Klatsch und Tratsch, wie de merkst. Und det woll'n wa doch nich' dette int Jerede kommst. Hörste, Kind?«

Darauf hatte Johanna keine Antwort, nur einen traurigen Blick, den Bertha aber ausnahmsweise übersah.

11

Als Amalie Raddusch gegen kurz vor sieben Uhr in der Frühe des nächsten Tages das Haustor zur Straße aufschloss, ahnte sie nicht, dass das, was sie in ihrer Geltungssucht zu ihrer Kusine gesagt hatte, doch weitergetragen worden und nun schon in der Falckensteinstraße 28 angekommen war.

Sie trat mit ihrem Besen bewaffnet auf den Gehweg und ihr bot sich das gewohnte Bild der erwachenden Geschäftigkeit der fleißigen Menschen in der Luisenstadt. Langsam kletterte die Sonne über die Häuser und auf der gegenüberliegenden Straßenseite leckten ihre Strahlen schon zaghaft am Dach und an den Fenstern im fünften Stock.

Auch fehlte nicht die Geräuschkulisse, die wie immer geprägt war von den Fuhrwerken und dem Konzert der pfeifenden Lokomotiven, die im benachbarten Görlitzer Bahnhof mit preußischer Genauigkeit den Fahrplan einhielten und mit jedem Zug Menschen aus Berlin fortbrachten, aber noch mehr in die Stadt. Sie alle fühlten sich magnetisch angezogen von der Metropole, in der sie hofften, ein besseres Leben zu finden als auf dem Lande oder in den Kleinstädten, aus denen sie kamen.

Amalie hatte im Laufe der Jahre viele von ihnen kommen sehen und hatte ein Auge dafür bekommen, diese auf Anhieb zu erkennen. Die junge Frau, die jetzt aus Richtung der Görlitzer Straße auf sie zukam, gehörte aber offensichtlich nicht zu dem Kreis derjenigen, die auf Stellungssuche waren, denn dafür schien sie Amalie zu gut gekleidet zu sein. Sogar zu gut für diese Gegend, auch wenn sie ganz sicher nicht zu den ärmsten Stadtteilen zählte wie der Wedding oder der Prenzlauer Berg.

Die junge Frau, die Amalie auf ungefähr fünfundzwanzig Jahre schätzte, verlangsamte nun ihren Schritt und blieb schließlich direkt vor dem Haus stehen, um die Fassade mit den Augen abzusuchen.

Die Hauswartsfrau betrachtete ihrerseits die fremde Person und konnte ihre Neugier nur eine halbe Minute unter Kontrolle halten. Aber schließlich sagte sie sich, dass sie in ihrer Stellung geradezu verpflichtet war, sich dafür zu interessieren, wenn jemand so auffällig das Haus musterte. Schließlich unterschied es sich in keiner Weise von den anderen Mietshäusern in der Straße, so dass so eine Aufmerksamkeit zu erklären wäre.

»Suchen Se wat Bestimmtet, Frollein?«, fragte sie schließlich und stützte sich dabei auf den Besen.

Die Angesprochene erschrak, denn sie hatte nicht bemerkt, dass jemand in ihrer Nähe stand.

»Wie bitte? Ach nein, ich wollte nur...« Sie beendete den Satz nicht. »Sagen Sie bitte, wem gehört dieses Haus?«

Amalie sah die junge Frau jetzt beinahe feindselig an. »Wozu woll'nse denn det wissen? Ick bin doch keen Auskunftsbüro! Außerdem hab ick zu tun!« Sie begann, kräftig mit ihrem Besen über das Pflaster des Gehweges zu fegen.

Herr Kullicke, der Zigarrenhändler, der sich gerade anschickte, seinen Laden zu öffnen und die kleine Szene auf der Türschwelle stehend beobachtet hatte, schüttelte den Kopf.

»Wat hat Ihnen denn die junge Frau jetan, Frau Raddusch. Warum sind Se denn so unhöflich? Det war doch keen Verbrechen, det se Ihnen jefracht hat, oder etwa doch?«

»Wat haben Sie sich denn in die Anjelejenheit inzumischen, Kullicke?«, fragte Amalie patzig »Sie müssen wohl ooch immer ihre Neese in allet rinstecken, wat?«

»Nee, werte Frau Raddusch!«, gab der Zigarrenhändler zur Antwort, wobei er der jungen Frau zuzwinkerte. »Wo werd' ick denn sowat machen? Det is' doch Ihr Vorrecht hier im Hause. Übrijens, für Ihnen immer noch Herr Kullicke!«

»Dazu bin ick als Hauswartsfrau jradezu verpflichtet, über allet Bescheid zu wissen, Herr Kullicke. Ick sorje nur for Ordnung, Herr Kullicke!«

»Machen Se det, Frau Raddusch! Und ick werde der jungen Frau die Auskunft jeben, die Se ihr verweijert haben.«

»Tun Se, wat Se nich lassen können!« Amalie drehte sich um und entschwand ohne Abschiedsgruß im Haus.

»Lassen Se sich bloß nich vom ollen Drachen einschüchtern, Frollein!« Er nickte der jungen Frau freundlich zu.

»Haben Sie schönen Dank, Herr Kullicke!«, antwortete sie und lächelte zurück. »So heißen Sie doch, oder?«

»Jenau so und nich' anders, Frollein. Immer derjenichte, welcher...« Er sah sie erwartungsvoll und bekam die gewünschte Reaktion.

»Mein Name ist Adele...«, sie zögerte einen ganz kurzen Augenblick, was Kullicke bemerkte, es sich aber nicht anmerken ließ, »...von Strelow.«

»Sehr anjenehm, Frollein von Strelow!« Kullicke verneigte sich leicht vor ihr. »Wie ick heiße, wissen Se ja nu' schon von unsere Hauswartsfrau.« Er lachte nun laut und sein Vollbart, den er wie der alte, nicht der junge, Kaiser Wilhelm trug, zitterte leicht dabei. »Aber Se können mir ooch einfach Onkel Jottlieb nennen. Det machen sehr ville Leute.«

Adele blickte verlegen und wußte nicht, was sie darauf antworten sollte. Schließlich stellte sie die Frage, die Frau Raddusch nicht beantworten hatte wollen, noch einmal.

»Sagen Sie mir doch bitte, wem dieses Haus gehört!«, bat sie.

»Na, wenn Se det unbedingt wissen müssen... aber kommen Se doch bitte in mein Jeschäft. Hier uff de Straße isset ja doch um die Uhrzeit noch kühl und unjemütlich.

Kullicke und die junge Frau gingen also ins Innere des Zigarrenladens.

»Der Hausbesitzer is' der Herr Kurt Krüjer. Der beste Hauswirt, den man sich nur wünschen kann. Der hat een Herz für seine Mieter, weil er nich' zu den Raffkes jehört, die teure Mieten verlangen und dafür ihr Haus verkomm' lassen. Bei uns is' erstens allet jut jefleecht und zweetens nimmt er ooch Leute, die nich' so jut bei Kasse sind. Und sollte mal wer im Rückstand mit de Miete sind, denn setzt er ihn nicht jleich uff de Straße. Der Kurt is een echter Menschenfreund.«

»Sie können ihn wohl gut leiden?«

»Klar doch, wir sind sojar jut befreundet. Ick weeß 'ne Menge über ihn.«

Adele schwieg und Herr Kullicke setzte darauf seine Lobrede fort und erzählte der jungen Frau die Geschichte von dem Lotteriegewinn.

»Man hat ihn oft jefracht, warum er mit det ville Jeld ausjerechnet hier fast am Stadtrand een Mietshaus jebaut hat, wo die Leute sich keene hohen Mieten leisten können. Andere Leute lassen im feinen Westen bauen, am Lützowplatz oder drüben in Charlottenburch oder Schöneberch.«

»Gibt es eine Antwort auf die Frage?«

»Mir is' det janz klar. Der Kurt war ja Lehrer, am Leibniz-Gymnasium hier inne Luisenstadt. Die Jejend is' ihm vertraut und er mag die Menschen hier und die spüren det alle. Er sacht ooch immer, det er sich nich' anne Wohnungsnot bereichern will. Det Haus soll natürlich wat abwerfen, aber nich uff Kosten vonne Mitmenschlichkeit. Die Witwe Lindenlaub hier aus dem Haus zum Beispiel hat zwar die Pension von ihrem Mann, der war Eisenbahnbeamter, aber eijentlich könnte se sich die Wohnung nich' mehr leisten. Aber eenen alten Baum verpflanzt man nich' mehr, hat der Kurt jesacht und die Miete halbiert. So een feiner Mensch is' der Kurt. Jedenfalls wird er sehr jeschätzt von allen im Haus. Na ja, von fast allen… .« Er lachte, nannte aber keine Namen.

»Uff jeden Fall ham wir alle mitjetrauert, als die Wilhelmine, wat Kurts Jemahlin war, von uns jejangen ist.«

»Ach, Herr Krüger ist also Witwer?«

»Det isser! Aber seit eener Woche isser nich' mehr alleene.«

Adele sagte nichts, aber ihr Blick drückte eine Mischung aus Erstaunen und Erschrecken aus, was Herrn Kullicke wunderte. Aber er lachte.

»Nee, det is' nich' an dem, wat Se jetzt denken, Frolleinchen! Sein Neffe, wat der Sohn von Kurts selige Schwester is', wohnt seit letzten Freitach bei ihm. Der junge Mann kommt aus Breslau, wo er uffjewachsen is und nu läßt ihn Kurt hier studieren, damit er Lehrer werden kann, so wie er et früher war.«

Adele entspannte sich. »Das ist aber sehr nett von Herrn Krüger, was er da für seine Mitmenschen tut«, meinte sie.

»Na, er will wohl an dem Jungen jutmachen, wat die Familie an der Mutter und ihm verbrochen hat«, sagte Kullicke und erzählte nun auch noch die Geschichte von dem unehelichen Kind.

»Aber ick rede und rede und Sie langweilen sich bestimmt!«

»Nein, Herr Kullicke, ganz und gar nicht. Aber ich möchte Sie mal etwas fragen, weil Sie doch so gut über alles Bescheid wissen.«

»Immer nur zu, Frollein! Ick will jern behilflich sein.«

Adele räusperte sich. »Sie sagten doch, dass Herr Krüger Witwer sei und nun wohnt auch noch der junge Mann bei ihm.«

»Janz jenau!«

»Hat denn Herr Krüger Personal?«

»Na, unser'n Hausdrachen ham Se ja vorhin jetroffen…«

»Nein, ich meine Dienstboten, eine Haushälterin oder eine Köchin?«

Herr Kullicke kratzte sich am Hinterkopf.

»Nee, nich' det ick wüsste! Wieso?«

»Es ist nämlich so…« Adele zögerte kurz und bekam dann eine Frist für die Antwort, als ein früher Kunde in den Laden kam, um Pfeifentabak zu kaufen.

Nachdem der Mann gegangen war, blickte Kullicke seinen Gast fragend an.

»Wie isset denn nu'?«

»Nun, ich bin… ich suche… ich brauche dringend eine Stellung!« Nun war es endlich heraus und sie atmete erleichtert auf. Ihr Blick blieb aber ernst.

»Sie brauchen Arbeet? Det hätt' ick ja nu' nich' vermutet! Danach seh'n Se mir nämlich nich' aus, det Se det nötich hätten.«

»Ich weiß, aber es ist leider so. Ich dachte mir, wenn ich auf meiner Suche jemanden treffe, der mir etwas anzubieten hat, dann soll er gleich sehen, dass ich eine anständige Person bin. Deswegen habe ich eines von meinen besseren Kleidern angezogen.«

»Det is aber ville besser als det, wat die Leute hier in unsere Jejend ihr Bestet nennen würden.«

»Ich muss zugeben, ich habe nicht immer daran denken müssen, für meinen Lebensunterhalt arbeiten zu müssen. Aber meine lieben Großeltern, bei denen ich lange Jahre gewohnt habe, sind beide im letzten Jahr…« Sie stockte und Kullicke sah, wie die Augen der jungen Frau einen feuchten Glanz bekamen. Sie begann, in ihrer Handtasche nach einem Taschentuch zu suchen.

Aber Herr Kullicke zog schnell seines aus der Brusttasche und reichte es ihr.

»Hier, nehmen Se meins!«

»Danke!« Sie griff zu und schnäuzte sich damenhaft.

»Det tut mir leid zu hör'n, det Se schon jewissermaßen een Waisenkind sind, wo Se doch noch so jung sind.«

»Ich bin gerade sechsundzwanzig geworden.«

»Aber denn wer'n Se doch wohl noch andere Verwandte haben, oder etwa nich?«

»Ich habe zwar noch meinen Vater, aber…« Sie suchte nach Worten. »Den möchte ich ungern um Hilfe bitten. Ich habe meine Gründe dafür«, lautete die Antwort, die mit deutlicher Zurückhaltung vorgetragen wurde. Sie wollte offensichtlich keine Einzelheiten offenbaren, so dass Kullicke auch keine weiteren Fragen stellte.

»Sowat aber ooch! Det is' bittere Medizin. Da steh'n Se ja in jewisser Weise allen uff de Welt«, sagte er nur mitfühlend.

»Ja, ich kenne keinen Menschen in Berlin und bin nun auch völlig mittellos. Deswegen brauche ich dringend Arbeit. Ich habe viele Jahre lang meinen Großeltern den Haushalt geführt und denke, dass ich eine gute Hausfrau bin. Ich kann kochen und putzen und alles, was sonst noch so anfällt. Da habe ich mir gedacht, in Berlin…« Sie sah ihn jetzt hoffnungsvoll an.

Kullicke lächelte. »Da ham Se sich jedacht, det Se in Berlin ne Stellung finden wer'n. Wissen Se wat? Da ham Se joldrichtich jedacht. Ick bin nämlich der Meinung, det mein Freund Kurt unbedingt eene fleißije Haushaltshilfe braucht.« Er nickte ihr aufmunternd zu. »Sollte er heute vormittach in mein' Laden kommen…«

»Wird er denn kommen?«

»Det kann ick nich' versprechen, Frollein von Strelow! Aber wenn er nich' kommt...«, er lächelte wieder »... denn jehe ick inner Mittagspause mal nach oben in seine Wohnung und werde mal hörn'n, ob ick ihn überzeujen kann. Wenn Se denn heute nachmittach noch mal herkommen wollen...?«

»Herr Kullicke, wollen Sie das wirklich für mich tun?«

»Klar will ick, sonst hätt' ick det nich' jesacht! Und wat Kullicke sacht, det macht er ooch.«

»Ich bin Ihnen sehr, sehr dankbar. Es ist so ungeheuer wichtig für mich, und auch für...« Sie unterbrach sich selbst. »Am liebsten würde ich Sie umarmen und Ihnen einen Kuss geben.«

Kullicke errötete. »Also, det is ja nu' nich' nötich...« Er zwinkerte ihr zu und zupfte sich halb verlegen am Bart. »...aber ick werde Sie bestimmt nich' davon abhalten.«

12

»Felix, was beschäftigt dich gerade? Du bist heute morgen so schweigsam, kaum dass du dein Frühstück angerührt hast.«

Die beiden Herren Krüger, Onkel und Neffe, saßen im Esszimmer am reich gedeckten Tisch bei der ersten Mahlzeit des Tages, während der angenehme Duft frisch aufgebrühten Kaffees durch die Wohnung des Hausbesitzers zog.

»Entschuldige bitte, Onkel Kurt. Aber mir geht schon seit Tagen etwas im Kopf herum. Heute ist doch Freitag...«

Kurt Krüger sah seinen Neffen belustigt an. »So steht es jedenfalls im Kalender. Du erzählst mir also nichts, was ich nicht schon gewusst habe.

»Heute ist doch Freitag«, begann Felix erneut. »Das bedeutet, dass ich schon eine Woche in Berlin bin. Und wir sind bisher an jedem Tag, mal mittags, mal abends zum Essen immer zum Essen ausgegangen.«

»Sicher, mein Junge. Aber wir müssen doch etwas essen. Das Frühstück für uns beide bin ich noch in der Lage zuzubereiten, aber richtig kochen habe ich schließlich nie gelernt. Aber deine liebe Tante, die immer gut für mich sorgte, hat ja nun vor einiger Zeit für immer die Augen geschlossen. Seitdem esse ich meistens außer Haus.«

»Aber, Onkel Kurt! Du wirst doch wohl schon daran gedacht haben, eine Haushälterin oder mindestens eine Köchin anzustellen. Das ist letzten Endes und auf Dauer die bessere Lösung und spart Geld.«

»Nein, darüber habe ich, ehrlich gesagt, mir noch keine Gedanken gemacht. Einmal in der Woche kam bisher die kleine Johanna, dafür habe ich sie entlohnt, damit sie hier Ordnung schafft. Das hat mir genügt.«

Felix schüttelte den Kopf, um sein Unverständnis auszudrücken. »Das ist doch auch nicht... Onkel, ich bitte dich!

Überlege es dir, ob du nicht doch wenigstens ein Dienstmädchen oder eine Köchin oder gar beides... Du hast mir doch selbst erzählt, dass es im obersten Stockwerk eine Mansardenwohnung mit zwei kleinen Zimmern gibt, die leer steht.«

»Meinst du wirklich?« Kurt Krüger blickte seinen Neffen unschlüssig an.

»Versteh mich bitte nicht falsch, Onkel Kurt. Ich will mich absolut nicht in deine Angelegenheiten mischen. Als dein Gast...«

»Ach was... Gast! Felix, du bist doch kein Gast. Jetzt enttäuscht du mich aber wirklich, mein Junge. Das ist doch jetzt auch dein Heim!«

Der junge Mann erschrak. Er bemerkte die Erregung seines Onkels und hob beschwichtigend seine Hände. »Bitte rege dich nicht auf! Ich sage doch schon nichts mehr. Sei bitte nicht verärgert. Das wollte ich nicht.«

Kurt Krüger schenkte seinem Neffen einen gütigen Blick. »Nein, ich bin dir nicht böse, mein Junge.« Er schob seine Hand über den Tisch und Felix ergriff sie.

»Ich verstehe dich schon. Du vermisst deinen Sohn Paul.«

»Ich habe keinen Sohn mehr!« So schnell, als ob er sie sich verbrannt habe, zog Kurt seine Hand wieder zurück. Hart und unerbittlich klangen dabei seine Worte.

Felix fühlte sich plötzlich unwohl. »Von dieser Seite kenne ich dich gar nicht, werter Onkel.« Er lächelte unsicher, aber Kurt Krüger blieb ernst.

»Jemand, der mit den Sozialdemokraten sympathisiert oder gar selbst ein Sozi ist, kann nicht mein Sohn sein.« Traurig blickten dabei seine Augen in die Ferne.

»Onkel Kurt... Meinst du nicht...?«

»...dass ich zu streng urteile? Nein, mein Junge!« Kurt schüttelte entscheiden den Kopf. »Ich bin preußischer Staatsdiener gewesen. Das verträgt sich nicht mit den Ideen dieser Aufrührer, die an allem rütteln, was mir wichtig ist.«

»Die Sozialdemokraten im Reichstag sind doch aber keine Aufrührer«, gab Felix zu bedenken.

Kurt sah Felix erschrocken an.

»Mein Junge, ich will doch nicht hoffen, dass auch du...? Ich will kein Wort darüber mehr hören«, sagte er barsch und es schien, als ob er Angst hatte, etwas zu erfahren, was ihm seine Pläne mit seinem Neffen durchkreuzen sollte. Doch dann bereute er schon seine Vermutung, denn Felix hob abwehrend seine Hände.

»Da sei Gott davor, dass ich solches Gedankengut in mir trage.«

Kurt seufzte, teils erleichtert, aber auch zum Teil deswegen, weil es durchaus hätte sein können, nachdem, was der Junge in seinem bisherigen Leben erlebt hatte.

»Es wäre ja möglich gewesen, denn du hast es bisher nicht leicht gehabt.«

»Hab keine Sorge, Onkel Kurt. Auch wenn Mama und ich bei den Anverwandten nur geduldete Mitbewohner waren, die im Rang kaum über dem Dienstpersonal standen, so hat sie mich doch gelehrt, dass es nicht gut ist, radikalen Ansichten nachzuhängen. Daraus entsteht nur Unheil.«

»Entschuldige bitte, mein Junge, dass sich unser Gespräch so entwickelt hat. Ich würde doch nie annehmen, dass nicht auch du ein guter preußischer Untertan wärst, dem man unbesorgt die Erziehung unserer Jugend anvertrauen kann.«

Kurts Gesichtsausdruck wurde nun wieder sehr mild. »Außerdem… ich will es zugeben… Ich vermisse meinen Sohn. Da hast du schon recht… Aber bitte denke nicht, dass du nur ein Lückenbüßer sein sollst…«, fügte er schnell noch hinzu, »…gewissermaßen als Ersatz für Paul!«

»Nein, Onkel Kurt. Das ist mir keinen Augenblick in den Sinn gekommen, als du mir dein Angebot unterbreitet hast, zu dir zu kommen. Ich bin dir auch sehr dankbar dafür und dass du mich hier studieren lässt und alles, was du sonst noch für mich tust. Ich will dich auch nicht enttäuschen, Onkel!«

»Dessen bin ich mir ganz sicher. Du wirst mir alle Ehre machen. Und nun lass uns zu Ende frühstücken und damit du beruhigt bist, werde ich ernsthaft darüber nachdenken, passendes Dienstpersonal für unseren Junggesellenhaushalt zu finden. Es wird mir nur seltsam erscheinen, mich von fremden Menschen bedienen zu lassen.

Das bin ich einfach nicht gewohnt.«

»Du wirst dich schon daran gewöhnen, Onkel. Aber jetzt trinke ich noch eine Tasse Kaffee. Du auch?«

»Das ist eine gute Idee.« Kurt Krüger ergriff die Kanne, aber sie war fast leer. »Ich werde wohl noch frischen Kaffee kochen müssen.«

»Heute morgen noch… aber bald wird das eine fleißige Küchenfee erledigen, oder?« Felix lachte seinem Onkel zu und der nickte augenzwinkernd.

»Junge, du lässt nicht locker. Also gut, ich werde mich gleich heute Vormittag darum kümmern. Mein Ehrenwort darauf.«

»Gut!« Felix nickte zufrieden. »Dafür gestatte ich auch, dass wir heute noch einmal auswärts essen gehen.«

»Mein Junge, jetzt wirst du übermütig! Vermutlich wirst du demnächst von mir verlangen, dass ich mir auch noch einen Kammerdiener ins Haus hole.«

»Das ist eine wunderbare Idee, lieber Onkel!« Felix lachte. »Aber bevor du in die Küche enteilst, habe ich noch eine ganz andere Bitte.«

»Du kannst ja mitkommen und mir helfen.«

»Nein, lieber nicht. Jetzt in diesem Augenblick habe ich die Courage, dich zu fragen. Wer weiß, ob das noch so ist, wenn wir in der Küche angekommen sind.«

Kurt warf seinem Neffen einen überraschten Blick zu. »So ernst die Sache, dass du Mut brauchst? Da bin ich ja gespannt.«

»Ich möchte nämlich… ich dachte… vielleicht wäre es möglich…«

»Junge, nun sprich doch aus, was dir auf der Seele brennt. Brauchst du Geld? Du musst es nur sagen.«

»Nein, ich brauche kein Geld. Jedenfalls nicht direkt.«

»Nicht direkt? Wie ist das zu verstehen?«

»Eigentlich sollst du nur etwas bezahlen.«

»Hast du etwas gekauft?«

»Nein, das nicht. Ich will… weißt du…« Felix kam schon wieder ins Stottern. »Entschuldige bitte, Onkel! Aber das ist nicht leicht, dich darum zu bitten. Du hast schon so viel für mich getan und nun komme ich bereits nach einer Woche mit Sonderwünschen.«

»Junge!«, rief Kurt Krüger und sein Blick wurde besorgt. »Hast du etwa gespielt oder sonstwie Schulden gemacht?««

»Aber nein!« Felix winkte ab.

»Dann fällt mir ja ein Stein vom Herzen. Das hätte mich dann doch sehr enttäuscht.«

»Nein, in der Beziehung kannst du wirklich beruhigt sein.«

»Schön! Aber nun sag mir endlich, worum es geht.«

Felix holte tief Luft, dann brachte er seinen Wunsch endlich hervor.

»Ich möchte dich bitten, drei Karten für die Oper kaufen.«

Kurt Krüger hob die Augenbrauen.

»Du möchtest in die Oper gehen? Das freut mich aber sehr, dass du an dieser Art von Musik Gefallen hast. Was möchtest du denn sehen? Ich gehe gern mit dir, wenn du deinen alten Onkel mitnehmen willst. Aber wieso drei Karten?«

»Ich weiß noch nicht, in welche Vorstellung, das muss ich noch herausfinden. Das kommt nämlich nicht auf mich und meinen Geschmack allein an. Außerdem soll es dir ja auch gefallen.«

»Ich mag so ziemlich jede Oper, wobei ich ein großer Liebhaber von Mozart bin. Aber auf wen kommt es denn noch an? Ich vermute fast, du möchtest jemanden einladen. Eine junge Dame vielleicht?«

Felix sah seinen Onkel mit großen Augen an. »Ist das so offensichtlich?«

»Denkst du denn, dein alter Onkel war nicht auch mal jung? Entschuldige die abgedroschene Redewendung. Aber dann verstehe ich erst recht nicht, warum du drei Karten brauchst? Du willst doch bestimmt mit deiner hübschen Begleiterin allein sein.«

Felix schüttelte den Kopf. »Das wäre nicht richtig. Außerdem bin ich sicher, dass sie die Einladung nicht annehmen wird, wenn du nicht dabei bist. Sie ist nämlich ein hochanständiges Mädchen!«, betonte Felix feierlich.

»So, so! Ist sie das?« Kurt Krügers Gesichtsausdruck konnte in diesem Augenblick nur als höchst amüsiert bezeichnet werden. »Mein lieber Neffe, du bist zweifelsohne ein gut aussehender junger Mann. Aber dass du schon nach einer Woche eine Damenbekanntschaft gemacht hast, die du dann auch umgehend in die Oper einladen willst… Das ist sehr erstaunlich. Und noch erstaunlicher ist, dass die Dame sich so schnell einladen lässt.« Kurt Krüger fragte sich mit leichter Besorgnis, welche fragwürdige Bekanntschaft sein Neffe da wohl gemacht haben könnte.

»Onkel Kurt, das verstehst du jetzt ganz falsch. Ich höre es an deinem Tonfall. Es ist nicht das, was du jetzt denkst. Ich spreche doch die ganze Zeit von Fräulein Hübner.«

»Johanna? Darauf hätte ich ja eigentlich von selbst kommen müssen. Aber was bringt dich auf den Gedanken, dass die Oper das richtige für sie wäre? Ich habe ja selbst schon die Idee gehabt, aber du nun auch? Wie kommt das?«

»Sie selbst hat es mir gesagt, dass sie es sich so sehr wünscht, einmal in eine Vorstellung zu gehen. Übrigens ist das auch etwas, was deiner Erziehung zu verdanken ist.«

Und dann erzählte Felix davon, wie er bei seinem Erkundungsspaziergang die Tochter des Droschkenkutschers vor der Oper getroffen und was sich dann ereignet hatte.

»Ja, wenn das Mädchen gern in die Oper möchte, dann soll das natürlich nicht an mir scheitern.«

»Onkel Kurt, dafür danke ich dir sehr.«

»Schon gut, mein Junge! Ich bin ja erleichtert. Ich habe ja schon befürchtet, dass du dich gleich in ein Liebesabenteuer gestürzt hast, dem du vielleicht noch nicht gewachsen wärst.«

»Aber Onkel! Ich bin doch kein kleines Kind mehr. Im November werde ich immerhin schon dreiundzwanzig und was meine Erfahrungen angeht...«

»Das will ich jetzt gar nicht so genau wissen! Aber sag mal, hast du denn bestimmte Absichten mit dieser Einladung?«

»Zu aller erst möchte ich Johanna eine Freude bereiten. Sie ist doch ein sehr liebes Mädchen.«

»Nur eine kleine Freude oder willst Du ihr imponieren, sie für dich gewinnen?«

»Nein, nur aus reiner Freundschaft, Onkel!«, gab Felix rasch zur Antwort.

»Das will ich hoffen. Ich möchte nämlich nicht, dass du ihr den Kopf verdrehst und sie wohlmöglich unglücklich wird, wenn es deinerseits nicht ernst gemeint ist, sondern nur eine Liebelei. Das hat Johanna nämlich nicht verdient.«

Felix sah seinen Onkel an und sein Erstaunen war offensichtlich. »Ich scheine ja einen nicht sehr soliden Eindruck auf dich gemacht zu haben. Ich versichere dir, dass ich… nun…« Ihm gingen die Worte aus, wobei er natürlich auch deswegen ins Stottern kam, weil er insgeheim ja doch schon liebevolle Gefühle für Johanna entwickelt hatte, was er jetzt aber nicht zugeben wollte. Deswegen protestierte er weiter. »Also wirklich, Onkel Kurt… ich komme mir vor…«

Kurt Krüger dachte sich leicht amüsiert seinen Teil, winkte aber ab und ergriff noch einmal die leere Kanne, um in die Küche zu gehen.

»Spare deine Worte! Ich wollte nur Klarheit schaffen. Jetzt will ich aber endlich noch eine Kanne Kaffee aufbrühen, damit wir in Ruhe zu Ende frühstücken können.«

Kaum hatte er das gesagt, als die Türklingel meldete, dass jemand Einlass begehrte.

»Felix, sei doch bitte so gut und schau nach, wer da ist. Ich muss jetzt in die Küche.«

Vor der Tür stand Herr Kullicke, der keine Geduld gehabt hatte, bis zur Mittagspause zu warten. Er wurde hereingebeten und Felix führte ihn ins Esszimmer.

Aber Kullicke wollte nichts davon wissen.

»Ick will die Herren nich' lange stören, außerdem muss ick jleich wieder runter in mein' Laden.« Er blieb im Korridor stehen und brachte sein Anliegen vor.

»Ick wollte Kurt nur mal fragen, ob er nich' eine Haushälterin oder Köchin jebrauchen könnte.«

Kurt Krüger kam aus der Küche und sah seinen Neffen an. Dann lachten beide.

»Wat denn, wat denn?«, wunderte sich Kullicke und zeigte sich gekränkt. »Da jibt et jar nüscht zu lachen. Die junge Frau braucht dringend eine Anstellung und weil ick mir dachte, dass det uff de Dauer nüscht is', wenn ihr beede Jungjesellen hier ohne eine weibliche Hand seid, die sich um euch kümmert…«

»Lieber Herr Kullicke, entschuldigen Sie bitte!« sagte Felix. »Wir wollten Sie nicht beleidigen. Aber es war nur so erheiternd für uns, weil wir gerade heute morgen beim Frühstück die Frage nach einer Haushälterin oder Köchin erörtert haben. Ich habe meinen Onkel nämlich davon überzeugt, jemanden einzustellen und er hat mir versprochen, sich darum zu kümmern. Und nun kommen Sie und haben das Problem schon gelöst.«

»Denn kann ick die junge Dame heute nachmittach zu dir schicken, Kurt?«

»Ja, sie soll kommen!«, antwortete der Hausbesitzer. »Wir wollen uns deine Entdeckung gern ansehen.«

»Strelow heißt se, Adele von Strelow.«

»Schau an, schau an!«, bemerkte Felix amüsiert. »Es scheint, dass unser zukünftiges Dienstpersonal aus besserem Hause stammt als wir selbst. Da darfst mit dem Lohn nicht geizen, lieber Onkel. Aber ob sie die Arbeit auch bewältigen kann? Wer so heißt, arbeitet doch höchstens als Gouvernante«, sagte er kichernd.

»Wir werden sie uns mal ansehen. Entscheiden können wir dann immer noch. Nicht wahr, Felix?« Kurt sah seinen Neffen an. Der nickte zustimmend.

»Wir erwarten die junge Frau.«

13

Adele von Strelow wurde tatsächlich eingestellt. Über den Lohn wurde man sich schnell einig. Kurt Krüger war nicht knausrig und seine neue Bedienstete war auch sonst mit allem zufrieden. Schon am nächsten Tag kam sie mit ihren persönlichen Sachen und richtete sich in der Mansarde häuslich ein. Was an Möbeln noch fehlte, versprach ihr Arbeitgeber schnellstens zu besorgen. Aber Bett, Schrank, Tisch und Stuhl waren ohnehin vorhanden, weil vor Jahren schon einmal einer der Mieter aus dem Vorderhaus einen Dienstboten hatte. So stand einem sofortigen Einzug nichts im Wege.

Nur rümpfte Amalie Raddusch wieder mal ihre Nase, denn natürlich war es ihrer gründlichen Aufmerksamkeit, die böswillige Menschen als unstillbare Neugier bezeichnen würden, wieder einmal nicht entgangen, was für eine Neuerung in der Wohnung des Hausbesitzers stattgefunden hatte.

»Wieso det nu' sein musste, det sich dein feiner Couseng eene fremde Frau int Haus jeholt hat, möcht' ick aber ooch mal wissen«, sagte sie am nächsten Morgen beim Frühstück zu ihrem Otto. Der schlug in Verzweiflung die Hände über dem Kopf zusammen.

»Wat haste denn nu' wieder zu meckern, Amalie? Det is' ja bald nich' mehr auszuhalten mit dir. Lass doch den Kurt machen, was er will. Du ärjerst dir noch mal zu Tode.«

»Ick hätte ja für ihn sorjen wollen...«

»...aber er hat nich' jewollt, ick weeß!«, unterbrach Otto die Tirade. »Det Lied haste mir ooch schon oft jenuch jesungen. Und er hat doch ooch Recht. Du hast jenuch zu tun, det Haus in Ordnung zu halten. Deine Uffjabe isset, zu fejen und zu wischen und mir zu unterstützen. Wir ham hier die Portjeestelle und sonst nüscht.«

»Otto, ick hab dir schon oft jenuch jesacht, warum ick det für wichtich halte, det Kurt sich uff uns verlassen tut. Det kann nur jut sind, wenn er mal irjendwann die Oogen für immer zumacht.«

»Amalie! Ick will so wat nich' hören, vastehste mir? Det weeßte janz jenau! Wenn man dir so reden hört, könnte man meinen, du wärst uff ne fette Erbschaft aus.«

»Nu überleje doch bloß mal. Kurt is' Witwer, seine Schwester is' schon jestorben, die Eltern sowieso und wat aus Paul jeworden is', weeß keener. Außer uns jibt's also nur noch den Neffen und een paar andere Verwandte, mit denen er ooch schon lange Jahre keenen Kontakt jehabt hat. Und wem soll er dann sein Jeld und det Haus hier hinterlassen?«

Otto rollte die Augen. »Malchen, darüber musst du dir doch nich' den Kopp zerbrechen. Mir isset wichtich, det Kurt mit uns zufrieden is' als Hauswartsleute. Allet andere is' ejal. Det merk' dir!«

Amalie rümpfte die Nase, sagte aber nichts mehr. Aber sie wußte, dass sie sich so schnell nicht geschlagen geben würde in ihrem Bestreben, sich einen möglichst großen Anteil an der später einmal zu erwartenden Erbschaft zu sichern.

»Wenn du dir keene Sorjen machst... ick mach mir welche«, sagte sie schließlich nach einem kurzen Augenblick des Nachdenkens.

»Ach Jott, warum und worüber machst du dir denn Sorjen?«

»Wenn de die Frau jesehen hätt'st, die jetzt inne Wohnung von Kurt schaltet und waltet, würd'ste anders denken und reden.«

»Wat soll denn mit der sind? Außerdem hab ick' se jesehen, weil ick ihr jeholfen habe, ihre Koffer und Kisten inne Mansarde zu schaffen. 'Ne ansehnliche Person is det und bestimmt ooch mit Bildung. Die weeß sich nämlich jewählt auszudrücken. Nich' so wie unsereins.«

»Det isset doch, wat ich meene. Zu der passt det nämlich nich', det se als Dienstmädchen und Köchin arbeeten tut.

Warum tut so 'ne feine Dame wie so wat? Da is' jehörich wat faul, wenn man meene Meinung hör'n will.«

»Will aba keener, Amalie! Du bildest dir bloß wat ein. Und jetzt lass' mir in Ruhe!«, befahl Otto streng. Mit beleidigter Miene wandte sich Amalie zum Fenster und sah auf den Hof. Dort spielten gerade ein paar Kinder, was ihr die Möglichkeit gab, wenigstens mit denen zu schimpfen.

Sie öffnete das Fenster und legte in scharfen Kommandoton los.

»Wie oft hab ick euch schon jesacht, det ihr nich' uff'n Hof so een' Krach machen sollt?«, schnauzte sie aus dem Hochparterre von oben herab auf die spielende Jugend die schon oft gestellte Frage, die jedes Mal eher von rein rhetorischer Natur war und auf die sie eigentlich keine Antwort erwartete.

Sie erhielt aber eine, die mit kindlichen Logik geäußert wurde und die sie fast noch mehr ärgerte, als dass sie sich wieder einmal genötigt fühlte, die Kinder zur Ruhe aufzufordern.

»Wir machen doch keen' Krach!«, rief einer der Jungen zurück. Er war mit seinen zwölf Jahren der Älteste und ihr Anführer. »Wir spielen bloß janz friedlich!«

»Sei nicht noch frech, Theo! Det werd' ick deinem Vater erzählen, der wird dir dann schon deine Strafe jeben«, drohte sie. Aber Theo lachte nur und auch die anderen Kinder stimmten mit ein.

»Wenn Se denken, det der mir dann verhaut, ham Se sich aber jeirrt. Der hat mir ja selbst erlaubt, det ick uff'n Hof spielen darf.«

»Theo Wuttke, det kann er ja nich' jesacht haben, weil det die Hausordnung verbieten tut. Det Spielen uff'm Hof is' verboten.«

»Ick kann Ihnen det schriftlich bringen, wenn Se mir det nich glooben wollen!«, erwiderte Theo und streckte ihr die Zunge heraus.

»Du frecher Bengel, det hab ick jenau jesehen. Na warte, ick komme raus und denn jibt's wat aus de Armenkasse.«

»Amalie!«, rief Otto nun hinter ihrem Rücken. »Lass doch die Kinder in Ruhe. So laut sind se doch nu ooch wieder nich', dette dir so uffrejen musst.«

»Otto, misch dir mal hier nich' ein! Det is' meene Sache, dafür zu sorjen, det die Jören sich nich' im Hausflur oder uff'n Hof rumtreiben.«

»Malchen, nu' sei doch nich' so streng. Det sind doch nu' mal Kinder und die müssen doch irjendwo spielen. Soll'n se det vielleicht uff de Straße machen, wo die Fuhrwerke unterwegs sind. Det is' doch nich' unjefährlich.«

Wortlos knallte Amalie das Fenster zu, aber so heftig, dass die Scheibe im linken Flügel laut klirrend zerbrach.

»Siehste, det haste jetzt davon!«, meinte Otto mit vorwurfsvoller Stimme und ebensolchem Blick. »Die is' hin!«

»Det is' ooch die Schuld von den Rangen. Aber die werden jetzt wat erleben, det wirste seh'n.«

»Mach doch keenen Unsinn, Amalie! Du machst dir nur unbeliebt.«

Aber die Hauswartsfrau war nicht mehr zu halten. Wie ein Wirbelsturm fegte sie aus der Wohnung auf den Hof, wo die Kinder immer noch lauthals lachten.

Sie wollte gerade Theo am Kragen packen, als Adele von Strelow in einem einfachen Hauskleid mit weißer Schürze und einem Spitzenhäubchen den Hof betrat, um einen der kleinen Läufer aus dem Krügerschen Esszimmer auszuklopfen.

»Die hat mir jrade noch jefehlt«, murmelte Amalie halblaut.

»Aber Frau Raddusch, Sie werden sich doch wohl nicht an dem Kind vergreifen?«, rief Adele voller Empörung aus, den Läufer unter dem linken Arm und in der rechten Hand schwenkte sie wie zum Angriff den Teppichklopfer.

»Mischen Sie sich mal hier nich' in meine Anjelejenheiten. Ick bin hier zuständich, dafür so sorjen, det sich die Rangen im Haus und uff'm Hof nich' rumtreiben und keen' Unsinn machen.«

»Ham wa jar nich' jemacht!«, protestierte Theo lautstark, der die Schrecksekunde der Hauswartsfrau genutzt hatte, um sich aus der Reichweite ihres harten Griffes, den alle Kinder im Haus im Laufe der Zeit schon am eigenen Leib gespürt hatten, zu begeben.

»Janz friedlich ham wa jespielt, bis die olle Portjeesche…« Theo stockte und Amalies Gesichtsausdruck bekam nun sehr bedrohliche Züge. »…bis die Radduschen ihren Kopp aus Fenster jehalten hat und anjefangen hat, mit uns zu schimpfen.« Bei diesen Worten hatte er sich schnell an Adeles Seite gestellt, weil er sich von ihr weitere Unterstützung erhoffte.

Adele senkte bei Theos Worten schnell den Kopf, damit niemand sah, wie ein amüsiertes Lächeln ihre Augen und den Mund umspielte. Sie atmete tief ein und sah nun wieder ernst aus.

»Aber Frau Raddusch, lassen Sie doch die Kinder auf dem Hof spielen! Dabei machen sie doch nichts kaputt.«

»Herr Krüjer hat mir jesacht, det ick uffpassen soll, det Ruhe und Ordnung herrscht. Daran halte ick mir. Außerdem... wat heeßt denn, det nüscht kaputt jeht? Seh'n Se sich bloß mal det Fenster an!« Sie zeigte auf die zerbrochene Scheibe.

»Det is' 'ne janz gemeine Lüje, det war se doch selber, als se det Fenster zujeknallt hat!«, rief Theo erklärend, während er Adeles Hand ergriff und gleichzeitig der Hauswartsfrau mit verkniffenen Augen die Zunge zeigte.

»Stimmt das, mein Junge?«, fragte Adele und sah Theo direkt in die Augen.

»Det kann ick beschwören!«

»Wenn ihr nich' so freche Antworten jejeben hättet, wär' det jedenfalls nich' passiert!«, wetterte Amalie und fühlte sich missverstanden. »Aba det hat mir so wütend jemacht, det der Bengel mir ooch noch die Zunge rausjestreckt hat, und eben schon wieder«, fügte sie erklärend hinzu, während sie auf Adele zuging. »Und nu' ham wa det Malör. Eener muss schließlich die Scheibe bezahlen. Det wird bestimmt an mir hängenbleiben.«

»Wat is denn da unten los?«, schrillte nun eine Frauenstimme aufgebracht aus dem zweiten Stock. »Wat soll denn der Tumult? Ick werde de Polezei holen, wenn der Krach nich uffhört am Sonnahmdnachmittach!«

»Hier braucht keener 'nen Wachtmeester holen. Hier im Haus bin ick Polezei!«, keifte nun die Hauswartsfrau zurück und ließ ihre Augen über die graue Fassade des Hinterhauses gleiten.

»Natürlich, die Frau Knoll! Muss ooch ihre Neese wieder in Dinge stecken, die ihr nüscht anjeh'n! Seh'n Se lieber zu, det Se am Montach det Jeld für de Miete haben. Da is' nämlich Ultimo!« Amalie schickte einen bitterbösen Blick zu Frau Knoll hinauf, deren Kopf zwischen den beiden Geranientöpfen auf dem Fensterbrett ihrer Küche zu sehen war.

Adele beobachtete erstaunt die Szene und war irgendwie beruhigt, dass nicht nur Sie den Eindruck gewonnen hatte, dass Frau Raddusch unter ihrer rauen Schale keineswegs den berühmten weichen Kern hatte.

Frau Knoll ließ mit der Antwort nicht lange warten.

»An Ihre Stelle würd' ick uffpassen, Frau Raddusch! Nich', det Ihnen zufällich eenet schönen Tachs eener von meene Jeranientöppe uff Ihr'n ollen Kopp knallt!«, schallte es nun von oben.

Aus Amalies Mund kam zunächst ein Geräusch, das einem empörten Grunzen ähnelte, dann ballte sie beide Hände zu Fäusten und streckte sie in den Himmel. »Det is' ja 'ne

Morddrohung, Frau Knoll... vor 'ne Menge Zeujen. Passen Se bloß uff, det ich Ihnen nich' 'n Strick draus drehe!«

Aber da Frau Knoll außerhalb ihrer Reichweite war und auch kein Strick zur Hand war, wandte sich die Hauswartsfrau nun wieder den Kindern und vor allem Adele von Strelow, die nicht wußte, ob sie über die Vorkommnisse der letzten Minuten erschreckt sein oder lachen sollte.

Amalie zeigte mit dem Finger auf den kleinen Teppich, den Adele immer noch unter dem Arm geklemmt hatte.

»Sie woll'n doch nich' etwa heute den Läufer auskloppen? Det muss ick Ihnen verbieten, Frollein. Teppiche sind nämlich bei uns int Haus nur Dienstach und Freitach dran.«

»Wer bestimmt das?«, fragte Adele ruhig.

»Det bestimme ick! Hier wird jemacht, wat ick for richtich halte. Det müssen Se sich jut merken!«

Theo grinste und Adele flüsterte ihm zu: »Das haben wir ja gerade erlebt.« Nun lachte Theo laut, während sich Adele nun wieder an die Hauswartsfrau wandte.

»Ich wußte gar nicht, dass das Haus Ihnen gehört, Frau Raddusch. Ich glaubte, dass Herr Krüger der Eigentümer ist«, sagte sie mit ruhiger Stimme, was Amalie noch mehr aus der Fassung brachte. Sie stampfte aufgeregt mit dem Fuß auf.

»Det isser ooch, aber ick habe für Ruhe und Ordnung zu sorjen. Det hat er mir uffjetragen.«

»Das sagten Sie bereits. Und ich habe für Sauberkeit und Ordnung bei Herrn Krüger im Haushalt zu sorgen. Mir hat er jedenfalls erlaubt, dass ich heute den kleinen Teppich ausklopfe.«

»Ach, machen Se doch, wat Se wollen!« Mit beleidigter Miene zog sich Amalie ins Haus zurück.

»Die wär'n wa los!«, rief Theo und schlug sich begeistert auf die Oberschenkel und die anderen Kinder lachten befreit auf, denn wie immer hatten sie, besonders die kleinen, auch ein wenig Angst vor der Hauswartsfrau gehabt.

»Aber Theo!«, rügte jetzt Adele, wenn auch nicht sehr streng. »Auch wenn ihr keine Schuld habt, so ist das mit der Scheibe doch sehr ärgerlich.«

»Mit der Radduschen müssen Se keen Mitleid haben, Frollein! Die führt een strenget Regiment, da schadet der so een kleener Denkzettel nüscht. Det können Ihnen alle bestätijen.«

Adele blickte in die Runde der Kinder, die bei Theos Worten zustimmend genickt hatten. Da sie Frau Raddusch am Tag zuvor bei ihrer ersten Begegnung auch nicht sehr freundlich erlebt hatte, stimmte das wohl. Der Vorfall eben hatte das nur allzu gut bestätigt.

Theo wischte sich seine rechte Hand an der Hose ab und reichte sie nun Adele.

»Uff jeden Fall danke ick schön, det Se uns beijestanden haben, Frollein von Strelow«, sagte er und machte höflich einen Diener. »Sie sind bestimmt det neue Dienstmädchen von unserm Hauswirt«, fügte er dann noch hinzu. »

Adele nickte. »Woher weißt du denn das und wieso kennst du meinen Namen?«

»Erstens seh ick det an ihre Kleidung, det tragen ja Dienstmädchen wohl jewöhnlich. Außerdem kenn ick hier sonst keenen aus'm Haus, der sich Dienstboten leisten könnte. Zweetens, vor der Radduschen bleibt nüscht lange verborjen, müssen Se wissen. Die hat det janz schnell erfahren, woher weeß der Deibel. Bei der is' Vorsicht jeboten, wenn Se sich mit der unterhalten.«

Adele staunte über den Jungen, der schon so erwachsen redete. Aber er hatte wohl auch einen wachen Verstand, auch wenn er, wie die meisten in der Gegend, sehr berlinerte. Aber das musste nichts heißen.

»Aber ick werd jetzt mal ruffjehen! Mutter hat mir ne Stulle mit Pflaumenmus versprochen.«

Theo verschwand im Hinterhaus.

Adele ging zur Klopfstange an der Mauer, hinter der der Hof vom Nachbarhaus lag, hängte den Läufer hinüber und wollte gerade anfangen, den Teppich zu bearbeiten. Da hörte sie, wie jemand schnell die Treppe herab gelaufen kam. Die Schritte waren schwer, der Junge konnte es also nicht sein.

Sie wollte sich gerade umdrehen, als ihr auch schon der Teppichklopfer förmlich aus der Hand gerissen wurde.

»Jeh'n Se mal bei Seite, Frollein von Strelow!«, forderte sie der fremde, kräftige Mann auf, der sie dabei aber freundlich anlächelte. »Lassen Se mir mal die olle dreckichte Arbeet erledijen.«

Adele erhob Protest. »Aber wie kommen Sie denn dazu? Das ist doch schließlich meine Aufgabe. Wer sind Sie denn eigentlich?«

»Wuttke is' meen werter Name, Justav Wuttke! Und ick will mir bloß bedanken, det Se so nett zu meen' Jungen gewesen sind.«

»Ach, dann sind Sie der Vater von Theo?«

»Jewiss, det bin ick!« Und ohne ein weiteres Wort stürzte sich Gustav Wuttke in die Arbeit, dass es nur so staubte, im wahren Sinne des Wortes.

Adele entfernte sich ein paar Schritte, weil sie einen Hustenreiz verspürte. Aber die Arbeit war dann auch in wenigen Minuten erledigt.

»Jetzt haben Sie aber bestimmt kein Staubkörnchen mehr im Teppich gelassen, Herr Wuttke«, sagte Adele mit großer Anerkennung in der Stimme. »Da danke ich Ihnen aber sehr.«

»Nüscht zu danken, det war keene Anstrengung. Sie sehen ja, det ick Dampf inne Arme habe.« Er zeigte seine Muskeln. »Ick bin deshalb ooch beim Bau vonne Hochbahn dabei, vorne inne Skalitzer Straße. Ick bin erst vor eene Viertelstunde von meene Schicht nach Hause jekommen.«

»Ich habe davon gehört. Das ist ein großes Projekt, Herr Wuttke.«

»Jawoll, da wird det Berlin von morjen jeschaffen, sacht unser Bauleiter immer, und ick bin dabei!« Sein Stolz war nicht zu überhören. Aber dann wurde er verlegen.

»Nicht, det Se denken, ick will anjeben mit meene Kraft. Dafür bin ick nur nich' so ein feiner, gelehrter Herr wie unser Hauswirt und bin ooch nich' so jescheit. Wat ick an Muskeln mehr habe wie andere, fehlt eben anne Bildung«, sagte er etwas bedächtiger. »Außerdem können Se mir ruhich nur Justav nennen. Uff de Baustelle bin ich det ooch, oder einfach Wuttke. Da sacht keener Herr zu mir.

»Aber nein, das sieht man doch, dass Sie ein stattlicher Mann sind«, antwortete Adele schnell zu seiner Beruhigung. »Außerdem gibt es etwas, was man Bildung des Herzens nennt. Sie sind bestimmt ein guter Ehemann und Familienvater, Herr Gustav.«

»Jawoll, det bin ick!« Gustav Wuttke präsentierte sein kräftiges Gebiss, weil ihn das Kompliment freute. »Det kann Se jederzeit meene Jattin bestätijen. Und wenn Se wieder mal so eenen kleenen Fetzen auszukloppen haben oder sojar nen jroßen Teppich, denn rufen Se mir ruhich. Et wird mir een Vajnüjen sein«, sagte er.

»Ich danke Ihnen, Herr Gustav!« Sie reichte ihm die Hand.

Er zögerte, und da er nach einem kontrollierenden Blick auf seine Hände befand, dass diese zu schmutzig seien, um sich mit Handschlag von dem vornehmen Fräulein zu verabschieden, verbeugte er sich nur leicht. Aber bevor er sich noch entfernen konnte, fühlte er plötzlich, wie die kleine, zarte Person seine rechte Pranke ergriffen hatte.

»Auf Wiedersehen, lieber Herr Wuttke!«

Das brachte ihn vollends aus der Fassung, er stotterte noch einen Abschiedsgruß und eilte ins Hinterhaus.

14

Das Wochenende ging ohne weitere Aufregungen im Haus vorüber und erfreute auch sonst durch angenehmes Frühlingswetter. Doch am Montag machte der Himmel ein Gesicht, als wenn er selbst nicht wüsste, ob er für den Tag lächeln oder maulen wollte.

Friedrich Hübner war deswegen nicht unzufrieden, denn wenn das Wetter unbeständig war, nahmen sich die Leute schon eher schnell mal eine Droschke. So lenkte er heute seine Lotte schon gegen sechs Uhr durch das Haustor auf die Falckensteinstraße und trabte mit ihr wie gewöhnlich erst einmal zum Görlitzer Bahnhof, wo sich leicht ein Fahrgast für eine erste Fuhre finden ließ.

Natürlich war Bertha mit ihm aufgestanden, um ihm herzhafte Stullen zu machen, die er dann mitnehmen konnte.

»So, Fritze! Hier haste deine Fourage für heute. Een Paar mit Leberwurscht und een Paar mit Käse! Willste nich noch 'ne Stulle für sofort haben? Denn rutscht der Kaffe' besser.«

»Bertha, du willst mir schon wieder bemuttern«, protestierte Friedrich sanftmütig und lächelte. Fast jeden Morgen gab es diese kleine Unterhaltung, seit vielen Jahren schon. »So inne Frühe kriege ick doch keen‘ Bissen runter, det weeßte doch... Pack die Stullen 'in und jut isset. War da nich' noch jestern abend eens von die jekochten Eier da?«, fragte er.

»Nee, is nich!«

»Ejal!« Er griff den Kaffeetopf, leerte ihn, ergriff seinen Proviant und erhob sich vom Küchentisch.

»Na, du musst ja wissen, wat de machst!«, sagte Bertha energisch, als sie ihn zur Wohnungstür begleitete. Aber sie war nicht wirklich beleidigt. Nur gab sie wohl nie die Hoffnung auf, dass ihr Fritz eines Tages doch noch vernünftig werden würde.

»Det weeß ick!« Er zwinkerte ihr zu und war amüsiert. Seine treue Bertha, die gute Seele, die ihn nun schon so lange begleitete im Leben. Immer war sie um sein Wohl besorgt.

»Denn mal atschöö und jute Fahrt!«, sagte sie und wollte sich schon umdrehen, ohne ihn wenigstens umarmt zu haben.

»Wat denn, wat denn? Det is doch keene vernünftije Verabschiedung für 'nen Kerl wie mir.« Er ergriff sie bei der Taille und drückte ihr einen Kuss auf die Wange.

»So, nu kannste die Türe hinter mir zumachen«, sagte er schelmisch und lüftete kurz seinen Zylinder. »Juten Tach ooch, meene Dame!« Dabei lachte er und sie schenkte ihm nun einen warmen Blick.

»Nu' jeh schon... du oller Schmuser!«, sagte sie und kicherte wie ein junges Mädchen. Dann ging sie, um die Tore zu öffnen und wieder hinter ihm zu schließen.

Als sie zurück in die Wohnung kam, schlurfte Johanna gerade verschlafen aus ihrem Zimmer.

»Wie spät ist es denn? Ist Vater heute schon früher los als sonst?«

»Ja, er verspricht sich von dem unjewissen Wetter mehr Fahrjäste.«

Johanna blinzelte mit kleinen Augen ihre Mutter an. »Ein Ungewitter?«, fragte sie und sah aus dem Fenster und versuchte, einen Blick auf den Himmel zu erhaschen.

Bertha lachte. »Du bist wirklich noch nich' richtich wach... Ab mit dir int Badezimmer. Wasch dir und denn zieh dir an. Ick mach' inzwischen für uns beede det Frühstück. Ick hab ooch noch een jekochtet Ei von jestern übrich, det kannste haben.«

»Wollte Vater das nicht mitnehmen?«, kam Johannas Stimme jetzt aus dem Badezimmer.

»Ick hab ihm einfach jesacht, ick hätte keens mehr«, kam als Antwort aus der Küche.

»Aber Mama! Das war aber nicht schön von dir, das zu sagen.«

»Strafe muss sein. Er wollte wieder mal nich' vernünftich frühstücken und is' mit leerem Magen uff'n Bock.«

»Aber Mama, wenn er doch so früh am Morgen noch nichts essen kann, wie er immer sagt...« Johanna trat nun in die Küche in einfacher Hauskleidung.

»Na, mach dir mal keene Jedanken. Dafür mache ick heute abend Kartoffelpuffer, die isst dein Vater for sein Leben jern... Aber det war ja klar, dette deinen Vater wieder in Schutz nimmst.« Frau Hübner lachte. »Ihr beede... Aber Vater und Tochter, det is wohl normal«, sagte sie nachdenklich. »Bei deinem Opa und mir war det damals ooch so, als ick een kleenet Meechen war.«

»Opa war ja auch ein toller Mann«, sagte Johanna zur Bestätigung. »Ich kann mich noch dunkel an ihn erinnern...«

»Ja, er war een juter Vater, det kannste mir glooben.« Bertha seufzte. »So wie deiner ooch«, fügte sie noch hinzu. Dann kam sie mit ihren Gedanken aus der Vergangenheit zurück. »So, jetzt frühstücken wir und denn überlejen wa uns, wat wa heute zu erledijen haben.«

»Ja, sag mir nur, wie ich dir helfen soll. Aber nach dem Frühstück gehe ich zuerst zu Onkel Krüger hinauf. Ich will ihm das Buch über Marco Polo zurückgeben.«

»Marco Polo? Wer is' denn det? Is‘ wohl ‘n Ausländer, wat?«

»Das war ein italienischer Entdecker, der den Landweg nach China erforscht hat. Er lebte vor 600 Jahren.«

»Womit du dir allet beschäftichst!« Bertha Hübner schüttelte wieder einmal verwundert den Kopf über den Wissensdurst ihrer Tochter, der ihr aber auch immer wieder imponierte. Einen Moment überlegte sie, ob sie noch etwas sagen sollte, dann aber zuckte sie nur mit den Schultern, ergriff das Brot und schnitt zwei Stullen vom Laib.

Als Johanna dann eine Stunde später mit dem Buch in der Hand im Vorderhaus die Treppe hinaufstieg und vor der Wohnungstür des Hauswirts stand, klopfte ihr Herz plötzlich so laut, dass sie das Gefühl hatte, die anderen Mieter im Haus müssten es bis in ihre Wohnungen hören können. Aber es schlug nicht aus Anstrengung so, sondern weil sie erwartete, auf Felix zu treffen. Es war gerade erst acht Uhr vorbei und so war er sicherlich noch zu Haus.

Schon nach dem ersten Läuten hörte sie, wie jemand leichten Schrittes den Korridor entlang kam, was nicht auf einen Mann schließen ließ. Im ersten Augenblick wunderte sich Johanna, aber dann fiel ihr ein, dass Onkel Krüger jetzt ein Dienstmädchen beschäftigte.

Schon wurde die Tür geöffnet und Adele von Strelow stand vor ihr, um die frühe Besucherin zu empfangen.

Johanna atmete tief ein. So jung und vor allem so hübsch hatte sie sich die neue Haushaltshilfe bei Krügers nicht vorgestellt.

»Sie wünschen bitte?«, fragte Adele freundlich.

»Ich… ich… ich bin… und ich habe…« Johanna blickte hilflos auf Adele und hielt ihr schließlich wortlos das Buch hin.

Adele sah nun ihrerseits die junge Frau in dem einfachen Kleid skeptisch an.

»Wir kaufen nichts!«, sagte sie entschieden und wollte schon die Tür wieder schließen.

»Nein, nicht doch…« Johanna ärgerte sich, dass sie so die Fassung verloren hatte. »Ich wollte nur das Buch zurückbringen. Es gehört Onkel Krüger.«

»Onkel Krüger?« Nun lächelte die junge Frau im Dienstmädchenkleid. »Jetzt verstehe ich... Sie sind dann bestimmt die Tochter unseres Droschkenkutschers. Von Ihnen habe ich schon gehört.«

Johanna gewann ihr Selbstvertrauen wieder. Die fremde Person war schließlich nur eine Angestellte von Onkel Krüger.

»Sie scheinen sich hier im Haus schnell eingelebt zu haben und benehmen sich auch schon recht familiär«, bemerkte sie spitz. »Aber für Sie ist mein Vater immer noch Herr Hübner und nichts weiter...schon gar nicht Ihr Droschkenkutscher. Merken Sie sich das, Fräulein von Strelow!« Mit diesen Worten schob Johanna zu ihrem eigenen Erstaunen entschlossen die junge Frau aus dem Weg und eilte mit großen Schritten ins Esszimmer, wo sie den Herrn des Hauses beim Frühstück vermutete. Adele lief ihr protestierend nach.

Felix fragte sich erstaunt, was es zu früher Stunde für einen Aufruhr im Korridor gab. Da schien jemand gekommen zu sein, der er anscheinend sehr eilig hatte.

»So warten Sie doch bitte! Ich muss Sie doch anmelden«, hörte er Adele hektisch sagen.

»Das mache ich schon selbst. Das bin ich hier so gewohnt«, folgte als Antwort einer ebenfalls weiblichen Stimme. Das war doch Johanna?

Es klopfte und im gleichen Augenblick wurde die Tür auch schon aufgerissen und die beiden jungen Damen fielen fast in den Raum. Felix sprang vom Tisch auf.

»Entschuldigen Sie bitte, Herr Krüger, dass ich Ihnen den Besuch von Fräulein Hübner nicht ankündigen konnte, aber sie hatte es sehr eilig«, sagte sie und bedachte die Besucherin mit einem missbilligenden Gesichtsausdruck, wobei ihre Lippen zuckten, als ob sie sich zurückhalten müsste, einen offenen Tadel auszusprechen.

»Es ist schon gut, Adele. Danke, Sie können gehen!« Felix nickte ihr zu und wandte sich dann dem unverhofften Gast zu. »Was für eine angenehme Überraschung, Fräulein Johanna!«, rief er erfreut aus und kam um den gedeckten Frühstückstisch herum. »Sie können mir beim Frühstück Gesellschaft leisten.«

»Wo ist denn Ihr Onkel, Herr Felix?«, fragte Johanna verunsichert, nachdem sie bemerkt hatte, dass sie nun mit dem jungen Mann allein im Zimmer war.

»Der schläft heute ausnahmsweise etwas länger. Wir waren gestern abend im Theater und anschließend noch auf eine Flasche Wein am Gendarmenmarkt bei Lutter und Wegner. Nun soll er ausschlafen.«

»Dann komme ich lieber am Nachmittag wieder!« Johanna wandte sich ab. Dann besann sie sich. »Ich wollte ja auch nur das Buch zurückbringen.« Sie legte es hastig auf den Tisch, aber es rutschte von der Kante und fiel auf den Teppich.

Sofort bückte sie sich, aber auch Felix wollte das Buch aufheben. Er war auch schneller, aber die beiden stießen mit den Köpfen zusammen.

Johanna gab einen Schmerzenslaut von sich und auch Felix stöhnte, wenn auch nur ganz leicht, auf.

»Ich habe ja schon bemerkt, dass Sie einen Dickschädel haben, Fräulein Johanna... aber das er so hart ist, hätte ich nicht gedacht.«

Johanna wollte ihn schon böse anschauen, aber dann schenkte sie ihm doch einen belustigten Blick.

»Der Ihrige ist aber auch nicht so hohl wie ich dachte«, konterte sie schlagfertig.

Felix staunte nicht schlecht, wie schnell das junge Mädchen seine eben noch gezeigte Scheu abgelegt hatte. Sein Blick richtete sich auf das Buch in seiner Hand.

»Das Leben und die Reisen des Marco Polo«, las er laut. »Das finde ich jetzt aber sehr erstaunlich. Ich hätte nicht gedacht, dass eine junge Dame wie Sie sich für solche Dinge interessiert.«

Johanna richtete sich nun kerzengerade auf und Felix tat es ihr gleich. Nun standen sich die beiden jungen Leute nah beieinander gegenüber. Sie sah Spott in seinen Augen und ihre schossen Blitze ab, wobei sie sich gleich darauf ärgerte, dass er sie wieder so aus der Fassung brachte. Ihre Freude, ihn allein anzutreffen wich dem Ärger über sein Verhalten.

»Sie sind wirklich unmöglich, Herr Felix«, fasste sie ihr Gefühle in Worte. »Immer müssen Sie mich aufziehen. Sie wissen doch ganz genau, dass ich nur Ihretwegen dieses Buch…« Sie erschrak und unterbrach sich selbst, als sie merkte, wie sie gerade drauf und dran war, zu viel zu sagen.

Felix unterbrach den Augenblick der Stille. »Sie haben meinetwegen etwas getan?«, bohrte er halb belustigt, halb gerührt, aber entschlossen nach, was Johanna nicht ausgesprochen hatte, wobei er es sich ja schon denken konnte. Natürlich hatte er sich sofort an das Gespräch mit ihr vor der Oper erinnert, als von Marco Polo und anderen Entdeckern gesprochen worden war.

»Das sage ich Ihnen nicht!«, rief Johanna laut aus. Sie verschränkte die Arme vor der Brust, hob ihren Kopf und warf ihm energischen Blickes einen wortlosen Abschiedsgruß zu und eilte davon.

Im Korridor rannte sie beinahe gegen Adele, die aus der Küche geeilt kam, weil sie die lauten Stimmen im Esszimmer gehört hatte. Nun wollte sie erst recht so schnell wie möglich aus der Wohnung.

Kaum war sie im Hausflur, wo sie erst einmal tief Luft holen wollte, wurde die Wohnungstür erneut aufgerissen und Felix stand vor ihr. Also lief sie so schnell es ging die Treppe hinunter.

»So warten Sie doch, Fräulein Johanna!«, hörte sie ihn, aber er blieb wohl im Türrahmen stehen. »Ich muss Sie dringend etwas Wichtiges fragen.«

Sie blieb auf dem Treppenabsatz vor dem Hoffenster mit den Milchglasscheiben stehen und blickte treppauf. Sie sagte nichts, schüttelte nur den Kopf und lief weiter.

Nun trat er ans Treppengeländer, Johanna sah sein enttäuschtes Gesicht.

»Es nutzt Ihnen doch nichts, davonzulaufen, Fräulein Johanna!« hörte sie ihn nun rufen. »Dann komme ich nachher zu Ihnen hinunter und frage sie dann.«

Nun wurde sie zornig. Musste er so laut sein? Bestimmt hörten ihn die anderen Mieter im Haus.

»Wagen Sie es gar nicht!«, rief sie mit unterdrückter Stimme hinauf zu ihm und warf ihm einen eindeutig ablehnenden Blick zu. Aber er lachte daraufhin nur und das Echo des Hausflurs hallte fürchterlich in ihren Ohren.

Den Rest des Tages bangte Johanna, ob Felix wirklich zu ihr kommen würde.

Aber sie machte sich umsonst Sorgen, denn er erschien nicht. Das wiederum verunsicherte sie auch. War sie ihm so unwichtig, dass er seine so wichtige Frage, die am Morgen angeblich keinen Aufschub geduldet hatte, nun nicht mehr stellen wollte. Sie war in ihren Gefühlen wieder einmal hin- und hergerissen.

Doch Felix hatte von seinem Onkel den Rat bekommen, erst einmal mit Johannas Vater zu sprechen und ihn zu fragen, ob sie seine Tochter in die Oper einladen dürften. Also wartete er auf den Abend, um Herrn Hübner abzufangen, wenn der seine Droschke in die Remise fuhr.

15

Als Friedrich Hübner am Abend in die Küche kam und er sah, wie seine Frau an der Kochmaschine stand und Kartoffelpuffer in der Pfanne schwenkte, freute er sich.

»Du bist ja wieder mal die Allerbeste!«, rief er aus. »Kartoffelpuffer!«

»Freuste dir, Fritz?«

»Klar... ooch wenn ick weeß, dette 'n schlechtet Jewissen hast.«

Bertha drehte sich um, behielt aber die brutzelnden Puffer in der Pfanne im Auge.

»Wat meenste denn nu' wieder damit?«, fragte sie möglichst arglos.

»Na, denkste denn, ick hätt' heut' morjen nich' jenau jewusst, dette det jekochte Ei für Hanna uffjehoben hast?«

»Ach!« Bertha ließ die Schultern sinken und guckte verlegen auf den Fußboden. »Woran haste denn det jemerkt?«

»Jemerkt hab' ick nüscht, aber ick werd' doch wohl meene Frau kennen nach über zwanzich Jahre Ehe. Außerdem haste dir wieder jeärjert, weil ick nicht zu Hause frühstücken wollte, stimmt's?«

Bertha blickte ihn an und sah seinen gütigen Blick, mit dem er sie trotz allem bedachte und der ihr das Herz wärmte. Nicht immer waren die Zeiten für sie so angenehm und sicher gewesen so wie jetzt. Natürlich war es anstrengend, für ihre Familie zu kochen, zu putzen, zu waschen. Aber so lange sie ihren Fritz hatte, konnte ihr doch eigentlich nichts passieren.

Er drückte ihr einen Kuss auf die Wange.

»Biste mir nich' böse?«, fragte sie trotzdem sicherheitshalber.

»Wo werd' ick denn!«, trompetete er los. »Aber wenn de nich' uffpasst, denn brennt dir noch wat an. Et riecht schon janz sengerich.«

»Jotte nee, mein Puffer!«, schrie Bertha entsetzt auf und wandte sich wieder dem Herd und der Pfanne zu, aus der es dunkel qualmte.

»Det is deine Schuld!«, jammerte Bertha. »Du hast mir abjelenkt.«

Friedrich eilte ans Küchenfenster und öffnete es weit.

»Was ist denn hier passiert?«, fragte Johanna, die gerade mit dem entleerten Mülleimer vom Hof kam.

Ihre Mutter hielt ihr die Pfanne hin. »Nur een kleenet Drama. Der letzte Puffer is' über Brandenburch jereist.«

»Lass mal jut sint, Bertha... Da streue ick mir nen extra Löffel Zucker drüber, denn schmeckt man det überhaupt nich', det er anjebrannt is' .«

Friedrich nahm seiner Frau die Pfanne aus der Hand und ließ den Puffer auf seinen Teller gleiten.

»So, und nu wollen wa essen. Außerdem muss ick mit dir reden, Hanna.«

»Mit mir, Papa?« Johanna sah erstaunt auf. Das hörte sich so ernst an.

»Ja, Meechen... Ick traf nämlich jrade Herrn Krüjer... den jungen Krüjer. Det heißt, er kam zu mir inne Remise, als ick beim Ausspannen war.«

»Felix...ich meine, Herr Krüger kam zu dir? Was wollte er denn?«

»Er hat mir jefracht, ob ick det erlauben würde, dette mal mit ihm und sein' Onkel inne Oper jehst.«

»Inne Oper?« mischte sich Bertha ein, wobei ihr gleich das Gespräch einfiel, das sie mit ihrer Tochter vor ein paar Tagen gehabt hatte.

»In die Oper?«, fragte auch Johanna und fühlte, wie in ihr die widerstrebendsten Gefühle aufstiegen. Natürlich schien jetzt ein Traum für sie in Erfüllung zu gehen.

»Was hast du zu ihm gesagt, Papa? Hast du zugestimmt?«

»Ick hab' jesacht, det ick mir det überschlafen müsste. Det stimmt ja ooch. Aber ick wollte det mit Muttern und ooch mit dir bereden. Interessierste dir denn für so 'ne ernste Musik. Würd'ste denn mitjehen wollen?«

Johanna blickte unsicher auf ihren Teller.

»Das kommt so überraschend für mich. Ich weiß gar nicht, was ich dazu sagen soll.«

»Mir will det nich' jefallen«, wandte Bertha ein. »Ick hab dir doch erst neulich jesacht, det ick det für falsch halte, wenn de zu engen Kontakt mit den jungen Mann hast.«

»Warum denn det nu' nich? Jerade du hast doch noch vor nich' mal zwee Wochen davon jeredet, det unsere Hanna nu' langsam in det Alter kommt, wo man damit rechnen muss, det se bald 'nen netten Mann zum Heiraten findet. Kannste dir bald mal entscheiden? Det wär zur Abwechslung janz nett, meinste nich' ooch? Mal is' dir der Neffe von Herrn Krüjer zu vornehm, een anderet Mal hältste ihn für'n unsoliden Menschen, weil er Student is.«

»Heiraten?« Johanna riss die Augen auf und ihr Blicke flogen zwischen Vater und Mutter mehrmals fragend hin und her. »Daran denke ich doch noch lange nicht«, protestierte sie energisch.

»Sollste doch ooch nich', Kind«, versuchte ihre Mutter sie zu beruhigen. »Ick habe mal bloß zu dein' Vater jesacht, det die Zeit schneller verjeht, als man denkt, weil et jenuch Meechen jeben tut, die sitzenbleiben und als alte Jungfer ihr Leben…«

»Bertha, mach doch det Kind nich' koppscheu«, grollte Friedrich. »Ick hab' dir schon letztens jesacht, det wa uns um Hanna keene Sorjen machen müssen. Sie ist hübsch und kann sich jut benehmen, da findet sich, wenn de Zeit reif is', ooch een passender Ehemann.«

»Fritze, aus dir soll ooch eener schlau werden…! Du hast als Allererster behauptet, det Herr Krüjers Neffe aus… wie haste jesacht? …aus eenen besser'n Stall kommt und det se deswejen lieber Abstand halten soll.«

»Ick habe meine Meinung eben jeändert. Ist doch nüscht dabei, wenn die jungen Leute een bißchen Zeit miteinander verbringen. Außerdem is' ja der alte Krüjer dabei. Da kann ja nüscht passieren!«

Johanna hörte fassungslos zu. »Was sollte auch geschehen? Es handelt sich doch schließlich nur um eine Einladung in die Oper. Das ist doch kein Heiratsantrag. Das wäre ja auch noch schöner!« Sie lachte auf, aber ihr Gesichtsausdruck zeigte, dass sie keine Fröhlichkeit empfand.

»Recht haste, Kind!« Friedrich nickte ihr zu. »Überleg' dir in Ruhe, ob du mitjehst. Schlaf 'ne Nacht drüber und denn sachste morjen bei Krüjers oben Bescheid.«

»Da muss ich nicht lange nachdenken. Ich würde gerne zusagen. Aber das geht ja doch nicht.«

Friedrich sah seine Tochter ratlos an. »An uns sollet nich' liegen, det weeßte ja nun. Unsere Erlaubnis haste.«

Aber Bertha ahnte mit weiblichem Instinkt sofort, warum Johanna diese Antwort gegeben hatte.

»Fritz, det verstehste als Mann nich'. Det is ne Kleiderfrage.«

»Na, hat se nich' ihr Sonntachskleid?«

»Klar hat se, aber damit kann se doch nich inne Oper. Da tragen die Herren Frack und Zylinder und die Damen feine Abendroben.«

»Na, 'nen Zylinder kann sie von mir haben.«

»Ach, Fritze! Nu' wirste aber albern«, tadelte Bertha sofort.

»Das gäbe eine Sensation, Papa…« Johanna sprang auf, holte sich Friedrichs Kopfbedeckung und setzte sich den Zylinder auf. Dabei versuchte sie, einen vornehm blasierten Ausdruck auf ihrem Gesicht zu zeigen, als wäre sie ein feiner Herr von Stand.

Bertha schüttelte den Kopf. »Ihr seid beede wieder mal nich' ernst jenuch. Nüscht als Unfuch im Koppe. Wat soll denn nu' werden? Will Hanna nu' mit inne Oper oder nich'?«

»Klar will se, haste doch jehört.« Friedrich wurde wieder sachlich. »Aber wenn se nüscht anzuzieh'n hat…«

»Eben.«

»Unterbrich mir nich... wenn se een Kleid für de Oper braucht, denn jehste eben mit ihr in eens von die feinen neuen Warenhäuser inne Leipzijer Straße. Ick habe jehört, det se bei Jandorf sehr schöne Sachen haben.«

»Friedrich Hübner, warste heute inne Kneipe, bevor de nach Hause jekommen bist?«

Bertha erhob sich vom Tisch und blickte ihrem Mann tief in die Augen, um zu ergründen, ob er wieder mal einen Scherz machte oder ob er nicht wirklich… Sie beugte sich über sein Gesicht und schnüffelte dann tatsächlich an ihm herum, um herauszufinden, ob ihr Verdacht begründet war. Aber ihre Nase erzählte ihr das Gegenteil.

»Jetrunken haste nich! Aber kannste mir mal verraten, wer det Kleid bezahlen soll und womit.«

»Na, det bezahle ick und mit Jeld, oder dachteste mit Pferdeäppel von unsere Lotte«, antwortete der Droschkenkutscher. »So, und nu' setz dir mal wieder hin, nur noch für'n Momang. Denn werd' ick dir det erklären, wie det jehen soll.«

»Na, da bin ick aber jespannt.«

»Berthaken, ick habe heute ‘nen Mordsdusel jehabt. Stehe ick doch da am Anhalter Bahnhof und bekomme ‘ne Fuhre zum Hotel Kaiserhof. Een janz vornehmer Herr und elejant dazu, ooch sein Jepäck.«

»Na, wenn der im Kaiserhof abjestiejen is'…«

»Nu unterbrich' mir mal nich'. Jedenfalls, ick bring ihn also zum Wilhelmplatz… Ville bringt ja so 'ne kurze Tour nich' 'in, aber 'n jutet Trinkjeld hatter mir jejeben.«

»…und von die zwee Mark willste nen Abendkleid kaufen?« fragte Bertha belustigt.

»Herrjott nochmal… natürlich nich'. Ick bin ja ooch noch jar nich' zu Ende mit mein' Erzählen. Wat soll ick euch sagen? Ick bin noch nich' janz am Potsdamer Platz anjekommen, da werfe ick een' kurzen Blick nach hinten und entdecke 'ne Brieftasche. Die Droschke anhalten und vom Bock springen, war eens. Wie ick et mir gleich jedacht hatte, jehörte det Ding mein' vornehmen Fahrjast, denn am Anhalter Bahnhof laach die Tasche noch nich im Wagen.«

»Hast du denn nachgesehen, was in der Brieftasche drin war, Papa?«, fragte Johanna ganz aufgeregt.

»Klar… und wat denkste… jede Menge Hundertmarkscheine und ooch ausländische Banknoten… Julden und Kronen aus Österreich waren drin.«

Bertha schrie voll Entsetzen auf. »Friedrich! Du hast doch wohl det Jeld nich' injesteckt!«

Friedrich war beleidigt. »Aber wat denkste denn von mir!« empörte er sich heftig. »Ick bin natürlich sofort retour zum Kaiserhof, wo der Herr Baron Vitzky, so hieß mein Fahrjast nämlich und aus Wien kommt er, schon uffjereecht inne Hotelhalle uff und ab lief wie'n Löwe im Zoolojischen Jarten. Na, der war jedenfalls heilfroh und hat mir umarmt wie'n Vater seinen verlorenen Sohn. Beinahe hätt' er mir abjeküsst, aber denn hat er mir stattdessen zwee Hundertmarkscheine inne Hand jedrückt als Finderlohn, wat mir ooch ville lieber war.«

»Zweihundert Mark, das ist ja ein Vermögen! Und nun soll ich mir davon ein Abendkleid kaufen?«, fragte Johanna ungläubig, nachdem sie fast atemlos zugehört hatte, was ihr Vater erlebt hatte. »Schuhe brauche ich aber auch noch dazu und andere Kleinigkeiten.«

»Sicher, mein Meechen. Sollste allet bekommen. Denn is' det Jeld jut anjeleecht. Wat meinst du?« Friedrich sah seine

Frau an, die nur stumm nickte. Aber sie fand, dass auch er seinen Vorteil haben müsste bei der Geschichte.

»Du musst dir aber ooch wat jönnen, Fritz!«

»Ja, Papa, das musst du unbedingt«, drängte auch Johanna.

»Na jut, wenn ihr meint...«, seufzte Friedrich inbrünstig. »Jejen euch zwee Hübsche komm ick ja sowieso nich' an. Denn koofe ick mir morjen ne Kiste von den besten Brasil-Zijarren, die der alte Kullicke in sein' Laden hat.«

Als Johanna an diesem Abend ins Bett ging, war sie aufgeregt wie schon lange nicht mehr. Sie fühlte sich so wie in ihrer Kindheit, wenn die Nacht vor dem Heiligen Abend gekommen war und das Weihnachtsfest bevorstand. Ihr großer Wunsch sollte also bald in Erfüllung gehen.

Aber war es richtig, die Einladung anzunehmen, vor allem, da sie von Felix kam? Seitdem er ins Haus gekommen war, hatte sie so verwirrte Gefühle wie kaum zuvor in ihrem jungen Leben. Waren das etwa die Empfindungen, die man hat, wenn man verliebt ist? Sie war sich nicht sicher, getraute sich aber nicht, mit ihrer Mutter darüber zu sprechen. Lange wälzte sie sich gedankenschwer in ihrem Bett hin und her, bis die Müdigkeit sie dann doch ins Traumland hinüber gleiten ließ.

Aber auch Felix fand kaum Schlaf in dieser Nacht. Er dachte vielmehr über Johanna nach und rief sich ihre bisherigen Begegnungen ins Gedächtnis. Ihr Bild erschien vor seinem geistigen Auge und er stellte fest, dass ihm beim Gedanken an sie ungewohnt warm ums Herz wurde. Natürlich war er selbst auch noch jung, aber doch alt genug, um nicht schon einmal verliebt gewesen zu sein. Daher kannte er dieses Gefühl gut.

Aber er hatte in den letzten Tagen auch bemerkt, dass sie ihn zwar auch sehr sympathisch zu finden schien, doch durfte er nicht zu stürmisch um sie werben. Doch einen gemeinsamen Opernbesuch in Begleitung seines Onkels würde sie doch sicher nicht ablehnen. Jedenfalls beschloß er, nachdem er ihr seine mündliche Einladung durch Johannas Vater hatte ausrichten lassen, diese ihr gegenüber schriftlich zu wiederholen. Das gebot der gute Anstand.

Als der Tag graute, setzte er sich schließlich an den kleinen Schreibtisch in seinem Zimmer, nahm ein Blatt seines allerbesten Schreibpapiers und ergriff seinen Federhalter.

Aber es dauerte noch eine Weile, ehe er das erste Wort auf das Papier setzen konnte.

> Liebes Fräulein Johanna!
>
> Sicherlich hat Ihr Vater Ihnen meine Einladung in die Oper übermittelt, die ich hiermit offiziell wiederhole. Gerne möchte ich auch noch einmal persönlich mit Ihnen sprechen, natürlich auch um zu erfahren, wie Sie sich entschieden haben.
>
> Ich habe zwar am Vormittag einen Termin in der Universität, aber vielleicht können wir uns danach treffen und einen Kaffee zusammen trinken. Darf ich Sie um zwei Uhr nachmittags im Café Victoria erwarten? Bitte kommen Sie!
>
> Ihr ergebener Felix Krüger

Nachdem er schnell den Text überflogen hatte, steckte er den Brief in einen Umschlag,zog sich schnell Hemd und Hose an und schlich sich so leise wie möglich in Hausschuhen die Treppe hinunter in den Hof zum Anbau und warf sein Schreiben durch den Briefschlitz.

Eine Stunde später fand ihn Johanna dort, als sie mit einer Blechkanne in der Hand losziehen wollte, um sie gegenüber im Milchladen bei Frau Dunkel füllen zu lassen. Schnell steckte sie den Brief ein und ging in den Hof, wo sie ihn las.

Während sie die Milch besorgte, überlegte sie, ob sie sich wirklich mit Felix im Café Victoria treffen sollte. Es lag schräg gegenüber vom Café Kranzler Unter den Linden Ecke Friedrichstraße und gehörte zu den eleganten Etablissements der Stadt. Das hatte der Vater oft erzählt.

Als sie später am Vormittag mit ihrer Mutter allein war, zeigte sie ihr den Brief.

»Was meinst du, Mama? Ob ich hingehen soll? Aber das schickt sich wohl nicht für ein junges Mädchen, sich allein mit einem Mann zu treffen.«

Bertha überlegte kurz. »Eijentlich haste Recht. So in aller Öffentlichkeit is' det heikel, möcht' ick sagen. Aber passieren kann ja ooch nüscht, wenn andere Leute um euch herum sind. Ick meene ja bloß... im Falle, det er zudringlich werden will.«

»Aber Mama! Wieso denkst du eigentlich immer so schlecht von Felix... Herrn Krüger...? Er ist wirklich ein anständiger Mensch. Ich glaube fast, du kannst ihn nicht leiden.«

»Det weeß ick nich', ob ick ihn nich' leiden kann. Ick kenne ihn ja kaum.«

»Dann verstehe ich erst recht nicht, warum du denkst, er könnte sich schlecht benehmen.«

»Na, vielleicht tu ick mir ja wirklich irren. Du hast ja eigentlich schon alt jenuch, um zu merken, ob een Mensch wat taucht oder nich'. Aber weeßte wat... soll ick mal Herrn Krüjer, also den Onkel fragen, ob er dir begleiten würde?«

Johannas Gesicht drückte Unschlüssigkeit aus. »Wollen wir ihn wirklich damit behelligen? Außerdem denkt er dann, dass wir seinem Neffen misstrauen, ihm Schlechtes zutrauen.«

»Haste ooch Recht, Kind! Also, denn jeh alleene hin, in Jottes Namen«, sagte Bertha und schickte einen tiefen Seufzer hinterher.

Einen Augenblick schwiegen Mutter und Tochter. Plötzlich setzte auf dem Hof Musik ein, die eindeutig von einer Drehorgel gespielt wurde. Zu der Melodie hörte man ein junges Mädchen singen, während der Leierkastenmann eifrig an der Kurbel drehte. Mit viel Gefühl in der Stimme, die an den Häuserwänden emporkletterte, erhoffte sie, die Aufmerksamkeit möglichst vieler Bewohner zu erlangen, damit die ihren Obolus für den dargebotenen Kunstgenuss entrichteten. Schon öffneten sich einige Fenster und man sah, wie zuerst daraus Köpfe auftauchten und nicht lange danach flogen die ersten Pfennigstücke, meist sorgsam in ein altes Stück Zeitungspapier gewickelt, auf das Pflaster und zu Füßen der eifrigen und dankbar winkenden Künstler.

Das Lied war zu Ende und bevor die Sängerin ihre Darbietung fortsetzte, wollte sie die bisherigen Einnahmen sichern. Als sie damit fertig war und gerade ein neues Gesangsstück zum Besten geben wollte, kam schon von fern laut schimpfend Amalie Raddusch aus dem Vorderhaus, wo sie gerade geputzt hatte und die Musik und der Gesang an ihr hausmeisterliches Ohr gedrungen war.

»So langsam sollte et wohl bekannt jeworden sein, det ick uff unsern Hof keen Konzert dulde!«, schrillte unangenehm ihre Stimme im Diskant.

In diesem Augenblick kam Gustav Wuttke die Treppe herunter, um zu seinem Arbeitsplatz auf der Baustelle der Hochbahn in der Skalitzer Straße zu gehen.

»Det kommt davon, wenn man unmusikalisch is'!«, war seine tiefe Stimme so laut über den Hof zu vernehmen, dass sich aus Neugier noch ein paar Fenster öffneten und sogar aus den Häusern rechts und links, denn wo Krach war, könnte es auch etwas zu sehen geben.

»Mischen Se sich hier nich' in meene Anjelejenheiten 'in, Herr Wuttke! Ick sorje eben for Ordnung.«

»Deswejen müssen Se doch nich' die schöne Musike unterbrechen mit Ihr Jekeife«, konterte Wuttke. »Wenn Se wenigstens so 'ne anjenehme Stimme hätten, wie det junge Meechen, denn könnten wa wenichstens versuchen, uns vorzustellen, et wär Jesang. Aber bei Ihnen is' det ja hoffnungslos. 'ne Person wie Sie hat ja keen Jespür for det, wat schön is'.«

Frau Raddusch trat bedrohlich dicht an Herrn Wuttke heran, den Schrubber und Wischlappen in der rechten Hand.

Nun herrschte atemlose Stille auf dem Hof. Die Mieter aus dem Vorder- und dem Hinterhaus, die zu Haus waren, hingen nun an den Fenstern und auch Johanna und ihre Mutter warteten gespannt darauf, was als Nächstes geschehen würde.

»Wat ham Se zu mir jrade jesacht, Herr Wuttke? Person ham Se zu mir jesacht. Person! Det hat jeder jehört. Det fasse ick als Beleidijung uff, det Se det nur wissen. Aber det werd ick mein' Otto erzähl'n. Der wird mal 'n paar saftije Backpfeifen austeilen.«

»Na, denn soll er mal kommen, wenn Se sich hinter Ihrem Jatterich verstecken wollen.«

»Ick versteck' mir nich'. Am liebsten würde ick Sie selbst Aber schließlich bin ick ja keen Mann.«

»Ach, Frau Raddusch!«, rief nun Gustav Wuttke aus. »Wenn Se sich 'n bißken Mühe jeben, denn schaffen Se det ooch noch!« Er lachte und die Zuschauer stimmten in den Heiterkeitsausbruch mit ein.

Amalie Raddusch zitterte und bebte und ihr Gesicht wurde tiefrot. So sehr hatte sie sich schon lange nicht mehr bloßgestellt gefühlt.

»Herr Wuttke!«, presste sie hervor, sichtlich um Beherrschung bemüht. »Det wird een Nachspiel ham. Daruff könn' Se sich verlassen. Ick werde mir beim Hauswirt beschweren jehen.« Ohne weiteres Wort eilte sie ins Vorderhaus zurück.

»Det machen Se mal! Denn hat der ooch wat zu lachen, so wie wir! … So, Leute! Nu' wollen wa noch 'n schönet Lied hören!«, wandte sich Gustav Wuttke an den Leierkastenmann und seine Begleiterin. »Ick muss ja uff meene Baustelle, aber die ander'n Nachbarn sollen ihr Pläsiervajnüjen ham. Hier is' 'n Jroschen.« Er gab dem Mann an der Kurbel das Geldstück, zückte seine Mütze und verließ den Schauplatz der Komödie.

Dafür tauchte nun Felix auf dem Hof auf, während der Leierkasten wieder einsetzte.

»Was gibt es denn am frühen Morgen?« Er sah Johanna und ihre Mutter am Küchenfenster und trat näher.

Die beiden erzählten ihm, was sich ereignet hatte. »Ich glaube, ich werde mal mit meinem Onkel reden, damit Frau Raddusch ein bißchen in ihrem Eifer gebremst wird. Sie meint es sicher gut, aber manchmal scheint sie sich ein wenig zu sehr als Herrin des Hauses aufzuspielen. Unsere neue Haushaltshilfe hat mir gerade erst am Wochenende berichtet, wie sie die Kinder maßregeln wollte. Dabei hat mein Onkel weder etwas gegen das Spielen auf dem Hof noch gegen ein kleines Hofkonzert.«

»Ja, et wird wirklich Zeit, det die olle Radduschen mal een‘ kleenen Dämpfer kricht. Det is' schon lange fällich, Herr Krüjer! Hoffentlich hilft det ooch bei dem Drachen.«

»Aber Mama, jetzt wirst du aber sehr ordinär«, beschwerte sich Johanna.

»Lassen Sie nur, Fräulein Johanna. Vor meinem Onkel hat die Radduschen... äh, ich meine Frau Raddusch Respekt. Das habe ich schon in den wenigen Tagen mitbekommen.«

Johanna nickte. »Das glaube ich auch.«

Inzwischen hatte der Gesang geendet und wer von den Zuhörern sein Scherflein noch nicht geleistet hatte, holte dies nun nach.

Auch Felix griff in seine Hosentasche und suchte nach einem Geldstück. Schließlich fand er eine Mark, die er den Musikanten zusteckte, die sich nach dem Blick auf die Münze überschwänglich bedankten. »Verehrung, mein Herr!« Der Leierkastenmann verbeugte sich und das Mädchen knickste brav.

Felix wandte sich wieder den Damen Hübner zu. »Da wir nun so unverhofft aufeinander treffen, möchte ich die Gelegenheit ergreifen, um Sie zu fragen, ob ich mich heute nachmittag auf ein Stelldichein mit Ihnen im Café Victoria freuen darf, mein Fräulein?«, fragte er höflich und wandte sich auch gleich Bertha zu.

»Sie haben doch hoffentlich nichts dagegen, liebe Frau Hübner«, sagte er und lächelte dabei charmant. »Ich verspreche Ihnen, dass ich gut auf Ihre Tochter aufpassen werde.«

»Na, an mir soll det nich' scheitern. Bevor der Krach losjing, hatte ick schon mit Hanna darüber jesprochen. Erst hatte ick ja die Idee, Ihr'n Onkel zu bitten, det er sie begleiten tut. Aber denn war'n wa uns einich, det se sich ruhich alleene mit Ihnen treffen kann, ohne det ihr juter Ruf anjekratzt wird.«

»Also kommen Sie, Johanna?« Er blickte das junge Mädchen erwartungsvoll an.

»Ja, Herr Felix. Ich werde um zwei Uhr im Café Victoria sein.«

Der junge Mann strahlte vor Freude. »Das ist wunderbar!«, rief er aus.

»Aber eigentlich kann ich Ihnen auch schon jetzt sagen, dass ich Ihre Einladung in die Oper annehmen werde. Also wäre es doch gar nicht nötig...«

»Johanna, bitte kommen Sie. Ich würde mich sehr freuen. Außerdem gibt es doch noch eine Menge zu besprechen. Es ist zu klären, wann wir gehen, welche Oper wir sehen wollen und andere wichtige Dinge.«

»Also gut, Sie haben mich überzeugt.«

»Sie machen es mir aber nicht einfach, Fräulein Johanna«, seufzte er. Er wandte sich zum Gehen, drehte sich dann aber noch einmal um. »Nehmen Sie doch bitte eine Droschke. Ich werde pünktlich sein und den Kutscher bezahlen, wenn sie ankommen.«

»Ich kann doch die Pferdebahn nehmen, das macht mir nichts aus.«

Bertha stimmte zu. »Jewiss doch, Herr Krüjer. Wenn Hanna mit 'ne Droschke irjendwo hin wollte, hätte se doch schließlich ihren Vater bitten können.«

Davon wollte Felix nichts hören. »Bitte nehmen Sie eine Kutsche! Ich möchte, dass Sie einen besonders schönen Nachmittag haben und mit der Fahrt soll es beginnen.«

Johanna und ihre Mutter sahen sich kurz an, wobei Bertha fast unmerklich nickte.

»Also gut, Herr Felix... es soll auch für Sie ein angenehmer Tag werden. Also werde ich es so machen, wie Sie es sagen. Ich danke Ihnen sehr für die Einladung. Sie bereiten mir damit eine große Freude.«

»Dann sind Sie also gern mit mir zusammen?«

»Aber ja, das wissen Sie doch!«

Am liebsten hätte er sie umarmt und ihr einen Kuss gegeben, aber das ging natürlich nicht. Schließlich war da noch Johannas Mutter, die nicht von der Seite ihrer Tochter wich und ihn halb argwöhnisch, aber auch halb wohlwollend ansah.

Also schenkte er Johanna nur ein strahlendes Lächeln, das sie zu seiner Freude erwiderte. Dann ging er davon, wobei er zu tanzen schien, so sehr beglückte ihn die Aussicht, mit

Johanna zwar in der Öffentlichkeit, aber doch ohne Begleitung einer dritten Person zusammen zu sein.

16

»Wat is denn nun, jnädiget Fräulein?« Der Droschkenkutscher, der Johanna an die Friedrichstraße gefahren hatte, wurde ungeduldig.

Johanna blickte ihn achselzuckend an und ließ dann ihren Blick hilfesuchend wieder über die Menschenmenge vor dem Café Victoria schweifen, die auf dem Trottoir der Straße Unter den Linden flanierten und die Frühlingssonne genossen, die den Damen Gelegenheit gab, ihre neuesten Kleider zu präsentieren.

»Ist es denn wirklich schon zwei Uhr?«, fragte sie schließlich.

»Isset, sojar schon fünf Minuten drüber«, grummelte der Mann.

»Ach, das ist ja schrecklich. Was mache ich denn nur?«

»Hat Ihr Bräut'jam Sie sitzen lassen?«, fragte der Kutscher etwas milder, angesichts der Verzweiflung, die er auf Johannas Gesicht ablesen konnte.

»Nein... das heißt... ja, es scheint so. Ich meinte nur, er ist nicht mein Bräutigam.«

»Ach so. Ick dachte... also nur der Herr Kavalier.«

»Auch das nicht. Aber hören Sie bitte, Herr...? Ach bitte, wie ist Ihr Name?«

»Schwennecke, wenn's beliebt. Bruno Schwennecke.«

»Mein lieber Herr Schwennecke. Sie sollen natürlich Ihr Geld bekommen.«

»Det will ick hoffen!« Sein Gesichtsausdruck wurde misstrauisch.

Inzwischen war ein uniformierter Leutnant, der die Szene beobachtet hatte, an die Droschke herangetreten. Er salutierte, schlug mit preußischer Korrektheit die Hacken seiner Stiefel zusammen und deutete eine Verbeugung an.

»Darf ich dem gnädigen Fräulein zur Verfügung stehen? Habe das Gefühl, helfen zu müssen.«

Johanna erschrak zunächst, gewann dann aber die Fassung wieder. Nicht zum ersten Mal begegnete sie einem Offizier. Schließlich lag in der Luisenstadt an der Wrangelstraße die Kaserne des dritten Garderegiments.

So unauffällig wie möglich musterte sie ihn. Er sah auf den ersten Blick nett aus. Unter seiner Mütze ragte sein kurzgeschnittenes dunkelblondes Haar hervor. Aber sie ärgerte sich über seinen selbstsicheren Ausdruck im Gesicht, den ein Oberlippenbart zierte. Vermutlich sprach er öfter junge Damen so ungeniert an. Aber bei ihr sollte er an die falsche Adresse gekommen sein.

»Ich danke Ihnen, Herr Leutnant«, sagte sie möglichst hoheitsvoll mit abweisender Strenge im Gesicht. »Aber das wird sicherlich nicht nötig sein.« Johanna wandte sich wieder Herrn Schwennecke zu.

»Vielleicht kennen Sie ja zufällig meinen Vater, Friedrich Hübner. Er ist auch Droschkenkutscher.«

Bruno blickte auf. »Fritze Hübner? Klar kenne ick den«, sagte er voller Überraschung. »Denn sind Sie wohl die kleene Hanna.«

»Ja, die bin ich.« Nun war auch Johanna verblüfft.

»Von Ihnen hab ick schon jehört. Fritz spricht ja oft von seiner Familie, wenn wa uns mal an 'nem Standplatz treffen.«

Nun war Johanna erleichtert. »Das ist schön. Dann werde ich meinem Vater sagen, dass er Ihnen das Geld so schnell wie möglich zukommen läßt.«

»Ach, wenn Se die Tochter vom Fritz sind, denn jeht die Fuhre uff meene Rechnung, Frollein Hanna«, versprach Bruno.

Johanna wurde verlegen. »Das ist mir jetzt aber sehr unangenehm, lieber Herr Schwennecke. Ich weiß doch selbst, wie hart Sie Ihr Geld verdienen müssen. Das kann ich also auf keinen Fall annehmen.«

Der Leutnant, der immer noch bei ihr stand, räusperte sich. »Wenn ich dann vielleicht doch aushelfen dürfte...?«

Johanna war sich unschlüssig darüber, was sie tun sollte. Sie konnte sich wohl kaum von einem fremden Mann Geld borgen oder gar schenken lassen.

Ratlos blickte sie vom Droschkenkutscher zu dem Offizier und dann in die Menge. Inmitten der quirligen Schar der Passanten entdeckte sie zu ihrer Erleichterung plötzlich ein bekanntes Gesicht, dessen Träger direkt auf sie zu kam.

»Onkel Krüger!«, rief sie laut und winkte mit ihrem Taschentuch, das sie die ganze Zeit in der Hand gehalten hatte, weil es ein heißer Tag war und sie sich immer wieder die Stirn abtupfen musste.

»Ich danke dem Zufall, der dich hierher geführt hat«, sagte Johanna, während sie nun endlich aus der Droschke stieg und Kurt Krüger stürmisch umarmte. »Bitte gib doch dem netten Herrn Schwennecke, was er für die Fahrt zu bekommen hat.«

»Ich weiß schon Bescheid, mein Kind«, sagte dieser und zückte seine Geldbörse. »Ich bin nicht zufällig hier. Aber das erkläre ich dir gleich.« Kurt ließ sich den Fahrpreis sagen und reichte den Betrag zuzüglich eines guten Trinkgeldes an den Mann auf dem Kutschbock.

Bruno Schwennecke lüftete seinen Zylinder und neigte seinen Kopf.

»Danke sehr, der Herr! Jetzt kann ick beruhicht von dannen zuckeln. Det Frollein Hanna is' ja bei Ihnen in juten Händen, wie ick sehe.« Er steckte das Geld ein, ergriff die Zügel, schnalzte mit der Zunge und die Droschke setzte sich in Richtung Brandenburger Tor in Bewegung.

»Er kennt meinen Vater gut«, beantwortete Johanna die Frage, die Kurt Krüger gar nicht ausgesprochen hatte. »Es war ein Zufall, dass gerade er mich gefahren hat. Deswegen wollte er mir schon den Fahrpreis erlassen. Aber zum Glück kamst du gerade hier vorbei.«

»Wie ich schon sagte… es war gar kein Zufall«, erklärte Kurt noch einmal. »Aber du hast ja wohl schon einen Kavalier an deiner Seite, der dir behilflich sein wollte.« Er deutete auf den Leutnant.

»Ach, Sie sind ja auch noch da!« Johanna wandte sich an den Offizier, an den sie gar nicht mehr gedacht hatte, seitdem Onkel Krüger aufgetaucht war.

»Wir haben uns eben erst kennengelernt. Ich sah, dass die junge Dame in Schwierigkeiten zu sein schien, da wollte ich helfen. Gestatten, dass ich mich vorstelle. Ich bin noch gar nicht dazu gekommen. Bitte verzeihen Sie mir meine schlechten Manieren!« Er griff in eine Innentasche seiner Ausgehuniform. »Wenn Sie gestatten... meine Karte.« Wieder salutierte er und ließ schneidig seine Hacken knallen. »Alexander von Opitz.«

»Ich heiße Kurt Krüger«, bekam er als knappe Antwort. »Ich danke Ihnen, Herr Leutnant, dass Sie Fräulein Hübner helfen wollten. Nun wollen wir Sie nicht länger aufhalten.« Ohne einen Blick auf die Visitenkarte zu werfen, reichte Kurt sie an Johanna weiter.

»Nun, eigentlich hatte ich gehofft…« Alexander von Opitz erkannte, dass seine Gesellschaft wohl unerwünscht war und auch Johanna bedachte ihn mit einem eher gleichgültigen Blick. Daher beendete er seinen Satz nicht. Er verabschiedete sich und tauchte dann im Strom der Passanten unter.

»Den wären wir los«, sagte Johanna erleichtert. »Aber nun erkläre mir doch bitte, wie es kommt, dass du hier bist, Onkel Krüger. Hat Mama dich etwa doch gebeten, dabei zu sein?«, fragte sie bangen Herzens. »Das wäre mir dann aber sehr unangenehm.«

»Komm, lass uns ins Café gehen. Dann erzähle ich dir auch, warum Felix jetzt nicht hier ist.«

»Es ist ihm doch hoffentlich nichts passiert!« Johanna erschrak. Aber Kurt konnte sie beruhigen.

»Nein, mein Kind. Hab' nur keine Angst! Er ist lediglich aufgehalten worden. Er kommt bald nach.«

Sie betraten nun das Café und fanden zum Glück schnell einen freien Tisch, an dem auch noch eine dritte Person Platz finden konnte. Ansonsten war das Lokal gut besucht und Johanna konnte sich an den feinen Nachmittagsgarderoben der Gäste gar nicht sattsehen.

»Ich glaube fast, ich bin nicht elegant genug. Mir ist, als ob mich alle anstarren, besonders die Damen«, flüsterte Johanna ihrem väterlichen Freund zu.

»Doch, du bist passend gekleidet, Johanna. Da mach dir keine Sorgen. Aber ich weiß schon, warum die Herrschaften uns so neugierig anschauend. Sie fragen sich, was so ein hübsches junges Mädchen mit einem alten Mann wie mir... Aber nein, das ist kein passendes Thema.« Kurt schämte sich, weil er seine Gedanken ausgesprochen hatte, beinahe jedenfalls.

Johanna lachte. »Ich bin kein Kind mehr, Onkel Krüger. Ich weiß genau, was du meinst. Sie denken vielleicht, ich wäre eine von den Damen, die gar keine sind und du wärst mein...«

»Hanna! Sprich das bitte nicht aus! Kind, ich hätte nie gedacht, dass du so offen über solche Sachen redest. Ich muss mich doch sehr wundern.« Kurt schien peinlich berührt.

»Aber, Onkel Krüger! Als Mädchen aus dem einfachen Volk ist man da nicht ganz so zurückhaltend wie die höheren Töchter aus einem Pensionat. Außerdem bist du doch wirklich mein väterlicher Freund. Aber natürlich im anständigen Sinne.« Sie warf ihm einen unschuldigen Blick zu, ließ aber ein Lächeln um ihre Mundwinkel spielen. »Deshalb weiß ich doch, dass ich bei dir so offen sein kann. Schließlich bin ich in einem Alter, wo viele Mädchen schon...«

Kurt Krüger zuckte zusammen. Johanna ergriff seine Hand.

»...verheiratet sind, wollte ich sagen. Aber nun will ich endlich wissen, warum Felix noch nicht hier ist.«

In diesem Moment kam das Servierfräulein mit Kaffee und Kuchen. Nachdem sie alles hingestellt hatte und sie gegangen war, berichtete er endlich.

»Als ich beim Frühstück erfahren hatte, dass Felix dich hierher eingeladen hatte, überzeugte ich ihn, dass ich bei dem Stelldichein auch zugegen sein sollte. Er war zwar nicht sehr begeistert, wie mir schien, aber schließlich war er einverstanden. Als ich ihn dann vor der Universität traf, wie wir es verabredet hatten, sagte er mir, dass er noch unerwartet einen kurzfristigen Termin mit einem Professor erhalten hatte, der sehr wichtig für seine Studien sein wird. Die Gelegenheit wollte er unbedingt nutzen, denn wann es wieder sein würde, dass der Professor Zeit hat, ist nicht abzusehen.«

»Das verstehe ich natürlich. Dann war es ja auch Glück für mich, dass wenigstens du noch rechtzeitig kamst, um die Droschke zu bezahlen.«

»Na, wie es schien, hätte dir dieser Offizier, wie hieß er doch gleich... ?«

»Alexander von Opitz«, kam es von Johanna wie aus der Pistole geschossen.

Kurt ließ sich nichts anmerken.

»Der hätte dir liebend gern geholfen. Der schien doch sehr charmant zu sein.«

Kurt sah Johanna an und es belustigte ihn sehr, wie empört sie reagierte.

»Das war doch ein aufgeblasener Laffe. Hat sich wohl eingebildet, er käme bei mir genauso leicht zum Erfolg wie bei seinen diversen Dämchen. Man kennt doch diese kleinen Leutnants. Bilden sich ein, man wäre gleich verzaubert, nur weil sie Uniform tragen.«

»So, so! Ich glaube, dass du wirklich langsam erwachsen wirst. Sprichst ja schon wie eine Frau mit Erfahrung«, warf Kurt Krüger mit ernster Miene ein. »Triffst dich wohl heimlich jede Woche mit einem anderen, wie?«

Johanna protestierte heftig. »Aber Onkel Krüger... ich wollte doch nur... ich kenne doch gar keine fremden Männer. Aber man hört doch hier und dort und schnappt auch mal eine Bemerkung auf.«

»Aber ja, Kind... ich wollte dich doch nur ein wenig aufziehen. Aber Eindruck hat er wohl doch auf dich gemacht, der Herr Leutnant, denn seinen Namen hast du dir schnell gemerkt, wie es scheint. Aber so sind die Damen. Ein Mann in einer schneidigen Gardeleutnantsuniform und schon...« Er beendete seinen Satz nicht.

Johanna holte Luft, sagte aber nichts. Natürlich hatte sie sich auf gewisse Weise geschmeichelt gefühlt, als ihr der Leutnant seine Hilfe angeboten hatte. Das hatte ihr gefallen. Aber das hieß doch nicht...

»Eine Uniform beeindruckt mich gar nicht«, beteuerte sie. »Dazu gehört mehr, damit mir ein Mann gefällt. Ich achte schließlich nicht nur auf Äußerlichkeiten.«

»Ich verstehe... Klugheit und vor allem ein guter Charakter imponieren dir also mehr?«

Johanna nickte.

»Aber gutes Aussehen schadet sicherlich auch nicht?«

»Natürlich! Ich meine natürlich nicht...«

»Wusste ich es doch, dass Felix Eindruck auf dich gemacht hat.«

»Wieso Felix? Ich habe doch mit keinem Wort... Also, Onkel Krüger... du bist manchmal aber auch...«

»Jaaaa?«

Doch Johanna kam nicht mehr zu einer Antwort, denn Felix kam in diesem Augenblick mit großen Schritten auf den Tisch der beiden zu.

»Endlich, mein Junge!« Kurt rückte den freigehaltenen Stuhl etwas vom Tisch ab und bedeutete seinem Neffen, Platz zu nehmen.

»Entschuldigen Sie bitte, Fräulein Johanna, dass ich mich verspätet habe.« Felix war sichtlich echauffiert. »Ich bin untröstlich.«

»Sie sind vor allem völlig außer Atem.«

»Ich bin den Weg von der Universität gerannt, um so schnell wie möglich hier zu sein. Es sind zwar nur ein paar hundert Meter, aber trotzdem…«

»Onkel Krüger hat mir schon berichtet, was Sie aufgehalten hat. Sie können also ganz beruhigt sein. Er kam rechtzeitig an, um das Fahrgeld zu zahlen.« Bei diesen Worten zwinkerte ihr Kurt zu, aber sie räusperte sich schnell, weil sie befürchtete, er könnte Felix erzählen, dass sie beinahe die Hilfe eines Fremden angenommen hätte. Aber Kurt schwieg und Johanna atmete auf.

»Dann will ich mir auch einen Kaffee bestellen und ein schönes Stück Torte und danach reden wir über das, was ich mit Ihnen klären wollte.« Felix winkte der Bedienung zu, die seine Wünsche entgegen nahm.

»So, und nun zur Sache! Haben Sie sich schon überlegt, welche Oper Sie gern einmal sehen wollen?«, fragte Felix.

»Nein, eigentlich nicht«, gestand Johanna zögerlich. »Ich kenne zwar ein paar Titel und habe bei Onkel Krüger schon ein paar Grammophonplatten gehört… Aber wenn ich zu wählen hätte, dann kann ich gar keine Entscheidung treffen. Ich wäre da für Vorschläge sehr dankbar.«

»Das soll kein Problem sein. Nicht wahr, Onkel Kurt?«

»Also wie ich Johanna und ihren Geschmack kenne, dann halte ich Wolfgang Amadeus Mozart für einen allerersten Opernbesuch für sehr passend. Die Musik ist leicht und heiter, beinahe volkstümlich. Ich glaube da wäre Die Entführung aus dem Serail das richtige. Es gibt in der nächsten Woche eine Aufführung.«

»Das ist ein wunderbarer Vorschlag, Onkel Kurt.« Felix konnte seine Begeisterung kaum bremsen. »Dann sollten wir vielleicht nachher noch schnell an der Oper vorbeifahren und die Billetts kaufen. Was meinen Sie, Johanna?«

»Meine Güte, das geht jetzt aber rasch. Aber natürlich freue ich mich auch sehr. Allerdings weiß ich nicht, ob ich bis nächste Woche ein passendes Abendkleid finde. Mama will mit mir in den nächsten Tagen zu Jandorf in die Leipziger Straße einkaufen gehen.«

»Du meinst also Konfektionsware. Du könntest aber doch zu einer Schneiderin gehen«, gab Kurt Krüger zu bedenken. »Dann wird das Kleid ganz nach deinen Wünschen sein.«

»Ich glaube nicht, dass Papa das bezahlen kann, obwohl…« Johanna erzählte kurz die Geschichte mit der gefundenen Brieftasche und dem Finderlohn. »Ich weiß noch gar nicht, ob das Geld dafür überhaupt reicht, um eine komplette Abendgarderobe zu kaufen. Neue Schuhe brauche ich auch noch. Ich will doch nicht, dass du dich mit mir schämen musst, Onkel Krüger. Und Sie auch nicht, Herr Felix!« Johanna wandte sich wieder dem jüngeren Krüger zu.

»Das werden wir ganz bestimmt nicht.«

»Dann sind wir uns ja einig, mein Junge! Aber wenn das Geld nicht reichen sollte, liebe Johanna, dann sag' mir bitte Bescheid. Es wird mir ein Vergnügen sein, dann auch etwas beizutragen.«

»Aber Onkel Krüger!«, protestierte das Mädchen. »Du hast doch sicher schon genug Kosten.«

»Das wird schon möglich sein. Mach dir bitte darüber keine Gedanken. Vergiss nicht, ich bin der wohlhabende Besitzer eines schönen Mietshauses und genügend Kapital liegt noch auf der Bank!« Kurt zwinkerte ihr wieder zu.

»Trotzdem solltest du nicht so sorglos mit deinem Geld umgehen!«

»Hörst du, Felix? Daran erkennst du, was für eine gute Hausfrau Johanna einmal sein wird. Deine Tante Wilhelmine hat mir das auch immer gesagt. Deswegen hatten wir auch kein Dienstpersonal, bis du mit der Idee gekommen bist.«

»Ach ja, ihr habt ja jetzt dieses Fräulein von Strelow«, bemerkte Johanna, deren Stimme dabei kühler wurde. »Erfüllt sie denn die Erwartungen?«

»Besser als erwartet«, platzte Felix heraus und seine Begeisterung war nicht zu überhören. Sie hält die Wohnung wunderbar in Ordnung und kochen kann sie auch sehr gut.«

»Das freut mich«, gab Johanna reserviert zur Antwort. »Wenn Sie Ihnen nur gefällt, Herr Felix…«

»Onkel Kurt, hast du auch das Gefühl, dass Johanna…« Sie warf ihm einen strengen Blick zu und er verbesserte sich , »…dass Fräulein Johanna unserer Adele nicht besonders wohlgesonnen ist?«, fragte er neckisch.

»Stimmt das, Johanna?«

»Aber nein, Onkel Krüger! Was sollte ich denn gegen sie haben? Mir kann das völlig egal sein, ob Fräulein von Strelow gute Arbeit im Haushalt verrichtet und ob ihr jemand…« Sie unterbrach sich selbst, weil sie merkte, dass sie drauf und dran war, sich eine Blöße in Bezug auf ihre Gefühle zu geben. Sie zuckte möglichst unbeeindruckt mit den Schultern, fühlte sich aber insgeheim ertappt, denn wirklich ins Herz geschlossen hatte sie die neue Angestellte im Krügerschen Haushalt wahrlich nicht.

Zu Johannas Erleichterung hakte Kurt Krüger nicht weiter nach.

»Gut, lassen wir das Thema! Jetzt bestelle ich noch einmal Kaffee für uns und dann wollen wir uns auf die nächste Woche und unseren Besuch in der Oper freuen. Und du kannst dir von mir ein Reclam-Heft bekommen, in dem der Text steht.«

Johanna sah ihren väterlichen Freund dankbar an, bedachte Felix noch einmal mit einem stummen Tadel und dann dachte sie mit zufriedener Miene daran, dass ihr lang gehegter Traum in Erfüllung gehen würde. Dadurch kehrte ihre gute Laune zurück.

»Ich danke dir für deine Großzügigkeit, lieber Onkel Krüger. Du meinst es immer so gut mit mir und ich weiß jetzt schon, dass mir dieser Abend unvergesslich bleiben wird, solange ich lebe«, prophezeite Johanna mit strahlendem Lächeln.

17

Am nächsten Tag erlebte Johanna eine Überraschung. Als sie nach dem Frühstück für ihre Mutter Einkäufe erledigte, traf sie vor der Tür vom Bäcker Puhlmann auf Adele von Strelow.

»Guten Morgen, Fräulein Hübner!«

»Guten Morgen!« murmelte Johanna, nickte kurz und wollte schon weitergehen.

»Ach bitte, ich hätte Sie gern einen Augenblick gesprochen, Fräulein Hübner.«

»Hier auf der Straße?«

»Es wäre nett, wenn Sie kurz Zeit für mich hätten. Ich werde Sie bestimmt nicht lange aufhalten. Eigentlich habe ich nur eine kurze Frage an Sie.«

»Nun gut, aber bitte wirklich nur ein paar Minuten. Ich habe noch einige Erledigungen.«

»Aber sicher. Ich wollte Sie auch nur fragen, ob ich Ihnen vielleicht wegen des Abendkleides behilflich sein kann, das sie brauchen, wenn Sie nächste Woche mit Herrn Krüger und seinem Neffen in die Oper gehen.«

Johanna glaubte, ihren Ohren nicht trauen zu können.

»Was soll das heißen? Was geht Sie das an?«, fragte sie scharf und sah Adele unfreundlich an. Sie war wütend, dass Onkel Krüger wohl seine Hausangestellte über den Opernbesuch in Kenntnis gesetzt hatte.

»Glauben Sie bitte nicht, dass ich gelauscht hätte. Die beiden Herren sprachen ganz offen beim Frühstück darüber, dass Sie mit ihnen nächste Woche in eine Vorstellung gehen und dass Ihnen dafür noch ein passendes Abendkleid fehlt.« Adele blieb freundlich und ließ sich nicht anmerken, dass Johannas Reserviertheit sie ein wenig kränkte.

»Vielleicht geht es mich wirklich nichts an, aber sehen Sie… bevor ich mich gezwungen sah, die Stellung bei Herrn

Krüger anzutreten, gehörte es für mich zu den Selbstverständlichkeiten, auf große, elegante Abendgesellschaften eingeladen zu sein oder ins Theater und in die Oper zu gehen. Jetzt sind jedoch andere Zeiten für mich angebrochen und es wird kaum noch Gelegenheit geben, meine schönen Kleider zu tragen.«

»Ich verstehe. Aber trotzdem... was hat das mit mir zu tun, Fräulein von Strelow?« Johannas Tonfall war immer noch kalt.

»Hören Sie, ich habe heute meinen freien Nachmittag. Wollen Sie mich nicht um drei Uhr in meiner Mansarde besuchen und wir schauen, ob wir nicht ein passendes Kleid für Sie finden? Wir beide haben die gleiche Größe und Figur. Da müsste etwas für Sie dabei sein. Das ein oder andere Kleid ist vielleicht nicht mehr ganz nach der neuesten Mode, aber ich habe auf dem Pensionat durchaus gelernt, mit Nadel und Faden umzugehen. Ein paar Schnitte hier, einige Abnäher da und dort und schon hätten Sie eine wunderbare Abendgarderobe, mit der Sie sich mit den anderen Damen in der Oper messen können. Es soll Sie auch nichts kosten, denn ich möchte es Ihnen schenken. Das wäre doch gewiss für Sie ein gutes Angebot.«

Johanna schüttelte den Kopf. »Nein, auf gar keinen Fall werde ich mit einem geschenkten, vor allem aber schon getragenen Kleid in die allererste Opernvorstellung meines Lebens gehen«, erklärte sie hochgradig verärgert.

»Aber Sie missverstehen mich völlig. Ich meine es doch wirklich nur gut«, beteuerte Adele.

»O ja, Sie meinen es gut«, sagte Johanna mit Bitterkeit in der Stimme. »Ich habe schon früher Menschen Ihrer Art getroffen. Sie bilden sich gewiss ein, Sie und Ihre Familie stünden über uns. Früher, als Sie noch wohlhabend waren, da haben Sie gewiß auch immer ein wunderbar wohltätiges Gefühl gehabt, wenn Sie ihre abgetragenen Kleider an weniger begüterte Menschen verschenkt haben. Aber meine Familie und ich sind nicht auf Ihre Almosen angewiesen. Guten Tag, Fräulein von Strelow!«

Mit hoch erhobenen Kopf ging Johanna davon und fühlte, wie sie kurz davor stand, die Fassung zu verlieren. So etwas hatte Sie in ihrem ganzen Leben noch nicht erlebt.

Adele von Strelow ihrerseits stand reglos da und fühlte sich ziemlich gedemütigt. Die kleine Unterhaltung war auch nicht unbemerkt geblieben, denn Frau Puhlmann, die Bäckersfrau hatte zusammen mit Frau Knoll und Frau Wuttke vor der Eingangstür der Bäckerei gestanden.

»Also, ick staune ja nich' schlecht«, meinte Frau Knoll. »Ick hab' die kleene Hanna von Hübners noch nie so wütend und unfreundlich erlebt wie jrade eben. Aber manchmal scheint se sich ooch janz schön wat druff ‘inzubilden, det se beim Herrn Krüjer seit Jahr und Tach ein- und auszujehen tut, bloss weil ihr Vater so ‘ne Art Privatkutscher bei dem is‘. Hält sich deswejen wohl ooch für wat Besseret.«

Frau Puhlmann widersprach. »Ach nee, so is‘ die Hanna nu‘ ooch nich‘. Die hat ihr Herze schon uff‘m rechten Fleck.«

Frau Wuttke sah zu Adele hinüber, die sich gerade zum Gehen wendete und senkte ihre Stimme. »Na, verstehen kann man det schon. Oder würden Sie sich 'n abjeleechten Fummel von 'nem Dienstmeechen schenken lassen.«

»Sie dürfen aber ooch nich' verjessen, det se früher mal wohlhabend jewesen sein soll. Die is' keen jewöhnlicher Dienstbolzen.«

»Saacht sie! Aber wissen Se denn ooch, ob det stimmen tut?«

Frau Puhlmann schaltete sich ein. »Aber man erzählt sich doch, wat for hübsche Kleider se mitjebracht haben soll. Schon det, wat se anjehabt hat, als se det erste Mal hier erschien. Die Radduschen hat's mir am gleichen Tach noch brühwarm berichtet.«

»Schöne Kledage mag se haben. Aber wer weeß denn, wer die bezahlt hat... wenn Se versteh'n, wat ick meine«, sagte Frau Knoll mit bedeutsamen Unterton.

»Trotzdem...«, ließ Frau Puhlmann nicht locker. »Det war nich' nett von der kleenen Hübner, det jroßzügige Anjebot abzulehnen. Dumm isset obendrein ooch.«

Diese Meinung vertrat auch Johannas Mutter, als sie eine halbe Stunde später durch Frau Knoll von dem Gespräch erfuhr.

»Hanna, wat hat denn det vorhin vor Puhlmanns Laden jejeben mit det Frollein von Strelow? Frau Knoll hat mir jrade erzählt, du hättest mit ihr so laut jestritten, det wäre inne janze Straße zu hör'n jewesen. Et hätte wohl nich ville jefehlt und Wachtmeister Fritsche hätte dir abjeführt, sacht die Knollen.«

»Das ist doch gar nicht wahr. Der Wachtmeister war ja gar nicht in der Nähe. Außerdem hat heute sein Kollege Dienst, der junge Wachtmeister Degenhardt.«

»Biste sicher? Denn hat die Knoll wohl mächtich übertrieben. Die is ooch nich ville besser als die Radduschen. Det habe ick eijentlich ooch schon immer jeahnt.« Bertha ließ ein empörtes Schnaufen hören.

»Auf jeden Fall habe ich nicht mit Fräulein von Strelow gestritten. Ich habe ihr nur deutlich meine Meinung gesagt und da Frau Knoll so interessiert zugehört hat, wird sie dir ja schon alles erzählt haben und du weißt auch Bescheid«, gab Johanna schnippisch zur Antwort.

»Ick will det aber aus deinem Mund hör'n, wat vorjefallen is'. Du siehst ja, det man der Knoll nich' glooben darf. Du bist doch keen Meechen, det Streit sucht. Aber auch von Frollein Adele kann ick mir det nich' denken.«

Johanna seufzte und begann dann doch zu erzählen.

Bertha hörte geduldig zu. Dann schüttelte sie den Kopf. »War det nich' sehr hochnäsig von dir, Kind? Det war doch een sehr jutet Anjebot. Die Adele hat bestimmt sehr feine

Kleider mitjebracht. Ick finde det im Jejenteil sehr nett von ihr, det se dir eens schenken will. Da könnten wa uns det Jeld vom Finderlohn sparen und dein Vater könnte sich lieber selber wat dafür koofen. Höchstens, dette von det Jeld 'n neuet Paar Schuhe abkriechst. Schließlich is' Vater ooch derjenige, der sich Tach für Tach uff'n Kutschbock setzt, damit wir beede een Zuhause ham und immer jenuch zu essen. Du darfst dabei nie verjessen, wie jut wir doch allet jetroffen ham. Is unser kleener Anbau ooch nich det Schloß vom Kaiser und die Luisenstadt nich so vornehm wie… na, sagen wa mal, wie die Tempelhofer Vorstadt oder etwa det Hansaviertel, so jibt's jenuch Ecken in unserm großen Berlin, wo die Leute viel elender hausen. An unsere alte Jejend im Wedding um de Ecke von de Plumpe wirste dir doch noch erinnern können. Oder jeh mal nach'n Krögel oder nach'm Fischerkiez. Da hocken de Menschen zu viert oder fünft oder manchmal noch mehr inne Kochstube, weil se sich ne jrößere Behausung nich leisten können. Und de Jören ham's ooch nich so jut wie du. Die müssen nämlich ooch schon arbeiten jeh'n, weil det Jeld vorne und hinten nich' reichen tut. Denk bloß an det feuchte Kellerloch am Wedding und an deine Brüder, die sich den Tod jeholt haben. Nee, Hanna! Da haste een' Stolz an'n Tach jelecht, der dir nich' zukommt. So hab' ick dir nich' erzogen. Und nu' rede du!«

Bertha holte tief Luft nach dieser langen Rede und sah ihre Tochter erwartungsvoll an.

»Meinst du wirklich, Mama?«, fragte Johanna nach einer Minute des Schweigens verunsichert. »Was soll ich denn jetzt tun? Ich war wirklich hässlich zu Fräulein von Strelow. Das sehe ich ein.«

Bertha nickte zufrieden. »Jetzt erkenn‘ ick meine Tochter. So isset besser.«

»Ich werde mich bei ihr entschuldigen.«

»Mach det, Hanna! Ick werde dir ne Kanne Kaffe uffbrühen, den nimmste mit und zwee Stück von dem Streuselkuchen, den ick vorijet Wochenende jebacken hatte. Der schmeckt bestimmt noch und wenn er schon zu trocken sein sollte, habt ihr ja den Kaffe' zum Stippen.«

Am Nachmittag stand dann Johanna auch wirklich in bedrückter Stimmung im obersten Stockwerk des Vorderhauses und jonglierte mit dem Teller, auf dem sich der Streuselkuchen befand, zwei Tassen und der Kaffeekanne.

Sie wollte gerade anklopfen, als sich die Tür öffnete.

»Da habe ich doch richtig gehört, dass da jemand ist«, sagte Adele mit freundlichem Lächeln. »Wie schön, dass Sie doch gekommen sind, Fräulein Hübner.«

»Ja, ich… es ist so… ich wollte…« Johanna suchte nach den passenden Worten.

»Na, nun kommen Sie erst einmal herein und stellen die Sachen ab, die sie da mitgebracht haben.«

Eine Viertelstunde später hatten sich Johanna und Adele ausgesprochen.

»Stolz ist weniger wert als Güte. Das sehe ich jetzt ein. Bitte verzeihen Sie mir, Fräulein von Strelow!«

»Natürlich, gern! Ich bin nicht nachtragend. Ich habe ja auch meinen Anteildaran, indem ich Sie einfach so auf offener Straße angesprochen habe, ohne daran zu denken, dass ich Sie damit kränken könnte. Darüber hatte ich nicht nachgedacht.«

Adele streckte Johanna die Hand hin. »Jetzt wollen wir nie wieder darüber reden und schauen uns meine Kleider an. Einverstanden, Fräulein Hübner?«

Johanna war froh. »Ja, das bin ich! Aber wollen wir nicht Du zueinander sagen, Fräulein von Strelow? Oder halten Sie das für unpassend?«

»Ganz und gar nicht, Johanna! Ich würde mich sehr freuen, wenn wir Freundinnen werden können.«

»Wie schön! Dann wird dieser Tag besser enden als er begonnen hat.«

»Richtig… und jetzt zeige ich dir meine Kleider!«

An diesem Nachmittag hörte man durch die offenen Fenster, denn es war ein warmer Frühlingstag, die beiden jungen Frauen ausgelassen lachen.

Nach einer Stunde des Suchens, Anschauens und Anprobierens von Kleidern, Hüten und Accessoires fiel Adele etwas ein.

»Jetzt habe ich doch glatt noch ein Kleid vergessen, das ich selbst noch nie getragen habe. Es ist noch eingepackt und müsste dir wunderbar stehen mit deinen wunderbaren blonden Locken, Johanna.«

Sie streckte sich und holte vom Kleiderschrank einen Karton, dem sie ein nach der neuesten Mode geschnittenes Abendkleid aus pastellblauer Seide entnahm.

»Ich habe es mir erst im letzten Winter schneidern lassen. Wenn es dir passt, und bisher war das bei all meinen Kleidern so, müssen wir überhaupt nichts daran ändern. Zieh es doch gleich mal an!«

Johanna strich vorsichtig über den Stoff und bekam leuchtende Augen.

»So ein wunderschönes Kleid habe ich ja noch nie gesehen, und in den Händen hatte ich es schon gar nicht«, flüsterte sie beinahe andächtig.

»Komm, zeig mir, wie es dich kleidet«, bat Adele ungeduldig.

Johanna wechselte also zum wiederholten Mal die Garderobe. »Ich bin aufgeregt wie ein kleines Mädchen am Heiligen Abend«, gluckste sie, während sie in das neue Kleid stieg.

»Ich sag's ja!«, rief Adele triumphierend. »Es ist perfekt für dich.«

»Aber sicher auch für dich«, wandte Johanna ein, während sie sich helfen ließ, das Kleid den richtigen Sitz zu geben. »Das ist eine Farbe, die auch deinem dunkelbraunen Haar den passenden Rahmen gibt. Aber rasch vor den Spiegel.«

»Nein, warte! Hier sind noch die passenden Schuhe dazu, ebenfalls ungetragen«, sagte Adele. Sie nickte zufrieden. »Ja, jetzt darfst du selbst schauen. Es ist perfekt.«

Johanna blickte in den Spiegel und machte ungläubige Augen.«

»Bin ich das wirklich?«, fragte sie atemlos.

»Aber natürlich! Du wirst in der Oper Aufsehen erregen.«

»Um Gottes Willen!« Johanna erschrak. »Das wäre ja furchtbar.«

»Warum denn, kleines Dummchen?«, neckte die neue Freundin. »Das Kleid hat nur auf dich gewartet und alle Leute werden dich bewundern. Die Männer sowieso und die Frauen auch... und sie werden neidisch werden. Du bist wirklich schön.«

Johanna errötete. »Mag sein. Aber auf jeden Fall komme ich mir zum ersten Mal erwachsen vor. Trotzdem möchte ich nicht, dass mich irgendwelche Männer bewundern. Das macht mir Angst.«

»Und wenn ich dir einen nennen würde, von dem du dich nur allzu gern bewundern lassen würdest?«, fragte Adele nun spitzbübisch.

Johanna versuchte, unschuldig und desinteressiert zu wirken. »Ich wüsste bestimmt keinen Mann, von dem ich mir das wünschen würde.«

»Wirklich nicht?«

»Ich weiß gar nicht, was du meinst«, beharrte Johanna.

»Kleines, ich habe doch Augen im Kopf und habe bemerkt, wie aufgeregt du wirst, wenn du dich mit dem jungen Herrn unterhältst.«

»Felix… ich will sagen, du meinst Herrn Krügers Neffen?«

Adele nickte nur und Johanna blieb einen Moment still. Dann aber lachte sie. »Du hast ja Recht. Ich weiß nicht, ob ich verliebt bin, aber wenn ich mit Herrn… , also wenn ich mit Felix zusammen bin, dann wird mir so sonderbar. Mal ist mir, als hätte ich Schüttelfrost, dann ist mir wieder heiß oder mir scheint der Boden unter mir zu wanken.«

»Was habe ich gesagt«, Adele klatschte freudig in die Hände. »Du bist eindeutig verliebt.«

»Ja, aber andererseits habe ich direkt Angst, denn er scheint mir sehr stürmisch zu sein. Er wollte mich gleich von Anfang an duzen. Aber das habe ich mir verbeten!«

»Das war richtig. Gerade so einem jungen, gutaussehenden Mann darf es man nicht zu leicht machen, auch wenn man selbst ein angenehmes Äußeres zu bieten hat wie du.«

»Ach, liebe Adele! Du bist doch auch eine schöne, junge Frau. Was denkst du denn, warum ich die ganzen Tage so reserviert zu dir war?«

»Bis vor ein paar Stunden noch, und du warst nicht reserviert, du warst ausgesprochen hässlich zu mir.«

»Ach, du meine Güte! Wirklich?«

»Ja, richtiggehend scheußlich!« Aber bei diesen Worten lachte Adele. »Ich habe mir aber sofort so etwas gedacht, dass du in mir eine Konkurrenz siehst. Das hat mich sehr traurig gemacht.«

»Das tut mir wirklich leid. Aber von nun an vertraue ich dir und will dir eine gute Freundin sein.«

»Das will ich auch«, entgegnete Adele und umarmte Johanna herzlich.

In der Zwischenzeit war es früher Abend geworden und durch das offene Fenster hörten sie Hufgetrappel auf dem Hof. Das bedeutete, dass Friedrich Hübner seine Droschke in die Remise lenkte.

»Adele, wie spät ist es? Himmel, es muss schon sieben Uhr sein. Rasch, ich muss mich umziehen und dann hinunter zum Abendbrot.«

»Warte, Johanna! Behalte das Kleid an und präsentiere dich doch gleich deinen Eltern. Ich werde mitkommen und deine eigenen Kleider und die Kanne und die Tassen tragen.«

Johanna strahlte. »Das ist eine wunderbare Idee. Meine Eltern werden Augen machen.«

»Nicht nur das… sie werden nicht glauben, dass da ihre Tochter kommt!«

Adele sollte Recht behalten.

Als Friedrich über den Hof zu seiner Wohnung schritt, glaubte er plötzlich, er würde träumen. Sprachlos blieb er vor seiner Tochter stehen und sah sie von oben bis unten an.

»Det is' doch wohl nich' möchlich«, murmelte er schließlich, noch immer ungläubigen Blickes auf Johanna. In seinen Augen glänzte es verdächtig. »Biste det wirklich, mein Kind?«

»Aber natürlich, Papa!« Auch Johannas Stimme schwankte nun vor Rührung und Adele, die im Schatten der Durchfahrt stehengeblieben war, atmete tief durch.

Schließlich gingen alle drei in den Anbau, wo Bertha in der Küche bei Johannas Anblick Zweifel kam, ob sie noch bei Verstand war. »Da will ick doch gleich lang hinschlagen und nich wieder uffstehen! Is det 'ne Jeistererscheinung?«

»Nee, Bertha, det is' unsere Tochter, ooch wenn ick's selbst nich' glooben wollte«, feixte Friedrich.

Adele musste sich nun aber verabschieden. »Ich muss nach oben in die Wohnung, die beiden Herren wollen ja auch zu Abend essen.«

Johanna nahm sie in den Arm und brachte sie noch zur Tür. »Ich danke Dir noch einmal für alles!«

»Das ist gern geschehen, Kleines! Wir sprechen uns morgen wieder, ja? Ich muss jetzt eilen.«

»Das Kleid bekommst du aber wieder«, versprach Johanna.

»Aber nein, das will ich dir doch schenken. Das sagte ich doch schon. Aber darüber reden wir noch. Gute Nacht!« Damit verschwand sie schnellen Schrittes und Johanna kehrte in die eigene Wohnung zurück, um sich sofort umzuziehen.

An diesem Abend brannte noch lange das Gaslicht bei Familie Hübner, die im Wohnzimmer zusammensaß und Johanna erzählte ausführlich, wie es dazu gekommen war, dass sie nun wie eine Prinzessin gekleidet in die Oper gehen würde.

»Ich kann es auch gar nicht glauben, dass das Kleid jetzt mir gehören soll. Das ist wie bei den Gebrüdern Grimm! Ich fühle mich schon wie das Aschenputtel.«

»Na, denn denk aber ooch daran, det für Aschenputtel um Mitternacht der Traum vorbei war. Jetzt bin ick nur jespannt, ob du ooch eenen Prinzen findest! --- Uff jeden Fall aber isset nett, det Frollein von Strelow wohl deine Freundin jeworden is'. Doch jetzt wird's Zeit in die Falle zu jehen, is' schon kurz nach Zehn. Die Nacht ist kurz und morjen früh zu Ende.« Damit beschloß Vater Hübner den Abend und alle gingen zu Bett.

18

Am nächsten Morgen traf Bertha Hübner auf ihrem Einkaufsrundgang durch die Falckensteinstraße im Milchladen von Frau Dunkel auf Frau Wuttke.

»Jut, det ick Sie hier treffe, Frau Hübner. Sie müssen mal wat richtich stellen.«

Bertha sah ihre Nachbarin erstaunt an. »Ick wüsste nich, wat det sein sollte. Aber rücken Se mal raus mit Ihr Problem!«

Das ließ sich Frau Wuttke nicht zweimal sagen. »Frau Dunkel will mir nämlich nich glooben, det die Johanna mit Herrn Krüjer und dem jungen Herrn Felix zusammen inne Oper jehen wird.«

Bertha warf einen ungläubigen Blick in die Runde, der sich nun auch noch Frau Knoll, eine Milchkanne in der Hand, angeschlossen hatte. In dieser Straße schien nichts geheim zu bleiben.

»Wer behauptet denn det?«, fragte sie schließlich streng.

»Frau Raddusch hat uns det berichtet«, gab Frau Wuttke zu wissen.

»Ach, det is' ja interessant. Woher will diese Person det wissen?«

»Sie meinte, det hätte ihr Herr Krüjer höchstpersönlich erzählt, wo doch ihr Otto mit ihm verwandt is...«

Nun konnte sich Bertha nicht mehr beherrschen. »Det is' doch nich' zu fassen… Det gloobt die doch wohl selber nich, det ausjerechnet ihr der Herr Krüjer erzählen würde, ob und mit wem er inne Oper jehen tut«, empörte sie sich heftig und bekam einen roten Kopf.

»Denn stimmt det also nich…«, warf Frau Dunkel nachdenklich ein, während Frau Knoll ratlos mit den Schultern zuckte.

Bertha überlegte, was sie darauf sagen sollte, denn im Grunde stimmte es ja, was die Hauswartsfrau verbreitet hatte.

»Aber det is ja noch nüscht jejen det, wat Frau Raddusch noch verbreitet hat…« Frau Wuttke, die auf den Einwurf der Milchladenbesitzerin nicht reagiert hatte, legte eine kunstvolle Pause ein. »Mit dem Besuch inne Oper soll nämlich die Verlobung von Ihre Hanna mit dem Herrn Felix jefeiert werden. Det Meechen hätte sich den jungen Herrn Krüjer jeangelt, weil Sie, Frau Hübner, det so jewollt hätten. Sie hätten det nämlich druff abjesehen, durch die Hochzeit ooch zur Familie Krüjer zu jehören.«

Erwartungsvoll sah Frau Wuttke in die Runde. Die erwartete Reaktion blieb nicht aus.

»Da soll doch gleich der Deibel dreinschlagen! Die Radduschen, dieset Aas is' ja een noch größeret Lüjenmaul, als ick jedacht hätte!«, rief Bertha wutentbrannt aus und ihre Augen blitzten gefährlich auf.

»Det Lüjenmaul verbitte ick mir entschieden!«, tönte da ebenso energisch die Stimme von Amalie Raddusch.

»Jetzt wird's jemütlich«, raunte Frau Knoll, wobei sie natürlich das Gegenteil dachte und zog sich ein Stück tiefer in den Milchladen zurück, um rechtzeitig in Deckung gehen zu können. Im Augenblick lag eine Stimmung in der Luft, die auf Handgreiflichkeiten zwischen den Kontrahentinnen schließen ließ. Frau Dunkel hatte ein ähnliches Gefühl und räumte schnell alle Gegenstände weg, die auf der Ladentheke standen und die als Wurfgeschosse hätten missbraucht werden können.

Auch Frau Wuttke ging ein paar Schritte aus dem Weg und erwartete in einer Mischung aus Angst und Sensationslust auf das, was sich hier anzubahnen schien.

»Sie kommen ja wie jerufen, Frau Raddusch!«, rief Bertha aus und konnte nicht leugnen, dass sie in diesem Augenblick zum ersten Mal in ihrem Leben Mordgedanken im

Herzen trug. »Jetzt is nämlich meene Jeduld am Ende. Sie ham schon neulich bei ihre Kusine inne Markthalle behauptet, meene Tochter wäre mit Herrn Felix Krüjer alleene in unsere Wohnung jewesen und die beeden hätten sich jeküsst. Aber ick habe mir jesacht, det ick darüber hinwegsehen will, ooch wenn ick mir jeärjert haben, wat für eenen Tratsch Se wieder mal unter die Leute tragen, obwohl der nich mal stimmte. Doch für ihre schmutzijen Jedanken könn' Se ja nüscht, Frau Raddusch. Wenn Se nich mehr im Koppe haben wie det, kann ooch keen anderer wat machen und denn muss man sich keen bißken wundern über Ihr dusslijet Jerede…« Bertha atmete tief durch, aber ihr Blick gebot Amalie, die schon etwas entgegnen wollte, zu schweigen.

»Aber nu is endjültig det Fass überjeloofen, meene werteste Madame Amalie Raddusch. Diesmal mach ick den Mund uff. Det meene Hanna mit Herrn Krüjer und seinen Neffen inne Oper jeht, will ick und kann ick ooch nich' abstreiten, det tut se nämlich. Aber von dem Jerede über Verlobung und Hochzeit is keen Wort wahr. Warum ham Se also det verbreitet?«

Amalie Raddusch schluckte und warf dann böse Blicke in die Richtung der anderen anwesenden Kundinnen.

»Det aber ooch allet gleich brühwarm weiterjetratscht wird, wat man so im Eifer des Jefechts von sich jibt«, beschwerte sie sich mit halblauter Stimme. Trotzdem laut genug, dass die Nachbarinnen sie verstanden.

»Ach, det stimmt det wohlmöchlich nich, wat Se uns erzählt ham, Frau Raddusch?«, gab Frau Wuttke zur Antwort.

Einen Augenblick lang herrschte Schweigen, dass von einem turbulenten Stimmengewirr abgelöst wurde, weil jede der Anwesenden etwas sagen wollte und weil jede von ihnen Gehör finden wollte, schwoll die Lautstärke dermaßen an, dass man sogar auf der Straße darauf aufmerksam wurde, was sich im Milchladen gerade ereignete.

Otto Raddusch, der gerade gegenüber aus Kullickes Zigarrengeschäft kam, war der erste, der den Tumult bemerkte.

»Jottlieb, komm mal schnell raus!«, rief er nach rückwärts. »Da drüben is wat im Jange. Da is Krawall!«

Gottlieb Kullicke kam heraus und schüttelte verwundert den Kopf. »Revolution im Milchladen«, lachte er. »Ick kann ja nich von mein' Laden weg, Otto! Aber kiek du doch mal, wat da drüben die Jemüter so erhitzt. Nachher kannste mir ja berichten.«

»Det mach ick«, sagte der Hauswart und nachdem er ein Pferdefuhrwerk hatte vorbeifahren lassen, überquerte er den Fahrdamm.

Auch andere Passanten waren stehengeblieben und bildeten eine kleine Versammlung vor dem Milchgeschäft und Wachtmeister Fritsche befand sich schon in Anmarsch, weil er annahm, eine Prügelei verhindern zu müssen.

Aber zum Glück flogen bislang nur rüde Worte der streitbaren Nachbarinnen, auch wenn Frau Knoll gelegentlich einen Blick zum offenen Butterfass wagte und das Interesse von Frau Wuttke für den losen Quark geweckt war, um ihn, falls nötig, gleichfalls als Wurfobjekt zu missbrauchen.

Wachtmeister Fritsche zögerte nicht lange und gebot mit kräftiger Stimme um Einhalt. »Nu is aber Schluß, meine Damen! Da wird ja noch die Milch sauer, wenn Sie nich sofort Ruhe jeben!«

Amalie Raddusch wollte schon etwas sagen, aber da fühlte sie sich schon am Handgelenk gepackt und von ihrem Otto aus dem Laden gezogen.

»Det hätte ick mir ja denken können, dette mittenmang bist, wo jezankt wird. Haste wieder Unfrieden jestiftet mit irjendwelchem Klatsch, den de dir selber ausjedacht hast.«

Sie wollte schon protestieren, aber Otto schnitt ihr das Wort ab. »Widerspreche mir nich, Amalie. Dir kenne ick.«

»Jawoll, Herr Raddusch«, mischte sich Frau Wuttke nun aufgeregt in das Gespräch. »Det hat Se, Unfrieden jestiftet! Sachen hat se wieder erzählt von Herrn Krüjers Neffen und der Hanna Hübner, die nich een bißken stimmen tun. Aber det hätte man ja eijentlich wissen müssen, aber ick dämlichet Aas bin so doof und falle uff det dumme Jerede rin.«

»Ja, und die arme Frau Hübner, die hat eben bloß ihre Tochter verteidijen jemusst jejen die Lüjen von Ihre Frau«, ergänzte Frau Knoll den Bericht. »Da sind wa wohl alle etwas lauter jeworden.«

»Etwas lauter is jut«, meinte Wachtmeister Fritsche streng, konnte aber innerlich schon wieder lachen, verzog jedoch keine Miene. »Den Krach hat man bis sonst wohin jehört… Ick hab jemeint, hier wäre een Ufftstand ausjebrochen. Et hätte bestimmt nich ville jefehlt und aus de Kaserne inne Wrangelstraße wär det Jarderegiment ausjerückt«, sagte er ernst.

Die streitbaren Frauen sagten nun nichts mehr, denn sie glaubten dem Vertreter der Obrigkeit jedes Wort und von dem derzeitigen Kommandanten, Oberst Reinier von Ende, hatte man ja auch schon gehört, dass er seine Männer mit strenger Hand führte.

»So, und nu rate ick Ihnen, det Se Ihre Einkäufe machen, meine Damen und denn jeh'n Se brav nach Hause und kümmern sich ums Mittachessen und den Haushalt, so wie sich det jehört. Verstanden?«

»Jawoll, Herr Wachtmeister!«, antworteten die Streithennen.

»Jut so! Ick empfehle mir!« Er knallte höflich preußisch korrekt, denn er hatte ja weibliche Wesen vor sich, mit den Hacken und tippte an seine Pickelhaube.

Als Bertha Hübner aus dem Laden kam, um in ihre Wohnung zurückzugehen, stand Otto noch vor der Tür, während sich Amalie sicherheitshalber verzogen hatte.

»Frau Hübner, ick wollte mir für meine Frau entschuldijen«, sagte er verlegen, sah sie aber bittend an.

»Herr Raddusch!« Bertha holte tief Luft. »Meinen Se nich ooch, det so langsam det Maß voll is von dem, wat Ihre Frau immer wieder verbreitet, von dem det meiste ooch noch glattweg erfunden is...« Mit kurzen Worten erzählte sie noch einmal, was die Hauswartsfrau dieses Mal als Klatsch verbreitet hatte.

»Ach, Jotte nee, Frau Hübner, det is ja... Da fehlen mir die Worte. Ick kann Ihnen jar nich' sagen, wie leid mir det tut und bitte sehr um Entschuldijung.«

»Die Entschuldijung nehm ick an, aber trotzdem wird det diesmal Folgen für Ihre Frau ham, Herr Raddusch. Da beißt die Maus keen' Faden ab. Ick werde Herrn Krüjer davon erzählen müssen, denn sein Name und vor allem der seines Neffen is ja in der Sache ooch missbraucht, um nich' zu sagen, in‘n Dreck jezogen worden.«

»Ick kann's Ihnen nich verdenken, wenn Se det machen, Frau Hübner... Aber wenn ick Ihnen trotzdem bitten dürfte... Mein Couseng hat mir schon mit Entlassung jedroht wegen der Klatscherei von meene Amalie. Deswejen hatte ick ihr ja ooch schon int Jebet jenommen. Hoch und heilich hatte se mir versprochen, sowat nich mehr zu machen und ick weeß ja ooch nich, wat se immer mit dem Felix, also dem Neffen von Herrn Krüjer hat und uff Ihre Familie, Frau Hübner, isse ja ooch immer janz tücksch...«

Bertha sah den Hauswart an und seine offensichtliche Scham über das Verhalten seiner Frau ließ sie mitleidig werden. Über ihn hatte sie sich ja auch noch nie zu beklagen gehabt.

»Sie müssen sich endlich mal bei dem alten Drachen... ach, entschuldijen Se... det hätt' ick nu doch nich' sagen sollen...«

»Nee, det is schon janz richtich, Frau Hübner... Zur Zeit isse ja wirklich een Biest, mein Malchen... Aber trotzdem, sie war nich immer so, det müssen Se mir glooben, Frau Hübner.«

»Will ick ja, will ick... aber so jeht's doch nich weiter. Ick kann doch schließlich nich zulassen, det meene Tochter int Jerede kommt. Det müssen Se doch verstehen.«

Otto nickte traurig. »Na, ob ick nu entlassen werde oder nich, ab jetzt werde ick durchgreifen.«

»Machen Se det, Herr Raddusch. Setzen Se sich durch und zeijen Se Ihrer Amalie, det Sie der Herr im Haus sind.« Sie ergriff seine Hand, drückte sie und lächelte ihm freundschaftlich zu. »Ick will also verjessen, wat vorjefallen is und verlass mir druff, det Sie in Zukunft für Ordnung sorjen tun.«

Otto Raddusch atmete erleichtert auf. »Ach, Frau Hübner, da fällt mir aber een dicker Stein von't Herze. Det rechne ick Ihnen hoch an und werde det nie verjessen. Von nun ab jibt et wirklich keen Jerede mehr, det verspreche ick!«

»Ihr Wort in Jottes Ohr!« Etwas ungläubig, aber doch lachend, ging sie nach Hause.

19

Die nächsten Tage vergingen ohne besondere Ereignisse. Adele half Johanna, noch ein paar kleine Änderungen an dem Kleid vorzunehmen und nun konnte der große Opernabend kommen.

Johanna war voller Ungeduld und gleichzeitig wurde sie immer aufgeregter, je näher der Tag kam, am dem sich ihr langgehegter Wunsch erfüllen sollte.

Endlich war es so weit. Mutter Bertha heizte mittags den Badeofen an und Vater Friedrich kam extra zwei Stunden früher als sonst nach Hause, denn natürlich hatte er den Auftrag, seinen Hauswirt und den Neffen und vor allem seine Tochter pünktlich zur Vorstellung zu kutschieren.

Als er gegen fünf Uhr am Nachmittag in seine Wohnung kam, stand Johanna bereits fertig angekleidet im Wohnzimmer.

Der Droschkenkutscher fand kaum Worte und konnte selbst kaum glauben, dass diese feine junge Dame sein kleines Mädchen war, dass doch vor noch gar nicht langer Zeit mit den anderen Kindern gespielt hatte, gelacht hatte, wenn ihr etwas Spaß gemacht hatte und geweint hatte, wenn die frechen Bengel sie wieder einmal an den langen Zöpfen gezogen hatten.

Auch Bertha platzte beinahe vor Stolz, als sie ihre Tochter in dem eleganten Abendkleid sah, in dem Johanna einen Ausflug in die große Welt unternehmen würde.

»Hoffentlich is' dir unsere Wohnung hinterher noch jut jenuch, wenn de erst mal unter alle die elejanten Herrschaften inne Oper jesessen hast, mein Meechen.«

»Aber Mamachen, hier ist doch mein zu Hause, hier bei euch!« Schnell umarmte Johanna ihre Mutter und ihren Vater.

»Pass uff, dette dir nich det schöne Kleid zerdrücken tust«, warnte Bertha.

Die Türglocke läutete. Johanna wollte schon öffnen gehen, aber Friedrich wehrte ab. »Ick jehe schon! So een feinet Frollein wie Sie hat doch schließlich Personal«, sagte er und zwinkerte dabei mit den Augen.

Adele kam herein und brachte einen passenden Umhang zu dem Kleid, den sie zum Glück noch gefunden hatte. Außerdem richtete sie aus, dass doch bitte die ganze Familie Hübner zu Herrn Krüger in die Wohnung kommen möchte.

»Ach herrje, da muss ick mir doch erst umziehen!«, rief Bertha erschrocken aus. »Ick kann doch nich mit der alten Kittelschürze… Hanna, komm und hilf mir mal schnell.«

Adele protestierte schwach. »Herr Krüger meinte, Sie möchten doch gleich… Viel Zeit ist ja nicht mehr.«

»Wir beeilen uns!«, rief Johanna, während ihre Mutter schon ins Schlafzimmer ging. »Sag Onkel Krüger bitte, dass wir in fünf Minuten oben sind.«

Adele zog also davon und tatsächlich stand bald darauf wie versprochen alles was Hübner hieß in Kurt Krügers Salon.

»Ich habe mir gedacht, zum Auftakt dieses festlichen Abends trinken wir alle zusammen ein Glas Sekt«, verkündete der Hausherr bester Laune. Er und sein Neffe trugen beide Frack und Zylinder und machten beide eine ausgezeichnete Figur darin. Aber Johannas Garderobe war denen der Herren ebenbürtig und sie erntete auch allergrößten Beifall.

»Ich komme mir vor wie im Märchen, wo das einfache Mädchen für einen Abend mit ihrem Prinzen auf den Ball gehen darf«, sagte Johanna entzückt und ihre Wangen leuchteten rosig vor Aufregung. Vielleicht aber kam das auch vom Sekt, den sie heute zum ersten Mal in ihrem Leben trank.

»Heute abend darfst du dich auch mal wie eine Prinzessin fühlen. Du bist jung und hübsch und siehst so reizend aus, dass ich mich frage, womit ich das verdient habe, Ihr Begleiter sein zu dürfen, Fräulein Johanna.« Felix hob sein Glas und strahlte über das ganze Gesicht.

»Bilde dir nur nichts ein, mein Junge!«, mahnte sein Onkel. »Meine Gesellschaft hast du wohl ganz übersehen.«

»Das Gefühl habe ich auch, Onkel Krüger. Aber ich habe das wohl im Auge und freue mich, dass mich daher nicht nur ein, sondern zwei Prinzen an meiner Seite habe.«

Allgemeines Gelächter war die Antwort, nur Bertha sah zu ihrem Friedrich hinüber und runzelte die Stirn. »Lass dir det aber nich zu Koppe steijen, Hanna… hörste?«

»Nein, Mama, ganz bestimmt nicht.«

In diesem Augenblick verkündete die Standuhr, dass es halb sieben war.

»Ick gloobe, jetzt wird's Zeit, det wa losmachen, Herr Krüjer!«, verkündete Vater Hübner.

»Sofort, mein Lieber… aber zuvor möchte ich noch…« Kurt drehte sich um und nahm ein Etui vom Tisch, öffnete es und nahm eine zierliche Perlenkette heraus. Ihr Anblick entlockte Johanna und Bertha und auch Adele, die ebenfalls zum Glas Sekt eingeladen worden war, Ausrufe des Entzückens.

»Diese Kette hat meiner lieben Wilhelmine gehört und ich möchte, dass du sie heute abend trägst, meine liebe Johanna.«

Das Mädchen machte große Augen. »Aber das geht doch nicht, Onkel Krüger. Das ist ein viel zu kostbares Stück. Wenn ich nun die Kette verliere…« Sie drehte sich mit einem hilflosen Blick zu ihren Eltern, aber die wussten auch gar nicht, was sie nun zu dieser Überraschung sagen sollten.

Aber Adele lächelte ihr aufmunternd zu. »Diese wunderschöne Kette macht deinen Opernbesuch erst richtig perfekt. Die anderen Damen werden vor Neid platzen, sage ich Dir.

Diese Perlen sind besonders schön und die schlichte Eleganz wird hervorstechen unter den anderen Juwelen und Schmuckstücken. Du kannst mir glauben.«

»Fräulein Adele hat ganz Recht, liebe Johanna«, sagte Kurt Krüger und trat hinter sie und legte ihr die Kette um. »Und du sollst sie nicht nur heute abend tragen. Von nun an gehört die Perlenkette dir.«

Sogleich erhob sich lautstarker Protest.

»Das geht auf keinen Fall, Onkel Krüger! Das ist ein viel zu wertvolles Geschenk.«

»Nee, Herr Krüjer!«, sagte auch Johannas Mutter resolut. »Det kann det Meechen nich' annehmen! Wat sollen denn die Leute sagen, wenn sich det 'rumspricht… Det jibt wieder nur unnützen Klatsch und Tratsch.« Sie blickte ihren Friedrich an, der stumm neben ihr stand. Sie stieß ihm mit dem Ellenbogen unsanft in die Seite.

»Bertha, wat soll denn det?«

»Na, nu sach doch ooch mal wat als Vater!«

Aber Kurt Krüger winkte ab, bevor Friedrich Hübner seine Meinung kundtun konnte.

»Ich bitte Sie! Ich plane schon längere Zeit, Johanna die Kette zu schenken und heute ist der richtige Anlass dazu.« Er trat an Johannas Eltern heran.

»Meine selige Wilhelmine würde es nicht anders gewollt haben… Sie wissen doch selbst, wie sie Ihre Tochter immer gern gehabt hatte wie eine Tochter, die wir selbst nie hatten… und sehen Sie… was soll ich denn sonst mit der Kette machen? Ich kann sie schlecht selbst tragen.«

»Und mir steht sie auch nicht so wunderbar wie Ihrer Tochter«, ergänzte Felix und nickte Johanna zu.

Bertha seufzte und gab schließlich ihre Einwilligung, dass ihre Tochter das wertvolle Geschenk annehmen durfte.

»Das wäre also geklärt. Nun aber los! Und machen Sie sich bitte keine Sorgen, wenn es etwas später wird. Nach der Oper gehen wir noch Unter den Linden zu Habel auf ein kleines Souper. Aber ich verspreche Ihnen beiden, dass ich Ihre Tochter unbeschadet und wohlbehütet wieder nach Hause bringe.«

»Daran zweifle ick nich een' Augenblick, Herr Krüjer«, sagte Bertha und ergriff die Hand, die ihr der Hauswirt reichte.

Es wurde aufgebrochen. Adele und Bertha blieben oben in der Wohnung und winkten aus dem Salonfenster, während die Operngesellschaft in die Droschke stieg.

»Da fährt also mein kleenet Meechen wie 'ne Prinzessin mit zwee Kavaliere an ihre Seite inne Oper«, sagte Bertha halb gerührt, halb nachdenklich. Dann fühlte sie Adeles Hand auf ihrer Schulter.

»Sie müssen sich keine Sorgen machen, Frau Hübner. Der Herr Krüger ist ein hochanständiger Mensch und der Herr Felix ist es auch.«

Bertha, die noch so lange aus dem Fenster sah, bis die Droschke rechts in die Görlitzer Straße eingebogen und somit ihren Blicken entschwunden war, drehte sich um. Verspürte sie auch gemischte Gefühle, so hatte sie bei dem Gedanken, dass ihre Tochter langsam flügge wurde, doch feuchte Augen bekommen.

»Det weeß ick, Frollein von Strelow! Aber ick mache mir Jedanken darüber, wie det mit Johanna und Herrn Felix weiterjehen soll.«

Adele, die natürlich wusste, dass Johanna bereits drauf und dran war, sich in Felix zu verlieben und sich sicher war, dass auch Felix ähnliche Gefühle zu dem Mädchen entwickelte, schwieg einen kurzen Augenblick.

»Die beiden sind doch sicherlich nur gute Freunde!« sagte sie dann möglichst unbekümmert.

»Nee! Ick habe det Jefühl, die sind nich' nur jute Freunde. Denken Se an meine Worte, Frollein Adele... Eene Mutter hat sowat im Jefühl.«

»Aber das wäre doch nicht schlimm. Johanna ist schließlich alt genug, um sich zu verlieben. Meinen Sie nicht?«

»Alt jenuch isse jewiss, aber wenn, denn solltet ooch der Richtije sind.«

»Sie mögen Herrn Felix nicht?«

»Det will ick nich' jesacht haben. Natürlich wünscht sich eene Mutter, det ihre Tochter mal 'ne jute Partie macht. Aber ob der Neffe von Herrn Krüjer zu Hanna passt… da bin ick mir einfach nich' sicher. Wat man immer so von die Studenten hört, da jibt's nich nur eenen, der een junget Ding int Unglück jebracht hat. Sie wissen, wat ick meine.«

»Aber doch nicht der Herr Felix!«, protestierte Adele nun.

»Sie sind noch jung, Frollein Adele und Ihnen jefällt er bestimmt ooch. Deswejen trauen Se ihm nischt Schlechtet zu. Aber wenn Se erst so alt sind wie ick olle Frau, denn seh'n Se det mit ander'n Oogen an.«

Einen Augenblick wurde nicht gesprochen, dann kicherte Bertha.

»Wenn die Radduschen det von der Perlenkette hört, trifft se der Schlach!«

»Bestimmt! Auch wenn ich erst kurze Zeit im Haus bin, habe ich doch schon eine Menge mitbekommen über unseren Hausdrach…« Adele stockte.

…unsere Hauswartsfrau.«

»Bertha winkte ab. »Sie ham sich schon janz richtich ausjedrückt… Unsere Portjeesche is een Hausdrachen. Det is' nu' mal die reine Wahrheit, ooch wenn se in den letzten Tagen ziemlich handzahm jeworden is. Da hat der Raddusch wohl endlich mal kräftich mit der Faust uff'n Tisch jehauen, wie ick ihm det ant Herze jelecht habe. Man hört jedenfalls von ihr keene Jerüchte mehr und uff eenmal kann se sojar Danke und Bitte sagen.«

»Ich habe auch schon bemerkt, dass Frau Raddusch plötzlich ganz höflich geworden ist, sogar zu mir.«

»Ja, det is richtich unheimlich. Na, hoffen wir mal, det der Zustand längere Zeit anhält und nicht nur een paar Tage.«

Lachend verabschiedeten sich die beiden Frauen und waren nun schon sehr gespannt, was Johanna und die beiden Herren Krüger am nächsten Tag zu erzählen hatten.

20

Die Turmuhr vom Roten Rathaus schlug kräftig die siebente Abendstunde und die Marienkirche antwortete mit zarter Stimme, als Friedrich Hübner seine Droschke mit seinen Fahrgästen am Neuen Markt nach links abbiegend in Richtung der königlichen Oper Unter den Linden lenkte. Zur rechten Hand tauchte dann auch schon die Baustelle für den neuen Dom auf, an dem schon vier Jahre gebaut wurde.

Es war ein warmer Frühsommerabend und die Straßen waren belebt. Besonders auf dem Boulevard zwischen dem Schloß und dem Brandenburger Tor herrschte reges Treiben. Elegante Kutschen, offene wie geschlossene, prägten das Bild im Licht der langsam untergehenden Sonne. Dazwischen sah man nicht wenige Droschken, deren Kutscher sich gegenseitig kollegiale Zeichen signalisierten und bei denen, die miteinander befreundet waren, ertönte auch schon mal ein freundlicher Zuruf.

Dazu sah man auch ab und zu einen der Pferdeomnibusse, mit denen diejenigen Berliner unterwegs waren, die sich eine Droschke nicht leisten konnten oder wollten.

Auf der Mittelpromenade und den seitlichen Trottoirs flanierten vornehme Damen und Herren in eleganten Roben und von den Lindenbäumen strömte bereits ein zarter Blütenduft in den Berliner Himmel.

Besonders Johanna war von der ganzen Atmosphäre des anbrechenden Abends wie verzaubert. Wegen des guten Wetters fuhren sie mit herunter geklapptem Verdeck und sie konnte sich gar nicht sattsehen.

»Wie schön ist doch unser Berlin!«, rief sie begeistert aus.

Friedrich lächelte und drehte sich nach hinten, so weit es ging. »Du tust ja geradewegs, als ob de det noch nie jesehen hätt'st, mein Meechen. So sieht et doch immer aus… So, da wären wir also!«, rief Friedrich, stieg vom Kutschbock und öffnete den Schlag. Dann wandte er sich an seinen Hauswirt. »Wann ist denn die Vorstellung aus? Soll ick Sie nich' wieder abholen?«, fragte er und sein Blick war der eines besorgten Vaters. Er wußte zwar, dass seine Tochter in Begleitung der beiden Herren sicher war, aber trotzdem…«

»Nein, mein lieber Herr Hübner! Sie wissen doch, nach der Oper gehen wir noch eine Kleinigkeit essen. Da kann ich Ihnen gar keine Zeit angeben. Fahren Sie mal ganz beruhigt nach Hause. Sie hatten doch bestimmt wieder einen langen Arbeitstag. Wir bringen Ihnen Ihre Tochter schon gesund nach Hause. Das habe ich Ihnen doch schon vorhin versichert und Sie haben mein Ehrenwort, dass es so sein wird.« Kurt Krüger legte seine Hand auf Friedrichs Schulter und der nickte schließlich beruhigt.

»Denn wünsche ick einen schönen Abend.«

»Den haben wir jetzt schon, Papa!« Johanna umarmte ihren Vater und küßte ihn ganz fest auf die Wange. »Ich danke Dir und Mama, dass ich die Einladung annehmen durfte«, flüsterte sie ihm dabei zu.

Friedrich sagte nichts, aber er strich zärtlich mit seiner Hand die ihre. »Du bist een jutet Meechen und ick bin glücklich, wenn du et bist. Also hab ville Spaß, hörste!«

Dann wandte er sich ab, damit Johanna nicht sehen sollte, dass seine Augen feucht wurden. Schnell stieg er wieder auf den Bock, ergriff die Zügel, schnalzte mit der Zunge und Lotte setzte sich in Trab.

»Nun lasst uns hineingehen«, schlug Kurt vor und bot Johanna seinen Arm. Aber auch Felix hatte im gleichen Moment diesen Gedanken gehabt. Das Mädchen sah erst den einen, dann den anderen an, lächelte dabei und hakte sich schließlich bei beiden ein und so schritten sie hoheitsvoll ins Opernhaus.

Während Johanna den Anblick der anderen, natürlich ebenfalls elegant gekleideten Opernsucher begeistert in sich aufsog, holte Felix die Eintrittsbillets aus seiner Brieftasche.

»Mit Rücksicht auf Onkel Kurts Geldbeutel habe ich natürlich Stehplätze im vierten Rang genommen«, verkündete er, aber das wollte ihm niemand glauben, zumal Kurt ja wußte, dass sie sich beide auf eine Loge im ersten Rang geeinigt hatten, damit vor allem Johanna eine gute Sicht auf die Bühne und auf den ganzen Zuschauerraum hatte.

»Statt deiner fragwürdigen Scherze hättest du unseren reizenden Gast lieber fragen sollen, ob wir vielleicht noch ein Glas Sekt oder eine andere Erfrischung haben möchte, bevor wir uns in den Saal begeben.«

»Lieber nicht, Onkel Krüger! Ich bin viel zu aufgeregt, um etwas zu trinken oder auch zu essen.«

»Nun, dann wollen wir unsere Plätze einnehmen!«

In der Loge angekommen, beobachteten Felix und sein Onkel jede Regung Johannas, die mit großen Augen auf die vielen Menschen blickte und fast ununterbrochen entzückte Ausrufe von sich gab.

»Es ist noch schöner, als ich es mir vorzustellen gewagt habe«, sagte sie schließlich. »Nicht, dass ich nicht schon mal in einem Theater gewesen bin«, ergänzte sie dann. »Aber das war dann doch eben nur das Ostend-Theater. Das kann man schwerlich mit der königlichen Oper vergleichen, schon was das Publikum angeht.«

»Da magst du Recht haben, mein Kind«, antwortete Kurt mit gütiger Stimme und ein Lächeln umspielte seine Gesichtszüge. »Aber man sollte nicht immer von der vornehmen Aufmachung der Leute auf ihren Charakter schließen. Auch in der sogenannten großen Welt gibt es leider Menschen, die gar nicht edel und gut sind und von Fall zu Fall weniger Achtung verdienen als ein einfacher Arbeiter, Handwerker oder kleiner Angestellter, der zum Beispiel bei uns in der östlichen Luisenstadt lebt.«

Felix sagte nichts und ließ seine Blicke über die Zuschauer im Parkett schweifen. Dabei fiel ihm ein junger Mann in Gardeleutnantsuniform auf, der in ihre Richtung zu winken schien. Er nahm sein Opernglas und betrachtete ihn nachdenklich. Dann wandte er sich um und sah Johanna an. Die reagierte aber nicht, denn noch bestaunte sie mit halb geöffnetem Mund, was um sie herum vorging.

Felix richtete seinen Blick wieder ins Parkett. Es bestand kein Zweifel daran, dass der junge Mann versuchte, Johannas Aufmerksamkeit zu erringen, denn die Logen rechts und links waren noch leer.

»Onkel Kurt, schau doch mal. Unser Fräulein Johanna hat einen heimlichen Verehrer. Das heißt, so heimlich scheint er gar nicht zu sein, denn er winkt ganz offen zu uns herauf.«

Kurt trat an die Umrandung. »Ja, wahrhaftig, und ich glaube kaum, dass wir beide gemeint sind. Johanna, er meint ganz sicher dich.«

Nun riss sich Johanna vom Anblick der prachtvollen Umgebung und den fröhlich plaudernden Menschen los.

»Das ist doch nicht möglich. Wer soll mich denn hier kennen?«

»Felix, gib mir doch mal bitte das Opernglas… Ja, ich habe mich nicht geirrt. Der junge Mann in der Uniform in der fünften Reihe, Johanna. Das ist dein junger hilfreicher Leutnant vom Café Victoria...«

»Mein hilfreicher Leutnant?« Johanna war verwirrt, warf aber einen verstohlenen Blick nach unten.

»Ihr hilfreicher Leutnant?«, echote Felix. »Davon weiß ich ja gar nichts, dass Sie einen Kavalier vom Militär haben.« Er sah Johanna verwundert an.

»Habe ich doch gar nicht!«, protestierte Johanna und blickte Kurt stirnrunzelnd an.

»Es war an dem Tag, als wir mit Johanna im Café Victoria Kaffee getrunken haben. Da hattest du mich vorausgeschickt, um die Droschke zu bezahlen, erinnerst du dich, Felix? Ich kam etwas zu spät an, da stand er schon bei ihr, um seine Hilfe anzubieten.«

Johanna bekam große Augen. Natürlich, das stimmte. »Jetzt fällt es mir wieder ein. Ich hatte doch kein Geld dabei. Jedenfalls nicht genug, um die Droschke zu bezahlen.«

»Das ist ja das Neueste, was ich höre. Ach, und da hat er Sie einfach angesprochen. Ein feiner Herr, der Damenbekanntschaften auf der Straße sucht, das muss ich schon sagen. Und Sie haben sich nicht verbeten?« Felix klang verärgert.

In Johanna, die sich zunächst ein wenig geschämt hatte, regte sich Widerspruch.

»Ich muss Sie wohl daran erinnern, dass Sie es waren, der wollte, dass ich nicht mit der Pferdebahn komme, sondern eine Droschke nehme… und dass Sie nicht zur Stelle waren, um den Kutscher zu entlohnen, wie Sie es versprochen hatten.«

»Ich hatte doch Onkel Kurt als Vertretung geschickt«, wehrte sich Felix.

»Das stimmt, Johanna! Wenn du jemanden einen Vorwurf machen willst, dann mir. Aber das ist doch alles gar nicht mehr wichtig, oder? Wir sind hier und nun beginnt gleich die Vorstellung.«

»Du hast recht, Onkel Krüger. Es tut mir leid und ich bitte dich um Verzeihung und Sie auch, Herr Felix.« Johanna versuchte zu lächeln und sah die beiden an.

»Ich entschuldige mich auch«, sagte Felix.

»So, nun gebt euch die Hände und vertragt euch wieder!«, sagte Kurt. »Johanna hat es nicht so gemeint und Felix ist einfach ein bißchen eifersüchtig.« Er zwinkerte dabei mit den Augen und Felix, der sich nun von seinem Onkel und auch Johanna beobachtet fühlte, griff sich an den Kragen und schluckte verlegen.

»Sieh es einfach als Kompliment, mein Mädchen!«

»Ich bin doch nicht eifersüchtig!« Felix schüttelte heftig den Kopf. Aber Kurt ließ sich nicht täuschen und auch Johanna wurde nachdenklich und bei dem Gedanken, dass

Felix sich in sie wirklich verliebt haben könnte, wurde ihr wieder einmal heiß.

Für weitere Gespräche war nun keine Zeit mehr, denn das elektrische Licht im Zuschauerraum wurde gedämpft, die Gespräche verstummten und das übliche Hustenkonzert setzte ein. Als dann schließlich auch dies vorbei war, hob der Dirigent seinen Taktstock und aus dem Orchestergraben quollen nun die Töne der Musiker und die Ouvertüre erfüllte den Saal.

Nahezu atemlos verfolgte Johanna das Geschehen auf der Bühne, fühlte mit Konstanze und Blondchen, zitterte mit den Rettern Belmonte und Pedrillo, fürchtete sich vor Osmin und betrachtete mit Ehrfurcht Selim Bassa.

Sie vergaß alles um sich herum, selbst ihre beiden Begleiter, die immer wieder amüsierte Blicke tauschten.

Erst in der Pause, die nach dem zweiten Akt eingelegt wurde, kehrte sie in die Realität zurück.

»Ich weiß gar nicht, was ich sagen soll! Es ist einfach wunderschön… Ich kann dir gar nicht genug danken, lieber Onkel Krüger, dass ich diesen unvergesslichen Abend erleben darf.« Sie beugte sich zu Kurt hinüber und umarmte ihn, wofür der sich artig bedankte.

Felix räusperte sich absichtlich deutlich hörbar.

Johanna kicherte. »Ja, natürlich danke ich Ihnen auch, Herr Felix«, sagte sie betont beiläufig, wobei sie hoffte, ihn damit aufziehen zu können, was ihr auch zu gelingen schien.

»Felix hat ganz recht. Mein Verdienst allein ist es nicht, Hanna.« Kurt Krüger deutete zu seinem Neffen. »Ihm musst du auch dankbar sein, eigentlich noch mehr als mir.

»Genau, so ist es!«, warf der junge Mann protestierend ein.«Ich muss doch sehr bitten, Fräulein Johanna! Sie wissen ganz genau, dass es mein Einfall war, Sie in die Oper auszuführen. Da habe ich doch bestimmt auch eine Umarmung oder wenigstens ein nettes Wort verdient.«

Johanna erhob sich und trat zu Felix. Ihr Herz klopfte heftig, aber trotzdem beugte sie sich zu ihm vor. »Nicht nur ein nettes Wort«, sagte sie und gab auch ihm, ihren ganzen Mut aufbringend, einen sanften Kuss auf die Wange.

»Donnerwetter!« Felix riss freudig die Augen auf und sprang auf. »Das ist allerdings ein Dank, den man sich gern gefallen lässt.« Ein breites Lächeln erfüllte sein Gesicht.

Er wollte Johanna umarmen, aber Kurt hielt ihn zurück. »Dafür darfst du uns jetzt eine Erfrischung holen.«

Felix war enttäuscht. »Könntest du das nicht übernehmen, Onkel Kurt? Ich möchte gern ein wenig mit Fräulein Johanna plaudern.«

»Das kann ich mir denken. Nun gut… So lange es beim Plaudern bleibt… ! Was möchtest Du trinken, Johanna? Ein Glas Sekt?«

»Nein, lieber nicht... Aber vielleicht könntest Du mir eine Himbeerlimonade bringen?«

»Also ich nehme gerne Sekt, Onkel… und du trinkst doch sicherlich ein Glas mit mir zusammen.«

Kurt nickte nur zustimmend, sah seinen Neffen eindringlich an und verließ die Loge.

»Ich bin glücklich, dass dir der Abend so gut gefällt, Johanna.«

»Ja, es ist herrlich, hier zu sein. Noch schöner, als ich es mir habe träumen lassen. Aber ich kann mich nicht erinnern, seit wann wir uns duzen, lieber Herr Krüger.«

Johanna sagte es ernst und sah Felix dabei tadelnd an.

Er blickte ihr tief in die Augen und versuchte zu ergründen, ob sie wirklich böse war.

»Nun, ich dachte, wenn eine junge Dame mit einem jungen Herrn, dem sie nicht gleichgültig ist und der auch ihr ganz gut zu gefallen scheint zusammen in die Oper geht, wäre der Zeitpunkt gekommen zu einem, sagen wir, freundschaftlicherem Umgang überzugehen«, tastete er sich behutsam vor und beobachtete Johanna sorgfältig, um in ihrem Gesicht ihre Absicht abzulesen.

»Ich freue mich, dass Sie nicht versuchen, mich mit ihrem charmanten Lächeln zu überzeugen versuchen, sondern zurückhaltend und beinahe sachlich bleiben. Es zeigt mir, dass Sie mich als erwachsenen Menschen achten. Das gefällt mir.«

»Dann können wir uns doch auch endlich duzen, da du mich sogar schon geküsst hast. Meinst du nicht?«

»Das war ein rein freundschaftlicher Kuss auf die Wange, so wie eine Schwester ihren Bruder küsst.«

Felix sah sie bittend an.

»Also gut… Vorher gibst du sicherlich keine Ruhe«, seufzte Johanna.

»Das wurde auch Zeit.« Felix zeigte eine zufriedene Miene.

»Ja, ich kann mir vorstellen, dass du sonst früher ans Ziel kommst. Aber ich wollte es dir einfach nicht zu einfach machen.« Johanna lachte. »Ich muss dir etwas gestehen. Eigentlich wäre ich schon am zweiten Tag dazu bereit gewesen, als du mit den vertauschten Zigarren zu uns kamst. Doch ich habe auch meinen Dickkopf und deine Selbstsicherheit hat mich geärgert. Deswegen habe ich mich so lange geziert.«

»So, du hast mich also absichtlich zappeln lassen«, empörte sich Felix, sah sie aber bewundernd an. »Du bist ja doch schon erwachsener als ich bisher dachte. Aber wahrscheinlich habe ich es verdient. Da hast du ganz recht.«

Sie hörten, wie jemand kurz anklopfte und hinter ihnen die Tür zur Loge geöffnet wurde.

»Jetzt kommt unsere Erfrischung!«, rief Felix aus. »Es wird Zeit. Onkel Kurt, wir verdursten …« Er stockte, denn es war nicht Kurt Krüger, der eintrat.

»Das ist ja gar nicht dein Onkel«, bemerkte auch Johanna. Aber Felix erkannte auch so sofort, dass es der Leutnant war, der vorhin vom Parkett aus Johanna zugewinkt hatte.

»Mein Name ist Alexander von Opitz. Entschuldigen Sie mein kühnes Eindringen! Aber das Fräulein hat vorhin nicht reagiert und da die Pause schnell vorbei geht… Ich wollte auch nur eine Erfrischung…« Er hielt zwei Gläser Sekt in der Hand und verbeugte sich leicht.

»Das nenne ich ein sehr befremdliches Verhalten, mein Herr«, reagierte Felix schroff.

»Sie werden entschuldigen, dass ich nur zwei Hände habe, sonst hätte ich natürlich auch Ihnen etwas zu trinken mitgebracht«, missverstand der Besucher absichtlich.

»Ich meine eher Ihr Eindringen, Herr… äh…?«

»Fragen Sie nur das Fräulein. Sie kennt meinen Namen gut. Wir sind nämlich alte Bekannte.«

Felix sah den Besucher an, dann Johanna. Dann wieder den jungen Mann, der gerade dabei war, vorsichtig die Gläser auf die Balustrade zu stellen.

»Ich hörte bereits davon.«

In diesem Augenblick kam auch Kurt wieder zurück.

»Wie ich sehe, haben wir Besuch«, sagte er, wobei ihm nicht entging, dass Felix den Leutnant mit bösen Blicken bedachte.

»Onkel Krüger, du erinnerst doch doch an Herrn von Opitz«, ergriff Johanna das Wort.

»Natürlich! Aber bitte, treten Sie doch näher und nehmen Sie einen Augenblick Platz.«

»Ich danke Ihnen, Herr Krüger. Ich wollte nur ihre Nichte begrüßen.«

»Das ist sehr freundlich, Herr von Opitz. Aber Herr Krüger ist nicht mein Onkel. Ich habe ihn nur als Kind immer so genannt und dabei ist es geblieben. Ich wohne mit meinem Eltern in Onkel Krügers Mietshaus in der östlichen Luisenstadt.«

»Das finde ich ganz reizend und praktisch dazu. Dann kennen Sie vielleicht unsere Kaserne in der Wrangelstraße?«

»Aber natürlich, Herr von Opitz. Wir wohnen…« Sie unterbrach sich. »…nur wenige Minuten zu Fuß von dort«, beendete sie den Satz, ohne ihre genaue Adresse preiszugeben.

»Und der junge Mann in Ihrer Begleitung, der mich so finster ansieht wie Wilhelm Tell den Landvogt Gessler…?«

»Felix ist allerdings wirklich mein Neffe, Herr von Opitz.«

»Nun, wie dem auch sei. Ich bin dem Zufall sehr dankbar, oder soll ich sagen dem Schicksal?« Alexander wandte sich Johanna zu. »Seitdem wir uns am Café Victoria zum ersten Mal begegneten, stehe ich dort Tag und Nacht und sehe in jede Droschke in der Hoffnung, sie erneut zu treffen«, berichtete er augenzwinkernd und schenkte Johanna ein strahlendes Lächeln.

Felix stieg wieder in die Konversation ein. »Ach, wirklich?«, warf er spöttisch ein. »Da waren Sie ja schwer beschäftigt. Hoffentlich hat Ihr Dienst für Kaiser und Vaterland nicht zu sehr darunter gelitten.«

»Vielen Dank für Ihre Fürsorge, mein Herr. Aber das habe ich alles im Griff, keine Sorge.« Alexander beugte sich zu Johanna.

»Ist der junge Mann Ihr Bräutigam, Fräulein Hübner?«

»Aber nein, wir sind nur gute Freunde… Nicht wahr, Felix?« Sie lächelte ihm aufmunternd zu, wobei sie sich über seine offensichtliche Eifersucht amüsierte.

»Wenn du das sagst…«, knurrte Felix.

»Er scheint es aber zu denken«, konstatierte Alexander.

»Ich weiß gar nicht, wie er auf diese Idee kommen könnte«, trillerte Johanna ihm zu und warf Felix einen belustigten Blick zu.

Dieser schoss nun mit Worten zurück.

»Onkel Kurt, wir haben Johanna ganz falsch eingeschätzt. Sie tut immer so, als ob sie schüchtern und bescheiden wäre, aber heute abend zeigt sie sich von einer ganz anderen Seite. Nehmen Sie sich in Acht vor Fräulein Hübner, Herr von Opitz. Man weiß bei ihr nie, wem ihr Herz gerade gehört. Vor fünf Minuten hatte ich das Gefühl, dass ich es wäre, aber nun scheint sie das Pferd mitten im Rennen wechseln zu wollen.«

Johanna zuckte leicht und wurde blass. Anscheinend hatte sie Felix zu sehr geärgert, dabei hatte sie ihn nur necken wollen, weil sie in so guter Laune war. Aber er nahm ihre scherzhaften Worte wohl sehr ernst.

Alexander sah in Johannas Augen und sah darin Bestürzung. Schnell wechselte er das Thema.

»Aber da reden wir hier die ganze Zeit und der Sekt wird inzwischen warm.« Er reichte Johanna ein Glas. Aber sie lehnte höflich ab.

In diesem Augenblick läutete es zum ersten Mal als Zeichen, dass die Pause bald zu Ende war.

Alexander von Opitz erhob sich.

»Ich muss jetzt zurück auf meinen Platz. Verraten Sie mir aber bitte noch schnell, wo sie wohnen?«

»Lassen wir doch den Zufall, oder wie sagten Sie vorhin… das Schicksal entscheiden, ob und wann wir uns wiedersehen«, kokettierte Johanna.

»Also gut! Ich werde Mittel und Wege finden, dem Schicksal auf die Sprünge zu helfen.« Er salutierte und verbeugte sich erneut. Mein Fräulein, meine Herren! Ich wünsche noch einen angenehmen Abend und auf bald!«

Er lächelte Johanna zu und verließ die Loge.

Es läutete zum zweiten Mal und kurz darauf erloschen erneut die Lichter im Saal, so dass Felix nicht mit Johanna reden konnte. Das ärgerte ihn sehr und er blieb auch später beim kleinen Souper in Habels Weinstube blieb er einsilbig.

Seine Laune besserte er sich erst, als er neben Johanna in der Droschke saß. Sein Onkel saß ihnen zwar gegenüber, aber Johanna ergriff, möglichst diskret Felix‘ Arm und drückte ihn sanft. Sie sah ihn stumm mit ihren blauen Augen um Verzeihung bittend an. Jetzt schämte sie sich ein wenig wegen ihres Verhaltens während der Pause.

»Johanna hat dich ganz schön auf den Arm genommen, mein Junge…«, griff Kurt helfend ein. »… und du hast nicht gemerkt, dass sie dich doch nur necken wollte.«

Felix sah Johanna prüfend an. Wegen der Dunkelheit in der Droschke, die nur ab und zu von den Gaslaternen am Straßenrand erhellt wurde, konnte er ihr Gesicht nur schwer erkennen. »Stimmt das, Johanna? Du wolltest mich nur ein bißchen ärgern?«, fragte er und seine Stimme klang zu Johannas Erleichterung schon wieder mild.

»Natürlich, Felix! Ich entschuldige mich bei dir. Aber ich war einfach so ausgelassen und das Auftauchen des Leutnants von Opitz… Ich muss mich erst daran gewöhnen, dass ein Mann mich umwirbt. Das ist alles so neu für mich. Und plötzlich, so scheint es, habe ich nicht nur einen, sondern gleich zwei Verehrer. Außerdem wirst du bemerkt haben, dass ich ihm nicht gesagt habe, wo wir wohnen.«

»Das stimmt allerdings.« Felix ergriff ihre Hand und lächelte ihr zu. »Gut, du hattest deinen Spaß, und nun wollen wir nicht mehr davon reden. Es ist ein so schöner Abend gewesen und ich habe ihn sehr genossen.«

»Ich auch«, antwortete Johanna. »Ich war schon lange nicht mehr so glücklich wie heute.«

21

Die Tage vergingen und der Sommer hielt Einzug in Berlin. Das Leben nahm seinen alltäglichen Gang, auch in der Falckensteinstraße.

Frau Raddusch war zum größten Erstaunen ihrer Nachbarn und nicht zuletzt ihres Mannes sehr zurückhaltend und bescheiden und beinahe freundlich geworden.

»Na, Frau Raddusch! Ham Se nicht wieder mal wat zu erzählen?« Gottlieb Kullicke stand vor seinem Zigarrenladen und genoß die Strahlen der Mittagssonne, die sich langsam über den Görlitzer Bahnhof und die Dächer der gegenüberliegenden Straßenseite schob.

Amalie blickte nur kurz auf, während sie unbeirrt den Besen schwang, um das Trottoir zu fegen.

»Ick sage nischt mehr. Über meine Lippen kommt keen eenzjet Wort nich'.« Dann presste sie den Mund zu, wie um ihre Behauptung zu beweisen.

»Ach, Frau Raddusch. Lassen Se sich doch von mir ollen Kerl nich' ärjern. Ick will Ihnen doch bloß uff de Schippe nehmen. Ick hab doch schon längst jemerkt, det Se sich verändert ham. Und wenn ick det sagen darf… durchaus zum Vorteil. Sie kieken ooch längst nich‘ mehr so verbiestert aus de Wäsche.«

»Na, denn nischt für unjut.«

»Guten Tag, Frau Raddusch!« Adele von Strelow war aus dem Haus getreten.

»Tach ooch, Frollein!« Amalie sah kurz auf. »Na, Sie ham sich ja so fein jemacht. Ham Se Ausjang?«

»Ja, Frau Raddusch. Ich will mal ein bißchen die Sonne genießen.«

»Da tun Se jut dran. Heute is ja jünstig für nen Spazierjang. Jetzt müssten Se nur noch ne passende Begleitung ham. Denn macht det bei dem schönen Wetter noch mal so ville Pläsier-Vergnüjen. Ick meene natürlich ne Freundin oder so.«

Adele sah die Hauswartsfrau misstrauisch an. Neugierig war Frau Raddusch also noch immer. Aber das wollte sie jetzt nicht verurteilen.

»Leider kenne ich niemanden in Berlin«, bekam Amalie als Antwort. »Na, einen schönen Tag wünsche ich. Ihnen natürlich auch, Herr Kullicke!«

»Besten Dank, Frollein Adele. Recht schönen Nachmittag wünsche ick.« Er verbeugte sich leicht und zwinkerte ihr zu. Adele nahm es ihm auch nicht übel und blinzelte lächelnd zurück.

»Na, Kullicke. Bei Ihnen is wohl der zweete Frühling ausjebrochen«, konnte sich Amalie nicht verkneifen.

Aber der Zigarrenhändler lachte nur. »Wohl eher der dritte, Frau Raddusch. Der dritte. Aber so alt wie ick bin, bin ick keene Jefahr für so'n junget Jemüse. Da kann ick mir det erlauben. Aber Se könn' mir glooben, Frau Raddusch. So een Anblick kann det Herz von so'n ollen Kerl wie mir immer noch erfreuen.«

Amalie schüttelte den Kopf, lachte dabei aber. »Denn passen aber jut uff, det die Freude nich zu jroß wird und Ihr Herze stehen bleibt… Ach, nee! Wat sacht man denn dazu? Herr Kullicke, kieken Se mal!« Aufgeregt trat sie an ihn heran und zeigte mehr oder weniger unauffällig in Richtung der Görlitzer Straße zu Adele hin, die gerade von einem Mann begrüßt wurde, der schon ein paar Häuser weiter auf sie gewartet zu haben schien.

»Wat sagen Se nu? Da hat se uns jerade erzählt, sie kennt keene Seele in Berlin und nun… aber Momang… den kenne ick doch.« Amalie kniff die Augen zusammen und bekam einen Schreck. Es war der Fremde, der sie im Frühling eines Sonntags nach dem Gottesdienst in der Emmauskirche angesprochen hatte und den sie in der Eisenbahnhalle noch einmal gesehen hatte.

»Wat is Ihnen denn, Frau Raddusch? Sie sind ja weiß wie 'ne Wand jeworden, als ob Se'n Jespenst jesehen hätten.«

»Keen Jespenst nich', Kullicke... aber so wat Ähnlichet.« Sie sah ihn nachdenklich an.

»Sagen Se mal, Sie sind doch mit Herrn Krüjer schon lange befreundet. Sie kannten doch bestimmt ooch noch den Paul, den Sohn vom Kurt.«

»Det stimmt, Frau Raddusch. Den Paul habe ick schon als kleenen Steppke die Rotzneese abjewischt... Wieso woll'n Se det denn wissen?«

»Kann ick Ihnen sagen. Ham Se den Mann jesehen, der det Frollein Adele een Stück weiter bejrüßt hat? Det sah janz so aus, als hätt'er uff se jewartet.«

»Warum ooch nich? Is' ja nich' verboten. Außerdem hab ick nich' druff jeachtet. Aber meene Oogen sind sowieso nich mehr de besten. Ick gloobe, ick muss endlich mal zum Oogenarzt, det der mir ne Brille verschreibt. Ick merke det von Tach zu Tach mehr, det ick beim Zeitunglesen immer mehr kneisten muss.«

»Verjessen Se mal Ihre Oogen. Sagen Se mir mal lieber, ob se det für möchlich halten, det der Paul vielleicht nach so ville Jahre, wo wa nischt vom ihm jehört haben, doch noch lebendich ist und jetzt Kontakt zu sein' Vater sucht.«

Kullicke sah die Portierfrau zweifelnd an. »Kann ick mir eijentlich nicht denken. Wir denken doch alle, det er irjendwo weit weg von Berlin det Zeitliche jesegnet hat und nu in fremder Erde bejraben liecht. Wie kommen Se denn nu' zu Ihre Vermutung?«

Frau Raddusch erzählte nun von den zwei Begegnungen mit dem rätselhaften Fremden.

»Eenmal nach'm Jottesdienst und bald danach nochmal inne Eisenbahnhalle. Und ick schwöre Ihnen, det der Mann mir sehr bekannt vorkam, ooch wenn er uff'n ersten Blick nich' wie Paul aussah. Aber da war irjendwat... ick kann et nur nich' beschreiben.«

»Da ham Se sich jewiss jetäuscht, Frau Raddusch.«

»Det gloobe ick erst, wenn ick den handfesten Beweis habe, det der Mann da nich' unser Paul is'. Ick werde mal druff achten, ob sich Frollein Adele noch mal mit ihm trifft.«

Kullicke grinste unverhohlen. »Det wird Ihnen nich' schwerfallen, mitzukriejen, mit wem sich wer trifft!«

Amalie sah ihn prüfend an. »Wollten Se mir jetzt etwa beleidijen, Herr Kullicke?«

»Aber wo werd' ick denn, Frau Raddusch!«, rief Kullicke aus und drehte sich leise um.

»Denn is' ja jut. Det hätt' ick mir ooch streng verbeten.«

Aber das hörte der Zigarrenhändler, der inzwischen schnell in seinem Laden verschwunden war, schon nicht mehr.

Ein paar Tage später bot sich für Amalie eine unverhoffte Gelegenheit, ihre Neugier zu befriedigen. Sie kam gerade aus der Eisenbahnhalle von ihrem wöchentlichen Schwätzchen mit ihrer Kusine. Als sie gerade von der Görlitzer in die Falckensteinstraße einbiegen wollte, sah sie, wie Fräulein Adele an der gegenüberliegenden Ecke wieder den geheimnisvollen Mann traf.

Bevor sie entdeckt werden konnte, verbarg sich Amalie in der Hofeinfahrt des Eckhauses, um von dort aus zu beobachten, wie die beiden sich in die andere Richtung entfernten. Sie wartete einen Augenblick, dann folgte sie ihnen im sicheren Abstand und jederzeit bereit, im nächsten Hauseingang Deckung zu suchen.

Aber diese Vorsichtsmaßnahme war überflüssig, denn Adele von Strelow und ihr Begleiter achteten überhaupt nicht darauf, ob ihnen jemand folgte. Schließlich bogen sie an der nächsten Straßenecke nach links in die Cuvrystraße ein, bis sie vor dem Haus Nummer 26 standen.

Amalie beschleunigte nun ihre Schritte und als sie selbst an der Ecke ankam, sah sie gerade noch, dass Adele und der fremde Mann in eines der Häuser gingen. Doch als sie selbst die Tordurchfahrt, in der die beiden verschwunden waren, erreicht hatte, konnte Amalie sie nicht entdecken. Sie betrat den Hof, der enger und düsterer war als der drüben in ihrem Haus und ein weiterer Torbogen gab die Sicht frei auf einen Lagerplatz, auf dem Bauholz gestapelt wurde. Außerdem waren zwei Kuhställe zu sehen, was keine Seltenheit in diesem Teil der Luisenstadt war.

Sie blickte sich um und sah nur einen Schuster, der vor seiner Werkstatt im Parterre saß und Schuhe besohlte.

Einen Augenblick überlegte Amalie, ob sie den Mann fragen sollte, ob hier eine junge Frau und ein Mann vorbeigekommen waren. Aber als sie seinen mürrischen Blick sah, drehte sie auf dem Absatz um und ging schließlich ärgerlich nach Hause.

Auf dem Treppenabsatz im Hinterhaus sah Adele vorsichtig durch das Flurfenster auf den Hof. »Das war knapp! Zum Glück hat sie nicht hergesehen.« Sie atmete auf. »Das war unser Hausdrachen, die Frau von unserem Hausmeister Raddusch.«

»Ja, ich kenne sie. Aber sie hat uns nicht entdeckt.«

»Das fehlte gerade noch.« Adele zitterte leicht. »Bevor ich nicht das volle Vertrauen von Felix und seinem Onkel erlangt habe und ich weiß, ob ich mich ihnen offenbaren kann, muss alles noch geheim bleiben.«

»Das stimmt, Adele. Aber nun lass uns nach oben gehen!«

Inzwischen stand Otto Raddusch schon ungeduldig vor dem Haus, als er seine Amalie endlich die Straße herunter kam.

»Malchen, wo bleibste denn bloß?« Er sah seine Frau misstrauisch an, denn sie schien erregt und gleichzeitig erschöpft.

Amalie wich seinem Blick aus, denn ihr schlechtes Gewissen plagte sie. Zum Glück hatte Otto ganz andere Sorgen, denn er erzählte ihr nun von einem jungen Offizier, der sich die freigewordene Kochstube im dritten Stock im Hinterhaus angesehen hatte, die vor ein paar Tagen freigeworden war und die er mieten wollte.

»Wat denn für een Offizier?«

»Seinen Namen hat er nich' jesacht.«

»Wat will der denn mit der Kochstube? Der hat doch seine Unterkunft inne Kaserne, da braucht er sich doch nich' hier einzumieten«, sagte Amalie und ihr Gesichtsausdruck zeugte von Unverständnis.

Otto sah seine Frau mitleidig an. »Et soll ja Jelejenheiten jeben, da braucht een Mann wat anderet als sein Bett inne Kaserne. In so 'ne Stube kann er mal für sich alleene sind, wenn er nich' alleene sein will. Det find'ste rund um jede Kaserne. Du weeßt doch, det so 'ne Uniform schon manchet Meechen inne Oogen jestochen hat.«

»Ach, du meenst...?« Amalie begriff und wurde rot.

»Klar, wat denn sonst? Du bist doch ne erwachsene Frau, denn wirste ooch wissen, zu wat...«

»Und nimmt er det Zimmer?«, lenkte Amalie, der das Gespräch unangenehm wurde, wieder zu dem eigentlichen Thema zurück.

»Nee, det war ihm denn doch nich' det richtige.«

»Und warum meckerste denn mit mir 'rum?«

»Er wollte nochmal wiederkommen?«

»Hat er jesacht!«

»Det versteh' ick nich! Die Kochstube is' doch det eenzije Zimmer, wat im Momang zu vermieten is'.«

»Ja, bei uns… Aber ick habe ihm jesacht, det du vielleicht weeßt, ob nich' hier inne Straße in een anderet Haus… Ach, kiek mal! Da kommt er schon…«

Amalie wandte ihren Blick in die Richtung, in die Otto mit der Hand wies und erblickte in der Tat einen Leutnant, der die Straße mit festem Schritt entlang kam.

»Malchen, det is' der Herr Offizier, von dem ick dir erzählt habe.«

Amalie Raddusch betrachtete den Leutnant neugierig.

»Herr Leutnant, det is' nu' meene werte Jemahlin, wenn ick mal so sagen darf.«

»Ich freue mich, Ihre Bekanntschaft machen zu dürfen, liebe Frau Raddusch.«

Der Uniformierte schlug die Hacken zusammen und verbeugte sich leicht. Amalie fühlte, wie sie trotz ihres Alters errötete, da sie es nicht gewohnt war, dass ein Mann, noch dazu ein fremder Offizier, sie wie eine feine Dame begrüßte. Sie bemühte sich um eine möglichst würdevolle Entgegnung.

»Det werte Vergnügen is' janz uff meene Seite«, sagte sie fast hoheitsvoll, was Otto mit einem Lacher quittierte.

Sie sah ihn böse an. Zum Glück ergriff der Besucher wieder das Wort.

»Gestatten Sie, dass ich mich vorstelle. Ich hatte meinen Namen vorhin nicht erwähnt.« Er verbeugte sich noch einmal kurz, auch in Richtung des Hauswarts.

»Ich heiße Alexander von Opitz.«

22

Johanna glaubte ihren Augen nicht trauen zu können, als sie am nächsten Vormittag für ihre Mutter ein paar Einkäufe für das Mittagessen erledigt hatte und vor der Haustür auf Alexander von Opitz traf.

»Guten Tag, mein liebes Fräulein Hübner!«, grüßte er sie mit formvollendeter Höflichkeit, schenkte ihr dabei aber ein strahlendes Lächeln.

»Ich wollte es kaum glauben, dass Sie es wirklich sind, Herr von Opitz!«, erwiderte sie seinen Gruß. »Ist das jetzt ein Zufall, dass wir uns jetzt hier treffen?«

»Kein Zufall, mein Fräulein… ich würde es eher Schicksal nennen.«

»Ach ja!« Johanna lachte. »Dem Schicksal wollten Sie ja auf die Sprünge helfen.«

»Wie schmeichelhaft, dass Sie das noch wissen und auch meinen Namen noch nicht vergessen haben. Ich fühle mich geehrt.«

»Auf jeden Fall haben Sie mich aufgespürt.«

»Es war ganz einfach. Wozu gibt es denn ein Adressbuch?« Er lachte.

»Dann vermute ich, dass ich Sie hin und wieder treffen werde«, gab Johanna kokett zur Antwort.

»Nicht nur hin und wieder, Fräulein Hübner! Sehr häufig sogar, denn ich habe mir hier im Haus ein Zimmer genommen.«

»Ach herrje!« Johanna ließ vor Schreck beinahe ihren Einkaufskorb fallen. Auch wenn sie sich freute, ihn zu wiederzusehen, hatte sie damit nicht gerechnet.

»Das ist zwar nicht ganz die Reaktion, die ich erhofft hatte, aber mit der Zeit wird es Ihnen gefallen, mich in Ihrer Nähe zu wissen.«

»Sie wollen doch nicht etwa behaupten, dass Sie nur meinetwegen…«

»Doch, genau das will ich!«, unterbrach er sie und sah sie eindringlich an.

»Bitte, Herr von Opitz!« Sie wandte sich zum Gehen. »Wir wollen auf keinen Fall zu lange vor der Haustür stehen bleiben. Sonst denken die Leute noch wer-weiß-was von uns, wenn sie uns hier miteinander reden sehen.«

»Vor allem ein bestimmter junger Mann…«, ergänzte Alexander augenzwinkernd.

»Wenn Sie Felix… ich wollte sagen, den jungen Herrn Krüger meinen, dann…« Johanna stockte.

»Ja, was ist dann? Wird er dann eifersüchtig?«

»Aber woher denn… Wir sind einfach nur gute Freunde.«

»Neulich in der Oper hatte ich allerdings den Eindruck, dass Ihr junger Freund mehr als das sein möchte.«

Johanna lachte nervös. »Sie sagen die komischsten Sachen, Herr von Opitz!«

»Ich weiß, was ich gehört und gesehen habe und Sie erinnern sich auch gut daran, worüber in Ihrer Loge an jenem Abend gesprochen wurde.«

»Bitte entschuldigen Sie mich, Herr von Opitz! Ich möchte jetzt wirklich… Die Leute…« Johanna sah sich um.

»Gut, dann gehen wir hinein!«

»Aber nein, das wäre ja noch schlimmer. Wie sieht denn das aus?«

»Da ist doch nichts dabei. Ich wohne schließlich jetzt auch hier. Im Haus. Zwei Nachbarn werden doch wohl noch zusammen ins Haus gehen dürfen.«

Johanna wurde abweisend. »Glauben Sie nicht, dass Sie den Scherz jetzt weit genug getrieben haben, Herr von Opitz? In unserem Haus ist doch derzeit gar keine Wohnung frei bis auf eine Kammer im Hinterhaus. Die werden Sie wohl kaum gemietet haben.«

»Habe ich auch nicht. Ich wohne im Vorderhaus. Wenn Sie es genau wissen wollen, habe ich Frau Lindenlaub überredet, mir ein Zimmer zu überlassen.«

»Sie sind jetzt Untermieter bei Frau Lindenlaub?«

»Ob sie es glauben oder nicht, ja! Sie ist eine reizende alte Dame und kann das Geld für das Zimmer gut gebrauchen.«

»Das stimmt allerdings«, murmelte Johanna mit gesenktem Kopf nachdenklich vor sich hin. Dann richtete sie sich plötzlich wieder auf. »Natürlich werde ich Frau Lindenlaub fragen!«, sagte sie mit Nachdruck.

»Das können Sie gerne tun.« Alexander lächelte überlegen.

»Worauf Sie sich verlassen können! Gleich nach dem Mittagessen. Jetzt muss ich aber schnell ins Haus. Mama wartet schon sicher auf die Kartoffeln.«

Nun zeigte sich Alexander von Opitz erschrocken und warf einen Blick auf seine Taschenuhr. »Lieber Gott, es ist ja schon wirklich fast Mittag. Ich muss zum Dienst!« Er verabschiedete sich nun rasch und enteilte zur Wrangelstraße.

Johanna sah ihm kopfschüttelnd hinterher, winkte aber zurück, als er sich noch einmal umwandte und seine Hand zum Gruß erhob.

»Da hast du wahrhaftig eine große Eroberung gemacht!«, hörte sie plötzlich Felix hinter ihrem Rücken. Seine Stimme klang traurig. »Hat er also doch herausgefunden, wo wir wohnen. Dabei hatte ich gehofft, dass ich den Kerl nie wiederzusehen brauche.«

Johanna drehte sich um und schenkte Felix ein Lächeln. »Ja, er ist wirklich hartnäckig. Das ist mir selbst sehr unangenehm, das musst du mir glauben.« Sie sah ihn bittend an und ihr Blick verfehlte seine Wirkung auf Felix nicht. Sein Ausdruck wurde sanft und er blickte sie unverhohlen liebevoll an.

»Wenn wir jetzt allein wären, so im Mondschein im Tiergarten zum Beispiel…«

Johanna sah ihn vorwurfsvoll an. »Felix, das will ich jetzt nicht gehört haben!« Aber sie hatte wieder einmal dieses wohlige Gefühl, das sie spätestens seit dem Opernabend in seiner Gegenwart empfand und manchmal sogar, wenn sie vor dem Einschlafen nur an ihn dachte und sie sich vorstellte, wie er oben im ersten Stock vielleicht auch gerade in seinem Bett lag. Davon erzählte sie aber niemandem, obwohl sie sich mit der Zeit immer weniger ihrer Gedanken schämte.

»Ach, Johanna… Du musst doch spüren, dass ich mich unsterblich in dich verliebt habe«, flüsterte er.

»Das wird der Leutnant von Opitz nicht gerne hören«, entgegnete Johanna, um seine so eindeutige Bemerkung und sein romantisches Temperament zu zügeln.

»Der soll mir bloß nicht wieder unter die Augen kommen!«

»Wird er aber sehr bald und vermutlich häufig. Er ist nämlich als Untermieter bei Frau Lindenlaub eingezogen.«

»Das ist nicht wahr!«, rief Felix mit unterdrückter Stimme aus. »Das hast du dir ausgedacht, um mich zu ärgern.« Er sah sie prüfend an, ob ihr Gesicht ein Lächeln zeigte, aber dem war nicht so.

»Trage es mit Fassung, Felix. Er hat es mir selbst gerade erzählt und ich wollte gerade zu Frau Lindenlaub, um sie zu fragen, ob es stimmt. Aber ich gehe ganz davon aus.«

»Komm mit!« Felix nahm Johanna bei der Hand und sie gingen hinauf zur Witwe, die die Angaben des Offiziers bestätigen konnte. Das wollte er genau wissen.

»Er ist wirklich ein reizender Mensch, der Herr von Opitz, so vornehm und wohlgesittet«, schwärmte die alte Dame. »Ich bin Frau Raddusch ja so dankbar dafür, dass sie den Einfall hatte, ihn mir zu bringen.«

»Schau an, die Frau Raddusch…«, murmelte Felix.

»Ich selbst hätte gar nicht daran gedacht, einen Untermieter aufzunehmen. Aber als sie dann gestern nachmittag mit dem jungen Mann vor der Tür stand, hat sie mich überzeugt, dass es keine schlechte Sache wäre, allein schon die finanzielle Seite…«

»Mein Onkel hat nichts dagegen gehabt?«

»Ich gehe davon aus, Herr Felix. Frau Raddusch wollte gleich seine Zustimmung einholen und da sie nicht wiederkam, gehe ich davon aus, dass er seine Erlaubnis nicht verweigert hat.«

»Ist er gleich eingezogen?«, fragte Johanna.

»Nein, erst heute morgen. Er hat wohl auch noch die Genehmigung von seinem Vorgesetzten einholen müssen. So sagte er mir jedenfalls… Ein wirklich korrekter junger Mann mit guten Manieren.«

»Das stimmt allerdings.«

» Haben Sie ihn schon getroffen, Fräulein Hübner?«

»Ja, vor ein paar Minuten vor dem Haus. Aber wir haben uns schon vor einiger Zeit kennengelernt.« Johanna lachte leise und drehte sich zu Felix um. Aber der war verschwunden, ohne dass die beiden Frauen es gemerkt hatten.

»Na, so was! Wo ist er denn hin?«

Auch Frau Lindenlaub verbarg ihre Verwunderung nicht. »Er hat sich nicht einmal verabschiedet. Das ist aber kein gutes Benehmen.«

Inzwischen war Felix schon in die Wohnung seines Onkels geeilt.

»Adele, wo ist mein Onkel?«

»Im Esszimmer, Herr Felix. Sie kommen gerade richtig. Es wird heute früher als sonst zu Mittag gegessen. Herr Krüger hat nämlich heute nachmittag…« Aber das hörte Felix schon nicht mehr.

»Onkel Kurt, ich höre gerade, dass Frau Lindenlaub seit gestern einen Untermieter hat.«

»Ja, Frau Raddusch hat es mir berichtet und ich habe natürlich nichts dagegen. Wenn Frau Lindenlaub dadurch ihre Witwenpension aufbessern kann, soll es mir nur recht sein.«

»Hat dir Frau Raddusch auch erzählt, dass es sich dabei um einen jungen Mann handelt?«

»Ja, sie hat es erwähnt. Aber wenn Frau Lindenlaub keine Bedenken hat…«

»Weißt Du auch, wer uns da ins Haus gekommen ist?«

»Nein, nicht genau. Ein junger Leutnant vom Garderegiment aus der Wrangelkaserne wohl. Aber warum bist du denn darüber so aufgeregt, mein lieber Junge?«

»Das will ich Dir sagen, Onkel Kurt. Es handelt sich nämlich um einen gewissen, ziemlich aufdringlichen Herrn, den wir beide schon getroffen haben und Johanna kennt ihn auch.«

Kurt Krüger lachte laut. »Jetzt verstehe ich, warum du so echauffiert bist... Das passt dir natürlich nicht!«

»In der Tat, werter Onkel! Das gefällt mir nicht. Es ist doch ganz klar, dass er extra wegen…« Felix stockte und betrachtete verlegen seine Schuhe.

»Na, weswegen?«, fragte Kurt amüsiert.

»Ach… das ist jetzt gar nicht wichtig…«

»Für dich wohl doch... Aber du musst gar nichts weiter sagen. Du bist eifersüchtig auf den Leutnant und hast Angst, er könnte Johanna besser gefallen als dir recht ist.« Er sah seinen Neffen an, der stumm nickte.

»Hast du dich denn ernsthaft in Johanna verliebt?«

»Ja, Onkel Kurt. Spätestens seit heute weiß ich es ganz sicher. Ich habe es ihr auch schon gesagt. Eben gerade vor ein paar Minuten vor dem Haus.«

Kurt schüttelte nachdenklich den Kopf. »Aber mein Junge… am hellen Tage mitten auf der Straße? Das ist aber unpassend und für ein junges Mädchen wenig romantisch.«

»Ja, ich weiß…«, kam als zaghafte Antwort. »Aber als ich gesehen habe, wie sie sich mit dem uniformierten Angeber unterhalten hat und ihm zum Abschied nachwinkte, da konnte ich meine Gefühle nicht mehr im Zaum halten.«

Kurt lächelte verständnisvoll und Felix bekam einen leicht amüsierten Gesichtsausdruck.

»Ich hätte ihr ja auch viel lieber bei einem Mondscheinspaziergang durch den Tiergarten gesagt, dass ich sie liebe, aber das hat sie entrüstet abgelehnt.«

»Das geht auch am Tage, mein lieber Neffe. Vielleicht nimmt Johanna deine Einladung dann an. Deine Tante hat mir jedenfalls damals ihr Jawort gegeben, als ich mit ihr über den Neuen See gerudert bin.«

»Gerudert? Onkel, das ist doch nicht dein Ernst?«

»Nun hör mal auf einen alten Mann mit Lebenserfahrung, lieber Felix. Ich mache Dir einen Vorschlag. Für nächsten Sonntagnachmittag laden wir Johanna und ihre Familie ein, mit uns nach Treptow zu Zenner zu fahren. Das ist ein traditionsreiches Ausflugslokal und liegt sehr schön im Treptower Park direkt an der Spree. Otto Raddusch und seine Frau nehmen wir auch mit, dann wird das eine nette Familienpartie. Und während wir Kaffee trinken, kannst du ein Ruderboot mieten und Johanna fragen, ob sie dich nicht begleiten möchte. Auf dem Wasser seid ihr dann ganz ungestört. Da könnt ihr euch aussprechen.«

Felix schien skeptisch zu sein. »Ich weiß nicht… aber wenn du meinst…«

»Ja, du wirst sehen. Das wird ein schöner Tag für uns alle und ich müsste mich schon sehr täuschen, wenn Johanna ihrerseits für dich nicht auch tiefere Gefühle als nur Freundschaft empfindet.«

Felix entspannte sich und auf seinem Gesicht zeigte sich nun auch Zuversicht.

»Aber… wie kommst Du denn darauf, den Hauswart und seine Frau einzuladen? Das verstehe ich nicht.«

»Ach, weißt du… schließlich sind wir ja entfernt mit ihnen verwandt, wie dir bekannt ist. Außerdem habe ich den

Eindruck, dass die gute Amalie in der letzten Zeit nun wirklich mal ihre Lästerzunge im Zaum gehalten hat.«

»Da hast du allerdings recht, Onkel. Sie hat keine Gerüchte mehr in die Welt gesetzt… Zumindest sind uns keine zu Ohren gekommen.«

»So ist es. Ich bin kein nachtragender Mensch und ich hoffe einfach auf eine endgültige Aussprache, die Familie Hübner eingeschlossen. Die gehörte doch auch zu ihren Opfern.«

»Also gut, dann ich einverstanden. Ich werde nachher gleich zu Johanna gehen und ihr die Einladung überbringen. Ich darf doch?«

»Ja, Felix. Aber nun lass uns essen.« Kurt ergriff eine kleine Tischglocke und läutete nach Adele.

23

An diesem Sonntag, der seinem Namen alle Ehre machte, war wieder einmal mindestens halb Berlin auf den Beinen. Bei Zenner angelangt, befürchteten die Ausflügler zunächst, sie würden keinen Tisch mehr bekommen, an dem sie alle zusammen Platz finden würden.

»Heute herrscht wieder mal Hochbetrieb, meine Lieben! Vielleicht hätten wir einen Tisch reservieren lassen sollen«, sagte Kurt Krüger mit einem Blick über die fast unüberschaubare Menschenmenge, die es sich in den Kopf gesetzt hatte, es sich bei Kaffee und Kuchen gutgehen zu lassen. Dazu spielte eine Kapelle muntere Weisen, deren Texte allgemein bekannt waren, so dass manch lustiger Kreis fröhlich mitsang. Es hatte sich sogar schon ein ganz mutiges Pärchen gefunden, das ganz allein auf einer kleinen Freifläche unter den spöttischen Bemerkungen des Publikums mehr oder weniger gekonnt eine Polka aufs Tanzparkett legte.

»Das ist ja die reinste Volksfeststimmung!«, rief Felix aus.

»Eher ein Volksauflauf!«, korrigierte Kurt.

»Der Einfall, hierher zu kommen, war von dir, Onkel!«

»Der Berliner is' eben een großer Liebhaber scheener Musike«, gab Vater Hübner zur Erklärung. »Und bei Zenner isset immer besonders jemütlich. Da fühlt man sich wohl wie im eijenen Heim.«

»Recht haste, Friedrich«, stimmte Bertha ihrem Mann zu. »Aber nu lass dir nich' einfallen, in den Jesang mit 'inzustimmen.« Sie hob scherzhaft drohend den Zeigefinger.

»Keene Angst, det Singen is' mir nich' inne Wieje jelecht worden. Det weeß ick.«

»Ach, lassen Sie Ihren Herrn Gemahl doch, wenn ihm danach ist…«

»Lieber nich', Herr Felix! Det würden Se bitter bereuen. Wenn Fritz erst mal anfängt, leeren sich janze Etablissements.«

Friedrich erhob Protest. »Aber ooch nur, wenn ick schon kräftich eenen hinter de Binde… ähm… wenn die jeistijen Jetränke uff'n Tisch kommen.«

»Wenn de willst, darfste mir nachher zum Tanz uffordern. Dajejen is' nischt einzuwenden.«

Johanna beendete das nicht wirklich erst gemeinte Wortgefecht der Eltern. »Zu allererst wollen wir Kaffee trinken. Aber dazu müssen wir einen freien Tisch finden. Das wird nicht einfach werden… Wir sind wie viele Personen? Immerhin sieben, oder?«

Nun schaltete sich Amalie Raddusch ein, die bisher kaum ein Wort gesagt hatte. Zu überrascht war sie von Kurt Krügers Einladung gewesen, die sie immerhin als eine Art Friedensangebot gedeutet hatte, zumal dieses als Familienausflug bezeichnet worden war. Der einzige Stachel, den sie dabei noch verspürte, war die Anwesenheit der Familie Hübner, die sie aber großmütig akzeptierte.

»Det werde ick jetzt mal inne Hand nehmen. Ick bin zwar von Natur aus schüchtern, aber wenn et druff ankommt, erreiche ick uff meene scharmante Art ne janze Menge«, verkündete Amalie mit einem ungewohnten Lächeln und stürzte sich in ihrem besten Sontagsstaat ins Gewühl.

»Wat is' denn in Ihre Frau jefahren, Herr Raddusch? Die is' ja wie ausjewechselt«, sagte Bertha. »Die hat ja heute richtig Humor. Isse etwa krank?«

»Ick weeß ooch nich, Frau Hübner. Aber vielleicht macht det die Freude, det wa ooch mit vonne Partie sein dürfen. Seitdem ick ihr det jesacht habe mit deine Einladung, Kurt, isse janz sanft jeworden wie schon lange nich' mehr.«

»Mit Speck fängt man eben Mäuse«, flüsterte Felix Johanna zu, die verstehend nickte.

»Nich' nur sanft, würde ick meenen«, ergänzte Friedrich Hübner. »Neckisch trifft et beinahe noch besser... als ob se ooch nich' janz nüchtern...«

»Friedrich, nu übertreib' mal nich'… Sonst müsste ick denken, du wärst ständig beduselt, weil de doch oft een bißken albern bist.«

»Det haste aber jewusst, det ick so bin, als de mir jeheiratet hast. Nu‘ musste damit leben«, konstatierte Friedrich trocken und nahm mit Befriedigung zur Kenntnis, dass seine Bemerkung mit Lachen kommentiert wurde.

»Papachen, so wie du bist, so sollst du bleiben.« Johanna bedachte ihren geliebten Vater mit einem warmen Blick.

»Schaut mal, Frau Raddusch winkt uns«, bemerkte Felix. »Da hat sie tatsächlich geschafft, Plätze zu finden.«

»Uff meen Malchen is eben Verlass!« In Otto Radduschs Stimme schwang unverkennbar Stolz mit. Er setzte sich in Bewegung und die anderen folgten ihm.

Nachdem alle einen Platz gefunden hatten, ergriff Kurt Krüger das Wort. »Wie ich in meiner Einladung schon versprach, erlaube ich mir, die Anwesenden heute nachmittag für alle Kaffee und Kuchen auf meine Rechnung zu bestellen.«

Amalie nickte zufrieden. »Doch echten Bohnenkaffee, will ick hoffen. --- Aua! Wat buffste mir denn inne Seite, Otto?«

»Na, weeßte…«

»Lass mal, Otto!« Kurt lachte. »Wir wollen es uns wirklich gutgehen lassen. Schade, dass unser Fräulein Adele nicht mitkommen wollte«, setzte er mit Bedauern hinzu. »Aber schließlich hat sie heute frei am Sonntagnachmittag.«

Einen Augenblick überlegte Amalie, ob sich die Abwesende wohl wieder mit dem immer noch geheimnisvollen Fremden traf und in die Cuvrystraße ging. Aber sie wischte den Gedanken daran schnell wieder fort.

Später, als die Kuchenteller und Kaffeetassen leer waren, erhob sich Friedrich Hübner. »Da sich im Hause unseres geschätzten Herrn Krüjer…«, er verneigte sich leicht gegen den Hauswirt, »… Nachrichten immer schnell verbreiten…«, nun lächelte er verschmitzt zur Portierfrau, die ihm einen schnippischen Blick zuwarf. »Jedenfalls, wie vermutlich alle Anwesenden schön jehört haben, hatte ick vor 'ner Weile 'nen Fahrjast, der sich nich' hat lumpen lassen, als ick ihm seine Brieftasche zurückjebracht habe, die er in meene Droschke verloren hatte. Darum isset mir möchlich, die Einladung zu Kaffee und Kuchen zu erwidern, indem ick für die Damen eenen oder zwee Likörchen spendieren möchte und für uns Männer 'ne schöne Molle und nen Korn?«

Friedrich warf seiner Bertha einen Blick zu und sie nickte zustimmend.

»Aber bitte nicht für mich«, sagte Felix, der nun den Augenblick gekommen sah, Johanna zu der von Onkel Kurt vorgeschlagenen Ruderpartie einzuladen. Er erhob sich.

Johannas Augen blitzen freudig und sie stand auch vom Tisch auf. Bertha räusperte sich vernehmlich. Das Mädchen besann sich und blickte erst ihre Mutter, dann ihren Vater und dann wieder die Mutter an. »Darf ich… ?«

Bertha nickte stumm, zeigte aber ein wohlwollendes Lächeln. Auch wenn sie anfangs unsicher gewesen war, ob die Freundschaft ihrer Tochter zum Neffen des Hauswirts zu begrüßen wäre, so hatte sie sich an den Gedanken gewöhnt und auch mit den aufmerksamen Augen einer Mutter bemerkt, dass in den Herzen der beiden jungen Menschen wohl doch das aufkeimte, was man wahre Liebe nennt. Ja, der Herr Felix erschien ihr immer mehr als ein akzeptabler Schwiegersohn in spe.

»Jetzt habe ich dich gar nicht gefragt, ob du schwimmen kannst, Johanna«, sagte Felix, als sie schon ein paar Meter vom Ufer entfernt waren.

»Nein, das hast du nicht, Felix!«, erwiderte Johanna mit spitzem Unterton. »Und was wäre, wenn ich es nicht kann?«

Felix warf ihr einen spöttischen Blick zu. »Dann habe ich die Gewissheit, dass ich dir jetzt eine Liebeserklärung machen kann, ohne dass du mir davonlaufen kannst.«

»Du hast wirklich Glück, dass ich dir hier auf dem Wasser wirklich nicht einfach den Rücken zudrehen und fortgehen kann… auch wenn ich schwimmen kann. Das hast du dir sehr schlau ausgedacht«, sagte sie möglichst abweisend.

Felix sah seine Angebetete an und versuchte zu ergründen, ob ihre Empörung echt war oder ob sie ihn nur zappeln lassen wollte. Er dachte aber auf keinen Fall daran, seinen beabsichtigten Heiratsantrag aufzuschieben.

»Ich bestreite jede Schuld, Johanna. Die Idee, ein Ruderboot zu mieten, kam von Onkel Kurt. Das musst du mir glauben.«

»Und wenn ich es nicht tue? Was machst du dann?«

Felix verkniff sich ein Lachen.

»Du kannst ihn selbst fragen, wenn wir zurück sind.«

»Dann rudere uns sofort zurück ans Ufer!«, befahl Johanna energisch.

»Das kommt gar nicht in Frage. Erst, wenn ich dir gesagt habe, dass ich dich liebe und wenn ich dir einen Kuss gegeben habe.«

Felix wollte sich erheben, dabei begann das Boot, leicht zu schaukeln.

»Was machst du?«, rief Johanna dann auch gleich sehr ängstlich aus. »Felix, setz dich sofort wieder hin!«, flehte sie. »Sonst kippen wir noch um. Du bekommst deinen Kuss!«

Lächelnd nahm er wieder Platz auf der Ruderbank, beugte sich vor und küsste Johanna zärtlich.

»Na endlich… Das hat ja gedauert!«

»Was?«

»Du weißt genau, was ich meine… Obwohl ich natürlich enttäuscht bin, dass du es erlaubt hast, weil du Angst hattest.«

»Wenn du aber auch den Kahn ins Schaukeln bringst, dass wir beide fast ins Wasser…« Johanna unterbrach sich und sah ihn misstrauisch an. »Oder hast du das etwa mit Absicht gemacht?«

Felix hob abwehrend die Hände. »Ich schwöre dir bei meiner Liebe zu dir, das habe ich bestimmt nicht…«

»Also gut, ich will dir glauben… wenn du es mir bei deiner Liebe zu mir schwörst…« sagte sie sanft und sah ihn nun fast zärtlich an.

»Wirst du mich denn nun auch heiraten?«, fragte Felix, durch ihren sanften Blick ermuntert.

»Es bleibt mir ja nichts anderes übrig, nachdem du mich so ganz öffentlich auf der Spree geküsst hast, wo am Ufer die vielen Leute sitzen?«

»Das hat bestimmt niemand gesehen. Außerdem machen das viele Pärchen.«

Johanna sah sich um.

»Hattest Du nicht einen Sonnenschirm dabei?«, fragte Felix.

»Ja, hier!« Johanna griff neben sich und hielt ihn hoch. »Was willst du denn damit?«

»Das wirst du gleich sehen, mein Engel.« Felix ergriff den Schirm, spannte ihn auf und hielt ihn so, dass man sie vom Ufer aus nicht mehr sehen konnte.

Bertha Krüger , die die beiden von ihrem Platz aus beobachtet hatte, stieß ihren Fritz an. »Nu kiek dir det an. Die beeden woll‘n wohl nich‘ beoabchtet wer‘n.«

»Na, wenn ick mir richtich erinnern tu, denn hab‘ ick dir unsern Verlobungskuss ooch janz heimlich uffjedrückt. Damals inne Ackerstraße uff‘m Dachboden. Weeßte det nich mehr?«

Bertha schwieg, lächelte aber milde und senkte verschämt wie ein junges Mädchen die Augen. Dann aber schnellte ihr Kopf wieder empor. »Verlobung?«, rief sie aus.

Kurt Krüger ergriff schnell ihre Hand und nickte besänftigend. »Es sollte mich wirklich nicht wundern.«

»Wat passiert denn da?«, fragte nun auch Amalie, die damit beschäftiugt gewesen war, auch die allerletzten Krümel vom Streuselkuchen auf ihrem Teller möglichst unbemerkt mit spitzen Fingern zum Mund zu führen. »Immer diese Heimlichkeiten.«

»Ach wat, Heimlichkeiten«, grinste Otto. »Knutschen tun se.«

»Ja, ja, die jungen Leute«, seufzte Amalie und es schien ein wenig Wehmut in ihrer Stimme mitzuschwingen.

»Na, wat die könn', könn' wir schon lange!«, rief Otto gutgelaunt aus, ergriff seine Amalie und drückte ihr einen dicken Kuss auf die Lippen… worauf Amalie mit einem Schrei der Überraschung auf ihrem Gartenstuhl fast nach hinten kippte, wenn Otto sie nicht so fest im Griff gehabt hätte.

24

»Guten Morgen, Onkel Kurt!« Felix betrat am nächsten Morgen das Esszimmer eine halbe Stunde später als sonst und gähnte hinter der vorgehaltenen Hand.

»Guten Morgen, mein Junge!« Der Onkel lächelte. »Ich dachte schon, du würdest heute gar nicht aufstehen wollen. Es ist schon halb acht.« Er deutete auf die Wanduhr.

»Entschuldige, Onkel. Aber ich konnte lange nicht einschlafen.«

»Ich verstehe schon. Man verlobt sich schließlich nicht jeden Tag mit so einem reizenden Mädchen wie Johanna.«

»Onkel Kurt, du bist gefährlich. Du weißt alles, siehst alles, merkst alles.« Felix grinste. Dann wurde er unversehens ernst. »Hättest du Einwände gegen eine Hochzeit mit Hanna?«

Kurt schüttelte den Kopf. »Im Gegenteil.«

Felix atmete auf. »Dann bin ich beruhigt. Ich muss dir nämlich noch etwas gestehen.«

Kurt Krüger sah auf und sein Gesichtsausdruck wurde ernst. »Ihr beide seid doch wohl noch nicht… ich meine, ihr habt nicht…«

Felix hob abwehrend die Hände. »Nein, keine Sorge, Onkel Kurt. Wir sind noch nicht zu weit gegangen. Aber Hanna und ich haben uns gestern abend noch einmal heimlich getroffen und haben einen langen Spaziergang gemacht. Die laue Sommernacht und der Vollmond… Wir sind hinunter zum Kanal, dann über die Brücke und haben dann eine ganze Weile im Schlesischen Busch auf einer Bank gesessen.«

»Aha!«, sagte Kurt nur, lächelte dann aber wieder. »Also doch noch ein Mondscheinspaziergang. Aber solange ihr anständig geblieben seid, ist dagegen nichts einzuwenden.«

»Hochanständig, lieber Onkel«, versicherte Felix mit ernster Mine. »Und wir waren noch vor Mitternacht wieder zu Hause. Ansonsten haben wir fast die ganze Zeit nur darüber gesprochen, wie wir uns unser gemeinsames Leben vorstellen und wie es sein wird, wenn wir verheiratet sind.«

»Nun, zunächst kommt erst mal eine angemessene Verlobungszeit. Und ihr dürft auch nicht vergessen, dass du noch gar keinen Beruf hast. Du kannst bisher gar keine Familie ernähren. Zuerst kommt dein Studium. Bis zur Hochzeit ist also noch ein ganzes Stück Weg.«

Felix nickte. »Das ist mir klar. Aber solange ich bei dir wohnen kann und Hanna unten bei ihren Eltern, können wir uns jeden Tag sehen. Das reicht uns.«

»Dann ist es gut, mein Junge«, nickte Kurt zufrieden. »Aber einen offiziellen Antrag bei Johannas Vater hast du doch wohl noch nicht gemacht, oder?«

»Nein, damit wollte ich noch warten. Ein paar Tage wenigstens.«

»Gut, aber verschiebe es nicht zu lange. Ich kann mir vorstellen, dass Hübners sicherlich darauf warten. - Nun nimm aber endlich Platz und frühstücke. Adele wird dir gleich frischen Kaffee bringen.« Er nahm eine kleine Messingglocke, die auf dem Tisch neben seinem Teller stand und läutete.

Wie ein Echo kam nun auch ein Klingeln aus dem Korridor.

»Ach, das wird Herr Schmidtke sein mit der ersten Post.«

Kurz darauf klopfte es an der Tür und Adele kam herein und bestätigte Kurts Vermutung.

»Ein Brief für Sie, Herr Krüger«, sagte sie und überreichte ihm einen amtlich aussehenden Umschlag.

»Danke, Adele. Bitte bringen Sie meinem Neffen frischen Kaffee.«

Adele nahm die Kanne und verschwand in der Küche, während Kurt Krüger das Schreiben öffnete.

Einen Augenblick überflog er unter einem Murmeln die Zeilen.

Dann schwieg er, wobei er sichtlich über etwas nachdachte.

»Unangenehme Nachrichten, Onkel?«

Kurt gab keine Antwort. Dann aber reichte er deinem Neffen den Brief. »Vom Magistrat«, gab er knapp zur Antwort. »Hier, lies selbst!«

Felix ließ seine Augen langsam über das Schriftstück gleiten. Dann legte er den Brief beiseite.

»Eine elektrische Straßenbahn wollen sie durch die Falckensteinstraße legen«, resümierte er den Inhalt.

»Das wird eine ganz schöne Aufregung geben.« Kurt kratzte sich den Kopf. »Und dazu viel Lärm und Schmutz beim Bau. Wir Hausbesitzer werden gar nicht gefragt, sondern nur informiert.«

»Was bedeutet das?«

»Das kann ich dir sagen, mein Junge. Wir können nichts dagegen tun.«

Nun wurde Felix munter. »Aber, Onkel. Man kann sich dem Fortschritt nicht entgegenstellen, schon gar nicht in Berlin. Das ist schließlich die Reichshauptstadt. Und die Zukunft gehört nun mal der Elektrizität.« Begeistert leuchteten seine Augen. »Und wenn die Strecke fertig ist, gibt es doch keinen Schmutz mehr und keinen Baulärm. So eine Straßenbahn ist doch noch einfacher zu bauen als eine elektrische Hochbahn oder eine Untergrundbahn.«

»Halt mich bitte nicht für rückständig.« Kurt Krügers Stimme klang leicht verärgert. »Ich weiß den Fortschritt durchaus zu schätzen. Deswegen lasse ich mir auch im nächsten Monat einen Fernsprechanschluss legen.«

»Bravo, Onkel! Du gehst also doch mit der Zeit.«

»Natürlich. Hast du etwas anderes erwartet? Aber ich halte unsere Straße einfach nicht breit genug für eine Straßenbahn. Dazu die elektrische Oberleitung. Dafür müssen Masten aufgestellt werden. Oder man befestigt sie direkt an den Fassaden den Häuser. Das habe ich schon in der Leipziger

Straße gesehen. Und Lärm wird es weiterhin geben. Wenn dann alle Viertelstunde oder noch öfter so eine Bahn herangerumpelt kommt, das wird man in den Wohnungen im Vorderhaus bestimmt merken. Dann ist es mit unserer Ruhe vorbei.«

Felix lachte. »Entschuldige, Onkel Kurt. Aber besonders ruhig empfinde ich die Falckensteinstraße nicht unbedingt. Die Fuhrwerke, die zur Baustelle der Hochbahn rattern, dazu der Lärm der Züge, der vom Görlitzer Bahnhof herüberkommt …«

Wie zum Beweis gellte in diesem Augenblick der Pfiff einer Lokomotive durch das halb geöffnete Fenster und man hörte gleich danach das Stampfen der Lokomotive, die sich in Bewegung setzte.

Kurt Krüger sah seinen Neffen an, dann lächelte er matt und nickte langsam. »Du hast ja recht, mein Junge. Die Welt dreht sich weiter. Aber ich stamme eben aus einer Zeit, als noch Postkutschen unser schönes Preußen durchquerten und gehöre zu der Generation, für den schon die erste Pferdebahn vom Brandenburger Tor nach Charlottenburg vor über dreißig Jahren eine Senation war.«

Felix machte ein skeptisches Gesicht. »Onkel Kurt, du bist doch trotz deines Alters, entschuldige bitte, noch kein Greis. Ich habe dich immer als modernen, vor allem aber aufgeschlossenen Menschen kennengelernt. Und da du auch in deinem Leben viel mit der Eisenbahn gereist bist, kann ich dich nicht verstehen«, erwiderte er voller Vorwurf.

Kurt atmete tief durch. »Also gut. Ich will als guter Untertan dem Fortschritt nicht im Wege stehen. Ändern kann ich ohnehin nichts.«

»So ist es recht. Außerdem denke daran, dass du dich in guter Gesellschaft befindest. Der Kaiser ist schließlich von allem begeistert, was mit moderner Technik zu tun hat. Elektrische Züge, Schiffe, Automobile...«

»Das stimmt allerdings. Also werde ich mich auf die elektrische Straßenbahn freuen.« Kurt Krüger sah seinen Neffen an, zwinkerte ihm zu und fügte dann hinzu: »Aber auch wenn der Kaiser noch so sehr davon begeistert ist, werde ich mir im Leben kein Automobil anschaffen. Ich bleibe bei Herrn Hübner und seiner Pferdedroschke.«

Felix lachte. »Dagegen habe ich nichts einzuwenden.«

Sein Onkel zwinkerte amüsiert mit den Augen. »Da fällt mir aber ein Stein vom Herzen. Aber für dich und deine Generation ist das doch sicherlich später mal von Bedeutung.«

»Was? Das Automobil?« Felix dachte kurz nach. »Ja, da könntest du recht haben. Und wenn ich so nachdenke, was sonst so alles allein in den letzten Jahren erfunden wurde… ich bin schon sehr gespannt, was uns das kommende zwanzigste Jahrhundert noch alles bescheren wird.«

»Nun, das wird sich zeigen. Noch hat es nicht angefangen. Jetzt im Augenblick würde mich interessieren, was du dir für den heutigen Tag vorgenommen hast. Oder hast du keine Pläne?«

»Doch, Onkel. Ich will mir gründlich die Hochbahnbaustelle in der Skalitzer Straße ansehen. Das habe ich schon lange vorgehabt.«

Kurt Krüger hob die Augenbrauen, sagte aber nichts.

25

Knappe drei Stunden später trat Johanna aus der Haustür, einen Korb am Arm und einen Einkaufszettel in der Hand. Sie war froh, dass ihre Mutter sie zum Einkaufen geschickt hatte, denn sie hatte immer noch ein schlechtes Gewissen, weil sie sich ohne zu fragen am Abend vorher noch einmal aus der Wohnung geschlichen hatte, um mit Felix spazieren zu gehen.

Zu gerne hätte Johanna ihr erzählt, wie glücklich ihr ums Herz war, was für herrliche Pläne sie auf der Bank im Schlesischen Busch mit Felix geschmiedet hatte und dass sie nun wirklich mit ihm verlobt war, wenn auch noch nicht offiziell. Vor allem aber hätte sie ihrer Mutter so gerne gesagt, dass sie noch nie soviel Liebe für einen anderen Menschen als für sie oder den Vater empfunden hatte.

Auf ihrem Weg zum Gemüsehändler Schläfke hing sie so sehr ihren Gedanken nach, dass sie gar nicht darauf achtete, wer noch mit ihr auf dem Bürgersteig unterwegs war.

Plötzlich prallte sie auf ein Hindernis und als sie erschreckt den Kopf hob, erblickte sie einen breiten Rücken in einer Uniform, die beide zu Alexander von Opitz gehörten, der sich gerade mit einem Kameraden unterhielt.

Der junge Leutnant drehte sich um, aber als er Johanna erkannte, lachte er.

»Das war ein geschickter Angriff aus dem Hinterhalt, Fräulein Johanna. Aber Ihnen verzeihe ich alles und ergebe mich.«

Johanna wurde rot. »Ich bitte sehr um Verzeihung, Herr von Opitz. Ich war mit meinen Gedanken ganz woanders.«

»Das merkt man.« Er zwinkerte ihr zu, dann betrachtete er sie näher. »Sie strahlen heute aber besonders glücklich.«

»Ja, ich habe auch allen Grund dazu.«

»Verraten Sie mir das Geheimnis?«

Johanna atmete tief ein, aber bevor sie antworten konnte, fühlte Alexander, dass ihm jemand auf die Schulter klopfte und ihn zur Seite schob.

»Du bist mir ein schöner Kamerad, Opitz. Willst du mich der reizenden, jungen Dame nicht vorstellen?«

Alexander stöhnte leise auf, dann wies er auf seinen Begleiter, der die gleiche Uniform wie er trug. Also, dann muss es wohl sein. Willumeit, darf ich dich mit Fräulein Hübner bekannt machen. Wir wohnen im gleichen Haus. Fräulein Johanna, ich darf Ihnen meinen Kameraden und besten Freund Willumeit vorstellen. Rudolf Willumeit aus Insterburg.«

Johanna reichte ihm die Hand, die der junge Mann ergriff und mit den Lippen leicht berührte. Das ließ sie erröten, denn diese Form der Begrüßung war ihr zwar aus Romanen bekannt, aber sie war es nicht gewohnt, dass man sie ihr angedeihen ließ.

Sie schwieg einen Augenblick.

»Ich bin entzückt, mein liebes Fräulein Johanna.«

Alexander protestierte. »Willumeit, du weißt wohl nicht, was sich gehört. Für dich immer noch Fräulein Hübner.«

Johanna lachte. »Ach, lassen Sie ihn nur, Herr von Opitz. Sie nennen mich schließlich auch beim Vornamen.«

»Das ist doch wohl etwas anderes«, meinte Alexander und lächelte.

Sein Begleiter lächelte auch. »Ach, das ist die junge Dame«, raunte er leise, »von der du...« Weiter kam er nicht, denn in diesem Augenblick erhielt er, von Joahnna unbemerkt, von seinem Freund einen heftigen Stoß in den Rücken als Zeichen, dass er schweigen sollte. Gleichzeitig erntete er einen bitterbösen Blick.

Johanna hatte nichts bemerkt und vor allem nichts gehört, denn in diesem Augenblick war ein Pferdefuhrwerk ratternd an ihnen vorbeigekommen.

»Sie stammen doch sicherlich nicht aus Berlin, Herr Willumeit. Ihre Aussprache...«

»Ganz recht, gnädiges Fräulein. Meine Familie lebt in Insterburg.«

Johanna nickte wissend. »Das liegt in Ostpreußen, nicht wahr?«

»Gnädiges Fräulein sind sehr gebildet.«

»Aber nein. Aber ich interessiere mich aber für viele Dinge. Und Herr Krüger, unser Hauswirt, war früher einmal Lehrer und er hat mir vieles nähergebracht. Außerdem ist er der Onkel meines…« Sie zögerte kurz, aber dann sprach sie es beinahe genußvoll aus, »…meines Verlobten.«

Alexander von Opitz warf ihr einen erstaunten Blick zu, der auch seinem Freund nicht verborgen blieb.

»Na, mein lieber Opitz. Das scheint eine Neuigkeit für dich zu sein.«

»In der Tat, in der Tat!« Alexander sah Johanna betrübt an.

»Sie sind verlobt, Fräulein Johanna? Mit diesem Herrn Felix?«

Sie nickte. »Seit gestern abend. Das heißt, noch nicht offiziell. Er muss noch bei meinen Eltern um meine Hand anhalten. Aber wir sind uns einig.«

Alexander schöpfte Hoffnung. »Verlobt ist noch lange nicht verheiratet.«

»Du bist ein unverbesserlicher Optimist«, sagte sein Freund. »Aber jetzt komm. Wir müssen zum Dienst.« Er wandte sich Johanna zu, ergriff wieder ihre Hand und gab ihr erneut einen Handkuss. »Mein Fräulein, es war mir ein Vergnügen, Sie kennenzulernen.« Dann sah er Alexander an und kicherte.

Johanna sah, wie in der Ferne Amalie Raddusch die Falckensteinstraße entlang kam und entzog ihm schnell ihre Hand. »Hat mich auch sehr gefreut, Herr Willumeit«, antwortete sie eher unkonzentriert. »Herr von Opitz…«

Alexander, der Johannas Blick gefolgt war, erkannte nun ebenfalls die Hauswartsfrau und erfasste damit die Situation sofort.

»Ja, lass uns gehen, Willumeit.«

Die beiden jungen Offiziere entfernten sich in Richtung der Wrangelstraße und Johanna verschwand schnell im Laden des Gemüsehändlers.

Aber natürlich hatte Amalie von Weitem erkannt, dass sich die drei jungen Leute recht angeregt unterhalten hatten. Doch sie nahm sich vor, es niemandem zu erzählen. Sonst würde man es ihr wieder als Tratsch anlasten. Als sie aber ein paar Minuten später Felix vor der Haustür traf, konnte sie dann doch nicht schweigen und berichtete ihm von ihrer Beobachtung.

Felix winkte ab, denn er war mit seinen Gedanken ganz woanders. »Das war bestimmt eine ganz harmlose Begegnung, Frau Raddusch.«

»Det gloobe ick aber nich‘, Herr Felix. Ick habe janz jenau jesehen, det Fräulein Johanna und der Herr von Opitz sich janz plötzlich und eilig verabschiedet ham, wie se mir ham kommen seh‘n. Die ham Heimlichkeiten.«

Felix runzelte nachdenklich die Stirn.

»Passen Se man jut uff, Herr Felix. Man kennt doch die Herren Jardeoffiziere! Der eene hat ihr sojar die Hand jeküsst.« Frau Raddusch blickte die Straße hinunter und sah Johanna aus dem Gemüseladen kommen.

Sie legte ihre Hand auf den Arm von Felix. »Ick habe Ihnen ja ooch bloß erzählen wollen, wat ick jesehen habe. Nich‘ det ick tratschen wollte.« Ohne eine Antwort abzuwarten, verschwand Amalie im Hausflur, während Felix vor dem Haustor stehenblieb.

Johanna strahlte. Als sie ihn erkannte. »Felix!«, rief sie laut aus. »Ich habe dich fürchterlich vermisst«, setzte sie leise hinzu, so dass nur er sie verstehen konnte.

»Warst du einkaufen?«

»Ja, bei Schläfkes. Mutter braucht noch Mohrrüben und Kartoffeln für das Mittagessen. Dazu gibt es Buletten. Willst du nicht zu uns zum Essen kommen?«

»Wenn deine Mutter nichts dagegen hat«, antwortete Felix knapp. Er ärgerte sich, dass Eifersucht in ihm aufsteig, obwohl er seit gestern doch genau wusste, dass Johanna ihn und nur ihn liebte. Aber dieser Alexander von Opitz war ihm nun mal ein Dorn im Auge. Und insgeheim musste er Frau Raddusch zustimmen. Gerade junge Offiziere, noch dazu von der Garde, durfte man nicht unterschätzen.

Aber dann wischte er den Gedanken wieder beiseite und sah das junge Mädchen an, dass er heiraten wollte. Jung, unschuldig und einfach reizend. Als sie ihm dann noch ganz unbekümmert von ihrer Begegnung mit Alexander von Opitz und seinem Kameraden erzählte, während er ihren Einkaufskorb ins Haus trug, beruhigte er sich wieder.

»Wann soll ich zu euch kommen?«

»In zwei Stunden ist das Mittagessen fertig.«

Felix zog seine Taschenuhr aus seiner Weste, die er unter dem Rock trug. Also um ein Uhr!«

»Papa wird heute auch zum Mittagessen heimkommen… Falls du ihn etwas fragen willst, hast du also gleich eine gute Gelegenheit.«

Felix räusperte sich verlegen. »Damit möchte ich noch warten. Ich habe nämlich vorher noch etwas zu besprechen. Mit dir und auch mit meinem Onkel.«

»Das hört sich aber sehr gehimnisvoll an. Aber gut.«

Felix sah sich um. Niemand war zu sehen. Er beugte sich vor, nahm Johanna in den Arm und küsste sie.

26

»Ich habe mir die ganze Sache genau überlegt, Onkel Kurt. Ich weiß, dass es dein Traum war, dass ich einmal in deine pädagogischen Fußstapfen trete. Aber nun bin ich fest entschlossen, dass ich einen technischen Beruf ergreifen möchte.« Felix holte tief Luft, dann setzte er seine Rede fort, bevor sein Onkel seine Einwände loswerden konnte.

»Ich habe in den letzten Tagen meine Erkundigungen eingeholt. Ich könnte dazu an die Technische Hochschule nach Charlottenburg und das Studium dauert nicht länger als… Aber wenn du… ich meine… ich könnte es verstehen, dass du…« Nun kam Felix doch noch ins Stottern. Er senkte den Kopf, atmete wieder tief ein und blickte seinem Onkel direkt in die Augen. »Wenn ich trotzdem bei dir mein Zimmer behalten könnte… Ich bezahle auch Miete dafür«, setzte er hastig hinzu. »Neben dem Studium kann ich nämlich arbeiten und dabei schon praktische Erfahrungen sammeln. Ich habe…«

Kurt Krüger erhob sich vom Sofa. Die beiden saßen im Salon und tranken ihren Nachmittagskaffee.

»Nun mal langsam mit den Pferden, mein Junge!« Kurt erhob besänftigend seine Hände und trat zu seinem Neffen, der die ganze Zeit aufgeregt auf und ab gegangen war. »Und setz dich bitte hin, sonst läufst du mir noch Löcher in den guten Teppich«, lachte er. »Es kommt zugegebener Maßen überraschend für mich, was du mir hier eröffnest. Aber hältst du mich für so unverständig, dass ich kein Verständnis für deine Berufswünsche hätte. Du bist ein junger Mann mit viel Verstand, dem die Welt mehr zu bieten hat als ein verstaubter Schulmeister zu werden wie dein alter Onkel.«

Felix blickte hoffnungsvoll auf.

»Also, lieber Neffe, wenn es dein Wunsch ist, dann will ich dich gern auch dabei unterstützen. Es kann alles so bleiben, wie es ist. Wie ich es versprochen habe, bezahle ich dein Studium und deinen Lebensunterhalt, bis du auf eigenen Füßen stehst.«

»Onkel Kurt! Du bist…« Felix sprang auf und umarmte den Älteren herzlich und drückte ihn. »Ich bin dir so dankbar. Und du musst mir glauben, dass ich wirklich erst Lehrer werden wollte wie du. Aber als ich dann nach Berlin kam und die ganzen aufregenden technischen Entwicklungen mit eigenen Augen gesehen habe… die Automobile, die elektrischen Straßenbahnen, die neue Hochbahn… da war es einfach um mich geschehen. Und der Brief, den du heute morgen bekommen hast wegen der Straßenbahn durch die Falckensteinstraße, da stand mein Entschluß endgültig fest. Darin liegt die Zukunft.«

»Und du willst neben dem Studium noch zusätzlich arbeiten?«

»Ja, Onkel. Ich bin heute vormittag an der Hochbahnbaustelle gewesen und habe mit einem der Siemens-Ingenieure gesprochen, mit dem ich mich vor ein paar Wochen angefreundet habe. Lobitz heißt er, Heinrich Lobitz. Ein ganz prächtiger Mensch, von dem ich viel lernen kann. Ich habe ihn schon ein paarmal auf die Baustelle begleitet. Er hat versprochen, mich unter seine Fittiche zu nehmen.«

»Dann kann wohl nichts schiefgehen!«

»Nein, Onkel Kurt, kann es nicht. So, und nun will ich mit Johanna darüber reden. Schließlich weiß sie noch nichts über meine Pläne. Ich wollte erst abwarten, was du zu der ganzen Sache sagst. Aber nun kann ich auch endlich mit ihrem Vater reden und um ihre Hand anhalten.« Felix war ganz aufgeregt.

»Dann geh nur, mein Junge!«, sagte Kurt mit gutmütiger Miene. »Sag deiner Braut Bescheid. Dass du auch zu deinen Heiratsplänen meinen Segen hast, weißt du ohnehin. Johanna wird mir eine willkomme Nichte sein. Und mit der Hochzeit sollt ihr gar nicht lange warten müssen. Wie gesagt, für deinen, also euren Lebensunterhalt sorge ich angemessen, solange du noch kein eigenes Einkommen hast.«

»Danke, lieber Onkel Kurt.«

Felix stand schon an der Tür zum Korridor, als Kurt ihn am Arm festhielt.

»Eines will ich dir noch sagen, lieber Felix. Ich werde morgen nachmittag den guten Doktor Holtzendorff, meinen Freund und Rechtsanwalt aufsuchen. Da werde ich mein Testament zu deinen Gunsten ändern. Wenn ich einmal nicht mehr bin, bekommst du dieses Haus und…«

»Onkel Kurt!«, antwortete Felix streng. »Darüber reden wir noch. Denk daran, dass du noch einen Sohn hast.« Er verließ das Zimmer während Adele von Strelow gerade aus der Küche kam, um die Kaffeetassen im Salon abzuräumen.

»Fräulein Adele, sie sehen ja so verstört aus«, bemerkte der Hausherr. »Haben Sie Kummer?«

»Nein, Herr Krüger«, kam die knappe Antwort. Aber Kurt Krüger war sich sicher, dass seine junge Haushälterin sich über etwas sorgte.

Im Korridor traf Adele auf Felix, der gerade in sein Zimmer gehen wollte. Sie atmete tief durch und sprach ihn an.

»Herr Felix, ich…« Sie stockte.

Felix wandte sich um und sah die junge Frau erwartungsvoll an. »Bitte?«

»Ich… Darf ich einen Augenblick mit Ihnen sprechen? Es ist wichtig.« Sie sprach leise und drehte sich immer wieder um.

Felix lachte laut. »Sie machen es ja sehr geheimnisvoll, Fräulein Adele.

»Psssst! Ich möchte nicht, dass Ihr Onkel etwas davon erfährt. Das müssen Sie mir versprechen.« Sie sah ihn fast flehentlich an.

»Was soll mein Onkel nicht erfahren? Sie sprechen in Rätseln.«

»Ich will Ihnen alles erklären, aber nicht hier.« Sie sah sich noch einmal um, und dann ergriff sie seinen Arm und zog den erstaunten Felix in die Küche und von dort in die Speisekammer, deren Tür sie hinter sich zuzog.

Es war sehr wenig Platz und durch das schmale Fensterchen drang auch nur wenig Licht in die Kammer, in der Kartoffeln, Zwiebeln und andere Lebensmittelvorräte lagerten und eine wilde Mischung verschiedenartigster Gerüche den kleinen Raum erfüllten.

Durch die Enge waren die beiden gewzungen, sehr dicht beieinander zu stehen. Felix fühlte sich etwas peinlich berührt, war aber auch neugierig, was das Ganze sollte. Ungeduld erfasste ihn und er verlangte nun eine befriedigende Erklärung.

»Ich brauche Ihre Hilfe, Herr Felix!«

27

Am nächsten Vormittag kam Bertha Hübner gerade vom Bäcker Puhlmann gegenüber, als Felix vor das Haus trat. Sie wollte ihm schon zuwinken, aber dann bemerkte sie zu ihrer Verwunderung, dass er nicht allein war, denn Adele befand sich an seiner Seite. Als sie dann noch sah, dass das Dienstmädchen sich bei Felix eingehakt hatte, ließ sie vor Schreck die Tüte mit den Schrippen fallen.

»Nu‘ brat mir eener ‘n Storch und die Beene recht knusprich«, entfuhr ihr unwillkürlich laut und deutlich ihr Lieblingsspruch. Aber die beiden jungen Leute hörten sie nicht, denn gerade in diesem Augenblick pfiff schrill eine Lokomotive vom Görlitzer Bahnhof, was alle Geräusche überdeckte. Daher drehten sie sich nicht zu ihr um, sondern setzten ihren Weg in Richtung der Görlitzer Straße fort.

In diesem Augenblick trat Amalie Raddusch mit ihrem Besen aus dem Haustor, winkte aufgeregt zu Bertha hinüber und kam über den Fahrdamm gelaufen, wobei sie gerade noch einem Fuhrwerk ausweichen konnte. Das Fluchen des Kutschers überhörte sie.

»Ach, Jotte nee, Frau Hübner. Ick bin ja janz außer mir«, sagte sie atemlos.

»Wat is‘ denn nur los, Frau Raddusch?«

»Also, nich‘, det Se denken, ick will wieder Klatsch verbreiten...«

Bertha winkte ab. »Ach, Sie meinen wohl den Herrn Felix und das Fräulein Adele…«, antwortete sie möglichst gleichmütig.

»Ach, Sie ham die Beeden ooch jeseh‘n?«

Bertha nickte. »Nur keene voreilijen Schlüsse!«, mahnte sie. »Sonst jibt‘s bloß wieder Ärjer. Und keen Wort zu Hanna!«

»Ick werde mir hüten. Aber ick bin mir sicher, det mit diesem Frollein von Strelow irjendwat nicht stimmt. Ick habe die schon vor ner Weile beobachtet, wie se mit nem fremden Kerl...«

Bertha Hübner winkte ab. »Davon will ick nischt wissen. Also, halten Se den Mund, Frau Raddusch!«

Amalie nickte betreten. Zu gerne hätte sie ihre Vermutung geäußert, dass die beiden vielleicht in die Cuvrystraße gingen. Aber Frau Hübners Anweisung war deutlich gewesen. Sie schwieg und zusammen gingen die beiden Frauen über die Straße. Bertha verschwand im Haus, während Amalie voller Inbrunst den Bürgersteig so kraftvoll fegte, dass es nur so staubte.

Bertha setzte sich erst einmal an den Küchentisch, nachdem sie sich den Rest des Muckefucks vom Frühstück eingegossen hatte. Sie versuchte, nachzudenken und sich darüber klarzuwerden, was ihre Beobachtung zu bedeuten hatte. Und vor allem bewegte sie die Frage, ob sie Hanna davon etwas erzählen sollte.

Die Antwort sollte sie kurz darauf bekommen, weil Hanna vom Einkaufen zurückkam. Sie war ganz aufgeregt, denn sie hatte beschlossen, zumindest ihrer Mutter von der heimlichen Verlobung mit Felix zu erzählen. In wenigen Tagen würde er sowieso bei den Eltern um ihre Hand anhalten. Und da war es ihr lieber, dass sie vorher mit der Mutter unter vier Augen sprechen und noch ein paar Dinge erkären lassen konnte, von denen sie zwar etwas ahnte, aber dann doch nicht hundertprozentig Bescheid wusste.

Doch als Johanna mit der Nachricht dann herausplatzte, erschrak sie über bestürzte Gesicht, in das sie blickte.

»Kind, du weeßt, det wir dir nie wat abschlagen würden, wat dir jlücklich machen tut. Dein Vater und ick, wir wissen, wie et um dir steht. Du liebst Felix und willst ihn heiraten. Aber…« Bertha rang die Hände.

»Ich verstehe nicht…« Johanna wurde blass. »Mama, ich dachte immer, ihr hättet nichts dagegen. Es ist doch eigentlich schon so gut wie beschlossen.«

»Ja, ick weeß. Und du weeßt ooch, det ick nischt uff Tratsch jebe…«

»Ach, hat etwa Frau Raddusch wieder ihr Klatschmaul uffjerissen?« Vor Aufregung verfiel nun auch Johanna wieder ins Berlinische. »Da soll doch…«

»Nee, Kind, so is det nich' jewesen. Die Raddusch hat mir bloß uff wat uffmerksam jemacht. Ick hab's mit eijene Oogen jesehn.«

»Wat haste jesehen? Nu saach doch, Mutter.«

»Wie weit kannste denn deinem Felix vertrauen? Wat meenste?«

»Wat soll det heißen? Wat hatter denn jemacht?«

»Dein Felix und det Fräulein Adele, die sind Arm in Arm die Straße lang in Richtung vom Jörlitzer Bahnhof. Vor ne Viertelstunde.«

Johanna sah zuerst die Mutter an, dann blickte sie aus dem Küchenfenster und dann wieder ihre Mutter.

Nach einem Augenblick der Stille erhob sich vom Küchentisch, an dem sie die ganze Zeit gesessen hatte.

»Hanna, ick wollte dir erst nischt erzählen, aber wie de so ringestürmt jekommen bist und von deine Verlobung jeschwärmt hast, is mir janz anders jeworden. Mit dir hatter sich heimlich verlobt, aber mit det Fräulein von Strelow in aller Öffentlichkeit und am hellerlichten Tage Arm in Arm uff de Straße. Da ist doch wat faul.«

Johanna hatte sich inzwischen wieder beruhigt.

»Auf jeden Fall ist es seltsam. Und ich werde der Sache auf den Grund gehen. Wahrscheinlich gibt es für das Ganze eine harmlose Erklärung.«

Bertha schüttelte den Kopf. »Willste etwa behaupten, det is normal, wenn een Dienstmeechen beim Neffen vom gnädijen Herrn einjehakt die Straße runter loofen tut?«

»Ach, Mutter. Schließlich ist Adele aus gutem Hause, aber verarmt. Und sie ist meine Freundin. Ich traue ihr nichts Schlechtes zu.«

»Sei mal nich zu vertrauensselich, Kind. Schließlich ist dein Felix een hübscher junger Kerl… und vermutlich wird er mal nich janz unvermöjend werden, wenn sein Onkel mal nich‘ mehr is. Der is ne jute Partie, und wo die Adele doch keen Jeld… Sowat jibtet doch immer wieder.«

Johanna warf ihrer Mutter nun einen belustigten Blick zu und nahm sie in den Arm. »Du solltest keine Fortsetzungsromane in der ›Gartenlaube‹ mehr lesen. Das bringt deine Phantasie zum Blühen.«

Nun mussten beide lachen.

In diesem Augenblick kam der Hausherr herein.

»Na, hier jeht‘s ja munter zu!«, brummelte er.

»Herjott nee!« Bertha sah auf die Wanduhr. »Is ja gleich zwölfe und ick habe noch nischt uff‘m Herd.«

»Hast wohl janz verjessen, det ick heute nachmittag wieder mit Herrn Krüjer unterwegs bin. Da komm ick doch immer zu Mittachessen nach Hause.«

»Wo will er denn heute hin?«

»Ick soll ihn nach‘m Oranienplatz fahren, zu seinem Rechtsanwalt. Da müssen wir pünktlich los.«

»Komm, Papa. Mach es Dir bequem.« Johanna führte den Vater ins Wohnzimmer in den bequemen Sessel.

»Ja, Kind. Det tut jut.« Mit einem kleinen Seufzer ließ er sich auf das Sofa nieder.

»Hattest Du einen anstrengenden Tag, Papachen?« Johannas Gesicht zeigte Besorgnis.

»Nicht mehr als sonst. Aber ick merke, det ick nun mal keen junger Kerl mehr bin… und unsere Lotte is‘ ja ooch nich‘ mehr die Jüngste. »Uns macht der immer stärker werdende Verkehr zu schaffen. Weeßte, hier in unsere ruhije Luisenstadt, da isset nicht so schlimm. Aber wenn ick am Alexanderplatz oder inne Friedrichstraße unterwejens bin…

die Droschken und die Fuhrwerke, die Pferdebahnen und Pferdeomnibusse… und die neumodischen Automobile werden ooch immer mehr. Und janz schlimm sind die elektrischen Straßenbahnen. Die machen mir janz nervös. Und Lotte ooch.« Fritz Hübner schloß die Augen.

»Ruh dich aus, Papa. Inzwischen helfe ich Mutter. Du wirst sehen, das geht ganz schnell. Wir rufen dich, wenn das Essen fertig ist.« Sie gab ihm einen schnellen Kuss auf die Wange und schon war sie verschwunden.

Bertha hatte schon ihre Schürze umgebunden, das Feuer im Herd angefacht und einen Blick in die Speisekammer geworfen. Von gestern abend waren noch gekochte Kartoffeln in einer Schüssel und eine dicke Wurst.

»Wat meinste?«, fragte sie ihre Tochter. »Ob Vater mit ner Bockwurst und Bratkartoffeln zufrieden ist?«

»Klar. Das geht schnell und schmecken tut es ihm sicher.«

Johanna füllte einen Kochtopf mit Wasser und setzte ihn auf den Herd, während Bertha in die gußeiserne Pfanne einen Klacks Fett gab und die Kartoffeln hineinschnippelte.

Zehn Minuten später saß Fritz Hübner am Küchentisch. Er schien befriedigt, wunderte sich dann aber doch.

»Und wat is mit euch? Ick bekomme Bockwurst und Bratkartoffeln…« Er deutete auf die Teller von Frau und Tochter. »Keene Wurst, keene Kartoffeln?«

»Mach dir mal keen Sorjen, Fritz. Ja, ich jebe et zu. Ick hab verjessen, det de heute mittach nach Hause kommst. Aber ick habe frische Schrippen im Haus. Det reicht ooch für Hanna und mir. Einfach Butter ruff und ne Prise Salz.«

Schnell holte sie die Schrippen, schnitt sie auf und bestrich sie mit Butter und, wie angekündigt kam etwas Salz darüber.

»Komm, Hanna, setz dir hin. Dann können wir anfangen zu essen«, sagte sie energisch. »Vater hat Hunger!«

Fritz schüttelte den Kopf. Dann nahm er die Bockwurst und teilte sie mit dem Messer in drei Teile und verteilte sie. »Ick werde doch nich die Wurst alleene essen und lasse meene Familie zukieken. Und nun wird gegessen. Vater hat Hunger!«

28

In der Zwischenzeit hatten Felix und Adele von Strelow ihr Ziel erreicht. Es war das Haus in der Cuvrystraße, in das die junge Frau auch schon vor einigen Wochen gegangen war, als Amalie Raddusch sie unbemerkt verfolgt hatte.

Noch wusste Felix nicht, worauf das Ganze hinauslief. Aber er hatte versprochen, mitzukommen, ohne zunächst Fragen zu stellen.

In der Wohnung im Hinterhaus im zweiten Stock traf er dann auf eine Frau mittleren Alters, die einfach, aber ordentlich gekleidet war. Sie machte einen gesunden Eindruck und Felix konnte sich des Gefühls nicht erwehren, dass sie und Adele sich sehr gut kannten. Er sollte sich nicht getäuscht haben.

»Herr Krüger, ich möchte Ihnen Anna Klingbeil vorstellen. Sie gehört seit vielen Jahren zum Haushalt meines Vaters.«

Anna, die sich inzwischen erhoben hatte, verbeugte sich leicht und deutete einen Knicks an.

»Guten Tag, gnädiger Herr!«, sagte sie mit selbstbewusster Stimme.

Felix sah erst sie und dann Adele verwirrt an. Aber noch bevor er etwas sagen konnte, kam aus dem Nebenzimmer ein Mann hinzu, der Adele freundlich begrüßte.

»Adele, wie schön, dich zu sehen. Wen hast Du denn da mitgebracht?«

»Paul, das ist Felix Krüger.« Sie deutete auf ihren Begleiter. »Ich dachte, dass es an der Zeit ist, dass ihr euch bekannt macht.«

Paul lächelte geheimnisvoll.

»Wenn du es sagst, wird es wohl so sein. Nun, ich vertraue ganz auf dich.«

Felix machte einen Schritt auf den Fremden zu. Der Mann war Mitte der Dreißig und trug einen gepflegten Vollbart. »Sie heißen Paul?« Er musterte das Gesicht, musste dabei leicht hinaufblicken, denn der Andere war einen halben Kopf größer als er selbst, und dann atmete er tief durch. »Diese Augen… diese Augen…«, murmelte er dann. »Wie Onkel Kurt…« Nun durchfuhr es ihn. »Sie sind Paul Krüger, habe ich recht? Der Sohn von Onkel Kurt.«

Paul lächelte immer noch geheimnisvoll. »Ja, der bin ich«, gab er schließlich zur Antwort. »Und du bist mein Vetter Felix aus Breslau.«

»Ja, aber ich verstehe nicht… Alle denken doch, dass Sie… dass du...«

»Ich weiß, man hält mich für tot und das war mir auch immer recht. Ich wollte von meiner Familie nichts mehr wissen und nie wieder nach Berlin zurückkehren. Aber die Ereignisse ließen mich meine Meinung zu ändern und ich…« Er unterbrach sich selbst und wechselte das Thema. »Wie ich gehört habe, lebst du jetzt bei meinem…« Er zögerte, das Wort auszusprechen.

»Bei deinem Vater«, kam ihm Adele zur Hilfe.

Paul lächelte sie dankbar an. »Bei meinem Vater.«

Felix nickte stumm. Ihm hatten die Ereignisse der letzten Minuten die Sprache verschlagen.

In die Stille hinein hörte man aus dem Nebenzimmer plötzlich das Weinen eines Säuglings.

Anna Klingbeil, die die ganze Zeit still auf einem Stuhl gesessen hatte, sprang sogleich auf. »Unser kleines Kurtchen ist aufgewacht. Ich will doch gleich mal sehen, was er hat.«

»Was soll er schon haben, Anna? Die Hosen voll wahrscheinlich.« Paul lachte dröhnend und löste damit die Spannung.

Auch Felix hatte seine Fassung wiedergewonnen, obwohl, kaum, dass er seinen tatsächlich noch lebenden Cousin Paul kennengelernt hatte, nun anscheinend noch ein weiteres Geheimnis aufgedeckt werden sollte.

»Kurtchen?«, fragte er amüsiert. Dann blickte er Adele fragend an, die aber sogleich fast entrüstet abwinkte.

»Setz dich, lieber Vetter«, bat Paul. »Wir werden dir alles erzählen.« Er wandte sich an Adele. »Anna soll uns doch Kaffee aufbrühen, wenn sie Kurt versorgt hat.«

Adele schüttelte den Kopf. »Das kann ich auch machen. Schließlich habe ich in den letzten Monaten meine hausfraulichen Kenntnisse erheblich verbessert«, meinte sie lachend und verschwand in der Küche.

Nachdem Felix und Paul am Tisch Platz genommen hatten, begann Letzterer zu erzählen.

»Ich weiß nicht, inwiefern du meine Gründe kennst, warum ich seinerzeit meine Eltern und Berlin verlassen habe.«

»Ich habe nur gehört, dass es einen heftigen Streit gegeben haben soll. Ich war damals noch ein Kind und als ich das erste Mal nach Berlin kam, warst du schon lange fort und niemand wollte mir auf meine Fragen eine Antwort geben.«

Paul senkte den Kopf. »Ich war damals nur wenig älter als du es jetzt bist. Und du wirst mich vielleicht verstehen können, dass ich mich auf eigene Füße stellen wollte. Meinen Militärdienst hatte ich abgeleistet und als ich nach Hause kam, begann ich für ein paar Zeitungen Artikel zu schreiben.«

»Das ist doch wunderbar«, warf Felix bewundernd ein. »Dagegen ist doch nichts zu sagen.«

»Hast du eine Ahnung. Entweder waren die Blätter nach Vaters Ansichten zu liberal oder nicht angesehen genug, wie zum Beispiel das Berliner Tageblatt. Nicht elitär genug, eben ein Massenblatt. Damals unterrichtete er noch, der Lotteriegewinn kam erst später, und er meinte, als preußischer Beamter müsste er darauf achten, welcher Beschäftigung sein Sohn nachginge. Eines Abends jedenfalls kam es zu einem schrecklichen Streit zwischen uns wegen eines kritischen Artikels von mir in der Kreuzzeitung. Wir warfen uns schlimme Dinge an den Kopf. Ich schäme mich auch heute noch dafür, aber Vater war auch nicht gerade vornehm mit seinen Anspielungen und Vorwürfen.«

»So kenne ich Onkel Kurt gar nicht. Er ist für mich die Güte in Person. Voller Verständnis und immer freundlich. Seitdem ich in Berlin bin, gab es nie ein böses Wort zwischen uns.«

Paul zuckte mit den Schultern. »Nun, vielleicht ist er milder geworden im Alter. Jedenfalls gab es für mich kein Halten mehr. Nicht einmal meine Mutter konnte mich aufhalten.« Er hob den Kopf und Felix sah, dass Paul feuchte Augen bekommen hatte. »Ich hätte schon ihretwegen nicht Hals über Kopf die Flucht ergreifen sollen. Ich habe ihr großen Kummer bereitet. Als ich dann im letzten Jahr den Entschluss fasste, ihr ein Lebenszeichen zukommen zu lassen, erfuhr ich über Umwege, dass sie gestorben war.« Nun vergrub Paul sein Gesicht in den Händen. Nach einer längeren Pause erhob sich und ging zum Fenster, aus dem man über den Lagerplatz für Bauholz zu den Hinterhäusern der Falckensteinstraße sehen konnte. »Sie ist von uns gegangen, ohne dass wir uns wiedergesehen haben. Das verzeihe ich mir nie. Hoffentlich…« Er stockte. »Hoffentlich hat sie mir verziehen.«

Felix hatte sich ebenfalls erhoben, trat an seinen Vetter heran und legte ihm von hinten seine rechte Hand auf die linke Schulter. »Eine Mutter verzeiht dem eigenen Sohn alles.«

Paul wandte sich um. »Ich wünschte, ich hätte dein Vertrauen, bester Felix.«

»Aber nun erzähl doch, wie es dir ergangen ist, nachdem du fortgegangen bist. Hattest du denn Geld?«

»Nur das, was ich mir von den Zeitungshonoraren zur Seite gelegt hatte. Und das war denkbar wenig.« Paul lachte bitter. »Ich habe nicht gerade sparsam gelebt. Mindestens einmal in der Woche ins Königsstädtische Theater am Alexanderplatz und auch sonst war ich keinem Vergnügen abgeneigt. Aber ich kannte ich einen Redakteur beim Hannoverschen Anzeiger , der hat mich genommen.«

»Und dort hast du die ganzen Jahre gelebt und gearbeitet, während man hier glaubte, du wärst vielleicht nach Amerika oder unter der Erde.«

»Nur die ersten zwei Jahre. Dann wurde ich als Korrespondent durch halb Europa geschickt. Es gab nämlich vor allem ältere Kollegen, die immer noch nicht verwunden hatten, dass Hannover seit Anno sechsundsechzig zu Preußen gehört. Als ich nach zwei weiteren Jahren nach Hannover zurückkam, lernte ich einen wunderbaren älteren Herrn kennen, der selbst ein alter Preuße ist und ein großes Gut östlich von Stettin bei Stargard, also jenseits der Oder, besitzt. Du wirst es nicht glauben, aber er holte mich als Verwalter auf seinen Besitz. Mich, der bis dahin nie auf dem Lande gelebt hatte. Aber er war sehr überzeugend und außerdem…« Paul lächelte versonnen.

Felix blickte seinen Vetter ahnungsvoll an. »Ich verstehe. Der alte Herr hat auch eine Tochter.«

»Du sagst es. Und was soll ich lang erzählen, Herr von Strelow hatte nichts dagegen….«

Felix bekam große Augen. »Adele von Strelow ist deine Frau?«, fragte er.

Paul schüttelte den Kopf. »Adele ist die jüngere Tochter und somit meine Schwägerin. Meine Frau hieß Luise.«

»Sie hieß…?«

Pauls Gesichtsausdruck verfinsterte sich. »Luise starb im letzten Sommer bei der Geburt unseres Sohnes Kurt.«

»Wie furchtbar. Das tut mir leid.«

»Ja, ich habe Luise sehr geliebt.. Sie war der Mittelpunkt meines Lebens, mein ruhender Pol nach all den unsteten Jahren und zuerst schien es, als ob das Leben seinen Glanz für mich verloren hätte. Aber ich trage schließlich die Verantwortung für meinen Sohn.«

»Der, der gerade draußen gewickelt wird? Du hast ihn also nach deinem Vater benannt. Das ist schön.«

In diesem Augenblick kam Anna Klingbeil mit dem Säugling auf dem Arm herein, gefolgt von Adele, die eine dickbauchige Kaffeekanne mitbrachte.

Während Anna das Kind in eine Wiege legte, holte Adele noch Tassen aus der Küche und alle setzten sich zu Tisch.

»Nachdem Luise gestorben war und Paul auch noch erfuhr, dass auch seine Mutter nicht mehr lebte, fassten wir gemeinsam den Plan, dass es an der Zeit war, nach Berlin zu kommen, damit Paul seinen Vater wiedersehen und ihm gleichzeitig sein Enkelkind präsentieren konnte«, sagte nun Adele.

Paul winkte ab. »Adele hatte den Einfall. Sie ist eine kluge junge Dame.« Er lächelte seiner Schwägerin liebevoll zu.

Felix nickte verstehend und nahm einen Schluck aus der Tasse einen Schluck Kaffee. »Und deshalb haben Sie sich unter einem Vorwand bei meinem Onkel sozusagen eingeschlichen, Fräulein Adele.«

Adele nickte schüchtern. »Ich habe zwar wirklich eine Zeitlang meinen Großeltern den Haushalt geführt und sie sind inzwischen leider wirklich verstorben, aber mit meinem Vater habe ich immer noch ein gutes Verhältnis.«

An dieser Stelle nahm Paul die Erzählung wieder auf. »Adele kehrte nach dem Tod der Großeltern aus Klein Gottschow zurück auf den Besitz des Vaters.«

»Klein Gottschow? Wo ist das?«

»In der Westprignitz in der Nähe von Wittenberge. Ja, und dann starb Luise und schließlich meinte Adele, es wäre Zeit, dass ich mich mit meinem Vater versöhne.«

»Das ist sicherlich das Beste, wenn ihr, du und dein Vater, euch aussprecht und wieder zueinander findet. Aber ich verstehe trotzdem nicht, warum Fräulein Adele bei Onkel Kurt eine Stellung als Haushälterin angenommen hat.«

»Das gehört alles zu Adeles Plan. Sie wollte gewissermaßen das Terrain sondieren, um Vater auf mich und meinen Sohn schonend vorzubereiten. Meines Vaters Verhältnisse hatten sich schließlich auch geändert. Dass er wohlhabend geworden war und Eigentümer eines Mietshauses, habe ich erst erfahren, als ich gegen Ende des Winters nach Berlin zurückkehrte. Also habe ich mir in der Nähe diese Wohnung gesucht und habe in der Zwischenzeit hier mit Kurt gewohnt«

»Und die gute Anna haben wir mitgenommen, damit sich jemand um den Kleinen kümmern kann«, ergänzte Adele. »Aber nun hielten wir es für angebracht, Sie einzuweihen, Herr Krüger.«

»Ja, Felix. Du sollst uns helfen. Ich muss zugeben, dass ich Hemmungen habe, meinem Vater nach so langer Zeit gegenüberzutreten.«

»Aber wie soll denn meine Hilfe aussehen?«

»Zuerst sollte es Adele übernehmen, herauszufinden, wie mein Vater über meine Rückkehr denkt. Aber nachdem wir erfuhren, dass mit dir bereits ein nahes Familienmitglied bei ihm lebt, änderten wir unsere Absichten. Nur brauchte es noch etwas Zeit, bis Adele den Mut fand, dich anzusprechen. Sie meinte, sie müsste zunächst herausfinden, was du für ein Mensch wärst und ob man dir vertrauen kann.«

Felix schmunzelte. »Und… kann man?« Er sah Adele neckisch an.

29

Nach dem Mittagessen wartete Johanna ungeduldig darauf, mit Felix zu sprechen. Doch wie sollte sie wissen, wann er nach Hause kam? Onkel Krüger war mit ihrem Vater weggefahren. Sonst wäre sie unter einem Vorwand hinaufgegangen und hätte in der Wohnung auf ihn gewartet. Aber so? Sie konnte schlecht auf der Straße vor dem Haus auf - und abgehen, um ihn zu erwarten.

Da kam ihr der Zufall in Gestalt von Charlotte Lindenlaub, der Eisenbahnerwitwe aus dem Vorderhaus im ersten Stock zu Hilfe. Frau Lindenlaub brauchte nämlich tatkräftige Unterstützung, die sie bei Bertha Hübner suchte.

»Ich habe doch seit einiger Zeit diesen jungen Leutnant, den Herrn von Opitz als Untermieter, und ich wollte in seinem Zimmer eine neue Gardine an das Fenster hängen. Er ist gerade nicht da, da wollte ich die Gelegenheit nutzen, sein kleines Reich ein wenig zu verschönern. Aber das ist für mich alte Frau dann doch zuviel, auf die Leiter zu steigen.«

Noch ehe ihre Mutter etwas erwidern konnte, bot Johanna kurzentschlossen ihre Hilfe an. Schließlich grenzte Frau Lindenlaubs Wohnung direkt an die von Kurt Krüger und seinem Neffen. Da bekam sie sicherlich eher mit, wenn Felix nach Hause kam und konnte ihn eventuell unter vier Augen sprechen.

»Das ist sehr nett von Ihnen, Fräulein Hübner, dass Sie mir helfen.« Charlotte Lindenlaub schloss ihre Wohnungstür auf und führte das Mädchen hinein. Johanna konnte sich nicht erinnern, schon einmal hier gewesen zu sein. Sie wollte nicht neugierig wirken, deswegen ließ sie ihre Blicke nur vorsichtig schweifen. Die gesamte Einrichtung war doch sehr altmodisch, dabei aber gut erhalten und und auch sonst war zu erkennen, dass hier eine auf Ordnung und Sauberkeit bedachte Person lebte. Auf dem Fußboden im Wohnzimmer lagen schwere Teppiche und die Vorhänge waren aus Samt. Nur das feine Ticken einer Uhr war zu hören. Die Straßengeräusche drangen sehr gedämpft herein.

Über dem Sofa hing ein Bild des alten Kaisers, der gütig auf sie herabschaute. Johanna kam sich vor, als hätte sie eine versunkene Welt betreten.

Frau Lindenlaub lächelte sanft. »Schauen Sie sich nur um, mein Kind. Das ist nun mein kleines Reich. Die Einrichtung ist alt geworden in den Jahrzehnten, genau wie ich.«

Johanna wollte protestieren, aber die Ältere winkte ab. »Das ist nun mal der Lauf des Lebens. Aber ich will mich nicht beklagen. Auch wenn meinem seligen Mann und mir Kindersegen versagt geblieben ist, hatte ich ein schönes Leben. Mein Albert war ein guter Mann.«

Johanna lächelte der alten Frau zu. »Das freut mich.«

Frau Lindenlaub deutete auf das Gemälde. »Und er… er war ein guter König. Einmal hat er sogar meinem Mann die Hand geschüttelt.«

Johanna stieß einen Laut des Erstaunens auf.

»Sie wissen doch, mein Kind, dass Albert bei der Eisenbahn war. Und eines Tages hatte er die Ehre, mit seiner Lokomotive den Zug des Königs von Berlin nach Stettin zu fahren. Hinterher kam der König zu ihm und bedankte sich für die schnelle und sichere Fahrt.«

»Ich bin tief beeindruckt«, sagte Johanna

Frau Lindenlaub ging in den Korridor zurück und holte ein kleines Etui aus der Kommode. »Zwei Wochen später wurde mein Albert ins Schloss befohlen, wo ihm diese Auszeichnung verliehen wurde.« Sie öffnete die Schachtel. »Es ist kein bedeutender Orden, aber immerhin… Und wenn wir an seinen freien Tagen ausgingen und er seinen guten Anzug anhatte, trug er ihn stolz am Revers.«

»Und Sie waren doch sicherlich auch stolz auf ihren Mann?«

»Natürlich, Fräulein Johanna. Und plötzlich schien meine Familie nichts mehr gegen ihn zu haben. Hatte sie ihn und auch mich bis dahin gemieden, weil er ihnen nicht gut genug war, so suchten sie plötzlich unsere Gesellschaft.« Sie lachte. »Aber darauf haben wir uns gar nicht eingelassen. Wir haben das getan, was sie vorher mit uns gemacht haben. Wir haben sie auf Distanz gehalten.«

»Das war ganz richtig. Eine Frau muss zu ihrem Mann, den sie liebt, auch stehen«, sagte Johanna inbrünstig. Diesen Satz hatte sie einmal in einem Roman gelesen.

»Hier ist eine Fotografie von Albert in seiner Uniform.«

Johanna nahm das Foto in die Hand und sah sich den Mann darauf an.

»Wirklich, eine stattliche Erscheinung, Frau Lindenlaub. Eine richtige Respektsperson.«

»Ganz recht, mein Kind. Sie dürfen auch nicht vergessen, dass das Reisen mit der Eisenbahn auch noch nicht so verbreitet war wie heutzutage. Als vor sechzig Jahren die ersten Züge zwischen Berlin und Potsdam unterwegs waren, war ich selbst noch ein Kind, jünger als Sie es jetzt sind, Fräulein Johanna. Zu meiner Zeit reiste man noch beschwerlich mit der Postkutsche.« Sie schwieg eine Augenblick und schien in sich hinein zu lauschen.

»Albert und ich, wir waren vierzig Jahre verheiratet. Eine gute Zeit, auch wenn wir es nicht immer einfach hatten.«

»In guten wie in schlechten Tagen, so heißt es doch immer!«

»So ist es Fräulein Johanna. Nun, wie man hört, haben Sie ja auch schon einen Verehrer mit ernsten Absichten. Werden Sie vielleicht selbst bald diese Worte am Traualtar hören?« Frau Lindenlaub nickte mit dem Kopf in Richtung der Nachbarwohnung.

Johanna wurde rot. Frau Lindenlaub ergriff ihre Hand.

»Sie müssen sich nicht schämen, liebes Fräulein Hübner. Der junge Herr Krüger ist ein stattlicher Mensch. Und wenn Sie beide sich liebhaben, dann ist es doch das Wundervollste von der Welt.«

Johanna räusperte sich. »So, liebe Frau Lindenlaub, nun wollen wir aber mal an die Arbeit gehen«, wechselte sie schnell das Thema.

Die beiden Frauen gingen in das Zimmer, dass Alexander von Opitz gemietet hatte. Kaum stand Johanna auf der Leiter, um die Gardine anzubringen, die Frau Lindenlaub genäht hatte, wurde sie von dem jungen Leutnant überrascht, dessen Hereinkommen sie beide überhört hatten.

»Einen wunderschönen Tag, liebe Frau Lindenlaub. Und einen ebensolchen Ihnen, Fräulein Johanna.«

Letztere erschrak so heftig, dass die Leiter ins Wanken kam und sie aufgefangen werden musste, was aber Alexander nur allzu recht war. Ein Schritt nach vorn genügte und schon hielt er sie in den Armen.

»Ich… ich bi-bi-bitte um Verzeihung, Herr von Opitz«, stotterte Johanna voller Entsetzen.

»Aber nein, Fräulein Hübner. Ich muss mich entschuldigen, dass ich Sie offenbar so erschreckt habe, dass Sie von der Leiter fielen.« Er schenkte ihr ein strahlendes Lächeln. »Aber immerhin konnte ich dadurch unzweifelhaft feststellen, dass Sie leicht wie eine Feder sind, liebe Johanna!«

Johanna sah dem jungen Offizier nun direkt in die Augen, in denen sie Wärme und Zuneigung zu entdecken glaubte. Eigentlich wollte sie sich abwenden, aber auch das Gefühl, in seinen starken Armen gehalten zu werden, gefiel ihr. Unwillkürlich versuchte sie, einen Vergleich zu Felix zu ziehen. Gleich darauf schämte sie sich dessen.

»Am liebsten würde ich Sie immer so halten.« Alexander strotzte in diesem Augenblick vor Selbstbewusstsein. »Würden Sie das nicht auch gern haben?«

»Sie sind wieder mal sehr kühn, Herr von Opitz!«, bekam er als spitze Antwort. Johanna hatte sich wieder gefangen. »Und nun wäre ich Ihnen sehr verbunden, wenn Sie mich wieder absetzen würden.«

»Kind, Ihnen ist doch nichts passiert?«, fragte Frau Lindenlaub, die im ersten Schreck die Hände vor das Gesicht geschlagen hatte.

»Nein, Frau Lindenlaub, haben Sie keine Sorge. Mir geht es gut.«

»Ich hole Ihnen ein Glas Wasser. Dann wird es Ihnen gleich wieder besser gehen.«

»Dann will ich mal das gefallene Mädchen wieder auf ihre hübschen Beine stellen«, sagte Alexander laut lachend, wirbelte Johanna einmal herum und dann stand sie wieder auf dem Teppich.

»Ich habe mich geirrt, Herr von Opitz. Sie sind nicht kühn, sie sind nahezu unverschämt.« Sie wandte ihm demonstrativ den Rücken zu. »Hübsche Beine… pffft!«

»Da wir uns nun schon unverhofft so nahe gekommen sind, liebes Fräulein Johanna, möchte ich die Gelegenheit ergreifen, Sie einzuladen…«

»Ich denke gar nicht daran«, unterbrach ihn Johanna schnell.

Er schüttelte den Kopf. »Sie wissen doch noch gar nicht, wozu.«

»Herr von Opitz, nehmen Sie bitte zur Kenntnis, dass ich keinerlei Einladung Ihrerseits anzunehmen gedenke.« Sie senkte die Stimme. »Außerdem wissen Sie ganz genau, dass ich verlobt bin«, raunte sie und ihr eindeutig ablehnender Gesichtsausdruck ließ Alexander das Thema wechseln.

»Was haben Sie eigentlich auf der Leiter gemacht?«

»Das Fräulein war so freundlich, mir helfen zu wollen, lieber Herr von Opitz«, erklärte Frau Lindenlaub. »Ich habe eine neue Gardine für Ihr Fenster genäht, und die wollte sie aufhängen.« Sie reichte Johanna das Glas Wasser, das diese hastig leerte, um nichts weiter sagen zu müssen.

»Das werde ich wohl lieber selbst machen.« Alexander ergriff die Gardine, die auf den Teppich gefallen war und schickte sich an, die Leiter zu erklimmen.

Johanna ergriff die Gelegenheit, sich schnell zurückzuziehen. Sie verabschiedete sich von der alten Dame, ohne Alexander anzusehen und ging hinaus. Wohl war ihr nicht dabei, denn es war sehr ungezogen, ihn nicht zu grüßen. Aber der kleine Zwischenfall hatte sie in ihrer Gefühlswelt stärker verwirrt, als sie es im ersten Augenblick für möglich gehalten hatte.

Ganz in Gedanken versunken trat sie aus der Wohnungstür und erschrak heftig, als sie unerwartet Felix begegnete. Damit hatte sie im Augenblick nicht gerechnet. Dann aber freute sie sich, ihn zu sehen, denn aus diesem Grund war sie schließlich mit Frau Lindenlaub nach oben gegangen.

»Hanna! Was für eine Überraschung. Ich habe mich so nach dir gesehnt.«

»Ja, ich mich auch nach dir.«

»Und da hast Du hier auf mich gewartet, oder… Nein, du bist ja aus der Wohnung von Frau Lindenlaub gekommen.« Er trat auf sie zu. »Aber das ist ja auch ganz egal.« Er blickte sich um und da niemand im Treppenhaus zu sehen war, nahm er sie in den Arm und wollte sie küssen.

»Aber Felix!«, protestierte sie. »Wenn uns nun jemand sieht...«

»Was willst du denn? Wir sind doch verlobt. Hast du das vergessen?« Er grinste frech.

Johanna wurde ernst und ihr fiel ein, dass sie mit Felix eigentlich über das reden wollte, was sie erfahren hatte.

»Nein, das habe ich nicht. Und du?« Sie sah ihn fragend an. »Hast du es vergessen?«

Felix lachte verunsichert. »Was ist denn das für eine Frage?«

»Ach, gar nichts…. Sag mal, was hast du denn heute gemacht?«

Felix wurde blass. Er hatte Adele und Paul verprochen, niemandem davon zu erzählen, was er heute erfahren hatte. Also musste ihm schnell eine Ausrede einfallen.

»Ich… äh… ja, weißt du...«

»Ich höre!«

Felix atmete tief durch. »Ich… ich bin runter zur Spree an die Oberbaumbrücke gegangen, um mir die Hochbahnbaustelle anzuschauen. Ich finde das hochinteressant.« Er nickte eifrig.

»Warst du allein?« Johannas Stimme klang pötzlich eisig, was er auch bemerkte.

Offensichtlich glaubte sie ihm nicht. Aber trotzdem… er wollte sein Wort nicht brechen. »Ja, natürlich. Wer sollte mich denn begleitet haben?«

Johanna kniff die Augen zu und musterte mit großer Enttäuschung ihren Verlobten.

Dann drehte sie sich kurzentschlossen auf dem Absatz herum, ging zur Wohnungstür von Frau Lindenlaub und läutete energisch.

Felix sah ihr verunsichert nach. Er konnte sich Johannas Verhalten nicht erklären, doch er vermutete stark, dass sie genau wusste, dass er gelogen hatte.

»Ach, Fräulein Hübner, haben Sie etwas vergessen?«

Ohne eine Antwort schritt sie an der erstaunten Witwe vorbei in das Zimmer des Untermieters.

»Wozu wollten Sie mich einladen, Herr von Opitz?«

30

Friedrich Hübner sah seine Tochter mürrisch an. »Meechen, det kannste doch nich' machen!«, rief er aus. »Erst erzählt mir deine Mutter, det du und der Felix schon heimlich verlobt seid, und nu frachste uns, ob de mit dem Leutnant von oben janz alleene ausjehen darfst?«

»Nicht ausgehen, Papachen. Nur ein Spaziergang, und das am hellen Tag. Da ist doch nichts dabei.«

»Und wat sacht dein Verlobter dazu? Haste den ooch jefracht?«

Johanna senkte den Kopf. »Nein, habe ich nicht. Aber das geht ihn auch gar nichts an.«

»Ach, watte nich sachst!« Friedrich trat an seine Tochter heran, legte seine Hand an ihr Kinn und hob ihren Kopf an. »Schau mir mal inne Oogen, Kleene!« Er bemerkte, dass Johannas Augen feucht waren und er nickte wissend. »Ick seh' schon. Du hast dir mit ihm jestritten, wa? Er hat dir jeärjert und nu' willste ihm det heimzahlen.«

»Fritz, nu lass doch det Kind in Ruhe.« Bertha hatte bisher nur stumm daneben gesessen, aber nun ergriff sie Johannas Partei. »Ick werde dir mal erzählen, wat ick heute vormittach jesehen habe.«

Und dann berichtete Bertha ihrem Mann von ihrer Beobachtung, dass Felix mit Adele von Strelow zusammen in Richtung der Görlitzer Straße weggegangen war.

»Und als ich Felix später fragte«, fügte Johanna hinzu, »wo er gewesen sein, schwindelte er offensichtlich, als er behauptete, er wäre hinunter an die Spree gegangen. Und er wäre allein gewesen. Dabei stotterte er aber und sah obendrein so schuldbewusst aus….«

»Aber trotzdem«, unterbrach Friedrich den Redefluss seiner Tochter, »is det noch lange keen Jrund, deswejen nu mit dem Herrn Jardeleutnant zu poussieren! Wat sollen denn die

Leute denken. Ick muss mir ja für meine Tochter schämen!«, empörte er sich lautstark.

»Papachen!« Johanna sah ihren Vater entsetzt an.

»Also wirklich, Fritz! Wie kannste denn sowat von dein einzijet Kind…«

»Ick weeß, wat ick sage! Und ick verbiete dir ab sofort den Umjang mit diesem Herrn.« Friedrich Hübner verließ das Wohnzimmer und warf beim Hinausgehen die Tür so heftig zu, dass die Wände wackelten.

Für einen Augenblick herrschte betretenes Schweigen. Dann kam Bertha auf ihre Tochter zu und ergriff deren Hände.

»Vater meintet nich so. Du kennsten doch. Im Jrunde isser doch een jutmütijer Mensch. Und dir kann er doch keenen Wunsch abschlagen.«

Johanna schluckte heftig. »Ich bin doch kein kleines Kind mehr«, sagte sie mit leichtem Trotz in der Stimme. »Ich will doch einfach nur einen Spaziergang mit Herrn von Opitz machen. Mehr nicht. Außerdem habe ich doch schon zugesagt.« Sie sah ihre Mutter bittend an

»Nun lass mal, meine Kleene. Ick bin ja ooch noch da. Am Ende hat Vater immer noch det jemacht, wat ick jesacht habe.« Bertha lächelte Johanna zu, dann ging auch sie hinaus.

Das junge Mädchen seufzte und wollte sich in den Sessel am Fenster setzen, als jemand an die Scheibe klopfte. Es war Amalie Raddusch.

Ach Gott, die hat mir jetzt noch gefehlt«, murmelte sie vor sich hin, fasste sich dann aber und öffnete das Fenster.

»Frollein Johanna, wat war denn det für‘n Krach? Det war ja im janzen Haus zu hören.«

»Frau Raddusch, auch wenn Sie hier die Portierfrau sind, geht Sie unser Privatleben gar nichts an«, entgegnete Johanna streng, beinahe unfreundlich. »Ich dachte, dass Sie ihre Nase nie mehr in die Angelegenheiten anderer Leute stecken wollten.« Mit Schwung schloß sie das Fenster wieder, dass die Scheiben nur so klirrten.

Sie konnte nicht ahnen, dass Frau Raddusch gar nicht neugierig sein wollte, sondern eigentlich im Auftrag von Felix nachgefragt hatte. Der hatte nämlich die Hauswartsfrau vorgeschickt, um die Stimmung im Hause Hübner zu prüfen. Er hatte in seinem Studierzimmer gesessen und sogar bis dahin waren die Stimmen zu ihm hinauf gedrungen. Er wollte schon hinuntergehen, als er auf Frau Raddusch traf, die gerade im Treppenhaus Staub wischte.

Nachdem sie nun also abgeblitzt war, stieg Amalie erneut in den ersten Stock im Vorderhaus, um Bericht zu erstatten.

»Nun bin ich so klug wie vorher«, murmelte Felix, bedankte sich bei der Portiersfrau und beschloß, nun doch selbst nachzufragen. Er hatte den Verdacht, dass es dabei auch um ihn ging. Außerdem fand er Johannas Verhalten vom Nachmittag, als sie ihn abrupt stehen ließ, seltsam. Vielleicht sollte er sie auch wegen Paul ins Vertrauen ziehen. Wenn er nur nicht auf sein Ehrenwort geschworen hätte, niemandem etwas zu sagen!

Da er Angst hatte, Johannas Vater oder Mutter zu begegnen, wenn er an der Wohnungstür um Einlass bat, ging er in den Hof, blickte durch das Wohnzimmerfenster bei Hübners und sah Johanna, die nervös auf und ab ging.

Felix fasste sich ein Herz und klopfte an die Scheibe wie zuvor Frau Raddusch.

Sichtlich genervt riss Johanna das Fenster auf. »Was willst Du denn hier?«, rief sie mit unterdrückter Stimme.

»Ich möchte mit dir reden, Hanna«, sagte Felix flehentlich.

»Aber doch nicht hier am Fenster«, widersprach das Mädchen. »Wenn uns nun jemand sieht.«

»Was soll denn dabei sein? Es wissen doch bestimmt alle, dass wir uns lieben«, antwortete Felix, der langsam sein Selbstvertrauen zuückgewann. Johannas scheues Lächeln ließ ihn wieder mutiger werden und auch sie konnte nicht ganz verbergen, dass sein plötzliches Erscheinen ihr Herz erfreut klopfen ließ.

»Aber wenn Du willst… Mir ist es privat auch viel lieber.« Und noch bevor Johanna etwas sagen oder dagegen tun konnte, nahm Felix einen kleinen Anlauf und sprang durch das offene Fenster zu ihr ins Wohnzimmer.

»Felix! Bist du denn von allen guten Geistern verlassen?«

»Wenn du damit meinst, dass ich unendlich in dich verliebt bin, hast du recht.«

»Auf der Stelle verlässt du unsere Wohnung!«

»Aber warum denn?«

»Wenn nun meine Mutter hereinkommt, oder gar mein Vater…«

»Aber ich muss unbedingt mit dir sprechen. Warum hast mich du vorhin ohne Abschied im Treppenhaus stehen lassen?«, fragte Felix nun ernster. Er überlegte einen Moment, dann fiel ihm etwas ein. »Du kamst aus der Wohnung von Frau Lindenlaub und dorthin bist du auch wieder zurück. Warum?«

»Ich hatte noch etwas vergessen. Frau Lindenlaub hatte…«

»Ich habe außerdem eine Männerstimme gehört. War das der Untermieter, dieser schnöselige Leutnant, der dich anhimmelt?«

»Hast du kein Vertrauen zu mir? Du hast gar keinen Grund zur Eifersucht. Ich traue dir schließlich auch.« Johanna blickte Felix erwartungsvoll an, in der Hoffnung, er würde ihr nun erzählen, dass er am Vormittag mit Adele von Strelow weggegangen war und wohin.

Aber Felix schwieg standhaft, nichtwissend, dass seine geliebte Hanna zumindest annahm, dass er und Adele Heimlichkeiten miteinander hatten.

Felix wollte sie in den Arm nehmen, aber Johanna wies ihn zurück.

»Ich denke, es ist besser, wenn du jetzt gehst.«

»Wie du willst.«

Felix wandte sich enttäuscht ab.

»Aber nicht durchs Fenster…«, gebot Johanna ihm Einhalt. »Warte!«

Sie öffnete die Wohnzimmertür einen Spalt. Niemand war zu sehen, nur durch die geschlossene Küchentür waren die Stimmen der Eltern zu hören.

»Rasch! Ab mit dir! Und sei leise mit der Wohnungstür.«

31

»Ick habe Vatern überzeucht, dette keene Dummheiten machst. Kannst also, in allen Ehren mit dem Herrn Jardeleutnant heute nachmittach ausjehen«, sagte Bertha am nächsten Tag nach dem Mittagessen.

Johanna strahlte vor Freude und fiel ihrer Mutter um den Hals.

»Außerdem denke ick ooch, det dein Herr Bräutijam so 'nen kleenen Denkzettel verdient hat. Wo will er denn mit dir hinjehen, der Herr Leutnant?«

Johanna sah ihre Mutter unschuldig an. »Wir wollen doch nur einen Spaziergang machen.«

Bertha Hübner sah ihre Tochter belustigt an und drohte, aber mehr spielerisch mit dem Zeigefinger.

»Fang nich' an, deine alte Mutter zu beschwindeln. Ick weeß nämlich Bescheid. Ob einfache Leute oder höher jestellte, bei sowat jibt et nämlich keene Unterschiede. Außer wenn et darum jeht, wo nach dem Spazierjang einjekehrt wird.« Sie lächelte augenzwinkernd. »Ick war schließlich ooch mal jung.«

Johanna seufzte, war aber erleichtert, dass ihre Mutter so verständnisvoll war.

»Herr von Opitz hatte vorgeschlagen, in das Café des Westens zu gehen.«

»Det kenn ick nicht. Wo issen det?«

»Draußen im Westen, am Kurfürstendamm. Herr von Opitz kennt sich da ganz gut aus. Früher hieß es wohl nur kleines Café, aber nun wurde es erweitert und hat einen neuen Namen bekommen.«

Bertha Hübner blickte ihre Tochter nachdenklich an. »Bis dahin isset aber 'ne janz schöne Ecke. Da könnt ihr doch nicht zu Fuß hin. Von wejen Spazierjang. Ne Droschke wird er nehmen, der Herr. Aber eijentlich ooch nich‘ schlecht. So weit von zu Hause kennt dir wenichstens keener.«

»Aber Mama! Ich tue doch nichts Verbotenes oder Unanständiges.«

Bertha zuckte mit den Schultern und wischte sich verlegen ihre Hände an ihrer Schürze ab, obwohl sie gar nicht feucht oder schmutzig waren. »Ick meene ooch bloß! Wat iss‘n da für Publikum? Det sind doch bestimmt sehr feine Leute.«

Johanna schüttelte den Kopf. »Herr von Opitz meinte, im Café des Westens verkehren viele Künstler und…«

»Ach du liebet Bisschen! Künstler… Du meenst Maler und Schriftsteller und solche Leute.« Bertha schlug die Hände über den Kopf zusammen, dann trat sie an ihre Tochter heran. »Sach bloß Vater davon nischt, hörste?«

»Mach dir keine Sorgen, Mama. Ich glaube nicht, dass Herr von Opitz mit mir dorthin gehen würde, wenn es dort nicht anständig zugehen würde.«

Bertha überlegte und nickte dann. »Ick gloobe, du hast recht. Eijentlich macht der Herr Leutnant ‘n janz jesitteten Eindruck«, versuchte sie sich selbst zu beruhigen.

»Sonst würde ich nicht mit ihm ausgehen, Mama. Außerdem… ich war doch noch nie so weit im Westen. Ich kann mich nicht erinnern.«

»Is‘ ja ooch schon Charlottenburch. Da wohnen nur die janz feinen Leute. Wat soll denn unsereins da schon… Nu mach aber hinne, zieh dir um. Sonst kommt dein Kavalier und du bist noch nich‘ fertich.«

Johanna verschwand in ihrem Zimmer und nahm ihr Sonntagskleid aus dem Schrank. Bei so einem Anlass war das wohl gegeben, auch an einem Donnerstag. Einen kleinen Augenblick dachte sie an Felix und hatte ein schlechtes Gewissen, dass sie sich hier für einen anderen Mann feinmachte. Aber dann fiel ihr wieder ein, wie sehr sie sich über sein Verhalten geärgert hatte. Also zog sie sich weiter um.

In diesem Augenblick erklang die Türglocke.

»Das ist er wohl schon.« Johanna öffnete die Wohnungstür. Aber es war Felix, der erstaunt war, Johanna ausgehfertig anzutreffen.

»Guten Tag, Hanna. Du siehst aber fein aus. Ist heute ein besonderer Tag?«

Johanna sah ihn möglichst gleichgültig an, bat ihn nicht, einzutreten und eine Antwort gab sie ihm auch nicht. Bertha, die aus der Küche kam, war auskunftsfreudiger.

»Sieh da, der Herr Felix!« Sie reichte ihm die Hand, blickte ihm tief in die Augen und klärte ihn auf. »Johanna jeht heute nachmittag aus. Der Herr von Opitz hat sie 'injeladen. In een vornehmet Café am Kurfürstendamm.«

Felix war wie vom Donner gerührt. »Johanna, das kann ich nicht glauben, dass du eine Einladung von diesem… von einem anderen Mann…«

»Sie können es ruhig glauben«, tönte es kräftig hinter Felix‘ Rücken. »Fräulein Johanna und ich verbringen endlich einen Nachmittag ganz allein.« In Alexanders Stimme lag Triumph, den er nicht verhehlen konnte und auch nicht wollte. Kurzentschlossen drängte er Felix beiseite und ergriff formvollendet Johannas Hand. »Sie sehen bezaubernd aus, Fräulein Johanna«, sagte er und krönte seine Begrüßung mit einem Handkuss.

Felix verdrehte die Augen und stieß einen verächtlichen Ton aus. »Uniformierter Lackaffe«, murmelte er vor sich hin. Er trat aus dem Hintergrund, in den ihn sein Rivale geschoben hatte, heraus. Das wollte er sich nicht gefallen lassen.

»Ich habe immer gedacht, dass preußische Offiziere, noch dazu von Stand und Adel, bessere Manieren haben. Aber Sie, mein Herr…«

Alexander drehte sich um. »Was möchten Sie damit sagen, Herr Krüger?«

»Nur soviel, dass es sich doch wohl nicht schickt, dass Sie die Braut eines Anderen, auch wenn dieser unter Ihrem Stand…«

»Die Braut eines Anderen?«, echote Alexander. »Wollen Sie damit andeuten, dass Fräulein Johanna und Sie verlobt sind?«, fragte er, obwohl er es natürlich wusste.

»Allerdings, Herr von Opitz! Wenn auch bisher nicht offiziell, so sind sich Hanna und ich, also Fräulein Hübner einig.«

»Also nur heimlich verlobt, wie man so schön sagt. Das bedeutet gar nichts und gibt Ihnen auch keinerlei Rechte, darüber zu bestimmen, mit wem Fräulein Johanna ausgeht und mit wem nicht. Guten Tag, mein Herr! Kommen Sie, Johanna, wir wollen gehen.« Damit ergriff Alexander erneut Johannas Hand und führte sie ohne ein weiteres Wort so schnell hinaus, so dass sie sich nicht einmal von ihrer Mutter und von Felix verabschieden konnte.

Einen Augenblick lang herrschte Schweigen, das Felix schließlich brach.

»Was soll ich denn davon halten? Frau Hübner, bitten sagen Sie mir doch, was Johanna plötzlich hat. Sie war schon gestern nachmittag so seltsam.« Seine Stimme klang verzweifelt. Er sah Bertha an, die jedoch wenig Verständnis für seine Lage zu haben schien.

»Also eijentlich wollte ick mir nich in die Anjelejenheit einmischen, Herr Felix. Aber denken Se doch selber einfach mal nach, denn kommen Se vielleicht selber druff. Oder würden Se sich nich ooch verwundern, wenn Sie een junget Meechen wär'n und ihr Bräutijam würde plötzlich mit 'ner anderen jungen Dame am hellichten Tach die Straße lang jehen, dazu noch einjehakt.«

»Mit einer anderen jungen…? Ach, das war doch nur Fräulein Adele«, versuchte Felix abzuwiegeln. Aber nun begriff er. Entweder hatte Johanna es gesehen, wie Adele ihn in die Cuvrystraße geführt hatte oder man hatte es ihr zumindest zugetragen. »Wir hatten nur etwas zu besorgen. Da ist doch nichts dabei.«

»Nischt dabei? Na, hören Se mal, Herr Felix… Arm in Arm die Straße lang und sie behaupten, da wäre nischt dabei?« Bertha schüttelte entschieden den Kopf. »Nee, also wissen Se, nee! Ick kann Sie jut leiden, aber wenn Se mir so kommen…? Da hört bei mir die Freundschaft uff. Schließlich jeht et um det Glück meener Tochter.«

»Liebe Frau Hübner, ich versichere Ihnen, dass es wirklich alles ganz harmlos ist, auch wenn es einen ganz anderen Anschein hat. Ich darf nur jetzt noch keine Einzelheiten verraten, niemandem. Nicht einmal Johanna gegenüber. Aber ich verspreche Ihnen, dass sich bald alles aufklären wird. Glauben Sie mir, ich liebe Johanna und möchte sie so bald wie möglich heiraten.«

Bertha seufzte. Einerseits glaubte sie schon, dass der junge Herr Krüger keine unlauteren Absichten hegte. Andererseits konnte ihm so ein kleiner Dämpfer gut tun. Er sollte ruhig mal annehmen, dass er sich Johannas Liebe nicht zu sicher sein durfte.

»Denn will ick mal für Sie hoffen, det Johanna bis dahin noch keene neue Liebe jefunden hat. Der Herr von Opitz is‘ schließlich een janz hartnäckijer Verehrer.«

Darauf fiel Felix gar nichts mehr ein. Stumm nickend verabschiedete er sich und ging hinaus. Er beschloss, einen Spaziergang zu machen, um einen klaren Kopf zu bekommen.

Als er auf die Straße trat, traf er auf Gottlieb Kullicke. Der Zigarrenhändler stand vor seinem Laden, die Daumen steckten rechts und links im Hosenbund und er selbst paffte für seine Ware Reklame.

»Na, mein Junge. Haste Sorjen?«

Felix blickte auf. »Guten Tag, Herr Kullicke. Ich habe Sie gar nicht gesehen. Ich war ganz in Gedanken.«

»Det habe ick jemerkt. Na, komm. Erzähl mal Onkel Jottlieb, wat dir bedrückt. Det hat doch bestimmt wat mit Frollein Johanna zu tun und dem Leutnant?«

Felix bekam große Augen. »Ja, aber woher wissen Sie…?«

»Ick habe jerade jesehen, wie die beeden vor‘n paar Minuten inne Droschke losjefahren sind. Und nu‘ kommst du an und kiekst aus de Wäsche, als wär dir die Petersilie verhagelt. Da habe ick einfach kaufmännisch zwee und zwee zusammenjezählt.«

»Ich weiß nicht, was ich davon halten soll, Herr Kullicke. Johanna und ich lieben uns. Aber plötzlich benimmt sie sich so seltsam.«

Kullicke lachte laut, was bei Felix Verwunderung auslöste.

»Was ist denn so komisch daran?«

Kullicke trat an ihn heran und schlug ihm die Hand auf die Schulter.

»Junge, gloobste denn, det Mädel weeß nich‘, wat schon die janze Straße weeß? Da stolzierste am hellichten Tach wie Jraf Koks vonne Jasanstalt mit Frollein Adele am Arm durch de Jejend… und denn wunderste dir, det deine Johanna ooch mal Interesse für nen anderen Galan zeicht.«

Felix nickte verstehend. »Dabei ist alles ganz anders als es scheint«, verteidigte er sich. Aber noch darf ich keinem erzählen, warum ich mit Fräulein Adele zusammen weggegangen bin und wohin. Ich habe es versprochen. Doch ich sehe ein, dass ich so schnell wie möglich mit Onkel Kurt reden muss. Dann wird sich alles aufklären und Johanna wird nicht mehr böse auf mich sein.«

»Ick will dir ja nich‘ bange machen, aber ick hatte det Jefühl, det der Leutnant in seiner schneidijen Uniform jewaltijen Eindruck uff Frollein Johanna macht. Sie hat ihn jedenfalls bewundernd anjesehen.«

»Dieser Uniformfatzke!«, grummelte Felix.

»So sind nu‘ mal die Frauen. Deine Braut wäre nich die erste, die beim Militär schwach wird.«

33

Johanna genoß die Fahrt an der Seite von Alexander. Er plauderte charmant und erklärte ihr auch so manch imposantes Bauwerk ihrer Heimatstadt, das sie nicht kannte und sie kamen durch Stadtteile, die sie noch nie gesehen hatte. Das Wetter war schön, über Berlin lachte die Sonne am preußischblauen Himmel und so konnten sie im offenen Wagen sitzen.

»Sie kennen sich aber gut aus, Herr von Opitz«, sagte Johanna bewundernd.

»Nicht wahr? Dabei bin ich gar kein gebürtiger Berliner. Meine Familie lebt auf dem Lande.«

Je weiter sie nach Westen kamen, umso vornehmer wurden die Häuser und Stadtvillen. Aber auch viele Baustellen lagen am Wege. Berlin wuchs von Tag zu Tag und nicht nur in die Höhe. Am Nollendorfplatz begann man, einen Tunnel zu graben, denn die im Bau befindliche Hochbahn sollte hier in die Erde verlegt werden. Die Charlottenburger Bürger hatten den Viadukt abgelehnt. Sie fanden die Idee nicht schön, in ihren Straßen so ein Stahlungetüm zu haben, noch dazu, wo die Strecke an der neuen Kaiser-Wilhelm-Gedächtniskirche vorbeiführen sollte. Vom Wittenbergplatz aus konnte man dann schon das prachtvolle Gotteshaus sehen.

Das brave Droschkenpferd trabte nun die Tauentzienstraße entlang und Johanna bekam immer größere Augen, je näher sie der Kirche kamen.

»Wie wunderschön!«, rief sie fast atemlos aus. »Was für ein herrliches Bauwerk.«

Indiesem Augenblick begannen die Glocken im Turm zu läuten. Vor dem Portal stand eine Hochzeitskutsche mit vier Pferden, und aus der Kirche strömte eine große Hochzeitsgesellschaft, die Jungvermählten vorne weg.

»Was für eine schöne Braut!«, rief Johanna spontan aus.

»Aber längst nicht so schön wie Du, Johanna.« Alexander ergriff ihre Hand und küsste diese.

»Herr von Opitz!«, rief Johanna empört aus, merkte aber selbst, dass sie längst nicht so fühlte, wie sie es mit dem Klang ihrer Stimme zum Ausdruck bringen wollte. »Bitte reden Sie nicht so. Sonst lasse ich die Droschke gleich kehrtmachen.« Sie warf ihm einen möglichst strengen Blick zu, aber er blieb unbeeindruckt und lächelte stattdessen augenzwinkernd, so dass auch sie sich das Lachen nicht verkneifen konnte.

Währenddessen war die Droschke auf den Kurfürstendamm eingebogen und Johannas Aufmerksamkeit galt nun wieder den nagelneuen vornehmen Häusern mit den Vorgärten, den Flaneuren in ihren prachtvollen Garderoben und dem regen Verkehr auf den beiden Fahrbahnen, die durch den Mittelstreifen voneinander getrennt waren, auf dem der Jahrhunderte alte historische Reitweg der Kurfürsten zum Jagdschloss Grunewald immer noch von den wohlhabenden Berlinern und Charlottenburgern auch hoch zu Pferde genutzt wurde. Doch auch hier würde wohl bald die elektrischen Straßenbahnen das Bild verändern.

»So, wir sind da! Café des Westens«, rief der Droschkenkutscher und hielt den Wagen an der Ecke Joachimsthaler Straße. Dann sprang er vom Bock und öffnete den Schlag des Wagens, um seinen Fahrgästen beim Aussteigen zu helfen.

Während Alexander sein Portemonnaie zückte, sah sich Johanna um. Bisher kannte sie vor allem die Luisenstadt, auch an den Wedding mit seinen Mietskasernen erinnerte sie sich noch ganz gut und das Berliner Stadtzentrum zwischen Alexanderplatz und Brandenburger Tor mit den historischen Bauten waren ihr sehr vertraut.

Aber hier nun an diesem jungen Boulevard herrschte eine besonders prickelnde, frische Atmosphäre, die sie begeistert einsog. Sie spannte ihren Sonnenschirm auf, drehte sich einmal um ihre eigene Achse und gab einen Laut der Begeisterung von sich.

»Können wir nicht noch ein bisschen spazieren gehen, bevor wir ins Café gehen?«, fragte sie unvermittelt, als Alexander an sie herantrat.

»Ich habe nichts dagegen.« Er bot ihr seinen Arm an.

»Glauben Sie, dass ich passend genug angezogen bin?« Johanna sah an sich herunter. Sie liebte ihr Sonntagskleid, aber hier schien es nichts Besonderes zu sein. Die Kleider der anderen Damen schienen ihr vornehmer.

»Aber natürlich. Sie müssen sich nicht schämen, Fräulein Johanna. Im Gegenteil!«

»Vielleicht hätte ich doch das andere Kleid anziehen sollen. Aber das hat mir Adele, also Fräulein von Strelow, geschenkt. Deswegen mag ich es gar nicht mehr leiden.«

»Sie meinen das hellblaue Abendkleid, das sie damals in der Oper getragen haben?«

Alexander sah seine Begleiterin leicht belustigt an, was sie bemerkte.

»Das wäre wohl ohnehin unpassend für den Nachmittag gewesen?«, fragte sie verunsichert.

Er nickte und reichte ihr seinen Arm.

Und so spazierten die beiden jungen Leute den Kurfürstendamm auf dem breiten Trottoir entlang, um an der Uhlandstraße umzukehren und auf der anderen Straßenseite den Rückweg anzutreten.

»Es gibt aber kaum Geschäfte«, bemerkte Johanna erstaunt.

»Ja, am Kurfürstendamm stehen vor allem elegante Wohnhäuser. Hier haben so einige sehr reiche Familien ihre Stadtwohnungen, darunter auch so einige Millionäre.«

»Ist Ihre Familie eigentlich auch reich?« Kaum hatte sie die Frage gestellt, erschrak Johanna über sich selbst. »Verzeihen Sie, Herr von Opitz. Diese Frage jetzt sehr ungezogen von mir. Vergessen Sie sie bitte und seien Sie nicht böse!«

Alexander lachte. »Keine Angst, ich bin nicht böse. Ich finde vielmehr Ihre offene Art sehr erfrischend.« Er zwinkerte ihr amüsiert zu.

»Wäre es denn schlimm, wenn wir reich wären?

»Ich… ich...ich weiß nicht...« Johanna wurde rot. »Aber ich komme aus einfachen Verhältnissen, wie Sie sehr wohl wissen.«

»Bitte, Fräulein Johanna, ich wollte Sie auf keinen Fall in Verlegenheit bringen.«

»Das weiß ich doch, aber vielleicht hätte ich Ihre Einladung doch nicht annehmen…«

»Das möchte ich nicht gehört haben. Machen Sie sich bitte keine Sorgen, Johanna. Und wenn es Sie beruhigt, meine Familie ist sicherlich nicht arm, aber auch nicht sonderlich reich. Man könnte sagen, wohlhabend wäre der passende Ausdruck. Mein alter Herr sagt immer, wir wären solider, preußischer Landadel mit ein bisschen Vermögen. Und jetzt machen Sie bitte wieder ein fröhliches Gesicht.« Er sah sie aufmunternd an und sie lächelte noch etwas unsicher, aber ebenso freundlich wie er.

Johanna konnte sich nicht sattsehen an den vornehmen Herren und den eleganten Damen und an den prächtigen Häusern mit den reich mit Stuck geschmückten Fassaden. Währenddessen hatte Alexander nur Augen für seine junge Begleiterin.

Schließlich wechselten sie wieder auf die Nordseite der Prachtstraße und kehrten wie vorgesehen im Café ein.

»Ich danke mich sehr für die Einladung, Herr von Opitz.« Johanna lächelte. »Ich muss Ihnen gestehen, dass ich leidenschaftlich gern in eine Konditorei gehe. Leider habe ich nicht sehr oft die Gelegenheit dazu.«

»Mein reizendes, mein liebes, mein geliebtes Fräulein Hübner, wenn Sie mich heiraten, dann können Sie jeden Tag…«

Johanna fiel vor Schreck die Kuchengabel aus der Hand, die sie ergriffen hatte.

»Herr von Opitz, Sie sollen doch nicht… ich meine… Sie wissen doch genau, dass Felix… ich meine, dass Herr Hübner und ich… dass wir verlobt sind. Das habe ich Ihnen doch gesagt.«

»Davon lasse ich mich nicht abhalten«, entgegnete Alexander ungerührt. »Doch wenn es so ist, dann verstehe ich auch nicht, warum Sie meine Einladung angenommen haben. Wenn Sie meine Verlobte wären… und ich bin mir sicher, dass Sie es doch sehr bald sein werden, dann würde ich jedenfalls nicht billigen, dass Sie einfach so mit fremden Herren ausgehen.«

»Sie sind doch kein Fremder!«, protestierte Johanna.

»Das ist doch schon mal ein Anfang, dass Sie mich nicht als Fremden ansehen.« Er lächelte wieder gewinnend. »Ich würde Sie jedenfalls so schnell wie möglich heiraten.«

Johanna wurde ernst. »Zunächst muss Felix einen Beruf erlernen. Das dauert also ohnehin noch eine Weile, bis wir heiraten können. Aber ich habe meine besonderen Gründe, warum ich Ihre Einladung angenommen habe.«

Nun wurde auch Alexander nachdenklich. »Also war es vielleicht Berechnung? Wollen Sie gar Herrn Krüger ärgern? Und ich dachte wirklich, dass Sie mich doch ein klein wenig mögen.«

Johanna erschrak und ergriff spontan seine Hand.

»Das tue ich doch«, sagte sie sanft. »Sonst säße ich jetzt nicht hier. Bitte seien Sie nicht traurig. Ich liebe Felix und ich werde ihn heiraten. Aber Sie, lieber Alexander, wenn Sie mein Freund sein möchten…« Sie hielt inne und sah ihn freundlich an.

Alexander seufzte. »Gut, das will ich gern sein. Und alles andere wird sich mit der Zeit erweisen. Und nun lassen Sie uns das Thema wechseln.«

Johanna nickte. »Das wird das Beste sein.«

»Vielleicht hätten Sie Lust, dass wir noch in den Zoologischen Garten gehen. Der ist nicht weit von hier.«

»Ich weiß nicht… wird das nicht zu spät? Ich habe meiner Mutter versprochen, dass wir zum Abendbrot zurück sind.«

Alexander überlegte. »Wahrscheinlich haben Sie recht. Das sollten wir uns für einen anderen Tag aufheben.« Er übersah Johannas tadelnden Blick und lächelte nur. »Waren Sie schon einmal dort?«

»Nein, leider noch nie. Meine Eltern hatten nie die Zeit, um mit mir dorthin zu gehen.«

»Aber jetzt sind Sie schließlich erwachsen und wenn Sie gestatten, dass ich Sie begleite…«

»Herr von Opitz!« Johanna versuchte, ihn streng anzusehen, aber es gelang ihr nicht. »Ich kann doch nicht jetzt schon und sofort eine erneute Einladung von Ihnen annehmen. Was sollen meine Eltern denn denken? Und Felix?« Während sie das sagte, ertappte sie sich dabei, dass ihr der Gedanke an einen weiteren Nachmittag nur in seiner Begleitung gefiel.

»Überhaupt sind Sie ein ganz abscheulicher Mensch«, spielte sie weiter Empörung. »Gerade eben noch haben wir beschlossen, ein anderes Thema zu wählen. Aber nun reden Sie schon wieder von weiteren Gelegenheiten, mit mir allein zu sein.«

Alexander sah Johanna bittend an. »Sie werden doch nicht so herzlos sein, einem einsamen jungen Mann vom Lande zu verargen, dass er in seinen wenigen freien Stunden die Gesellschaft der entzückendsten jungen Dame von ganz Berlin sucht.«

Sie ging auf das Kompliment gar nicht ein.

»Von woher kommen Sie denn, Herr von Opitz?«, fragte sie möglichst sachlich.

»Wir haben ein Gut zwischen Neuruppin und Rheinsberg. Dort lebt meine Familie schon seit mehr als zweihundert Jahren. Es ist wunderschön dort. Kennen Sie die Gegend? Ich würde Sie Ihnen gern einmal zeigen.«

Johanna gab einen Laut der Verwunderung von sich. »Eben noch wollten Sie nur mit mir in den Zoologischen Garten, nun soll ich als Nächstes mit Ihnen nach Neuruppin…« Sie schüttelte amüsiert den Kopf. »Das kommt gar nicht in Frage.«

»Nun gut, dann vergissen wir die Landpartie. Aber der Zoologische Garten…?« Er sah sie erwartungsvoll an.

»Also gut!«, seufzte Johanna. »Sie geben ja sonst doch keine Ruhe.«

»Es wird Ihnen dort gefallen, die vielen exotischen und wilden Tiere sind sehenswert. Auch wenn es natürlich ein großer Unterschied ist, wenn man einen Löwe hinter Gittern anschaut oder er einem in freier Wildbahn begegnet.«

Johanna sah ihn nun gespannt an. »Haben Sie denn schon einmal einen gesehen? Ich meine, in der Wildnis?«

Alexander nickte. »Ich habe einen Onkel, der Bruder meiner Mutter. Der lebt seit zehn Jahren in Deutsch Südwestafrika und ich habe ihn vor einigen Jahren besucht.«

»Und da sind Sie einem echten Löwen begegnet?«, fragte Johanna fast atemlos. »Wie aufregend! Hatten Sie keine Angst?«

»Nein, wir waren bewaffnet. Das ist unbedingt notwendig, wenn man sich in Afrika außerhalb einer Siedlung bewegt. Überall lauern Gefahren.«

»Da bin ich aber froh, dass ich in Berlin lebe. Im Grunewald kann einem höchstens mal ein Reh begegnen, oder ein Hase.«

»Das stimmt.« Alexander lachte. »Aber um nichts in der Welt möchte ich diese Erfahrung missen. Manchmal habe ich richtig Sehnsucht nach Deutsch Südwest. Es ist ein wildes, aber auch ein sehr schönes Land«, sagte Alexander fast schwärmerisch und ein wenig geistesabwesend,

»Aber dass Sie ja nicht auf die Idee kommen, mit mir nach Afrika fahren zu wollen!«, riss ihn Johanna aus seinen Träumen.

»Wie? Was?« Er musste lachen. »Nein, nein! Und hier in der Heimat ist es doch auch sehr schön. Hier gibt es wenigstens Konditoreien, Tanzsäle, Opernhäuser und Theater…« Alexander unterbrach sich. Mit gesenkter Stimme deutete er mit dem Kopf zur Tür, durch die gerade ein Mann getreten war, elegant gekleidet, dunkelhaarig und mit einem stattlichen Schnurrbart. »Da wir gerade vom Theater sprechen…«

»Wer ist das?«

»Das ist Paul Lincke.«

Johanna blickte Alexander ratlos an. Mit dem Namen konnte sie nichts anfangen. »Wer ist das?«

»Paul Lincke ist Musiker und Kapellmeister, und nicht nur das. Er komponiert auch, und das mit Erfolg. Ich habe letztes Jahr im Apollo-Theater in der Friedichstraße eine Revue von ihm gesehen. Venus auf Erden. Kolossal!«

»Ich habe noch nie von ihm gehört.«

»Das wird sich ändern, Fräulein Johanna. Der Mann wird noch einmal sehr berühmt werden. Denken Sie an meine Worte!«

34

Die Turmuhr der Emmauskirche schlug die siebente Abendstunde, als im Schein der tief stehenden Sonne die Droschke mit Johanna und ihrem Kavalier von der Görlitzer in die Falckensteinstraße einbog. Die meisten Geschäfte hatten schon geschlossen und so sah man nur noch wenige Leute und die schienen es eilig zu haben, an den heimischen Herd zum Abendbrot zu kommen oder in die Stammkneipe zum Feierabendbier.

»Hoffentlich gibt es keinen Ärger mit Mama«, sagte Johanna. »Ich hätte schön längst zu Hause sein müssen. Die Zeit ist aber auch wirklich verflogen und ich habe jede Minute genossen.«

»Das macht mich sehr glücklich, Johanna. Für diesen Satz nehme ich alle Schuld auf mich«, bot Alexander an. »Für Sie bin ich gern der Sündenbock.« Er lächelte ihr mit einem Hauch Sehnsucht im Blick an.

»Ach, Alexander!«

»Ja, Johanna?« Er wollte ihre Hand ergreifen, als er plötzlich Felix und Adele bemerkte, die auf dem Trottoir neben ihnen gingen, Arm in Arm. Er stutzte und nun wurde auch Johanna auf die beiden aufmerksam.

»Das ist ja wohl die Höhe!«, sagte sie empört.

Da hielt die Droschke auch schon, Alexander sprang heraus, öffnete den Schlag und reichte Johanna die Hand.

»Ich danke dir, lieber Alexander!«, sagte Johanna so laut, so dass Felix, der mit Adele, nun nicht mehr eingehakt, inzwischen auch herangekommen war, es genau hören konnte. »Auch für den wunderschönen Nachmittag. Und ich freue mich schon auf den Besuch in den Zoologischen Garten mit dir. Vielleicht am Sonntag?«

Dabei tat sie so, als ob sie nicht gemerkt hätte, dass Felix nun genau hinter ihr stand.

»Du nennst Herrn von Opitz beim Vornamen und duzt ihn auch noch?« Felix war entsetzt.

Nun drehte sich Johanna um. »Ach, lieber Felix. Ich habe dich gar nicht gesehen«, sagte sie mit kokettem Unterton. »Ja, Alexander… ich meine Herr von Opitz und ich hatten einen sehr netten Nachmittag. Er weiß sehr interessant zu erzählen. Hast Du gewusst, dass er schon einmal in Afrika war bei den Löwen. Und deshalb will er mit mir…«

»…in den Zoologischen Garten gehen, das habe ich vernommen. Aber das werde ich auf keinen Fall erlauben«, entgegnete Felix im Befehlston.

Johannas Gesicht wurde abweisend. »Du machst ja auch, was du willst. Ich wüsste also nicht, warum Alexander nicht…«

»Bitte, Johanna!« Nun trat Adele, die sich bislang im Hintergrund gehalten hatte, an die anderen heran. »Es ist nicht so, wie es für dich zu sein scheint., das musst du mir glauben. Felix und ich…«

»Da hört sich doch allet uff!« Johannas Zorn brach sich Bahn und damit ihr berlinisches Temperament. »Ick habe jedacht, du… Sie… Sie wär‘n meene Freundin, aber in Wirklichkeit sind Se nur ne heimtückische Schlange, die sich an meinen Bräutijam ‘ranjemacht hat.« Sie wandte sich ihrem Begleiter zu. »Beim Vornamen nennt se ihn. Wahrscheinlich duzen sich die beeden ooch noch. Uff de Straße jehen se ja schon unterjehakt wie‘n Ehepaar.«

»Also, ich habe Fräulein Adele nur meinen Arm angeboten, wie es sich für einen Kavalier gehört, damit sie auf dem unebenen Pflaster nicht stolpert. Das ist alles.«

Alexander wollte Johanna besänftigen.

»In diesem Fall muss ich Herrn Krüger recht geben.« Er legte seine Hand auf ihre.

Doch sie schüttelte sie unwillig ab.

»Johanna, bitte…!«, flehte Felix. »Was sollen denn die Leute sagen, wenn wir hier mitten auf der Straße, in der Öffentlichkeit sozusagen, uns streiten wie…« Er unterbrach sich und warf einen Blick auf die umliegenden Häuser. Wegen der Sommerhitze waren die meisten Fenster zwar geöffnet, aber anscheinend saßen die Leute alle beim Abendbrot, denn nur wenige Köpfe reckten sich heraus.

Johannas Augen schossen Blitze. »Na, wie wer…? Sprich‘s aus… wie kleene Leute, wie Proleten, wollteste wohl sagen. Da haste ja ooch recht. Ick bin die Tochter einet einfachen, aber ehrbaren Droschkenkutschers. Aber det scheint dir ja nich‘ mehr fein jenuch zu sein. Hast wohl schon bereut, dette dir heimlich mit mir verlobt hast und nun haste dir det feine Frollein von Strelow erobert. Aber keene Angst, ick stehe dir nich‘ im Wege. Du kannst se haben und sie kann dir haben. Und ooch wenn et überhaupt noch nich‘ offiziell war… Ick betrachte mir jedenfalls als entlobt. Und nu‘ empfehle ick mir, Herr Hübner.« Sie brach in Tränen aus.

Alexander wollte sie in den Arm nehmen, aber sie schüttelte ihn ab und lief ins Haus. Er sah Felix und Adele an, dann schüttelte er nur den Kopf und lief hinterher.

Felix wollte den beiden folgen, aber Adele hielt ihn zurück. »Das ist keine gute Idee. Johanna muss sich erst einmal beruhigen.«

»Sie war ganz außer sich. Aber ich muss ihr doch endlich sagen, was hier vor sich geht und dass sie keinen Grund zur Eifersucht hat.« Er war sehr aufgeregt.

»Dazu ist morgen auch noch Zeit!«

»Hoffentlich ist es dann nicht zu spät, Fräulein Adele. Sie sehen doch, dass sie sich inzwischen auch mit diesem… mit Herrn von Opitz angefreundet hat.« Felix dachte einen Augenblick nach. Dann wurde er ungehalten.

»Eigentlich wirken die beiden schon sehr vertraut miteinander. Als meine Braut dürfte sie eigentlich nicht so offen ihr Interesse an einem anderen Mann zeigen, oder nicht?«

»Wir gehen jetzt besser auch hinein. Wir haben schon lange genug vor dem Haus gestanden.«

Felix hatte gar nicht zugehört. Zu sehr nagte der Gedanke an ihm, dass Johanna sich so schnell einem Anderen zugewandt hatte, nur weil sie dachte, er selbst wäre ihr untreu. Und das alles nur wegen seinem Cousin Paul, der sich nicht traute, seinem Vater unter die Augen zu treten.

Er war so in Gedanken versunken, dass er gar nicht merkte, wie Adele von Strelow ihn ins Haus, in den ersten Stock und schließlich in die Wohnung geführt hatte.

»Onkel Kurt?«, rief Felix, nachdem er gewahr worden war, dass er wieder daheim war.

»Herr Krüger ist doch auf seinem Jahrestreffen mit seinen alten Kollegen vom Gymnasium. Die Herren treffen sich heute bei Lutter und Wegner in der Charlottenstraße. Ist das weit von hier?« Adele sah Felix fragend an, denn sie kannte sich immer noch wenig aus in der großen Stadt.

Felix nickte. Auch wenn er selbst noch große Lücken in seiner Kenntnis der Berliner Geographie hatte, aber die traditionsreiche Stätte der berolinischen Gastronomie war ihm ein Begriff. »Das ist am Gendarmenmarkt in der Friedrichstadt. Ich selbst war bisher auch nur einmal dort, aber wenn es stimmt, was man sich erzählt, wird das ein feuchtfröhlicher Abend für den Onkel werden.«

»Wird dort viel getrunken?«, fragte Adele ahnungslos.

Felix nickte vielsagend. »Getrunken? Dort wird… verzeihen Sie den deftigen Ausdruck, Fräulein Adele… dort wird oft genug heftig gesoffen. Im Erdgeschoß gibt es das Restaurant, wo man gesittet speisen und genießen kann, aber im Weinkeller geht es rund, bis in die tiefe Nacht. Das war einst auch das Stammlokal von E.T.A. Hoffmann.«

»E.T.A. Hoffmann? Den Namen habe ich schon mal gehört, aber so genau weiß ich nicht, wer das ist.«

»Hoffmann starb vor fast achtzig Jahren. Er war zu seiner Zeit ein bekannter Jurist, außerdem sind seine literarischen

Werke heute noch in vielen Bücherschränken zu finden. Und Jacques Offenbach machte ihn zum tragischen Helden einer Oper.«

»Was Sie alles wissen! Da merkt man doch, dass ich vom Lande komme. Meine Schwester und ich sind von einer Hauslehrerin erzogen worden. Von diesen Dingen hat sie uns jedenfalls nichts gelehrt. Unsere Bildung ging mehr in die praktische Richtung. Papa wollte es so. Er meint immer, dass es für eine Frau wichtiger sei, kochen und nähen und einen Haushalt gut führen zu können.«

»Dann wird es aber Zeit, dass Sie noch etwas dazulernen. Dafür ist es nie zu spät.«

Adele schüttelte zweifelnd den Kopf. »Papa hat doch recht.«

»Aber nicht doch. Das eine schließt doch das andere nicht aus. Man kann eine gute Hausfrau sein und trotzdem…« Nun kam Felix so richtig in Fahrt. »Literatur und Musik sind Dinge, die das Leben schöner machen. Onkel Kurt hat in seinem Arbeitszimmer bestimmt Bücher von E.T.A. Hoffmann. Und wenn Sie Lust haben, führe ich Sie auch gerne einmal zu »Hoffmanns Erzählungen«. So heißt nämlich die Oper von Offenbach. Wir könnten…« Felix hielt inne. Nun fiel ihm wieder Johanna ein und er dachte an den wunderbaren Abend, wie sie zusammen in der Oper waren. Das war noch gar nicht so lange her. Aber inzwischen hatte sich so viel ereignet.

Adele sah ihn nur an. Sie war eine kluge junge Frau und ahnte, woran Felix jetzt dachte.

»Soll ich jetzt etwas zum Abendbrot zubereiten?«, fragte sie ihn, um ihn abzulenken.

Felix überlegte einen Augenblick.

»Nein, Adele. Vielen Dank. Aber ich habe keinen Appetit. Wenn Sie möchten, gehen Sie ruhig in Ihre Dachstube.«

Adele nickte stumm, wünschte ihm einen guten Abend und verließ die Wohnung.

Felix ging ins Wohnzimmer, öffnete das Fenster und sah auf die Straße, auf der nun kaum noch jemand zu sehen war. Nur vom Görlitzer Bahnhof kamen noch unverändert die Geräusche des Bahnbetriebes und aus der Kneipe schräg gegenüber drangen die Laute mehr oder weniger alkoholisierter Gäste. Ab und an hörte man auch lautes Gelächter. Die Dämmerung hatte eingesetzt und die Lampenenanzünder begannen mit ihrer Arbeit, die Gaslaternen leuchten zu lassen.

Er musste an den Tag denken, der erst wenige Monate zurücklag, seitdem er in Berlin angekommen war. Wieviel hatte sich inzwischen ereignet! Er hatte seinen Onkel erst jetzt so richtig kennengelernt und ihn liebgewonnen. Und nicht nur ihn, sondern auch die reizende Johanna, deren Gesicht jetzt vor seinem inneren Auge auftauchte. Sie hatten sich ineinander verliebt und wollten heiraten. Onkel Kurt war einverstanden und hatte auch keine Einwände dagegen, dass er seinen ursprünglichen Berufswunsch geändert hatte. Alles schien so wunderbar zu sein.

Aber dann war dieser Gardeleutnant aufgetaucht, der Johanna, seiner süßen Hanna, den Hof machte. Obendrein sein totgeglaubter Vetter mit einem Sohn und einer Schwägerin und er sollte den Onkel auf die Rückkehr des verlorenen Sohnes vorbereiten. Und Hanna hatte sich offenbar schnell von ihm abgewandt, weil sie ihn der Untreue verdächtigte.

Und plötzlich fühlte er sich fürchterlich einsam und zum ersten Mal hatte er Heimweh nach Breslau und nach der Schweidnitzer Vorstadt, dem Stadtteil, in dem er aufgewachsen war. In Gedanken wanderte wie früher durch die Gartenstraße Richtung des Centralbahnhofs, den er als Junge immer aufgesucht hatte, wenn er davon träumte , später einmal in die große, weite Welt zu fahren.

Immerhin, so unterbrach er seine Gedanken, war er jetzt in Berlin, der Reichshauptstadt, in die es fast täglich immer wieder neue Menschen zog aus allen Teilen Deutschlands und darüber hinaus. Sie alle wollten hier ihr Glück machen und träumten von einem besseren Leben als in ihrer Heimat.

Hatte er es nicht gut getroffen? Er hatte seinen Onkel, der ihn in seinem Hause aufgenommen hatte. Er musste nicht in irgendeiner verfallenen Mansarde oder einer heruntergekommenen Wohnung einer der berüchtigten Mietskasernen im Norden der Stadt leben.

Sicherlich, auch die östliche Luisenstadt war nicht unbedingt der vornehmste Stadtteil von Berlin, nicht herrschaftlich. Arbeiter und Handwerker und Kleinbürger stellten hier einen Großteil der Bevölkerung. Aber man konnte es auch schlechter treffen. Und die Mieter in Onkel Kurts Haus konnten sich wahrlich nicht beschweren, auch nicht die im Hinterhaus. Es wurde auf Sauberkeit und Ordnung geachtet und die Mieten waren für keinen der Bewohner zu hoch. Darauf achtete der Onkel schon.

Felix schämte sich. »Sei kein Plotsch!«, sagte er zu sich selbst auf schlesisch, was soviel bedeutete, dass er kein Dummkopf sein wollte. Den Gedanken, nach Breslau zurückzukehren, den er einen Moment gehabt hatte, verwarf er umgehend. Was sollte er dort? Die Mutter war gestorben und die dortige Verwandtschaft scherte sich nicht darum, wie es ihm ging.

Guter Onkel Kurt. Ihm verdankte er so viel. Und ihn wollte er nicht enttäuschen. So schnell wie möglich sollte er erfahren, dass sein Sohn Paul wieder da war und ihm auch noch seinen Enkel mitgebracht hatte.

35

Am nächsten Morgen gab es so einige unausgeschlafene Hausbewohner in der Falckensteinstraße 28.

Je länger Felix darauf hatte warten müssen, einschlafen zu können, umso ärgerlicher war er auf Johanna geworden.. Wie konnte sie ihm und den anderen so eine lautstarke Szene auf offener Straße machen und sich auch noch entloben. Bitte… wenn sie es so haben wollte! So tief war ihre Liebe zu ihm dann wohl doch nicht, wenn sie ihm so schnell misstraute.

Auch Johanna hatte erst nach Stunden einen unruhigen Schlaf gefunden, in den sie sich praktisch hineingeweint hatte. Sie fühlte sich tief verletzt und immer, wenn ihr Felix in den Sinn gekommen war, wurde sie wieder wütend. Auch die tröstenden Worte der Mutter beim Abendbrot hatten nichts daran geändert.

»Ick kann mir täuschen, aber ick gloobe, die Jeschichte mit dem Frollein von Strelow is‘ wirklich harmlos«, hatte sie gesagt.

Als Johanna am Morgen erwachte, saß ihre Mutter an ihrem Bett.

»Juten Morjen, Hanna. Jeht‘s dir besser?« Bertha Hübner reichte ihrer Tochter eine Tasse Kaffee. »Hier, trink mal. Det wird dir juttun. Echter Bohnenkaffe‘«, betonte sie, denn als sparsame Berliner Hausfrau brühte sie den eigentlich nur zu besonderen Anlässen auf.

Trotz ihres Kummers musste Johanna lächeln, setzte sich auf, nahm die Tasse und gab ihrer Mutter einen zärtlichen Kuss auf die Wange. »Liebe, gute Mama!«

»Lass mal, zur Zeit ham wa jenuch davon. Vater hat neulich den Kolonialwarenhändler aus der Schlesischen Straße, den Herrn Degling und seine Frau zum Krankenhaus jefahren. Frieda Degling hat doch ihr drittet Kind bekommen.

Aber weil der Doktor Leutert meente, et könnte Probleme bei de Jeburt jeben und hat ihr jeraten, ins Bethanienkrankenhaus zu jehen, wenn et soweit ist. Na, und et is‘ jut jejangen und endlich isser da, der Stammhalter. Darüber war der Herr Degling so glücklich, detter Vatern tatsächlich een janzet Pfund Kaffe‘ jeschenkt hat.«

Johanna nickte verstehend.

»Wie spät ist es denn?«, fragte sie dann gedankenverloren.

»Eben achte durch.«

»Ach, herrje, warum hast du mich denn nicht geweckt? So lange habe ich schon lange nicht mehr im Bett gelegen.«

»Du solltest dir mal so richtich ausschlafen. Det hilft, wenn man Kummer hat. Oder wollteste schon janz früh mit eenem jewissen Herrn reden?«

Johanna schüttelte den Kopf, nahm einen Schluck, seufzte vernehmlich und stellte die Tasse auf den kleinen Nachttisch neben dem Bett. Dann warf sie der Mutter einen geheimnisvollen Blick zu.

»Ich muss dir etwas sagen.«

»Na, dann schieß mal los!«

»Eben, als ich aufwachte und bevor ich dich sah, da habe ich als erstes an jemanden gedacht.«

»An Felix?«

»Nein, an Herrn von Opitz.«

Bertha schlug die Hände über dem Kopf zusammen. »Kind, wat soll ick denn davon halten?«

»Das will ich ja von dir wissen, Mama. Bedeutet das, dass ich mich nun in Alexander… ich meine, Herrn von Opitz verliebt habe?«

Bertha machte ein ratloses Gesicht. »Woher soll ick det wissen? Dazu musste selbst in dein Herz kieken.«

»Ach, Mama! Ich hätte nie gedacht, dass es so schwierig ist, erwachsen zu werden.«

Bertha schmunzelte sanft und strich ihrer Tochter über die Haare. »Ja, et is' nicht einfach, vor allem wenn man so een hübschet Meechen is' wie du, det gleich zwee Verehrer zur selben Zeit hat.«

»Hast du Papa etwas erzählt?«

Nun lachte Bertha. »Dein Vata hat bloß mit de Oogen gerollt und gesacht, det er sich nich' einmischen will. Er is natürlich schon wieder losjezogen mit seine Droschke. Also bleibt allet an mir hängen.«

»Nein, Mama. Ich möchte selbst entscheiden, wie es jetzt weitergeht. Ich werde, wie du gesagt hast, in mein Herz schauen und dann versuchen, den richtigen Weg zu gehen. Aber für Ratschläge bin ich natürlich dankbar.«

»Willste mit Felix reden?«

Johanna schüttelte den Kopf. »Dazu bin ich noch viel zu verwirrt. In meinem tiefsten Inneren bin ich ja eigentlich auch davon überzeugt, dass ich ihm unrecht getan habe. Und jetzt schäme ich mich einfach. Und dann ist da noch Herr von Opitz….«

»… dein schneidijer Jardeleutnant…«

Johanna ignorierte diese Zwischenbemerkung.

»Er übt eine größere Anziehung auf mich aus, als ich es bisher gedacht habe. Wir hatten einen so schönen Nachmittag.« Nun erzählte Johanna voller Begeisterung von ihren Eindrücken. »Und er hat mich wieder eingeladen.«

»Hanna, wenn det nur jutjeht!« Bertha schüttelte den Kopf.

»Er möchte, dass ich mit ihm in den Zoologischen Garten gehe.«

»Wann denn? Heute etwa schon?«

»Nein, erst am nächsten Sonntag, dann hat er Urlaub. Er musste gestern abend noch zurück in die Kaserne. Ich kann ihn also in den nächsten Tagen ohnehin nicht wiedersehen.«

Bertha nickte erleichtert. »Det ist janz jut. Denn haste Jelegenheit, nochmal über allet nachzudenken.« Sie seufzte nachdenklich. »Und du weeßt, det deine Mutter immer een offenet Ohr hat, wenn de Sorjen hast.«

»Das weiß ich. Ich bin auch dem lieben Gott jeden Tag dafür dankbar, dass ich so herzensgute Eltern habe. Wenn man so hört, wie es in anderen Familie so zugeht, dann…«

»Hanna, du warst noch kleen, aber du weeßt, det dein Vater und ick sehr jelitten haben, wie deine Brüder jestorben sind. Wir werden se ooch nie verjessen, aber nu‘ isset unsere Uffjabe, det unser einzijet Kind, det uns noch jeblieben is‘, glücklich im Leben wird.«

»Sag mal, Mama. Ist das denn normal, wenn man an einem Tag noch in den einen Mann verliebt ist und am nächsten Tag, glaubt man, es wäre doch ein anderer und man fühlt das gleiche für beide?«

Bertha zuckte mit den Schultern. »Da frachste mir zu ville: Aber det soll et jeben.«

»Wie soll man sich da nur entscheiden können?«

Mutter und Tochter sahen sich einen Moment schweigend an.

»So, und jetzt stehste uff, wäscht dir und ziehst dich an und denn bekommste Frühstück. Und dann kannste mir helfen, die Fenster zu putzen.«

»Schon wieder? Die können doch noch gar nicht wieder so schmutzig sein, jetzt im Sommer.«

»Hast du ne Ahnung! Ob Sommer oder Winter, Dreck und Ruß jibtet zu jeder Jahreszeit. Verjiß nich‘ die Lokomotiven vom Bahnhof.« Bertha drehte ihren Kopf in die Richtung, in der die Görlitzer Straße und das Bahngelände lag.

Eine halbe Stunde später waren die beiden schon bei der Arbeit. Während Johanna den Kessel mit Wasser auf den Herd setzte, brachte Bertha den Mülleimer in den Hof.

Dort traf sie auf Amalie Raddusch. Die Hauswartsfrau war gerade dabei, den Hof zu fegen. Als sie die Frau des Droschkenkutschers kommen sah, unterbrach sie ihre staubige Arbeit.

»Wird Zeit, det mal een bissken Rejen fällt«, sagte sie ohne Begrüßung.

»Sie können ja ein paar Eimer Wasser im Hof verteilen, Frau Raddusch«, gab Bertha ebenso grußlos zurück.

»Ach, Jotte nee, det kostet doch Wasserjeld, Frau Hübner.«

Sie kam an die Müllkästen heran, an denen Bertha mit ihrem Eimer stand, blieb stehen und stützte sich auf ihren Besen.«

»Wat war denn eijentlich jestern abend vor der Haustür für eene Uffrejung? Den Krach hat man ja in halb Berlin jehört«, übertrieb Amalie maßlos.

Bertha warf ihr einen strengen Blick zu.

»Nischt, det Sie wat anjehen würde, liebe Frau Raddusch«, gab sie dann zuckersüß zur Antwort.

Amalie schüttelte den Kopf. »Machen Se mir doch nischt vor. Ick weeß doch Bescheid. Frollein Hanna und ihr Bräutijam haben Knatsch. Det is keen Jeheimnis.«

»Also, da wird doch der Hund in der Pfanne verrückt!« Bertha knallte den metallenen Mülleimer so heftig aufs Pflaster, dass der Deckel herunterfiel und geräuschvoll scheppernd ebenfalls auf den Steinen landete.

»Ick habe jedacht, sie würden nich' mehr Ihre Neese in Anjelejenheiten stecken, die Ihnen nischt anjehen. Aber Sie haben sich nich' een bisschen jebessert, Sie olle Klatschtante. Wahrscheinlich weeß schon die janze Straße Bescheid.«

Amalie Raddusch hob abwehrend die Hände. »Nee, also da tun Se mir unrecht, Frau Hübner. Janz ehrlich. Uff Ehrenwort. Sie sind sie erste, mit der ick darüber reden tu.«

»Glooben Se det mal nich'!«, rief in diesem Augenblick aus dem zweiten Stock im Hinterhaus Frau Knoll mit ihrer durchdringenden Stimme. »Mir hat se det nämlich schon vor 'ner Stunde brühwarm erzählt.«

Berthas Augen schossen Blitze auf die Hauswartsfrau. Dann sah sie sich um, ob ihr nicht etwas ins Auge fiel, mit dem sie Amalie verprügeln konnte. Aber sie sah nur zu ihren Füßen den Abfall im Eimer.

»Am liebsten würde ick Ihnen meinen vollen Mülleimer über Ihren Dez kippen.« Damit meinte sie Amaliens Kopf , den diese sogleich in Sicherheit zu bringen suchte, als Bertha den Henkel ergriff und den Eimer hochhob.

»Aber ick weeß ja schließlich, det sich det nich‘ jehört«, sagte sie mit vornehmen Unterton in der Stimme.

Amalie atmete auf, um im nächsten Augenblick große Augen zu machen. Bertha legte ihre freie Hand an den Boden des Mülleimers, den sie umkippte und verteilte so den Inhalt genüsslich auf das Pflaster.

»Einen schönen Tach noch, Frau Raddusch!«

Amalie sperrte den Mund auf, blickte Bertha sprachlos hinterher, starrte dann auf den ausgeschütteten Müll und dann wieder auf Bertha, die inzwischen an ihrer Tür angekommen war.

Sie atmete tief durch, fand aber keine Worte und fegte schließlich schweigend den Unrat zusammen.

Nur aus dem zweiten Stock hörte man, wie Frau Knoll schadenfroh lachte und dann das Fenster geräuschvoll schloss.

36

Während Johanna in den nächsten Stunden damit beschäftigt war, ihrer Mutter im Haushalt zu helfen, hatte Felix einen sorgenvollen Vormittag.

Als er nach einer unruhigen Nacht aufgewacht war, wollte er als erstes mit seinem Onkel sprechen. Doch Kurt Krüger war weder im Salon noch im Esszimmer. Er klopfte leise an die Schlafzimmertür.

»Onkel, bist du wach?« Aber er bekam keine Antwort. Felix öffnete die Tür so weit, dass er seinen Kopf durchstecken konnte. Das Bett war unberührt.

In der Küche traf er nur auf Adele, die gerade dabei war, so leise wie möglich das Frühstück zuzubereiten.

»Fräulein Adele, haben Sie meinen Onkel gesehen? Ich kann ihn nirgendwo finden.«

Adele senkte leicht verschämt den Kopf, denn Felix trug nur seinen Schlafanzug und einen Hausmantel darüber und an den nackten Füßen seine Pantoffeln.

Er bemerkte ihre Reaktion und schlug den Kragen des Hausmantels hoch. »Entschuldigen Sie bitte, Fräulein Adele. Ich wollte Sie gewiss nicht in Verlegenheit bringen. Aber ich habe bis eben geschlafen. Ich hatte eine unruhige Nacht.«

»Ist denn Herr Krüger nicht in seinem Zimmer? Ich dachte, er würde vielleicht noch schlafen, da wollte ich nicht stören. Es ist doch sicherlich spät gestern abend geworden.«

»Ich habe den Verdacht, dass er gar nicht nach Haus gekommen ist. Sein Bett ist unberührt«, sagte Felix mit sorgenvoller Stimme.

Adele von Strelow machte ein erschrockenes Gesicht und setzte die Kaffeemühle ab. »Wie ist denn das möglich? Hoffentlich ist ihm nichts passiert!«, rief sie mit einem Anflug von Hysterie, die Felix von ihr überhaupt nicht gewohnt war.

»Ich glaube, dann hätte man uns schon benachrichtigt«, versuchte er sie zu beruhigen.

»Aber dann verstehe ich nicht, warum er nicht nach Haus gekommen ist. Ich habe wirklich Angst, dass ihm etwas zugestoßen ist.«

Adele setzte sich auf einen der Küchenstühle und bekam feuchte Augen. »Wir müssen irgendetwas unternehmen.«

Felix nickte geistesabwesend. »Vielleicht sollte ich zur Polizei gehen? Aber vielleicht… ich kenne meinen Onkel nicht gut genug, um beurteilen zu können, ob wir uns wirklich Sorgen machen müssen. Er ist schließlich ein erwachsener Mann, der niemandem Rechenschaft schuldig ist, wenn er mal eine Nacht von zu Hause fortbleiben möchte. Außerdem war er in Gesellschaft.«

»Ob Ihr Onkel vielleicht… ich meine...«

Felix sah Adele fragend an. »Was denken Sie? Genieren Sie sich nicht, es zu sagen.«

»Haben Sie nicht erzählt, dass bei Lutter und Wegner die Gäste oft zuviel trinken, ich meine Alkohol...«

Felix griff sich ans Kinn und massierte es mit der Hand. »Ich habe meinen Onkel nie betrunken erlebt. Er schätzt zwar ein gutes Glas Rheinwein, auch mal einen Sherry, aber alles in Maßen.«

»Wer weiß… mein Vater ist auch ein eher genügsamer Mensch. Aber wenn er einmal im Jahr zum Hubertusball geht, wird dort auch kräftig dem Alkohol zugesprochen.«

Felix fasste einen Entschluss.

»Ich werde mich schnell ankleiden, bitte kochen Sie mir inzwischen Kaffee. Und dann gehe ich zum Leibniz-Gymnasium. Das ist nicht weit von hier, am anderen Ende der Wrangelstraße am Mariannenplatz.«

Zehn Minuten später war Felix angezogen.

»Ich würde am liebsten mitkommen«, sagte Adele und goss ihm Kaffee in seine Tasse. »Ich habe sonst keine Ruhe.«

Felix überlegte einen Augenblick. »Dann müssen wir uns aber eine Droschke nehmen.«

»Wieso? Sie haben doch gesagt, es wäre nicht weit.«

»Für mich nicht. Aber es könnte für Sie zu anstrengend sein.«

Adele schüttelte beinahe empört den Kopf. »Ich bin keine Porzellanpuppe. Schließlich komme ich vom Land, da muss man manchmal kilometerweit laufen.«

»Also gut, wenn Sie wirklich…«

In diesem Augenblick läutete die Türglocke.

»Onkel Kurt!«

»Herr Krüger!«

Beinahe gleichzeitig riefen es Felix und Adele und beinahe gleichzeitig stürzten sie zur Tür, wobei Adele einen Vorsprung hatte, weil sie gestanden und Felix am Tisch gesessen hatte. Aber nicht Kurt Krüger stand im Hausflur, sondern ein unbekannter Herr, der einen kuriosen Anblick bot. Er war mindestens einen Kopf größer als Felix, aber dabei spindeldürr, was ihn noch größer erscheinen ließ.

Er trug einen gepflegten, aber wenig eleganten Straßenanzug und einen leicht zerbeulten Hut, den er zur Begrüßung abnahm, wodurch eine Halbglatze zum Vorschein kam.

»Guten Tag! Mein Name ist Theodor Blümchen, Oberstudienrat Blümchen«, sagte er mit hoher, sanfter Stimme. Herr Felix Krüger?«

Adele trat zur Seite und senkte den Kopf, weil sie verbergen wollte, dass ihr zum Lachen zumute war. Das Aussehen und der Name des Besuchers erheiterten sie sehr.

Auch Felix musste sich zurückhalten, nicht in Gelächter auszubrechen. Für seinen Namen und für sein Aussehen konnte der Mann schließlich nichts. Er räusperte sich kurz und hatte dann seine Fassung wiedergefunden.

»Felix Krüger, der bin ich. Was kann ich für Sie tun?«

»Ich komme wegen Ihres Onkels.«

Nun kam Bewegung in Felix. »So kommen Sie doch herein!« Er ergriff den Arm des Mannes und zog ihn ungestüm in die Wohnung, führte ihn in den Salon und bot ihm einen Platz an. Dann bestürmte er Herrn Blümchen mit Fragen.

Was ist mit meinem Onkel? Wo ist er? Wie geht es ihm? Ist ihm etwas passiert?«

»Mein Name ist Oberstudienrat Blümchen…«, wiederholte der Besucher.

»Das sagten Sie bereits.«

»… und ich bin ein Kollege Ihres Onkels. Ich unterrichte am Leibniz-Gymnasium Latein und Deutsch. Das heißt, ein ehemaliger Kollege, denn Ihr Onkel ist ja bereits im Ruhestand.«

Felix wurde ungeduldig. »Das ist mir bekannt. Ich meine, dass er im Ruhestand… Herr Blümchen, wo ist mein Onkel?«, fragte er nun eindringlich.

»Machen Sie sich bitte keine Sorgen. Kurt geht es gut, den Umständen entsprechend.«

Felix sprang auf. »Was heißt den Umständen entsprechend? Also ist ihm etwas passiert.«

»Es besteht kein Grund zur Aufregung. Er wird in der Charité gewiss gut versorgt.«

»Um Himmels Willen, Herr Blümchen, nun sagen Sie mir doch endlich, was geschehen ist!« Felix verdrehte die Augen.

Adele, die bisher stumm neben ihm gestanden hatte, ergriff seine Hand, ebenfalls schwankend zwischen Besorgnis und Ärger auf diesen Herrn, der sich so viel Zeit für seinen Bericht ließ. Sie brachte Felix dazu, sich wieder zu setzen.

»Bitte, Herr Blümchen, nun erzählen Sie doch! Was ist geschehen?«, ergriff sie dann das Wort.

»Also, es war so. Gegen Mitternacht wollten wir alle aufbrechen und als wir aus dem Weinkeller bei Lutter und Wegner nach oben kommen wollten, waren wir alle schon reichlich… nun, wir hatten ausgiebig dem Weingeist zugesprochen. Ich kann gar nicht mal mehr sagen, wer von uns zuerst ins Straucheln kam. Jedenfalls rutschte Kurt auf der obersten Stufe aus, fiel hin und schlug mit dem Kopf auf den Boden.«

Felix machte entsetzte Augen und Adele stieß einen Schreckensschrei aus.

»Aber wie ich bereits sagte«, fuhr Herr Blümchen fort, »es besteht kein Grund zur Besorgnis, mein Fräulein. Wir haben ihm sofort aufgeholfen und er war auch bei Besinnung. Jedoch trug er eine blutende Kopfwunde davon, deshalb hielten wir es für richtiger, ihn in die Charité zu bringen. Zum Glück fanden wir trotz der fortgeschrittenen Stunden genügend Droschken, denn wir waren immerhin zehn Mann. Da war das nicht so einfach.« Herr Blümchen setzte eine zufriedene Miene auf. »Nun ja, Berlin ist eben eine Metropole«, fügte er dann noch hinzu.

Den letzten Satz gar nicht beachtend, erhob sich Felix erneut.

»Und man hat meinen Onkel auch gleich untersucht?«

»Davon gehe ich aus«, antwortete Herr Blümchen mit seiner sanften Stimme. »Wir wurden leider sofort weggeschickt, noch bevor ein Arzt kam. Wir haben wohl gestört. Man sagte uns nur, dass wir am Vormittag nachfragen könnten, wenn wir wieder… ich meine… ich gebe zu, dass wir alle nicht mehr so ganz gesellschaftsfähig waren, wenn Sie verstehen, was ich meine.«

Felix konnte sich ein Lächeln nicht verkneifen. Die Vorstellung wie zehn Herren, durch die Ereignisse und den Alkohol gleichsam aufgekratzt mitten in der Nacht im bedeutendsten Krankenhaus Berlins einen Verletzten einliefern, erheiterte ihn trotz der ernsten Situation.

»Man hat mir als demjenigen, welcher noch am wenigsten dem Weine zugesprochen hatte aufgetragen, die Familie des Patienten zu benachrichtigen, was ich hiermit erledigt habe.«

»Dann wollen wir keine Zeit verlieren. Lassen Sie uns in die Charité fahren, Herr Blümchen.«

»Carpe diem, wie wir Lateiner sagen«, dozierte Herr Blümchen. »Ich habe in weiser Voraussicht eine Droschke mitgebracht, mit der wir fahren können.«

»Also lassen Sie uns gehen, Herr Blümchen! Ich hole nur meinen Hut.«

»Den habe ich schon für Sie bereit, Herr Felix.« Adele reichte ihn herüber und band ihre Schürze ab. »Wenn Sie gestatten, möchte ich gern mitkommen.«

»Gut, ich habe nichts dagegen. Sie gehören ja praktisch auch zur Familie.«

37

Johanna trat mit der Milchkanne in der Hand aus der Haustür. Sie wollte auf die andere Straßenseite zu Frau Dunkel. Es herrschte der übliche Vormittagsbetrieb der Passanten und Fuhrwerke, aber trotzdem konnte sie gerade noch sehen, wie Felix und Adele in einer Droschke zusammen wegfuhren. Dabei übersah sie Herrn Blümchen, der aber mit ihnen im Wagen saß. Für Johanna wirkte es so, als ob nur zwei Personen in der Kutsche sitzen würden.

Jetzt gab es für sie keine Zweifel mehr. Felix und Adele waren ein Paar. Während sie die Milch besorgte, kreisten ihre Gedanken unaufhörlich um diese offensichtliche Tatsache.

Nun gut, wenn er es so haben wollte. Was Johanna gestern abend in ihrem Zorn gesagt hatte, dass sie sich als entlobt ansah, gewann nun für sie zum endgültigen Entschluss.

Sie wollte gerade wieder ins Haus gehen, als ein etwa zehnjähriger Steppke in einem recht schäbigen Hemd und kurzen Hosen sich vor sie stellte. Er lief barfuß und schien sich auch heute noch nicht gewaschen zu haben.

»Sie, Frollein...«, sprach er sie an.

»Was willst du denn?«

»Sind Sie zufällich det Frollein Hübner?«, fragte er kess.

»Die bin ich nicht nur zufällig, sondern ganz genau«, gab Johanna amüsiert zurück. »Und wer bist du?«

»Ick bin der Erwin und ick habe eenen Brief for Ihnen«, krähte der Junge und reichte ihr einen Umschlag.

»Vom wem ist der denn?«

»Den hat mir een Jardeoffizier jejeben und jesacht, det ick den Brief nur Ihnen jeben soll. Is‘ bestimmt een Liebesbrief.«

Johanna konnte sich das Lachen kaum noch verkneifen. Sie nahm den Brief und bemerkte, dass Erwin ihr seine offene Hand weiterhin hinhielt.

»Du willst wohl Porto kassieren? Du hast doch bestimmt schon deinen Lohn von dem Herrn bekommen.«

»Klar doch. Aber ick dachte, et is Ihnen ooch wat wert, det ick den Brief uff kürzestem Wege besorcht habe.«

Johanna hatte zufällig ein Fünfpfennigstück in der Hand, das Wechselgeld aus dem Milchladen.

»Hier hast du einen Sechser. Ich hoffe, du bist zufrieden.«

»Wie man's nimmt«, antwortete Erwin mit altkluger Miene. »Der Herr Leutnant hat mir'n Jroschen gegeben. Aber jut, Sie sind ja'n Meechen, da will ick mal nich' so sein.« Er grinste und ließ eine Zahnlücke sehen.

Johanna schüttelte lachend den Kopf. »Du bist ja ein Knilch. Sag mal, gehst du denn nicht zur Schule?«

Erwin sah sie verständnislos an. »Wieso denn det? Wir haben doch jetzt Sommerferien.« Er tippte sich mit dem Zeigefinger an die Stirn und wandte sich ab. Dann drehte er sich noch einmal grinsend um, rief »Adschö« und lief los.

Johanna sah ihm kurz nach. Dann eilte sie in die Wohnung, stellte die Milchkanne in die Küche und ging dann ohne ein weiteres Wort sofort in ihr Zimmer. So schnell wie möglich wollte sie wissen, was Alexander ihr zu schreiben hatte.

Ihre Mutter wunderte sich, blieb aber in der Küche. Johanna würde ihr sicherlich bald eine Erklärung liefern.

Bertha Hübner hatte sich nicht geirrt. Keine fünf Minuten später kam Johanna aus ihrem Zimmer.

»Alexander von Opitz hat mir geschrieben. Er macht mir in seinem Brief einen Heiratsantrag und wenn ich einverstanden bin, will er bei Papa und dir um meine Hand anhalten.«

»Da brat' mir eener 'nen Storch und die Beene recht knusprich. Der Herr Jardeleutnant hat's janz schön eilich.«

»Er schreibt, dass er mir zwar erst gestern nachmittag versprochen habe, nicht mehr davon zu reden, dass er mich liebt. Aber der Streit am Abend mit Felix vor der Haustür habe ihn wiederum in seiner Absicht bekräftigt, zu versuchen, mich für sich zu gewinnen. Zumal er hoffe, dass ich es ernst gemeint habe mit der Entlobung von Felix.«

Bertha sah ihre Tochter prüfend an. »Vor nich‘ mal zwee Stunden haste mir selbst erzählt, det dir der Herr von Opitz nich‘ mehr janz gleichjültig is‘.«

»Ist er auch nicht.« Und dann berichtete Johanna, wie sie gesehen hatte, das Felix schon wieder mit Adele zusammen unterwegs war. »Diesmal sogar in einer Droschke. Damit hat sich jedenfalls bestätigt, dass es richtig ist, Herrn Felix Hübner nicht zu heiraten.«

»Da bin ick ja mal jespannt, wat dein Vater sacht, wenn er det hört. Ja, Kind. Da kommen wa nich‘ drum herum.«

Johanna nickte ergeben.

»Mach dir doch keene Sorjen. Er wird erst meckern und dir hinterher an seine jütije Vaterbrust drücken.«

Und Bertha sollte recht behalten.

Als Friedrich Hübner gegen ein Uhr zum Mittagessen kam, überraschten ihn die Neuigkeiten, die ihm seine Familie mitteilte, sehr, aber er nahm sie gelassen auf. Nur, dass da schon ein neuer Bewerber um die Hand seiner Tochter gewissermaßen schon auf der Türschwelle stand, mißfiel ihm dann doch sehr.

»Als ick so jung war wie Du, Hanna, da jing det allet nich‘ so schnell. Vor allem war det nich‘ üblich, det een Meechen heute noch den eenen Verlobten hatte und am andern Tach schon ‘nen anderen.«

»Aber, Papa. Ich bin doch noch gar nicht wieder verlobt.«

»Heute vielleicht noch nich‘, aber wie mir scheint, wirste det bald wieder sein.« Friedrich Hübner seufzte theatralisch.

»Noch hat Hanna dem Herrn von Opitz ja noch nich‘ uff seinen Brief und seinen Antrach jeantwortet. Nun lass die beeden doch erstmal am nächsten Sonntag in‘n Zoolojischen jehen! Ick vertraue meener Tochter und det sie die richtije Entscheidung treffen wird.«

»Dein Wort in Jottes Ohr. Mehr als zwee Ver- und Entlobungen pro Woche verträcht mein zartet Jemüt nämlich nich‘. So, und nu‘ will ick mein Essen haben. Wat haste denn heute Jutet jekocht, Bertha?«

38

Als Felix und Adele in Begleitung des Herrn Blümchen in der Charité eintrafen, erwartete sie eine böse Überraschung.

Eine Krankenschwester empfing sie mit besorgter Miene. »Guten Tag, meine Herrschaften. Ich bin Schwester Martha und muss Ihnen leider mitteilen, dass es Herrn Krüger leider im Augenblick sehr schlecht geht.«

»Ich verstehe nicht!«, rief Felix verständnislos so laut aus, dass seine Stimme den langen Gang entlang hallte. »Herr Oberstudienrat Blümchen hier hat mir doch berichtet, es ginge meinem Onkel gut.«

»So beruhigen Sie sich doch bitte, mein Herr. Das war anfangs auch so. Aber dann haben wir festgestellt, dass sein Blutverlust schon erheblich war. Zum Glück konnten wir die Blutung stoppen. Jetzt schläft Herr Krüger und auch wenn er noch nicht ganz außer Gefahr ist, wollen wir doch das Beste hoffen.«

»Kann ich ihn sehen? Ich bin sein Neffe.«

»Das muss Doktor von Barnhelm entscheiden. Er behandelt ihren Onkel.«

»Dann fragen Sie ihn bitte.«

Schwester Martha eilte davon. Die drei Besucher bleiben betroffen zurück.

»Ich denke, ich werde mich empfehlen«, sagte Theodor Blümchen. »Meine Gegenwart ist hier nicht vonnöten, denke ich. Richten Sie Kurt meine besten Genesungswünsche aus und die der anderen Herren des Kollegiums vom Leibniz-Gymnasiums. Ich werde mir erlauben, in den nächsten Tagen hier wieder vorzusprechen, um etwas über Kurts Gesundheitszustand zu erfahren.«

»Ich bestelle ihm Ihre Wünsche, Herr Blümchen. Ich danke Ihnen, dass Sie uns benachrichtigt haben.« Felix reichte dem Scheidenden die Hand.

Theodor Blümchen entfernte sich.

»Krankenhäuser haben immer eine deprimierende Wirkung auf mich«, sagte Adele mit gedämpfter Stimme, während sie das Treiben auf dem Gang beobachtete. Krankenschwestern in ihren Trachten huschten hin und her. Patienten auf rollbaren Betten oder in Rollstühlen sitzend wurden durch den Korridor geschoben.

»Ich muss dann immer an all die vielen kranken Menschen denken, an viel Elend und an den Tod.«

»Aber denken Sie auch daran, dass man in einem Krankenhaus auch Menschen Heilung bringt und dass hier auch Kinder geboren werden.«

»Das stimmt natürlich. Großes Glück und großes Leid liegen nahe beieinander.

»Ich finde eher diese Geruchsmischung aus Desinfektionsmitteln, Salben, Tinkturen und anderen Arzneimitteln ziemlich abstoßend. Und alle reden immer so gedämpft. Aber zuerst wollen wir daran denken, dass Onkel Kurt schnell wieder gesund wird.«

Einen Augenblick lang schwiegen Felix und Adele, dann sahen sie einen würdig wirkenden Herrn im weißen Kittel mit Bart und Monokel auf sie zukommen kommen.

»Machen Sie sich keine Sorgen, junger Freund«, sagte er jovial schon im Herankommen. »Gestatten, Barnhelm! Doktor Albrecht von Barnhelm. Ja, ich weiss… Lessing! Wenn ich meinen Namen nenne, ernte ich zumeist ungläubiges Staunen.« Er nickte Felix und Adele freundlich zu, die in der Tat große Augen gemacht hatten. »Ich sehe, die Herrschaften sind humanistisch gebildet.«

Endlich löste sich Felix aus seiner Verwunderung und stellte erst Adele und dann sich vor.

»Nun, mein lieber junger Freund«, dröhnte der Arzt immer noch leutselig. »Ich versichere Ihnen, dass wir alles medizinisch Mögliche für Ihren Onkel getan haben. Nun liegt sein weiteres Schicksal in der Gnade unseres Herrn.«

»Darf ich denn meinen Onkel sehen?«, fragte Felix nun voller Ungeduld.

»Ich denke, das lässt sich machen. Schwester Martha, bitte führen Sie Herrn Krüger zu unserem Patienten. Das junge Fräulein sollte aber besser draußen bleiben. Zwei Besucher auf einmal könnten vielleicht zuviel sein.«

Adele nahm Felix zur Seite.

»Gehen Sie nur, Herr Felix. Ich werde inzwischen, wenn Sie nichts dagegen haben, Paul benachrichtigen.«

»Das ist eine gute Idee. Und ich überlege gerade, ob es nicht gut wäre…«

»… wenn ich ihn gleich mitbringe. Hoffentlich wird das Herr Krüger dann aber auch verkraften.«

»Das Risiko müssen wir eingehen. Ich könnte es mir nie verzeihen, wenn Onkel Kurt etwas… ich meine, falls…« Felix scheute sich, den Gedanken an den Tod des Onkels auszusprechen.

Adele nickte nur verständig. »Falls es wirklich an dem wäre, sollte Paul seinen Vater noch einmal gesehen haben. Auch wenn wir es uns anders gedacht hatten, wie das Wiedersehen von Vater und Sohn sein sollte, hat uns das Schicksal nun die Entscheidung abgenommen.«

»Gut, dann machen wir es so. Ich warte hier auf Sie.«

Adele ging.

»So, Schwester Martha, nun führen Sie mich bitte zu meinem Onkel.«

Während der nächsten zwei Stunden saß Felix am Krankenbett seines Onkels, dessen Gesicht schmal und blass war. Es wurde von einem umfangreichen weißen Verband um den Kopf umrahmt.

Mit feuchten Augen betrachtete Felix seinen Onkel, der in tiefem Schlaf lag. Er atmete dabei ruhig und gleichmäßig, was Felix beruhigte.

Auch wenn er es, vor allem seit er ein erwachsener Mann war, lange nicht mehr getan hatte, so hatte er nun das Bedürfnis für seinen Onkel zu beten. Er flehte den lieben Gott im stummen Gebet inbrünstig an, den lieben alten Mann noch nicht zu sich zu holen.

»Das darf einfach nicht sein!«, sagte er dann zu sich selbst. Eine Weile ging er leise im Zimmer auf und ab, setzte sich dann wieder und ergriff die Hand des Onkels.

So saß er dann eine weitere Viertelstunde, als er plötzlich ein leichtes Stöhnen vernahm. Vor allem aber spürte er, wie die Hand, die er hielt, sich spannte und die seine drückte.

Felix sah hoffnungsvoll auf. Noch rührte sich nichts im Gesicht des Patienten, aber wieder wurde seine Hand gedrückt, man konnte sagen, festgehalten.

»Keine Angst, Onkel Kurt«, flüsterte Felix. »Ich lasse dich nicht los. Ich lasse dich nicht gehen.«

Er sah den Onkel prüfend an. Kein Zweifel, es bestand Grund zur Zuversicht.

In diesem Augenblick wurde die Tür zum Krankenzimmer einen Spalt geöffnet. So leise wie möglich steckte Adele ihren Kopf durch die Öffnung.

»Gibt es etwas Neues?«, fragte sie leise.

»Es ist noch Leben in ihm. Haben Sie Paul mitgebracht?«

Adele nickte und schob Kurt Krügers Sohn sanft in das Zimmer.

Flüsternd begrüßte Felix seinen Vetter. »Guten Tag, Paul. Es ist gut, dass du gekommen bist. Ich habe übrigens das Gefühl, dass die größte Gefahr vorbei ist. Aber er ist noch weit, weit weg von uns.«

»Adele hat mir auf dem Weg hierher schon erzählt, was geschehen ist. Ich danke dir, lieber Felix, dass du mich hast rufen lassen.«

Felix nickte nur stumm. Dann setzte er sich wieder an das Bett und Paul nahm sich einen weiteren Stuhl, der am anderen Ende des Zimmers an der Wand stand.

»Falls er aufwacht, soll er sich nicht gleich zu Tode erschrecken«, meinte Paul und lächelte schwach. Wie würde der Vater wohl seine unerwartete Gegenwart, noch dazu am Krankenbett, aufnehmen. Auch Felix fragte sich, wie die Reaktion des Onkels auf die Rückkehr des verlorenen Sohnes ausfallen würde.

Als die nahegelegene Gnadenkirche an der Invalidenstraße zur zweiten Nachmittagsstunde läutete, wechselten Felix und Paul die Plätze.

»Lass mich jetzt seine Hand halten«, bat Paul. Felix nickte stumm.

Nach gar nicht langer Zeit schien der Patient zu spüren, dass sich etwas geändert hatte. Er schien unruhig zu werden.

Noch waren Kurt Krügers Augen geschlossen, aber seine Lippen begannen, sich zu bewegen. Aus seinem Unterbewusstsein drang eine Erinnerung und wühlte seine Seele auf. Er spürte, dass es nicht mehr die Hand von Felix war, die er drückte. Aber es war trotzdem nicht die Hand eines Fremden, auch wenn es auf den ersten Blick so schien, als Kurt die Augen öffnete. Der Mann mit dem Bart schien ihm unbekannt zu sein, und doch… Dann sah er dem Unbekannten direkt in die Augen.

»Paul!«

39

Von alldem ahnten weder Johanna und ihre Familie noch sonst jemand in der Falckensteinstraße, in der der ganz normale Alltag weiterging.

Johanna war gerade dabei, bei Kullicke ein paar Zigarren für den Vater zu kaufen, als sie von innen durch das Schaufenster sah, wie eine Droschke vor dem Haus hielt und Adele allein ausstieg. Aber da sie kein Bedürfnis auf ein Zusammentreffen mit der ehemaligen Freundin verspürte, wollte sie vermeiden, Adele über den Weg zu laufen und brachte eine belanglose Unterhaltung mit dem Zigarrenhändler in Gang. Damit wollte sie Zeit gewinnen.

Auch Gottlieb Kullicke hatte Adeles Ankunft nicht übersehen und dachte sich seinen Teil. Er überlegte, ob er etwas sagen sollte. Doch eigentlich wusste er selbst zu wenig, um Johanna einen guten Rat oder gar eine Erklärung über die Art und die Entwicklung der Beziehungen zwischen dem jungen Krüger und dem Dienstmädchen geben zu können.

»Na, Frollein Hanna! Kummer?«, fragte er dann doch schließlich. Eine Antwort bekam er nicht, nur einen traurigen Blick.

»Also ick weeß ja ooch nich‘ so jenau, wat hier im Jange is zwischen dem neffen von Kurt und diesem Frollein von Strelow. Aber wenn et een Trost sein sollte… Ick bin mir sicher, det sich bald allet uffklär‘n wird.« Kullicke warf ihr einen möglichst aufmunternden Blick zu. »Det kommt allet bald inne Richte. Det können Se ‘nem alten Mann glooben, Frollein Hanna.«

»Danke, Herr Kullicke, für die lieben Worte. Aber ich bin über die erste Enttäuschung schon hinweg, und außerdem...« Sie unterbrach sich. Sie mochte Herrn Kullicke sehr, aber das ging ihn dann doch nichts an, was sie fühlte. Zudem wusste sie selbst doch noch nicht, ob die Zuneigung, die sie inzwischen für Alexander von Opitz empfand, sich nicht auch nur als ein flüchtiger Rausch erweisen würden.

Auch Bertha Hübner wurde immer ratloser.

»Wat soll ick denn dem Felix sagen, wenn er kommt und nach dir fraacht?« wollte sie von ihrer Tochter wissen.

»Der kommt nicht!«, antwortete Johanna selbstsicher. »Der ist doch nur noch mit Adele zusammen.«

Felix ließ sich wirklich nicht sehen, aber eben aus anderen Gründen, als sie vermutete.

Dafür kam Adele am Abend herunter zu den Hübners, um sie über Kurt Krügers Unfall zu unterrichten.

Bertha Hübner schlug die Hände über den Kopf. »Ach, Jotte nee, der arme Herr Krüjer. Wie jeht et ihm denn?«

»Den Umständen entsprechend. Heute vormittag sah es noch gar nicht gut aus. Aber inzwischen ist er auf dem Wege der Besserung. Felix war die ganze Zeit an seinem Bett.«

»Da wird er wohl noch ‘ne janze Weile im Krankenhaus bleiben müssen«, meinte Friedrich Hübner.

»Darf er denn Besuch empfangen? Fritz, morjen nachmittag fährste uns gleich inne Charité. Denn kann ick vorher noch ‘nen Kuchen backen und ‚ne Flasche Rotwein kaufen.«

Friedrich lachte und nahm seine Frau in den Arm. »Ick gloobe, der Herr Krüjer wird schon jut versorcht, da brauchste nich‘ det Rotkäppchen zu spielen, det der Jroßmutter Kuchen und Wein bringt.«

Adele bremste die Hübners. »In den nächsten Tagen darf Herr Krüger noch gar keinen Besuch empfangen. Nur Familienangehörige.« Mehr sagte sie nicht. Noch war es zu früh, Pauls Rückkehr bekannt zu machen. Es genügte, dass Herr Krüger am Nachmittag seinen Sohn nach so vielen Jahren das erste Mal wiedergesehen hatte. Nun war es erst einmal an dem, dass die beiden wieder zueinander fanden.

Bertha war enttäuscht und auch Johanna und ihr Vater machten betrübte Gesichter. Aber sie sahen es ein und ließen sich von Adele nun noch einmal ausführlich berichten, wie es zu dem Unglück gekommen war.

»Aber tun Se uns den Jefallen, Frollein Adele und halten Se uns uff‘m Laufenden, wat Herrn Krüjers Jenesung betrifft.«

»Das will ich gern tun, Frau Hübner. Und sobald er auch mehr Besuch empfangen darf, sage ich Ihnen natürlich auch sofort Bescheid.« Damit verabschiedete sie sich.

»Armer Herr Krüjer… und armer Felix«, sinnierte Bertha.

Johanna wollte gerade etwas sagen, als es am Küchenfenster klopfte. Draußen stand Amalie Raddusch.

»Ach, Jotte nee, Frau Hübner, haben Se denn schon jehört, wat mit unserm Hauswirt passiert is‘?«, sprudelte es aus ihr aufgeregt heraus.

»Haben wir, haben wir, Frau Raddusch!«, verkündete Friedrich energisch. »Nun beruhijen Se sich mal, sonst trifft Se noch der Schlach!«

»Aber Herr Hübner, wie könn‘ Se so herzlos reden. Det jeht uns doch alle an. Wat soll denn aus uns werden, wenn Herr Krüjer nich‘ mehr aus‘m Krankenbette wieder uffsteht? Verwandt sind wir, meen Otto und icke mit ihm ja schließlich ooch. Der Herr Felix is‘ ja janz nett, aber ob der als Hausbesitzer…«

»Frau Raddusch! Hören Se uff, hier schon wieder über unjelechte Eier zu tratschen«, mischte sich nun auch Bertha in den Disput. »Herrn Krüjer jeht‘s soweit jut, er braucht nur een paar Tage Ruhe, denn isser bald wieder der Alte. Aber Sie tun jradewegs so, als ob er schon unter de Erde liejen tut. Aber andem isset nich‘ und dazu wird et ooch nich‘ kommen. Sie brauchen also noch lange nich‘ dran denken, det et für Sie hier irjendwat zu erben jibt.« Damit war für Bertha das Gespräch beendet und sie schloss mit Nachdruck das Fenster.

»Diese alte Schnacke!«, empörte sie sich schließlich. Einfach unverbesserlich. Eijentlich müsste man sich beschweren.«

»Solange Onkel Krüger nicht wieder gesund zu Hause ist, sagen wir gar nichts«, bestimmte Johanna eindringlich. »Das fehlte noch, dass wir ihn jetzt damit belästigen.«

»Hast recht, Kind! Wir wollen lieber für unseren lieben Herrn Krüjer beten und hoffen, det wir ihn bald wieder bei uns haben.«

Das war Berthas Schlusswort, und sie begann, den Abendbrottisch zu decken. Johanna half ihr dabei.

Inzwischen beschloss das Familienoberhaupt, nach Otto Raddusch zu suchen. Auch wenn es sicherlich richtig war, den Hauswirt in seinem jetzigen Zustand nicht schon wieder mit einer Klage über Amalie zu überfallen, so hielt es Friedrich Hübner für erachtenswert, den Ehemann zu überreden, mal wieder ein Machtwort zu sprechen.

Das ließ dann auch nicht lange auf sich warten. Nur kurze Zeit, nachdem er Otto bei der Kellertreppe im Hinterhaus angetroffen hatte, wo er das Türschloss repariert hatte, war deutlich zu hören, wie ein lautstarkes Donnerwetter über Amalie Raddusch hereinbrach.

Das streitende Hauswartspärchen war jedenfalls deutlich zu verstehen, wobei Amalie immer kleinlauter wurde, je heftiger Otto Raddusch tobte. Und nicht nur über das Gesicht von Friedrich Hübner, sondern auch vielen anderen Mietern im Haus huschte ein mehr als zufriedenes Lächeln.

40

In dennächsten Tagen war Johanna vom dem Wunsch erfüllt, mit Felix zu sprechen, um etwas Neues über den Gesundheitszustand und den Genesungsfortschritt seines Onkels zu erfahren. Gleichzeitig aber scheute sie sich davor, ihm zu begegnen.

Aber Felix hielt sich ohnehin tagsüber nur immer kurz zu Haus auf. Entweder fuhr er in die Charité zum Krankenbesuch oder er traf erste Vorbereitungen, um seine ersten Erfahrungen bei Heinrich Lobitz auf der Hochbahnbaustelle zu sammeln. Dabei traf er auch von Zeit zu Zeit auf Gustav Wuttke aus dem Hinterhaus der Falckensteinstraße 28. Der Arbeiter staunte nicht schlecht, dem Neffen seines Hauswirts hier zu begegnen.

»Da wundern Sie sich wohl, Herr Wuttke!«, lachte Felix. »Aber ich habe umgesattelt. Das Hochbahnfieber hat mich gepackt. Ich habe meine Pläne geändert. Ich will nicht mehr Lehrer werden wie mein Onkel.«

Gustav beäugte Felix kritisch. »Na, ob Sie ooch kräftich jenuch für die Arbeit hier sind? Hier braucht man nämlich Muskeln«, erklärte er und ließ die seinen spielen.

»Der Junge hat schon genügend Kraft, Wuttke. Mal keine Sorgen!«, mischte sich nun Heinrich Lobitz ein. »Außerdem fängt er bei uns nicht direkt als Arbeiter an. Er wird nämlich mal Ingenieur und holt sich hier nur schon mal ein paar praktische Erfahrungen.«

»Ach so! Denn will ick mal nischt jesacht haben. Vor allem, wenn er nur halb so jut wird in dem Metier wie Sie, Herr Lobitz.«

»Nur keine Schmeicheleien, Wuttke. Aber Sie tun mir einen großen Gefallen, wenn Sie Herrn Krüger ein bisschen an die Hand nehmen. Zeigen Sie ihm doch als erstes unseren

Abschnitt und sagen ihm, was alles zu beachten ist, vor allem, was die Sicherheit auf der Baustelle angeht.«

»Wird jemacht! Na, dann kommen Se mal mit, Herr Krüjer. Ick mache Sie am besten ooch gleich mit den Kameraden bekannt. Sonst denken die noch, det sich een Unbefuchter hier herumtreibt, wenn Se Ihnen sehen.«

»Das fehlte noch. Gute Idee, Wuttke! Also bis später.«

Das ungleiche Paar zog los und es wurde ein langer und arbeitsreicher, aber auch interessanter Tag für Felix. Da blieb ihm keine Zeit, an etwas anderes oder gar an Johanna zu denken.

Wer wie versprochen Neuigkeiten über Kurt Krüger zu den Hübners brachte, war Adele von Strelow.

Aber auch ihr ging Johanna möglichst aus dem Weg. Noch immer glaubte sie, dass die Freundin ihr den Bräutigam ausgespannt hatte.

Adele wiederum bewahrte weiterhin das Geheimnis um Pauls Rückkehr. Das war eine Familienangelenheit, dachte sie und die würde noch früh genug zu weiteren Aufregungen führen, sobald Kurt Krüger wieder aus dem Krankenhaus nach Hause entlassen wurde. Bis es soweit war, wechselten sich Paul, Felix und sie sich ab, dem alten Herrn Gesellschaft zu leisten.

Doch das alles wusste Johanna nicht. Zunächst einmal erwartete sie am nächsten Sonntag den Besuch Alexanders, der sie in den Zoologischen Garten führen wollte.

Aber am Sonnabend verkündete Adele, dass Doktor von Barnhelm für den nächsten Tag am Nachmittag der Besuch der Familie Hübner bei dem Patienten genehmigt hatte. Kurt Krüger erwarte sie auch schon voller Vorfreude.

Johanna bekam einen Schreck, was aber niemand sonst bemerkte. Ausgerechnet am Sonntag. Nun würde sie Alexander versetzen müssen. Dabei wollte sie doch so vieles mit ihm besprechen.

Als sie mit ihren Eltern am Sonntagvormittag vom Gottesdienstbesuch in der Emmauskirche zurückkehrte, stand bereits Alexander von Opitz ungeduldig vor der Tür.

»Ach herrje, den Herrn Jardeleutnant habe ick glatt verjessen!«, kommentierte Johannas Mutter den Anblick des wartenden Offiziers, noch bevor Friedrich Hübner seine Droschke zum Halten gebracht hatte. »Der wollte ja mit dir in den Zoolojischen Jarten.«

»Selbstverständlich gehe ich nicht mit ihm aus. Schließlich wartet Onkel Krüger auf uns.«

»Na, denn sieh mal zu, wie du det deinem Verehrer erklärst. Der wird schön enttäuscht sein.« Bertha stieg aus dem Wagen, stolzierte an Alexander vorbei und grüßte flüchtig. Friedrich Hübner folgte seiner Frau ins Haus, nur Johanna blieb stehen.

»Guten Tag, Herr von Opitz. So früh hatte ich Sie noch gar nicht erwartet. Wir kommen doch gerade erst aus der Kirche und Mama bereitet jetzt das Mittagessen vor.«

»Guten Tag, Johanna. Ich konnte es kaum erwarten, Sie wiederzusehen. Deshalb bin ich so früh gekommen. Ich werde natürlich warten.«

»Hier auf der Straße?«

»Nein, ich werde nach oben in mein Zimmer gehen, außerdem erwartet mich Frau Lindenlaub. Sie hat extra heute für mich gekocht. Ist das nicht ganz reizend von der alten Dame?«

Johanna räusperte sich. »Alexander… Herr von Opitz… ich…«

»Bitte, nennen Sie mich doch weiter beim Vornamen. Aus ihrem Munde klingt er so wundervoll«, bat Alexander und sah Johanna voller Liebe an. »Sie haben doch hoffentlich meinen Brief erhalten?«

»Ja, das habe ich… Alexander…«

»Und werde ich heute eine Antwort erhalten?«

»Bitte, Alexander… ich…« Sie schüttelte heftig ihren Kopf. »Ich muss Ihnen unbedingt etwas sagen… ach, es gäbe so vieles zu sagen.«

»Ich will Sie nicht bedrängen. Wir haben ja noch den ganzen Nachmittag Zeit.«

»Das haben wir eben nicht. So verstehen Sie doch!«, rief Johanna nun verzweifelt aus. »Ich kann heute nicht mit Ihnen ausgehen.«

Alexanders Gesicht zeigte echte Bestürzung. »Warum denn nicht?«

»Es ist etwas passiert. Es gab einen Unfall.«

Alexander nickte. »Ja, Herr Krüger ist gestürzt und hat sich am Kopf verletzt. Davon hat mir schon Frau Lindenlaub erzählt, als ich vor einer Stunde kam. Eine schreckliche Geschichte.« Er ergriff Johannas Hand.

»Es geht ihm schon wieder besser und der Arzt hat uns ausrichten lassen, dass wir ihn heute nachmittag besuchen dürfen.«

»Und deswegen können Sie nicht mit mir ausgehen?«, fragte Alexander, wobei Erleichterung in seiner Stimme mitklang.

»Ganz recht. Ich hoffe, dass Sie mir verzeihen können.«

»Aber natürlich, Johanna. Solange das allein der Grund ist… Liebe Johanna, allerliebste Johanna! Ich verzeihe Ihnen doch alles. Ich liebe Sie! Am liebsten würde ich Sie auf der Stelle küssen.«

»Um Himmels Willen!« Johanna erschrak heftig.

Alexander beruhigte sie umgehend. »Natürlich, das geht nicht, hier auf der Straße am hellichten Sonntag. Verzeihen Sie bitte«, bat er, zog sie dann aber doch einen Schritt in die Toreinfahrt und küsste dann zumindest ihre Hand, die er immer noch hielt.

»Könnten wir denn nicht noch zusammen ausfahren, nachdem sie Ihren Krankenbesuch gemacht haben? Von der Charité ist es über die Kronprinzenbrücke nicht weit zum

Königsplatz mit der Siegessäule und dem Reichstagsgebäude.«

Johanna verzog das Gesicht. »Dieser hässliche, klobige Kasten«, murmelte sie ablehnend. »Der ruiniert den schönen Königsplatz.«

»Das Gebäude gefällt Ihnen nicht?«, fragte Alexander amüsiert.

»Man merkt, dass Sie kein geborener Berliner sind, Herr von Opitz. Die spotten nämlich ganz schön darüber.«

»Was sagen sie denn?«

»Sie nennen den Bau einen Leichenwagen erster Klasse«, antwortete Johanna mit spitzbübischem Lächeln.

Alexander überlegte einen Augenblick. »Dann nickte er. »Der Vergleich ist gar nicht mal so falsch. Aber wir können auch gleich in den Tiergarten fahren, zum Goldfischteich, zum Großen Stern oder zum Neuen See. Oder auch zum Schloss Bellevue. Dann können wir mit der Stadtbahn zurückfahren. Das geht dann schneller.«

Johanna schüttelte den Kopf. »Ich glaube, dass es trotzdem zu spät wird.«

»Also zwingen Sie mich dazu, meinen freien Tag, den ich Ihnen reserviert habe, allein zu verbringen.«

»Sie könnten vielleicht Frau Lindenlaub einladen«, sagte Johanna mit neckischem Unterton. Nun mussten beide lachen und die Spannung, die die ganze Zeit über ihrer Begegnung gelegen hatte, löste sich.

Aber bevor sich Alexander von Opitz von Johanna verabschiedete, fragte er sie dann doch noch einmal, wie sie über seinen Heiratsantrag dachte.

»Lehnen Sie ihn grundsätzlich ab oder darf ich mir doch in irgendeiner Form Hoffnungen machen?«

Johanna sah ihren jungen, gutaussehenden Verehrer prüfend und vor allem wohlwollend an.

»Darüber reden wir noch«, gab sie schließlich zur Antwort und schenkte ihm einen mehr als freundlichen Blick. Dann ging sie ins Haus.

41

Ein paar Tage später durfte Kurt Krüger sein Krankenlager in der Charité verlassen.

Adele bestellte Friedrich Hübner für Mittwoch vormittag gegen elf Uhr, damit er sie und Felix fahren sollte, um den Genesenen abzuholen.

»Möchtest Du nicht auch morgen mitkommen, Johanna?«, fragte Adele.

Nein, ganz gewiss nicht, Fräulein von Strelow«, kam die kühle Antwort. »Ich möchte Ihrem Glück mit Felix nicht im Wege stehen. Das habe ich Ihnen bereits vor ein paar Tagen gesagt. Felix ist frei und das bleibt auch so.« Eine Antwort wartete Johanna gar nicht erst ab, sondern ging ohne Gruß in ihr Zimmer.

Bertha Hübner, die daneben gestanden hatte, sah ihrer Tochter wortlos nach.

»Ick möchte um Verzeihung bitten für meine Tochter. Det war nicht höflich von ihr, so isse nich‘ von uns erzogen worden.«

»Lassen Sie mal, Frau Hübner. Ihre Tochter glaubt, dass ich ihr den Bräutigam ausgespannt habe. Aber das ist nicht wahr, und es wird wirklich Zeit, dass endlich alles aufgeklärt wird. Wir haben viel zu lange ein Geheimnis um eine Angelegenheit gemacht, aber das hatte seine guten Gründe.«

»Dann will ick hoffen, det Ihr Jeständnis nich‘ zu spät kommt. Vielleicht haben Se jemerkt, det der Herr von Opitz sich leidenschaftlich um Johanna bemüht.«

Adele nickte. »Ja, das ist mir nicht entgangen.«

»Und Hanna war von Felix so enttäuscht, det ihr junget, unerfahrenet Herz sich jern von dem Herrn Leutnant hat trösten lassen.«

Adele seufzte auf. »Nun, das wird sich hoffentlich richten lassen«, sagte sie möglichst optimistisch. »Vielleicht schon morgen.«

»Det will ick hoffen. Also bis morjen, Fräulein Adele.«

Adele ging nach oben in die Krügersche Wohnung, wo bereits Felix auf sie wartete.

»Was hat Johanna gesagt? Kommt sie morgen mit, wenn wir Onkel Kurt abholen?«

Adele schüttelte betrübt den Kopf und erzählte Felix, was sie erlebt hatte.

»Jeronje!«, fluchte er auf schlesisch, was soviel wie O Gott bedeutete. »Es ist alles meine Schuld.«

»Unsere Schuld, Felix! Wir hätten nicht von Ihnen verlangen dürfen, dass Sie niemandem sagen, dass Paul nach Hause zurückgekehrt ist. Es hätte vor allem mir klar sein müssen, dass wir Johanna vertrauen können. Aber so entstanden die dummen Gerüchte, dass Sie und ich…« Sie unterbrach sich.

Felix zeigte ein schwaches Lächeln. »So abwegig wäre es nicht gewesen. Sie sind schließlich eine sehr liebe und sehr schöne junge Dame und nachdem Johanna mich nicht mehr zu lieben scheint…«

Adele trat an ihn heran legte ihm ihre Hand auf seine Lippen. »Bitte nicht, Felix! Ich mag Sie auch sehr, aber ich muss Ihnen noch etwas sagen. Das weiß auch Ihr Onkel noch nicht.«

»Noch ein Geheimnis?«

Adele nickte. »Es gibt nämlich noch einen besonderen Grund, warum ich Paul nach Berlin begleitet habe.«

Felix atmete tief und und begriff sofort. »Sie wollen damit sagen, dass Sie Paul lieben.«

»Ja, und Paul liebt mich. Wir wollen so bald wie möglich heiraten.«

»Das freut mich von Herzen. Dann sind wir ja bald miteinander verwandt«, sagte Felix und lächelte nun offen. »Es wird mir eine Ehre sein, Sie zur Kusine zu bekommen. Sie gestatten?« Und dann beugte er sich vor und gab Adele einen sanften Kuss auf die Wange. »Und als meine zukünftige Verwandte sehe ich es nicht ein, dass wir uns nicht ab sofort duzen sollten. Was meinst Du, Adele?«

Sie lächelte, erwiderte den Kuss au seine Wange und nickte. »Jawohl, Felix. So soll es sein.« Dann verdüsterte sich ihr Gesicht wieder.

»Trotzdem habe ich ein schlechtes Gewissen. Wenn du nun durch Paul und mich wirklich Johannas Liebe verloren hast, wäre das ein schrecklicher Gedanke.«

»Nun, was soll ich machen? Ich kann sie schließlich nicht zwingen, mich zu lieben.«

»Ich bin mir sicher, sie tut es noch immer. Sie ist im Augenblick nur einfach völlig durcheinander. Vergiss nicht, dass sie noch sehr jung ist. An deiner Stelle würde ich noch nicht aufgeben. Auch wenn Alexander von Opitz derzeit Johannas Gunst erlangt zu haben scheint, solltest du weiter um sie kämpfen.«

Felix zuckte mit den Schultern. »Ich habe Johanna seit Tagen nicht gesehen. Sie scheint mir aus dem Weg zu gehen.«

Adele rollte mit den Augen. »Sie hat ihren Stolz und das kann ich verstehen. Soll sie dir nachlaufen? Das tut ein anständiges Mädchen nicht. Auch wenn sie aus einer einfachen Familie kommt, so ist sie doch wohl erzogen und durch die Hilfe deines Onkels gebildeter als andere Mädchen ihrer Herkunft und ihres Alters.«

»Um Himmels Willen, ich werde der Letzte sein, der den ersten Stein wirft. Adele, falls du es noch nicht weißt, aber meine Mutter war nie verheiratet und schließlich war mein Onkel auch nur ein einfacher Schulmeister ohne Vermögen. Wohlhabend ist er auch nur durch Glück geworden. Also überleg dir lieber, in was für eine Familie du einheiraten möchtest.«

Adele erschrak. »Aber, lieber Felix. Habe ich bei dir den Eindruck erweckt, dass ich Standesdünkel habe? Meine Familie gehört zum ganz einfachen preußischen Landadel, mehr nicht. Und du vergisst wohl, dass schon meine Schwester nichts darauf gegeben hat und ohne Zögern eine bürgerliche Frau Krüger geworden ist.«

Felix grinste. »Du hast recht. Wir wollen uns auch gar nicht streiten. Morgen wird ein langer Tag, wenn Onkel Kurt heimkommt und seinen Enkel kennenlernt.«

»Richtig. Und weil das so ist, habe ich Anna gebeten, schon ganz früh mit dem Kleinen herzukommen, bevor wir aufbrechen. Und bis wir wiederkommen, kann sie alles für die Begrüßung vorbereiten. Ich bin nur sehr gespannt, wenn dein Onkel erfährt, dass er mein Schwiegervater werden soll.«

42

Auchwenn es nichts Besonderes war, wenn in der Falckensteinstraße eine Droschke hielt, so erregte es diesmal doch mehr Aufmerksamkeit in der Nachbarschaft als üblich. Schließlich hatte es sich herumgesprochen, dass Herr Krüger einen Unfall gehabt und in der Charité gelegen hatte.

Aus dem Milchladen von Frau Dunkel traten die Hausfrauen und auch vor der Bäckerei Puhlmann bildete sich eine Ansammlung.

Natürlich kam nun auch Gottlieb Kullicke aus seinem Zigarrenladen, um den alten Freund herzlich zu Hause willkommen zu heißen.

Der stets pflichtbewusste Wachtmeister Fritsche, der an der Ecke Wrangelstraße gerade seine Runde machte, sah von fern nur die Droschke und die Menschen, die drum herum standen. Vielleicht befürchtete er den Beginn einer Revolution, jedenfalls kam er in so großer Hast herbei, dass die Pickelhaube auf seinem Kopf heftig auf und ab hüpfte.

»Ruhe ist die erste Bürgerpflicht!«, rief er von weitem laut, was zwar in dieser Situation gar keinen Sinn ergab, von dem er aber erhoffte, dass die Menge schon im voraus begriff, dass der Hüter des Gesetzes dabei war, rigoros durchzugreifen, bevor jemand gegen die kaiserliche Staatsordnung verstoßen wollte. Aber er fand kein Gehör bei den Versammelten.

»Hier jibt es nischt zu sehen. Jehen Se doch weiter, Herrschaften! Sonst muss ick dienstlich werden.«

Er war nun an die Droschke herangekommen, aber die Menge lachte nur. Nun erkannte auch Wachtmeister Fritsche, dass kein Grund zur Besorgnis bestand. Natürlich wusste auch er von dem Unfall, den Kurt Krüger ereilt hatte.

»Ach so!«, rief er erleichtert aus. »Det is aber schön, det Sie wieder jesund und munter zu Hause sind«, sagte er und ließ es sich nicht nehmen, vor Kurt Krüger sogar stramm zu salutieren.«

»Unser Wachtmeister Fritsche ist wie immer auf dem Posten«, lobte nun Felix den Polizeibeamten mit einem feinen ironischen Unterton in der Stimme. Er erinnerte sich an den Tag seiner Ankunft in Berlin, bei dem es zu einer ähnlichen Situation gekommen war.

Kurt Krüger stieg nun aus der Droschke und dankte für das Interesse an seiner Rückkehr aus dem Krankenhaus.

»Liebe Freunde und Nachbarn, ich bin gerührt über den Empfang. Aber nun möchte ich mich ausruhen. Ich bin immer noch etwas schwach. Danke!« Mit diesen Worten ging er ins Haus, gefolgt von seiner Familie.

»Himmel, was für ein Empfang!«, sagte Paul, der bereits in der Charité gewesen war, als Felix und Adele eintrafen und nun mit ihnen in Friedrich Hübners Droschke zurückgekommen war. »Du bist ja eine richtige Persönlichkeit, Vater.«

Kurt Krüger winkte ab. »Aber nur in der Nachbarschaft, mein lieber Paul. So, und nun meine Lieben, bitte ich euch, mich zu entschuldigen. Auch, wenn ich in der letzten Woche nur im Bett verbracht habe, möchte ich mich für eine Weile hinlegen, wenn ihr gestattet. Am Nachmittag kommen wir dann bitte alle im Salon zusammen. Wir haben eine Menge zu besprechen.«

Die Uhr im Salon schlug die vierte Nachmittagsstunde, als sich eine stattliche Gesellschaft in Kurt Krügers Wohnung eingefunden hatte.

»Geht doch bitte alle ins Wohnzimmer.

Die ganze Gesellschaft folgte seinem Wunsch. Schon lange waren nicht mehr so viele Personen in dem geschmackvoll eingerichteten Zimmer gewesen.

Kurt, der an der Tür stehen geblieben war, ließ seinen Blick schweifen und zählte durch. Felix, Paul, Adele, Anna mit dem kleinen Kurt auf dem Arm und auch Otto und Amalie Raddusch sowie Gottlieb Kullicke und die Hübners. Sie alle waren auf Kurts Wunsch anwesend. Allerdings hatte sich Johanna geweigert, die Einladung anzunehmen.

Außerdem war Doktor Holtzendorff in seiner Funktion als Notar erschienen, insgesamt zwölf Personen. Die Damen hatten alle einen Sitzplatz gefunden, die Herren standen.

»Als erstes möchte ich sagen, wie froh ich bin, wieder zu Hause zu sein. Aber noch glücklicher macht mich, dass mein Sohn Paul nach so vielen Jahren endlich wieder den Weg in sein Vaterhaus gefunden hat.« Kurt wies auf Paul.

»Siehste, Otto!« Amalie Raddusch stieß ihren Mann mit dem Ellbogen in die Seite. »Ick hatte damals doch recht, als ick dir erzählte, det ick Paul…«

»Pscht! Sei stille, Malchen. Jetzt spricht Kurt.«

»Und er hat mir auch noch ein Enkelkind ins Haus gebracht, seinen Sohn, der dazu noch meinen Namen trägt. Das macht mich stolz und lässt mich hoffen, dass ich als Vater doch nicht ganz versagt habe, wenn…« Er unterbrach sich und vor Rührung kamen ihm ein paar Tränen.

Paul trat näher. »Mein Vater und ich haben uns gründlich ausgesprochen und wieder versöhnt. Auch wenn wir immer noch über Manches unterschiedlicher Meinung sind. Aber das wird uns nicht mehr trennen.«

Die Anwesenden applaudierten artig.

Und dann erzählte er noch einmal in seinen Worten, wie er sich gescheut hatte, seinen Vater aufzusuchen und nach einem Weg gesucht hatte, den Kontakt aufzunehmen und warum seine Schwägerin Adele von Strelow sich gewissermaßen als Vorhut in den Krügerschen Haushalt eingeschlichen hatte.

»Und ick habe ihr dabei sojar noch jeholfen, indem ick se euch emfohlen habe«, lachte Kullicke. »Wirste denn jetzt für immer in deiner Heimatstadt bleiben, Paul?«

»Dazu komme ich gleich. Aber zuerst möchte ich Euch Adele nicht nur als die Schwester meiner verstorbenen Frau

Luise vorstellen, sondern auch gleichzeitig ganz offiziell als meine zukünftige Frau.«

Ein Raunen ging durchs Zimmer, aber auch sogleich freundliche Reaktionen. Nur Kurt Krüger zeigte sich überrascht, was Paul auch sofort bemerkte.

»Ich hoffe, dass du nicht dagegen hast, Vater!«

Kurt Krüger atmete tief durch, lächelte dann aber seinen Sohn und auch seine zukünftige Schwiegertochter an. »Meine liebe Adele… ich hoffe, dass du es mir nicht verübelst, wenn ich dich von jetzt an duze… eigentlich müsste ich ja böse mit dir sein, sich bei mir als Dienstmädchen einzuschleichen, um mir meinen eigenen Sohn wiederzubringen. Aber das will ich gern vergessen. Nur sag mir doch, wann Paul auf diesen famosen Gedanken gekommen ist, dich heiraten zu wollen. War das schon, bevor ihr nach Berlin kamt oder erst, als ihr hier wart.«

Adele sah erst Paul und dann Kurt. »Paul glaubt zwar, er wäre auf diese Idee erst hier in Berlin gekommen…«, sagte sie augenzwinkernd und Felix schaltete sich ein.

»Vermutlich hattest du diesen Einfall schon viel früher, liebe Cousine und du hast ihn in dem Glauben gelassen, es wäre seiner gewesen. Habe ich recht?«

Ein Lachen ging durch die Gesellschaft und Adele nickte.

»So jung und hat schon soviel Ahnung von den Frauen. Was habe ich doch für eine kluge Familie«, lobte Kurt seinen Neffen. »Darauf wollen wir auch gleich anstoßen und auch auf meinen Enkel und meine neue Schwiegertochter. Leider habe ich deine erste Frau nicht kennenlernen dürfen, mein Junge. Aber wenn sie nur halb so charmant war wie unsere Adele ist, dann wollen wir sie bei aller Freude über den Neuanfang nicht vergessen und ihr immer ein ehrendes Andenken bewahren.«

»Keine Angst, Schwiegerpapa!«, sagte Adele selbstbewußt und Kurt schmunzelte vergnügt über seinen neuen Titel. »Das werden wir. Wir haben auch ein paar Fotos mitgebracht. Die kannst du dir nachher anschauen.« Sie wandte sich an Anna. »Bitte hol doch jetzt den Sekt, den ich in der Speisekammer kaltgestellt hatte.«

»Einen Augenblick bitte noch, Frau Klingbeil«, sagte Kurt Krüger, was Anna erröten ließ. Sie war es als langjährige Hausangestellte bei der Familie von Strelow nicht gewohnt, mit ihrem Familiennamen angesprochen zu werden.

»Während meiner Tage im Krankenhaus habe ich mit Paul über mein Testament gesprochen«, fuhr er fort. »Eigentlich hatte ich vorgehabt, in der Annahme, dass ich meinen Sohn nie mehr wiedersehen würde und weil er auch seit Jahren kein Lebenszeichen mehr von sich gegeben hat, mein Testament zu ändern. Aber zum Glück ist er mir noch einmal geschenkt worden. Trotzdem will ich…«

»Onkel Kurt, das darfst du nicht!«, fiel ihm Felix flehentlich ins Wort. »Ich habe dir damals schon gesagt, dass ich das nicht will und jetzt, wo Paul wieder da ist… Er ist dein Sohn und hat selbstverständlich das Vorrecht auf sein Erbe.«

Kurt Krüger sah seinen Neffen an, dann seinen Sohn. »Nun, vielleicht sollten wir das wirklich aufschieben und alles noch einmal ganz unter uns besprechen.« Er wandte sich an den Notar Holtzendorff. »Nun sind Sie vergebens hergekommen, mein lieber Freund. Aber Sie sollen mit einem Glas Sekt entschädigt werden. Frau Klingbeil, bitte…«

»Wann findet denn nun die Hochzeit statt?«, fragte Kullicke.

»Wenn es nach uns ginge, dann so schnell wie möglich«, verkündete Paul. »Aber da Vater noch Ruhe braucht, müssen wir die Trauung noch aufschieben, bis er in der Lage ist, mit uns zu reisen. Mein Schwiegervater möchte natürlich, dass wir auf seinem Gut heiraten. Wenn…«

Adele fiel ihm ins Wort. »Entschuldige bitte, Paul! Aber ich habe inzwischen mit Papa korrespondiert und ihn über die Ereignisse informiert. Er hat nichts dagegen, wenn wir in Berlin heiraten. Dazu würde er anreisen. Und später fahren wir nach Hause und holen dann die große Hochzeitsfeierlichkeit nach, ganz wie es sich auf dem Lande gehört.«

»Mein lieber Cousin«, warf Felix ein. »Du hast eine sehr selbstbewusste und selbständige Braut. Ich fürchte, es wird dir schwerfallen, der Herr im Haus zu bleiben.«

»Das tut meinem ungeratenen Sohn ganz gut«, scherzte Kurt. »Aber wenn Dein Vater eigens nach Berlin gereist kommt zu eurer Hochzeit, liebe Adele, dann wollen wir ihm auch eine echt Berliner Hochzeitsfeier bieten. So wie es sich für den Sommer gehört, im Freien auf unserem Hof mit allen Freunden und Nachbarn. Diese Feier bezahle natürlich ich.«

Paul sah seinen Vater an, dann ging er auf ihn zu und umarmte ihn fest und herzlich.

43

Nicht unbemerkt war Kurt Krüger geblieben, dass Johanna nicht zu der kleinen Feier erschienen war. Als am Abend alle Gäste gegangen waren, fragte er Felix nach der Tochter des Droschkenkutschers. Da sie nun ganz unter sich waren, Paul und Anna waren in die Wohnung in der Cuvrystraße zurückgekehrt und Adele in ihre Dachkammer.

Schließlich erzählte Felix seine Geschichte.

Kurt nickte. »Ich habe doch schon beim Besuch der Hübners gemerkt, dass etwas nicht in Ordnung ist. Johanna war wie immer herzlich, aber wenn ich sie auf Dich ansprach, blieb sie einsilbig und ihre Eltern sahen beschämt zur Seite. Und nun, sagst Du, hat sie sich diesem Herrn von Opitz zugewandt, der sie auch heiraten will?«

»So ist es, Onkel.«

»Nun, dann werde ich mal mit dem Mädchen reden.«

Felix wehrte ab. »Tu das bitte nicht. Wir wollen uns nicht in ihr Leben einmischen.«

»Keine Angst! Ich werde mit ihr reden, wie ich es immer getan habe. Ohne Vorwürfe, wie ein gütiger alter Onkel.«

Aber das war gar nicht so einfach. Denn Johanna wollte sich auch nicht von Kurt Krüger sprechen lassen. Nach ein paar Tagen geriet diese Sache dann auch in den Hintergrund, denn in wenigen Wochen sollte bereits Pauls und Adeles Hochzeit stattfinden. Vorsorglich hatte sich Paul schon gleich bei seiner Ankunft im Frühjahr polizeilich wieder in Berlin angemeldet, wobei er damals weniger daran gedacht hatte, dadurch hier standesamtlich heiraten zu dürfen. Aber nun fügte sich alles ganz praktisch.

Eine Woche vor dem geplanten Termin Anfang September traf Felix, der gerade wieder einmal von der Hochbahnbaustelle in der Skalitzer Straße kam, dann doch unverhofft auf Johanna, als diese aus dem Haus trat. Sie trug einen langen Rock und eine weiße Bluse und einen neuen Hut.

Beide konnten ihre Verlegenheit nicht verbergen. Schließlich ergriff Felix das Wort.

»Guten Tag, Johanna. Wir haben uns lange nicht gesehen.«

»Das ist wahr«, antwortete sie leise, den Blick gesenkt. Natürlich hatte sie von ihren Eltern erfahren, dass sie Felix letztlich doch böse Unrecht getan hatte mit ihrem Verdacht. Andererseits war sie immer noch verärgert darüber, dass er ihr nicht vertraut hatte. Und nun war alles zu spät.

»Paul möchte dich übrigens auch gern endlich kennenlernen.«

Johanna gab darauf keine Antwort. Ihr fiel Adele ein, die Freundin, der sie ebenfalls gar nicht mehr in die Augen schauen konnte.«

Felix schien ihre Gedanken erraten zu können. »Adele möchte sich übrigens auch mit dir aussprechen. Sie würde es sehr bedauern, dich als Freundin zu verlieren.«

Als Antwort erhielt er diesmal wenigstens ein Kopfnicken. Nachdem sich die beiden eine Minute angeschwiegen hatten, hielt es Felix nicht mehr aus, und fragte direkt nach Alexander von Opitz.

»Er hat mich gebeten, seine Frau zu werden«, sagte Johanna ebenso entschlossen nach einer kurzen Pause.

»Und… wirst Du ihn heiraten?«

»Ja, ich habe seinen Antrag angenommen.« Johanna begann, sich zu entspannen, was auch Felix nicht verborgen blieb. Also war ihr dieses Thema nicht unangenehm. Schön, dann sollte es so sein.

»Habt ihr schon einen Termin festgesetzt?«

»Noch nicht. Er hat jetzt erst einmal seinem Vater geschrieben. Danach sehen wir weiter.«

»Ich verstehe. Nun, dann will ich Dich nicht länger aufhalten.«

»Ja, es wird Zeit. Alexander erwartet mich an der Kaserne. Er hat heute nachmittag Ausgang und wir wollen spazieren gehen.«

»Ach, deshalb hast du dich so fein gemacht. Also, auf Wiedersehen, Johanna!«

»Auf Wiedersehen, Felix!«

Johanna eilte davon. Felix sah ihr noch so lange nach, bis sie an der Wrangelstraße nach links abgebogen war.

»Na, Herr Felix! Trauern Se Ihrer verlorenen Liebe nach?«, fragte Gottlieb Kullicke, der aus seinem Laden herausgekommen war, um frische Luft zu schnappen, sofern man davon sprechen konnte, denn zwischen seinen Zähnen hielt er wieder einmal eine seiner Lieblingszigarren.

»Sie haben es erfasst, Herr Kullicke. Aber das habe ich mir selbst zuzuschreiben. Nun heiratet Johanna diesen Herrn von Opitz.«

»Abwarten! Bis det soweit is‘, kann noch ville Wasser die Spree runterkommen. Oder wie sachte meen seljer Vater immer… Immer den Kopp hochhalten, wenn der Hals ooch dreckich is‘ !«

Felix drehte sich um und sah den Zigarrenhändler amüsiert an. »Ihr Berliner habt wohl für alle Lebenslagen einen Spruch auf Lager.«

Kullicke nickte und grinste dabei.

»Da komm‘ Se ooch noch druff. Jetzt steht erstmal die andere jroße Hochzeitsfeierlichkeit im Hause Krüjer an. Und denn kommt die Ihrije, Herr Felix.«

Felix entfernte sich mit einem freundlichen Gruß und einem zweifelnden Blick und ging nach oben in die Wohnung, wo ihn sein Onkel bereits erwartete, um ihm ein paar Aufgaben für die Vorbereitungen zur Hochzeitsfeier zu übertragen.

Einen Tag vor dem großen Tag war dann auch alles bereit. Im Hof waren bereits Tische und Stühle aufgestellt worden, die die einzelnen Mieter aus dem Vorder- wie auch dem Hinterhaus aus ihren Wohnungen zusammengetragen hatten.

Auch war bereits ein buntes Sammelsurium an Geschirr, Tassen, Teller, Gläser und Bestecken zusammengekommen. Aber das störte niemanden, auch nicht das Brautpaar. Das wäre eben schließlich so urtümlich berlinerisch volkstümlich, wie Adele begeistert meinte.

Quer über den Hof wurden auch noch kreuzweise zwei Schnüre gespannt, an denen jede Menge Lampions gehängt wurden, damit auch nach Einbruch der Dunkelheit weitergefeiert werden konnte. Schließlich musste auch noch nach altem Brauch der Schleier der Braut »abgetanzt« werden, also von den unverheirateten jungen Damen während eines Tanzes zerrissen werden. Diejenige, die das größte Stück dabei erwischte, würde die nächste Braut sein.

Erst hatte es große Sorgen wegen des Wetters gegeben, denn in den letzten zwei Tagen hatte es heftig geregnet, aber dann muss wohl Petrus ein Einsehen gehabt haben und beschenkte Berlin und die Hochzeitsfeier in der Falckensteinstraße 28 mit einem blauen Himmel und sonnigem, aber nicht zu heißen Spätsommerwetter.

Herr Hübner hatte seine Droschke und die brave Lotte besonders schön mit Blumen geschmückt und die Anlieferung von guten Dingen für das Festessen, von Torten und Gebäck und reichlich Bier, Wein und anderen Getränken schien kein Ende zu nehmen. Und die Kinder sollten natürlich auch nicht zu kurz kommen. Für sie wurde die Tür zum hinteren Hof aufgeschlossen, auf dem sonst nur im Sommer die Leinen zum Trocknen der Wäsche gespannt wurden. Nun standen auch hier ein paar Tische und Stühle und die Kleinen konnten dort in Ruhe spielen, während die Erwachsenen vorne feiern würden.

Natürlich sorgten die einzelnen geladenen Gäste für erhebliche Unruhe, da jeder so seine eigenen Vorstellungen hatte, was zu einer anständigen Hochzeitsfeier gehörte. Vor allem unterschieden sich die der Frauen ziemlich von denen der Männer.

Für die Damen war es wichtig, dass genügend Kaffee und Kuchen vorhanden war, die Herren sorgten sich um ausreichende Vorräte an geistigen Getränken.

Felix war es in letzter Minute gelungen, ein kleines Orchester aufzutreiben, nach deren Musik dann auch getanzt werden konnte.

Das Brautpaar blieb in all dem Trubel am gelassensten und erwartete völlig ruhig den großen Tag. Am Nachmittag fuhren sie zum Stettiner Bahnhof, um Hermann von Strelow abzuholen.

44

Auch Johanna bekam an diesem Nachmittag Besuch, allerdings einen unerwarteten. Den ganzen Tag hatte sie mitgeholfen, den Hof für die Hochzeitsfeier vorzubereiten und zwischendurch hatte sich sogar noch Zeit gefunden, sich mit Adele auszusprechen. Diese hatte es Johanna sehr leicht gemacht und schließlich hatten sich wenigstens die beiden Freundinnen wieder versöhnt.

Johanna war gerade in der Wohnung, um noch ein paar weiße Tischdecken zu holen, als die Türglocke ertönte.

»Ja, ja… ich komme ja schon. Ihr werdet es wohl noch abwarten können mit den Decken…« Sie riss die Tür auf. Draußen stand ein vornehm gekleideter Herr.

Johanna trat einen Schritt zurück und starrte den unverhofften Besucher an.

»Sie wünschen bitte?«, fragte sie schließlich, als sie den ersten Schreck überwunden hatte.

Der Fremde nahm den Hut ab. Er musste so um die Fünfzig sein, hatte schon deutlich ergrautes Haar, war aber sonst eine gepflegte Erscheinung.

»Ich darf mich vorstellen, mein Fräulein. Mein Name ist von Opitz, Friedrich-Wilhelm von Opitz. Ich spreche sicherlich mit Fräulein Hübner!« Das war keine Frage, sondern eine Feststellung und ein Hauch von Überheblichkeit lag in seiner Stimme.

Johanna nickte und führte den Gast ins Wohnzimmer, wo sie ihm einen Platz anbot.

»Was kann ich für Sie tun, Herr von Opitz?«, fragte sie verunsichert. »Ich nehme an, Sie sind Alexanders Vater?«

»Ganz recht, mein Fräulein. Mein Sohn hat mir geschrieben, dass er Sie zu ehelichen gedenkt. Deswegen bin ich hier.«

»Haben Sie Alexander gesehen?«, wollte nun Johanna wissen, die zu ahnen begann, dass dies kein angenehmes Gespräch werden würde.

»Nein, ich bin von der Bahn sofort hierher zu Ihnen gekommen, um mit Ihnen zu sprechen. Wir sind allein in der Wohnung?«

»Ja, aber meine Eltern sind draußen auf dem Hof. Hier im Haus findet morgen eine Hochzeitsfeier statt.«

Der Besucher zuckte mit den Augenbrauen.

»Nein, Sie müssen nichts befürchten, Herr von Opitz. Der Sohn des Hausbesitzers heiratet morgen. Für ihn und seine Braut werden die Vorbereitungen getroffen.«

»Lieben Sie Alexander?« Unvermittelt schoß Friedrich-Wilhelm von Opitz seine Frage ab und fixierte Johanna dabei mit seinem Blick, dem sie standhielt.

»Natürlich, Herr von Opitz, sonst hätte ich seinen Antrag nicht angenommen.«

»Natürlich!«

»Sie müssen das gar nicht so süffisant sagen.«

»Verzeihen Sie, Fräulein Hübner. Sie haben recht. Ich glaube es Ihnen sogar. Mein Sohn sieht gut aus, hat gute Umgangsformen und die Aussicht auf eine glänzende militärische Karriere. Zudem erwartet ihn später einmal ein stattliches Erbe.«

Bertha Hübner, die gerade hereinkam, um zu sehen, wo Johanna blieb, hatte die letzten Worte gehört und schloss daraus blitzschnell, dass der fremde Mann, der auf ihrem Sofa saß, Alexanders Vater sein musste.

»Na, da hört sich ja allet uff, werter Herr!«, polterte sie empört los. »Woll‘n Se etwas behaupten, meine Tochter hat et nur uff det Jeld von Ihrem Sohn abjesehen?«

Herr von Opitz erhob sich von seinem Platz. »Noch gehört es ihm nicht. Aber so meinte ich das gar nicht.«

»Wie haben Se det denn sonst jemeint? Ick als Johannas Mutter sage Ihnen, det Meechen und ihr Sohn lieben sich und nischt weiter.«

»Dass Ihre Tochter dabei eine äußerst vorteilhafte Partie macht, passt Ihnen dabei natürlich auch nicht schlecht«, gab Friedrich-Wilhelm von Opitz ironisch zurück. »Das kann ich Ihnen als Mutter natürlich nicht verdenken. Aber wenn ich als Vater denke, dass es für Alexander eine schlechte Wahl ist, sollten Sie das genauso verstehen. Ich gebe gern zu, dass mich Ihre Tochter überrascht hat. Sie scheint ein offenherziges Menschenkind zu sein, mit Manieren und Bildung versehen…«

»Darauf sind wa ooch stolz, mein Mann und ick. Wir haben für unsere Tochter allet Menschenmöchliche jetan, sie zu einem anständijen Meechen zu erziehen. Und für ihre jeistije Bildung, bei der et bei mir und ooch meinem Mann hapert, hat unser Hauswirt jesorcht. Der war nämlich mal Lehrer.«

»Ich habe die besten Eltern, die man sich denken kann, Herr von Opitz«, schaltete sich Johanna nun wieder ein. Sie sind liebevoll und ich bin stolz auf sie, auch wenn sie nur einfache Menschen sind.«

»Mein liebes Kind…« Friedrich-Wilhelm von Opitz versuchte nun, seiner Stimme Milde zu verleihen. »Das glaube ich Ihnen alles gern. Aber trotzdem möchte ich Sie herzlich bitten…«

»Ach, jetzt kommen Se nur nich‘ mit der väterlichen Tour«, unterbrach ihn Bertha erneut. »Dafür is‘ mein Mann zuständich und keen anderer.«

»Nun gut, ich habe es im Guten versucht.« Herr von Opitz kniff die Augen zusammen und sein Tonfall wurde kalt.

»Mit meinem Sohn habe ich andere Pläne. Es ist schon vor längerer Zeit vereinbart worden, dass er die Tochter eines Nachbarn von mir zur Frau nimmt, Baron von Falkenried. Nehmen Sie zur Kenntnis, dass ich es nicht dulden und mit allen Mitteln verhindern werde, dass mein Sohn unter seinem Stande die Tochter eines einfachen Droschkenkutschers ehelicht und sich und sein Leben dadurch ruiniert.«

»Nun machen Se aber, det Se rauskommen«, rief Bertha laut und ergriff den Besen, den sie beim Hereinkommen an der Wohnzimmertür abgestellt hatte. »Sonst mache ick Ihnen Beene! Jetzt platzt mir aber gleich die Hutschnur! Hat man denn sowat schon erlebt?«

Friedrich-Wilhelm von Opitz warf den beiden Frauen einen verächtlichen Blick zu. Auf dem Hof musste er sich durch die Menge der herbeigeeilten Nachbarn zwängen, die durch die offenen Fenster den Krach gehört hatten und nun herbei geeilt waren, um zu sehen, was es für ein Problem gab.

Bertha, die ihm nachgelaufen war, erhob drohend den Besen. »Und lassen Se sich ja nie wieder hier blicken! --- So ein Kerl!« Sie sah in die Runde. »Wat is‘ denn det hier für‘n Volksauflauf?«, fragte sie wütend und knallte die Tür zu, um zu ihrer Tochter ins Wohnzimmer zurückzukehren.

Johanna saß zusammengesunken im Sessel und weinte.

»Komm, Kind! Lass dir doch von dem feinen Herrn nich‘ die Petersilie verhageln.«

»Aber du hast doch gehört, was er gesagt hat.«

»Klar! Aber denkste denn, er kann Eure Hochzeit verhindern. Dein Alexander is‘ schließlich erwachsen und ooch wenn du noch nich‘ mündig bist, unsere Erlaubnis kriegste.«

»Ach, Mama, das ist doch alles fürchterlich.«

»Nee, Hanna. Det ist det Leben. Nich‘ immer een Zuckerschlecken. Aber lass mal! Deine Mutter wird schon dafür sorjen, dette deinen Alexander bekommst. Det wäre doch jelacht, wenn wir det nich‘ schaffen. Und wenn Alexander dich wirklich liebt, denn wird er sich ooch bei seinem Vater durchsetzen.«

»Na, hoffentlich!«

Am Abend kam Alexander auf einen kurzen Besuch vorbei. Er hatte seinen Vater getroffen, der ihm ohne Umschweife vom Besuch bei Johanna ezählt hatte und von seinem Entschluss, die Heiratspläne seines Sohnes auf keinen Fall zu tolerieren.

»Was sollen wir denn nun machen, Alexander? Vor allen, wie wirst du dich entscheiden? Dein Vater will doch, dass du die Tochter von diesem Baron von Falkenberg heiratest.«

Die beiden saßen im Hof, wo bereits alles für die Hochzeitsfeier vorbereitet war.

»Falkenried«, verbesserte Alexander. »Hab nur keine Angst. Das haben sich zwar die Väter in den Kopf gesetzt, als Elvira von Falkenried noch Kinder waren. Aber sie und ich sind uns schon lange einig, dass wir kein Ehepaar werden wollen. Elvira hat nämlich einen entfernten Vetter mit Namen Albert, in den sie verliebt ist und er in sie. Nur hat er den Fehler, dass sein Zweig der Familie verarmt ist und das ist für den alten Baron ein Ausschlussgrund der Ehe zuzustimmen.«

»Arme Elvira!«, sagte Johanna bedauernd. »Aber was soll denn nun aus uns werden?«

»Johanna, mein Liebling! Bitte vertraue mir. Ich liebe dich und ich will dich heiraten.

»Aber wenn Dein Vater es nicht zulässt?«

»Wir müssen nur Geduld haben. Es geht eben nur nicht so schnell, wie ich es mir erhofft habe. Letztendlich werde ich meinen Vater überzeugen, dass du die richtige Frau für mich bist. Wart‘s nur ab! Wirst du denn auf mich warten?«

Johanna lächelte schwach. »Es wird mir nichts anderes übrig bleiben.«

»Mein Liebling, meine Johanna, du bist wunderbar. Ich wusste es.« Er sprang auf, hob sie von ihrem Stuhl, umarmte sie und küsste sie leidenschaftlich.

45

»Sie kommen!«, ertönte von der Straße her der lautstarke Ruf von Gottlieb Kullicke rückwärts in den Hof, indem sich nun alle Mieter und auch Nachbarn, die am heutigen Tag nicht ihrem Beruf oder einer anderen Arbeit nachgehen mussten, versammelt hatten, um das glückliche Brautpaar zu begrüßen.

»Die haben sich janz schön Zeit jelassen«, meinte Frau Knoll. »Die Trauung war doch schon um eins, und nun jeht's auf die drei zu.«

»Sie haben wohl schon Kaffeedurscht, wat?«, fragte Otto Raddusch.

»Na, Sie etwa nich'? Es wird ja echten Bohnenkaffee jeben. Ick habe jesehen, wie Frau Hübner gleich drei Pfund vom Kolonialwarenhändler mitjebracht hat.«

»Is' ja allet schön und jut. Aber ‚ne kühle Molle mit'm Korn wär mir ville lieber.«

»Janz wie mein Justav«, mischte sich Frau Wuttke in das Gespräch.

»Jetzt jibtet weder det Eene noch det Andere. Det Brautpaar ist da«, beendete Bertha Hübner die Unterhaltung.

»Ein Hoch dem Brautpaar!«, erklang es aus vielen Kehlen und mit Applaus wurde nicht gespart. Und dann setzte das Händeschütteln und Umarmen ein. Nach einer halben Stunde hatten schließlich alle Gäste Platz genommen. Nun wurden Kuchen, Torten und Kaffeekannen herangeschleppt und bald hörte man eine Weile lang hauptsächlich das Klappern der Tassen und das mehr oder weniger geräuschvolle Kauen und ein ständiges Murmeln der Gespräche. Ab und zu mischte sich auch ein Kichern oder lautes Lachen darunter.

Schließlich schien sich dieser Programmpunkt dem Ende zuzuneigen und Hermann von Strelow, der Brautvater, klopfte gegen seine Tasse, um eine Ansprache anzukünden.

»Meine liebe Hochzeitsgesellschaft«, begann er. »Es tut mir leid, die heiteren Gespräche für einen Moment unterbrechen zu müssen. Aber der Brauch will es nun mal, dass der Vater der Braut ein paar Worte sagt, wenn er sein Kind einem anderen Manne übergibt. In diesem Falle kann ich mich kurz fassen, denn wie einige von Ihnen vielleicht schon wissen, ist der Bräutigam Paul ja schon mein Schwiegersohn. Meine liebe Tochter Luise, Gott hab‘ sie selig, ist leider von uns gegangen, als sie Paul einen Sohn und mir einen Enkel schenkte. Nun hat es das Schicksal aber als Ausgleich gefügt, dass meine zweite Tochter Adele ihrem bisherigen Schwager gegenüber liebevoll zugetan war und Paul sich zum zweiten Mal von einer Strelow hat einfangen lassen.« Die Gäste lachten. »Selbst Schuld!«, rief eine männliche Stimme aus der Menge und das Gelächter steigerte sich.

»Paul als alter und neuer Schwiegersohn ist mir nicht nur ein liebes Familienmitglied, sondern auch eine wertvolle Hilfe bei der Bewirtschaftung unseres Gutes bei Stargard. Und da ich erstens auf weitere Enkel hoffe und gleichzeitig selbst ein bisschen mehr die Ruhe meines Alters genießen will, habe ich mich entschlossen, Euch als mein Hochzeitsgeschenk das Gut zu überschreiben. Ich ziehe mich aufs Altenteil zurück.«

Ein Raunen ging durch die Gesellschaft, während Adele aufstand, um ihrem Vater um den Hals zu fallen. Auch Paul kam auf seinen Schwiegervater zu, sah ihm tief in die Augen und drückte ihn.

»Willst Du denn wirklich jetzt schon die Zügel aus der Hand geben, Schwiegerpapa? Du bist doch gerade erst sechzig.«

»Du kommst auch sehr gut ohne mich aus und du hast es verdient, mein Junge!«, sagte Hermann von Strelow leise. Dann erhob er wieder seine Stimme. »Ich hoffe, dass inzwischen alle ein gefülltes Glas haben und bitte Sie alle nun auf das Wohl meiner Tochter Adele und meines Schwiegersohnes Paul anzustoßen. Prosit!«

Die Gläser klirrten und wurden geleert.

»Auch ich bitte nun um Gehör!«, rief Kurt Krüger. »Lieber Familie, liebe Freunde, liebe Nachbarn. Heute ist einer der glücklichsten Tage meines Lebens. Es hat natürlich auch schon einige andere gegeben. Es wäre schlimm, wenn es nicht so wäre. Aber heute feiern wir nicht nur die Hochzeit meines einziges Sohnes. Ich habe auch eine Tochter bekommen und sogar schon einen fertigen Enkel.« Seine Stimme wurde für einen Augenblick ernster. »Natürlich wirst du deine erste Frau immer im Herzen behalten und das ist auch gut so. Und Adele ihre Schwester. So soll es sein. Sie wird meinem…«, er beugte sich zu Hermann von Strelow hinüber, »… unserem Enkel eine gute Mutter sein und auch ich wünsche dem Brautpaar noch viele glückliche gemeinsame Kinder. Darauf lasst uns anstoßen!«, rief Kurt Krüger und die Prozedur wiederholte sich.

»Und dann möchte ich auch noch einiges verkünden. Mein Neffe Felix hat sich am Tage meiner Rückkehr aus dem Krankenhaus dagegen gewehrt, dass ich gewisse Pläne verkünde…. Nein, Felix! Jetzt nutzt Dir kein Protest. Durch ein langes Gespräch mit Hermann gestern abend wurde ich nur darin bestätigt. Und da es auch die meisten der Anwesenden heute betrifft, spricht nichts dagegen, es auch hier bekannt zu machen.« Er räusperte sich und machte eine dramatische Pause. Dann fuhr er fort.

»Paul und Adele sind gut versorgt, wenn ihnen das Gut überschrieben wird. Und nach diesem Beispiel will ich auch verfahren. Wie sagt man so schön… lieber mit einer warmen Hand schenken als mit einer kalten. Schon zu meinen Lebzeiten bekommt daher mein Neffe Felix dieses Haus von mir, auf dass die Mieteinnahmen ihm es ermöglichen, ohne Geldsorgen seine Ausbildung als Ingenieur zu beginnen.«

Felix schüttelte ungläubig den Kopf, während einige Mieter sich von ihren Plätzen erhoben, um ihrem neuen Hauswirt die Hand zu schütteln. Er blickte in die Runde und sah in erwartungsvolle Gesichter. Aber er konnte gar nichts sagen, schnappte nur nach Luft und zuckte mit den Achseln. Dann suchten seine Augen nach Johanna, fanden sie aber nicht.

Kurt Krüger versuchte mit Handzeichen die Lautstärke der Gespräche, die eingesetzt hatten, zu dämpfen, was ihm erst nach einigen Minuten gelangt. Zu sensationell war das gewesen, was er verkündet hatte.

»Solange er noch nicht verheiratet ist, bitte ich Felix aber, mich bei ihm wohnen zu lassen.«

»Aber natürlich, Onkel Kurt!« Felix hatte seine Sprache wiedergefunden. »Das ist doch selbstverständlich. »Ich weiß doch auch noch gar nicht, was man als Hausbesitzer alles für Pflichten hat.«

»Das bringe ich Dir schon noch bei, mein Junge. Und zwischendurch werde ich immer wieder Paul und Adele besuchen.«

»Ja, Vater, das musst du recht oft machen«, sagte Paul, kam heran und gab seinem Cousin die Hand. »Ich gratuliere dir, Felix. Ich gönne es dir von Herzen.«

»So, und damit auch die entfernte Verwandtschaft nicht leer ausgeht…« Kurt sah Otto und Amalie an… »möchte ich euch beiden folgendes Angebot machen. Me

in Freund Gustav Kullicke will sich nämlich aufs Altenteil begeben und zu seinem Sohn Alfred und dessen Familie nach Pankow ziehen und sucht einen Nachfolger für seinen Zigarrenladen. Ich habe Gustav daraufhin ausbezahlt und schenke Euch das Geschäft. Dann müsst ihr euch nicht mehr mit der Hauswartsstelle plagen und könnt gemütlich hinterm Ladentisch stehen. In eure Wohnung kommt ein neues Hauswartsehepaar und ihr könnt ins Vorderhaus ziehen. Da wird im zweiten Stock nämlich auch bald etwas frei. --- So, das war alles, was ich euch zu sagen hatte. Nun lasst uns erneut die Gläser erheben und auf das Wohl unseres Brautpaares trinken.«

In diesem Augenblick trafen auch endlich die Musiker ein.

»Wunderbar!«, rief Gustav Kullicke. »Nu‘ kann der Schwoof so richtich losjehen.«

Und so war es dann auch. Es wurde getanzt, gescherzt, gelacht, herumgealbert, getrunken, gegessen. Es wurde eine ausgelassene Feier und die Stimmung war ausgezeichnet. Zufällig kam dann noch der Leierkastenmann vorbei mit seiner jungen Sängerin, die sogleich eingeladen wurden, die Feier mit Drehorgelspiel und Gesang zu bereichern. Reichlich Essen und Trinken und ein guter Lohn, der ihnen in Aussicht gestellt wurde, ließen sie nicht lange zögern.

»Eijentlich wollte ick uff dem Hof hier nicht mehr spielen!«, verkündete der Musikant. Natürlich wollte Kurt Krüger sogleich den Grund dafür wissen.

»Warum denn nicht, Herr… ?«

»Sperling heiß ick, Max Sperling. Det is‘ meine Tochter Amanda, die is‘ für den Jesang zuständich.«

»Freut mich, Herr Sperling. Also, warum wollten Sie hier nicht mehr ihre Kunst darbieten?«

Max Sperling deutete mit dem Kopf zu Amalie Raddusch.

»Wejen Ihrem Hausdrachen!«

Kurt lachte verstehend. »Da machen Sie sich mal keine Sorgen mehr. Den Drachen haben wir spätestens heute für immer gezähmt.«

Da kam Amalie, bereits leicht angeheitert herüber und bedankte sich zum wiederholten Male überschwänglich bei Kurt für sein großzügiges Geschenk. Dafür bat er sie dann sogar zum Tanz.

Felix war wie berauscht durch die Ereignisse und er suchte nach Johanna, konnte sie aber nicht entdecken. Inzwischen war es Nacht geworden und die Kerzen in den Lampions waren angezündet worden, so dass der Hof in ein eigentümliches, aber auch heimeliges Licht getaucht war.

»Onkel Kurt, hast du nicht Hanna irgendwo gesehen?«, fragte er schließlich.

Kurt Krüger lächelte schelmisch. »Ich weiß auch nicht, wo sie sein könnte. Aber vielleicht fragst du mal Lotte.«

»Lotte?«

»Herrn Hübners Droschkenpferd. Das steht in der Remise.«

Felix bedankte sich wortlos und ging zum Wagenschuppen.

»Johanna? Bist du hier?« Er bekam keine Antwort. Schließlich nahm er die Laterne von der Wand, zündete sie an und leuchtete in die Dunkelheit. Aber alles, was er sah, war Lottes große Augen unter ihrer Mähne.

»Lotte, hast du nicht ein dummes, kleines Mädchen gesehen? Mein Onkel meinte, du könntest mir sagen, wo sie ist.«

»Geh weg!«, rief Johanna kläglich. Felix hielt die Laterne hoch. Da saß sie, in der Droschke und sah sehr ernst aus.

»Johanna, was hast du? Warum bist du traurig? Bitte sage es mir doch, damit ich dir helfen kann.«

»Mir kann keiner helfen und du schon gar nicht.«

»Sei doch nicht dumm und komm aus der Droschke heraus.«

»Nein!«

»Gut, dann muss ich zu dir herein kommen.«

Felix bekam keine Antwort, er hörte nur, dass der Schlag geöffnet wurde. Aber Johanna war auf der anderen Seite ausgestiegen, um Lotte herumgegangen und so an ihm vorbeigekommen, Er sah nur noch, wie die Remisentür sich kurz öffnete und jemand hinaus huschte.

»So ein Dickkopf!«, dachte Felix.

Als er ebenfalls wieder im Hof war, herrschte noch immer reges Treiben. Es war kurz vor Mitternacht. Johanna war schon wieder verschwunden.

Dafür lief ihm Bertha Hübner über den Weg.

»Frau Hübner, wo ist Johanna. Ich muss sie unbedingt sprechen.«

»Det is‘ jetzt keene jute Idee. Hanna hat jroßen Kummer.«

»Das habe ich mir schon gedacht. Ich möchte ihr helfen.«

»Ick gloobe nich, det Sie im Momang der Richtige sind, Herr Felix.« Und dann erzählte sie ihm von dem Besucher des gestrigen Nachmittags.

»Aber der Herr Leutnant is‘ am Abend denn ooch noch jekommen und hat Hanna hoch und heilich versprochen, det er sie heiraten wird.«

»Und warum ist sie dann so traurig?«

»Ach, Herr Felix. Natürlich hat det Meechen Angst, det der Vater sich doch noch durchsetzen wird.

»Das kann ich verstehen… O, da sehe ich sie.«

Felix eilte auf Johanna zu, die ihn auch gesehen hatte und nun zu entkommen versuchte. Da setzte die Musik ein, die Braut hatte sich inmitten einiger junger Mädchen begeben, die anfingen zu singen. »Wir wi-hi-hinden dir den Ju-hu-hungfernkranz…« Johanna stellte sich zu ihnen und hoffte, dass Felix sie hier nicht fand.

»Veilchenblau-hau-haue Sei-heide… Schöner, grüner, schöner grüner Jungfernkranz…«, trällerten die Mädchen.

Felix hatte sie wirklich für einen Augenblick aus den Augen verloren. Aber dann entdeckte er sie wieder. Im gleichen Augenblick war das Lied zu Ende und unter spitzen Schreien und lautem Juchzen stoben die Mädchen auseinander, um den Brautschleier zu zerreißen. Ohne sich darüber bewusst zu sein, hatte auch Johanna ungewollt ein Ende ergriffen.

Plötzlich stand sie für alle sichtbar da und hatte tatsächlich das größte Stück erwischt.

»Johanna ist die nächste Braut! Johanna wird bald heiraten!«, kreischten die anderen Mädchen entzückt.

Johanna starrte auf den Stoff in ihrer Hand, warf ihn auf den Boden und rannte wieder weg, direkt in die Arme von Felix.

»Willst du es dir nicht doch noch überlegen, Hanna?«, fragte er.

»Ich kann dich nicht heiraten. Ich liebe Alexander von Opitz. Lass mich los!«

Sie befreite sich mit aller Kraft aus seinem Griff und lief davon.

Epilog

Auf dem Bahnsteig der neuen Hochbahnstation Stralauer Thor am nördlichen Brückenkopf der Oberbaumbrücke hatte sich eine illustre Gesellschaft versammelt. Man schrieb den 18. Februar 1902 und heute sollte die offizielle Eröffnung der Hochbahnstrecke zum Potsdamer Platz stattfinden. Drei Tage vorher war schon eine Sonderfahrt in Anwesenheit des preußischen Ministers für allgemeine Arbeiten Karl von Thielen durchgeführt. Wegen der vielen zusätzlich anwesenden Berliner Persönlichkeiten sprach man auch von der Ministerfahrt.

Aber auch heute fehlte es nicht an Prominenz, jedoch ebenso wenig an zahlreichen neugierigen Berliner, die sich das Spektakel nicht entgehen lassen wollten. Wenn auch die endgültige Endstation Warschauer Brücke ein paar hundert Meter weiter nördlich noch nicht fertiggestellt worden war, waren sie doch stolz auf die neueste technische Attraktion der Reichshauptstadt. Und obwohl die Hochbahngesellschaft an den ersten drei Tagen den dreifachen Fahrpreis verlangte, um den ungeheuren Andrang auf das neue Verkehrsmittel zu drosseln, die Berliner konnte das nicht aufhalten.

Die Menge konnte die Ankunft der ersten Hochbahn gar nicht erwarten. Aber schließlich war es soweit und der festlich geschmückte Drei-Wagen-Zug rollte in die Halle.

»Nur nich‘ drängeln!« – »Machen Se doch mal Platz!« – »Machen Se mal nich‘ so ville Wind mit Ihr kurzet Hemde!« – »Immer rin in die jute Stube!« So flogen teils im Scherz, teils im rauen Berliner Tonfall die Wortfetzen hin und her.

Für ein paar Ehrengäste war der vorderste, der Triebwagen reserviert, die etwas gesitteter, aber nicht weniger aufgeregt einstiegen.

Einer der Auserwählten war ein junger Ingenieur, der vor wenigen Wochen seine Prüfung mit Bravour bestanden hatte.

»Kommen Sie, Herr Krüger! Für Sie und ihre Familie sind die Plätze auf der vordersten Sitzbank vorgesehen«, sagte ein sichtlich nervöser Vertreter der Hochbahngesellschaft, der befürchtete, dass noch im letzten Augenblick etwas schiefgehen könnte.

Kaum hatten alle Platz genommen, ging es auch schon los. Der Zugbegleiter schloß die Schiebetür und die Bahn rollte los, geradewegs über die Oberbaumbrücke. Für die Hochbahn war eine grandiose Kulisse entworfen worden ganz im Stile einer imaginären märkischen Stadtmauer. Unter den Hochbahngleisen befand sich ein Gewölbe, durch das die Fußgänger auf der Brücke über die Spree zum anderen Ufer gelangen konnten.

Die Hochbahn legte sich in eine Rechtskurve und aus der linken Seite konnte man in die Falckensteinstraße blicken.

»Hans! Manfred! Schaut mal hinaus. Da ganz hinten ist unser Haus«, sagte Felix zu einem Zwillingspaar, dass sich auf die Sitze gekniet hatte. Aber die beiden waren mit ihren zweieinhalb Jahren noch zu klein, um so schnell zu erfassen, was ihr Vater meinte. Schon erreichte der Zug den Hochbahnhof Schlesisches Thor.

»Sie sind eben doch noch zu klein, um die Bedeutung des heutigen Tages zu erfassen«, sagte Felix zu seiner Frau.

»Das hast du wohl recht. Aber eines Tages, wenn sie erfahren, dass ihr Vater am Bau dieses Wunderwerks der Technik beteiligt war und an noch so vielen anderen zukünftigen, die unser schönes Berlin immer moderner und schöner machen, werden sie stolz auf ihn sein.«

»Du musst es ja wissen, du bist eine kluge Frau.«

»Bin ich das, Felix?«

„Natürlich. Deswegen hast du mich dann schließlich doch noch geheiratet“, sagte er und beugte sich zu Johanna herüber, um ihr einen Kuss zu geben.

Printed in Poland
by Amazon Fulfillment
Poland Sp. z o.o., Wrocław

71358063R00209